Ørlǫgom ycrom scylit aldregi
segia seggiom frá,
hvat iþ æsir tveir drýgðot i árdaga;
firriz æ forn rǫc firar.

Euer Geschick solltet ihr nie
Erwähnen vor der Welt,
Was ihr Asen beide in Urzeiten triebet:
Die frühsten Taten bergt dem Volk.
– *Lokasenna*, Frigg zu Odin und Loki, übertragen von Karl Simrock –

Carmilla DeWinter

Lokis Fesseln

Nordisches Familiendrama in fünf Akten

Edition Roter Drache

Hinweis

Wer Notizen des **Contents** benötigt oder des Schadensschmieds Stammtafel, schaue im Anhang ab Seite 306.

Dieses Buch wurde klimaneutral gedruckt und versendet.

Klimaneutral
Druckprodukt
ClimatePartner.com/14701-2102-1005

1. Auflage Mai 2022

Edition Roter Drache, Holger Kliemannel, Am Hügel 7, 59872 Meschede
edition@roterdrache.org; www.roterdrache.org
Buchgestaltung: Holger Kliemannel
Umschlaggestaltung: Anke Koopmann, www.designomicon.de
Lektorat: Alina Isabel Altendorf
Hergestellt in der EU

ISBN 978-3-96815-034-5

The truth is rarely pure and never simple.

Die Wahrheit ist selten rein und niemals einfach.
– Oscar Wilde –

Prolog

Tief im Süden der Welt war Eis mürbe geworden. Unter jahrzehntelanger Wärme hatte sich eine tiefe Spalte ins Schelf gegraben. Es löste seine frostige Umklammerung um ein Wesen, das gleichzeitig sehr groß, sehr klein, und nicht da war. Ebenso wenig wäre auf naturwissenschaftlichem Wege zu ermitteln gewesen, seit wann das Wesen dort schlief.

Schließlich brach das Eis. Ein Eisberg, fast siebenmal so groß wie Berlin, trieb ins antarktische Meer hinaus, nervös beobachtet von den Menschen. Elektronische Augen am Himmel halfen ihnen, den Fortgang der Ereignisse zu vermessen.

Zum ersten Mal seit langer Zeit kitzelte nun eine Strömung die Nase des Wesens. Es blinzelte, züngelte. Der Geschmack frischen Salzwassers war ihm aus Vorzeiten bekannt. Langsam wurden seine Gedanken geschmeidiger.

Aus Träumen, da es sich bei seiner Schwester wähnte, geliebt und aufgehoben im Nebel am Ende aller Dinge, erwachte es in Kälte und ungewohntem Lärm. Um das Wesen herum ratterte und dröhnte es.

Aber sollte sein Schädel nicht schmerzen? Das war das Letzte, woran das Wesen sich erinnerte: ein Stechen im Gaumen und dann ein Schlag auf den Kopf.

Nein, das stimmte nicht, denn zum Schluss hatte Schwärze es umfangen. Kurz davor hatte es nach dem einen Lebewesen gerufen, von dem die meisten menschlichen und von menschlichem Denken beeinflussten Geschöpfe annehmen, dass es sie ohne Wenn und Aber beschützen wird.

Auch jetzt rief das neu erwachte Wesen.

Mama?

Aber die Mutter rührte sich nicht, wie sie sich auch die letzten Male nicht gerührt hatte.

Blieb eine zweite Möglichkeit, obwohl das Wesen diesbezüglich noch weniger Hoffnung hegte.

Vater?

Irgendwo fuhr jemand aus dem Schlaf hoch. Daher bekam es lediglich ungeordnete Silben zur Antwort.

Vater!, rief das Wesen wieder.

Dabei erschreckte es ein paar Wale.

Deren verwirrte Lieder hörten zwar ein paar Menschen, aber sie wussten sie nicht zu deuten. Und selbst wenn sie die Sprache der Wale verstanden hätten, so hätten sie die Neuigkeiten doch nicht geglaubt.

Jörmungand, die Midgardschlange, schüttelte sich einen Rest Eis vom Körper und schwamm zielstrebig in die Richtung, in der er seinen Vater vermutete. Mit dem hatte er ohnehin noch eine Rechnung offen.

1. Akt

1

Vater?

Loki blinzelte. Dunkles Zimmer. Durch den Vorhangspalt drang das gelbliche Licht einer Straßenlaterne herein. Einer ihrer Bettgenossen schnarchte, der andere hielt Loki fest umschlungen.

Was, bei den Nornen, träumte sie schon wieder?

Vater!

Kein Traum, sondern Jör.

Loki fuhr hoch und rutschte nach hinten. So sehr sie den Klang der Stimme ihres dritten Kindes vermisst hatte, so sollte diese doch nicht ertönen. Warum war Jörmungand aus seinem jahrhundertelangen Schlaf erwacht?

Der anhängliche Bettgenosse – Loki hatte seinen Namen vergessen – brummte unzufrieden.

»Süße?«, fragte er.

Loki zuckte mit der Nase. Süß, ha. Die Menschen hatten keine Ahnung. »Ich muss los.«

Der Bettgenosse küsste ihre rechte Hüfte – das Erste, das ihm unter den Mund kam. Außerdem verstärkte er seinen Griff. »Was ist mit dem Frühstück, das wir dir versprochen haben?«

»Ein andermal«, log Loki. »Kannst mich ja anrufen.« Sich dem Griff zu entziehen, erforderte mehr Geschick, als die Beine von dem rahmenlosen Bett zu schwingen.

»Hm«, machte der Bettgenosse. »Hätte mich echt auf eine zweite Runde mit dir gefreut.« Finger krabbelten über Lokis Rücken. »Du schmeckst eindeutig nach mehr.«

»Danke.« Die beiden waren nicht untalentiert und hatten keine Scheu, ihre Zungen überallhin zu stecken. »Aber es ist ein Notfall.«

Im Zwielicht tastete Loki nach ihren Klamotten und zog sich an. Die Strumpfhose musste sie in der Eile weglassen, egal wie entzückend sie deren Muster fand.

Der wache Bettgenosse schien die Show so zu genießen, dass er vergaß, nach Lokis Telefonnummer zu fragen. Der andere schnarchte weiter.

Sollte Loki recht sein.

Sie schnappte sich ihre Handtasche, warf dem anhänglichen Bettgenossen eine Kusshand zu und schlich aus der schicken Wohnung am Prenzlauer Berg in einen alpinweiß riechenden Hausflur. Im kühlen Licht der LEDs kramte sie ihr Handy aus der Handtasche. Die Batterie war mal wieder tot, insofern blieb die Uhrzeit reine Spekulation. Außerdem fehlte doch noch was, oder? Loki schaute an sich herunter: Minirock und Glitzertop, passende Schuhe mit Stilettoabsätzen. Strumpfhose in der Handtasche. Lederjacke? Im Club in der Garderobe. Wenigstens lag das teure Teil nicht bei den zwei Jungs da drin.

Bei den Nornen, Loki war auch noch nicht richtig wach. Das Drittgeborene brauchte Hilfe und sie sorgte sich um ihre Lederjacke?

Jör?

Papa! Was ist hier los? Warum haben die Menschen Schiffe aus Eisen? Und hier treiben seltsame Algen, die man nicht essen kann.

Sohn. Bitte halt dich von dem Plastik fern.

Was ist Plastik? Ach, was soll's. Du bist weit weg vom Meer, beklagte Jör sich und klang dabei wie ein kleines Kind.

Ich weiß. Hör zu … Geografie, nicht gerade Lokis Stärke. *Ich kann nicht mehr weltenwandeln. Wenn ich dich vor heute Abend an der Küste treffen soll, muss ich erst mit deiner Stiefmutter reden.*

Loki spürte, wie Jör innerlich auf Abwehr schaltete.

So jung bin ich nun auch wieder nicht, dass ich mich ohne deine Asenbraut in Flüssen verirre, meinte er.

Gut. Je weniger Loki mit Sigyn reden und je weniger sie ihre Noch-Ehefrau um Hilfe bitten musste, desto besser. Sie rieb sich das linke

Handgelenk, wo sich der Strang Runen ihrer Fessel unter ihrer Haut abzeichnete. Das Einzige, das von Nari, Sigyns und ihrem Sohn, in dieser Welt geblieben war.

Loki könnte Jör anbieten, gleich zur Spree zu fahren und dort zu warten. Aber ihr Outfit … Sich in diesem Aufzug des Nachts am Wasser herumzutreiben, empfahl sich nicht, wenn sie nicht auffallen wollte. Und die hohen Schuhe waren sowieso zu unpraktisch für alles, auch wenn sie einen geilen Hintern machten.

Also würde sie Richtung Alex stöckeln und sich ein Taxi suchen, das sie nach Hause fuhr, damit sie sich umziehen konnte.

Váli hob den Kopf, mühte sich aber nicht vom Bett, als Loki die Wohnung betrat. Das bedeutete, dass er Jörs Ruf nicht gehört hatte.

»Sohn.« Danach versagte Loki die Stimme.

Der Junge rümpfte die Nase, denn er konnte gewiss Lokis ganzen Abend riechen. Den Alkohol, den Kunstnebel, das Aftershave der beiden Jungs, die Loki im Club aufgegabelt hatte, den Sex und bestimmt sogar die Geschmacksrichtung der bunten Kondome. Ein Urteil über Lokis Lebenswandel hatte sich Váli seit Langem nicht mehr anmerken lassen. Aber Jör würde kaum den Mund halten, sobald er auf dem neuesten Stand war. Der Junge glaubte vielleicht sogar, dass Loki und Sigyn noch zusammenlebten.

Auf einmal klappte das mit dem Stehen nicht mehr richtig. Loki sank erst gegen die Tür und dann auf den Boden.

Dreimal verfluchter Mist. Eine heile Familie waren sie seit Jahrhunderten nicht mehr. Was hatten sie alles geopfert für die Visionen des einäugigen Rabenaases. Und nichts hatte es genutzt, nichts.

Váli erhob sich vom Bett, trottete zu Loki. Ein feuchter Wolfsnasenkuss suchte sie zu trösten.

Loki umarmte das Fünftgeborene und drückte ihr Gesicht in den zottigen Pelz. »Jörmungand ist wach.«

Wenigstens einer konnte sich freuen: Váli hechelte, sein Schwanz klopfte auf den Boden.

»Wieso fange ich jetzt an zu heulen?«, fragte Loki.

Váli schleckte ihre Wange ab und verzog das Gesicht. Das Make-up schmeckte wohl nicht besonders.

»Scheiße.« Loki wischte die Tränen weg. Schwarze Wimperntusche und violetter Lidschatten blieben an ihren Fingern kleben. »Hast schon recht.« Sie beide waren immerhin noch hier, hatten das Christentum, zahllose Kriege, Rufmord und sämtliche Verfolgungen wegen sittenwidriger Unzucht überstanden. »Also eins nach dem anderen.«

Sie kickte die Schuhe weg, stöpselte das Handy am Ladekabel ein, schälte sich aus den engen Klamotten, duschte. Das Bad verließ Loki in einer Gestalt, die Jör kannte und die zu weniger dummen Sprüchen einlud als eine mit Brüsten. Obwohl Loki sich nicht wie ein »er« fühlte.

Loki zog sich ihre älteste Jeans und ihren lila Hoodie an und band sich die Haare zurück. Im Flur schwebten ihre Finger kurz über Vális Halsband mit der Runenritzung. Normalerweise sorgte es dafür, dass die Leute ein gezähmtes Haustier mit Dackelblick statt eines echten Wolfs sahen. Außerdem achtete Váli darauf, sich wie ein Hund zu geben – bloß das Kläffen hatte er sich nicht angewöhnt. Aber dann entschied Loki sich für das Exemplar ohne Runen. Dazu schnappte sie sich die pro forma vorhandene Leine. »Wir gehen Jör abholen, ja?«

Váli wedelte zur Antwort mit dem Schwanz und trottete zur Tür. Das Halsband war nach so vielen Jahren zur Gewohnheit geworden, selbst für Loki, die es mühsam fand, sich an Gesetze zu halten.

Jör. Triff mich an der Anlegestelle Treptower Hafen. Loki zeigte ihm ein Bild der Spree und gab ein paar Hinweise dazu, wo die zugehörige Flussmündung lag.

Es dauert noch ein bisschen, hier ist es eng, antwortete Jör. *Und bei den Nornen, wo kommen diese ganzen großen Schiffe her? Wer braucht die alle? Sind Freyr und Freyja übermütig geworden?*

Auch Loki hatte sich die Frage gestellt, warum die Menschen sich so vermehrt hatten. Eine Antwort hatte sie nicht gefunden. Aber egal wie, sie schienen darauf erpicht, den Globus kahl zu fressen. *Sieben Milliarden, Jör. Es ist viel Zeit vergangen.*

Hm, meinte Jörmungand.

Erwartete er noch etwas anderes? Sie biss sich auf die Lippe. Eine halbherzige, floskelhafte Bitte um Entschuldigung würde kaum wiedergutmachen, wie widerstandslos Loki Odin über seine Kinder hatte verfügen lassen.

Loki und Váli drehten aus Langeweile drei Runden durch den dunklen Park, bevor Jör sich näherte. Niemand begegnete ihnen an diesem sehr frühen Samstagmorgen. Vielleicht, weil Váli ungetarnt als Wolf an Lokis Seite lief.

Zuletzt harrten sie an der Anlegestelle aus, bis bei beginnender Dämmerung Jörmungands stacheliger Drachenkopf aus dem Wasser tauchte.

Loki blieb fast das Herz stehen, als hätte sie den sichtbaren Beweis gebraucht, um an die Rückkehr ihres Sohnes zu glauben. Ihre Hände krallten sich in ihre Kapuzenjacke. Sie konnte sich nicht rühren. Wieso hatte Jör von allen Wesen nach ihr gerufen, nach ihr, die es am wenigsten verdient hatte?

Das Flusswasser hat sich verändert, bemerkte Jör scheinbar unbeeindruckt von Lokis Schweigen, hievte sich über die niedrige Kaimauer und schlängelte auf seinen kurzen Beinen an Land: Ein vier Meter langes, oberschenkeldickes Wesen mit fingerlangen Reißzähnen und sturmgrauen Schuppen. *Schmeckt weniger nach Kacke und mehr nach Steinöl und Seife.* Er schüttelte sich.

Váli sprang auf ihn zu und leckte ihm die Schnauze ab.

Hei, hei, kleiner Bruder. Endlich treffe ich dich. Das letzte Mal, als ich dich gespürt habe, warst du eine Kaulquappe in Vaters Bauch. Jörs gespaltene Zunge tanzte über Vális Nase. *Dir geht's gut, hm?*

Vális Schwanz wedelte so sehr, dass Loki befürchtete, er würde sich die Hüften auskugeln. Aber anstatt das Kind zu beruhigen oder irgendetwas anderes zu tun oder auch nur zu sagen, schluckte Loki gegen den Kloß in ihrem Hals. Den Nornen sei Dank, dass Jör nicht eifersüchtelte.

Die beiden beschnüffelten sich noch eine Weile. Schließlich wandte Jör seinen Blick aus schlitzförmigen Pupillen Loki zu.

Vater. Ich sollte eine Mutsühne von dir fordern.

Kein Papa mehr, was vorherzusehen gewesen war. »Sohn.« Lokis Erstarrung löste sich insoweit, dass sie trotz der Drohung die paar Schritte zu Jör machen konnte und vor ihm ins Gras auf die Knie sank.

Du erwartest doch nicht einfach so Vergebung?, meinte Jör. *Nur, weil wir verwandt sind?* Seine Nüstern stießen fast gegen Lokis Stirn, er roch nach Salzwasser und Tang. *Du hast Mutter betrogen und uns deinem Blutsbruder ausgeliefert. Wenn du uns nicht verlassen hättest, wer weiß, ob Odin und seine ach so heldenhaften Asen uns dann überfallen hätten. Deinetwegen stecken meine Geschwister in Helheim und auf einer felsigen Insel fest. Selbst ich muss mich glücklich schätzen, dass ich überhaupt aus dem Wasser steigen kann.*

Ich weiß. Loki schluckte. Obgleich sie nicht zur Grübelei neigte, hatte sie in all den Jahrhunderten genug Zeit gehabt, über dem »Was wäre wenn?« zu brüten. Auch wenn es zu nichts führte, mit dem Schicksal zu hadern, das die Nornen webten. Allerhöchstens sorgte es dafür, Fehler nicht zu wiederholen: Schlussendlich hatte Loki in einem Anfall von geistiger Umnachtung einmal zu oft Odins Ratschlüssen vertraut. *Es tut mir leid.* Alles tat ihr leid. Sie sich selbst am allermeisten. Es war keine Floskel.

Gut.

Loki senkte den Kopf, obwohl sie sich lieber zusammenkrümmen wollte. Sie hätte es ahnen sollen, denn sie hatte dieses Kind aufgezogen. Jör vergab ihr nicht automatisch.

Zu einem Friedensschluss brauchte es Gaben oder Taten. In jedem anderen Zusammenhang wäre sie vor Stolz geplatzt, ein Kind zu haben, das für sich einstand.

Etwas Kühles streifte Lokis Nase. *Bei passender Gelegenheit werde ich die Wiedergutmachung fordern,* beschied Jör ihr.

Dass Jör einen Friedensschluss in Erwägung zog, war mehr, als Loki erhofft hatte. Dennoch hätte sie seine Bedingungen lieber gleich gehört. Konnte sie ihn überreden, schneller eine Entscheidung diesbezüglich zu treffen? Sie hob die Hand, und Jör ließ sich die Stacheln seiner Halskrause streicheln. Váli drängelte sich dazu.

Lange hatte Loki sich nicht mehr so warm gefühlt. Wenn es Jör ähnlich ging, könnte sie …

Vális Ohren zuckten.

Da kommt jemand angerannt, stellte Jör fest. *Kein Krieger.*

»Jogger?«, fragte Loki.

Váli neigte den Kopf in Zustimmung.

»Die Menschen hier rennen zum puren Freizeitvergnügen.« Ein wenig Dauerlauf half, um als Krieger in Form zu bleiben, aber als erwachsene Person einfach aus Spaß an der Freude zu rennen, fand Loki seltsam. Wie auch immer, es war der falsche Ort, um Jör Zugeständnisse abzuringen.

»Wir sollten erst einmal nach Hause. Essen und schlafen. Du bist mein Gast, Jör. Und dann müssen wir uns überlegen, wie du weniger auffällst.«

Sie können mich nicht sehen, wenn ich es nicht will.

Váli machte ein leises, neidisches Geräusch.

»Aber sie können über dich stolpern.«

Das ist wahr. Mit einem Schnaufen schrumpfte Jör auf die Länge von einem Meter, kletterte Lokis Arm hinauf und ringelte sich um ihren Hals. Die Stacheln verfingen sich in Lokis Haaren und zogen Strähnen aus ihrem Zopf. Dabei riss er ihr ein paar Locken aus, aber sie ließ sich die Schmerzen nicht anmerken.

Bei dieser Größe hätte Jörmungand keine zehn Kilo wiegen dürfen, doch Loki wankte, als sie aufstand. Da ruhten sowohl ein kleiner Drache als auch die Weltenschlange selbst auf ihren nicht allzu breiten Schultern.

Odin schuldet mir mindestens die Fähigkeit, als Zweibeiner aufzutreten, merkte Jör an, der natürlich wusste, wie viel er wog und was er Loki aufbürdete.

»Und was schulde ich dir?«, fragte sie.

Jör rupfte ihr mehr Haare aus, als er ihr aus zwei Zentimetern Entfernung ins Auge sah. *Du hättest wohl gern, dass alles abgegolten ist, wenn du mir ein Obdach bietest und ein paar Erklärungen zu dem, was sich in den letzten Jahrhunderten geändert hat? Das täte dazu passen, dass du seit meiner Verbannung ganze drei Mal mit mir geredet hast.*

Damals hatte Loki Jör von den neuesten Entwicklungen zu berichten versucht. Zu diesen Gelegenheiten war ihr nur stumme Wut entgegengeschlagen, was jegliche Aussprache verhinderte. Im Vergleich dazu benahm Jör sich heute manierlich.

Dass ich dir helfe, ist selbstverständlich. Aber irgendetwas musst du dir doch wünschen.

Jör schniefte. *Darüber werde ich nachdenken. Derweil bin ich dein Gast. Wie du gesagt hast.*

Jör meinte wahrscheinlich, dass er würdevoll klang, und erinnerte sie doch nur an den Teenager, den die »Kaulquappe« in Lokis Bauch so fasziniert hatte, wie ihn der Streit seiner Eltern verwirrte. Sie unterdrückte ein Seufzen und winkte Váli.

Auf dem Heimweg ernteten sie ein paar schiefe Blicke in Vális Richtung. Loki hätte doch das Runenhalsband einpacken sollen.

Kurz vor Geschäftsschluss am letzten Samstagmittag im August war das Reisebüro wie ausgestorben. Jasna sortierte aus reiner Langeweile die Skandinavienführer um, wischte Staub von der Plastikgiraffe in Julias Ecke und setzte sich dann, um die Kasse zu machen.

Glücklicherweise hatte heute niemand Bargeld gebracht – es gab noch ein paar altmodische Menschen, die mit einem Stapel Hundertern kamen, um die nächste Studienreise oder den Kurlaub zu bezahlen.

Nach all der Aktivität musste sie ihren Pferdeschwanz neu binden und dabei ein paar Haare befreien, die sich mit dem Lederband ihres Anhängers verknotet hatten. Die Triquetra hatte sie sich nach ihrem Umzug zu ihrer Großtante zugelegt, mit siebzehn. Der Knoten mit den drei Spitzen sollte sie daran erinnern, dass es zu jedem Streitpunkt mindestens drei Blickwinkel gab.

Das Windspiel über der Tür bimmelte. »Huhu!«

Jasna sah auf. Da posierte ihre Schwester im Eingang, die Haare krisselig von der schwülen Luft draußen, und strahlte wie ein Honigkuchenpferd.

»Hei, hei.« Jasna stand auf, umrundete ihren Tisch und herzte die Kleine, die fünf Zentimeter größer war als sie. »Was treibt dich in die Großstadt?«

Wie immer schnaubte Selma über den Insiderwitz. Dreißigtausend Seelen reichten in anderen Gegenden für ein umfassendes Kulturangebot, aber auf der Achse Karlsruhe–Stuttgart hatten die echten Großstädte die Vielfalt für sich gepachtet. »Ich hab endlich eine Konditorin gefunden. Wart ab, bis du die Fotos siehst! Und dann war ich noch shoppen.« Selma demonstrierte die Ausbeute, indem sie eine Tüte des nächstgelegenen Modeladens hob.

»Zwei Minuten, dann kann ich dichtmachen«, sagte Jasna, ganz pflichtbewusste Spaßbremse. Aber sie strahlte zurück. Seit Selma verlobt war, sprühte diese vor Lebenslust. Das steckte an. Für die kirchliche Hochzeit gab es bereits einen Termin im Mai.

Die zwei Minuten verbrachte Selma damit, dass sie sich auf einem Sessel für Kundschaft vor Jasnas Tisch niederließ und diverse Dinge aus ihren Taschen wühlte. Handy, zwei DVD-Boxen und eine sehr volle Tüte Trüffelpralinen vom Chocolatier in der Fußgängerzone.

Eine Straße weiter bimmelte die Kirchenglocke vierzehn Uhr.

»Der Schlag der Erlösung«, meinte Selma.

Jasna wühlte den Schlüssel aus ihrer Hosentasche, schloss die Tür ab und fläzte sich in den zweiten Besuchersessel. »Also?«

»Also erst mal was zum Anschauen.« Selma reichte Jasna die DVDs. »Die Serie, von der ich dir letztes Wochenende erzählt habe.«

Von der obersten Box starrte ihr ein Typ mit Hipsterfrisur und dekorativen Wunden im Gesicht entgegen, der wohl grimmig und verwegen wirken sollte.

»Wikinger und so Krams«, wiederholte Selma ihre Erklärung vom Samstag. »Also genau dein Metier. Die Kerle sind echt zum Anbeißen. Aber weil du damit ja nichts anfangen kannst, hab ich dir was mitgebracht, das du lecker findest.« Sie platzierte die Tüte mit den Trüffeln mitten aufs Gesicht des Hipstertypen.

»Danke.« *Marc de Champagne* und *Kir Royal*, wenn Jasna sich nicht täuschte. Beim bloßen Gedanken an den alkoholisch-süßen Schmelz lief ihr das Wasser im Mund zusammen. Ein bisschen zu gierig? Wahrscheinlich sollte sie ihren Göttinnen etwas davon opfern. Frigg und Volla würden sich darüber gewiss freuen.

Selma tätschelte ihr die Hand. »Du hast mir an Michas Geburtstag den Arsch gerettet, das passt schon.« Welche Schwester brachte auch sonst mitten in der Nacht Mehl, Zucker und geriebene Schokolade vorbei, weil die jüngere ihren Kuchen verbrannt hatte und um halb zwölf keine Zutaten mehr auftreiben konnte?

Vorsichtig setzte Jasna den Stapel auf ihrem Tisch ab. »Also, was ist jetzt mit der Konditorin?«

»Die Frau ist der Oberhammer!« Selma zückte das Handy und rief die Fotogalerie auf. »Schau.«

Also tat Jasna wie geheißen und lehnte sich gegen ihre Schwester, um die Bilder zu betrachten: Drei- bis fünfstöckige, zuckerüberzogene Wunder in Pastelltönen, verziert mit Rosen, Girlanden, Herzen,

Turteltäubchen, Weltkarten. Diese Kalorienbomben sahen beeindruckend aus, wenn man auf teure Verspieltheiten Wert legte, aber längst nicht so appetitlich wie die Trüffel in Jasnas unmittelbarer Reichweite. »Hübsch.«

»Und die Füllung ist zum Reinlegen gut. Ich muss noch mit Micha reden, aber ich denke, wir machen drei Stockwerke. Schoki, Erdbeere und Rhabarber, passend zur Jahreszeit.«

Jasna nickte. »Damit sollte für jeden was dabei sein.«

»Denk ich auch. Die Konditorin hat sich echt erzählen lassen, wie wir uns kennengelernt haben. Und dann hat sie mir das als Dekofiguren vorgeschlagen. Alles nachher aus Marzipan, die ist so talentiert.« Wisch, wisch, machten die Finger. Da saß nun in grober Skizze eine Braut auf einem Schwan und reichte dem Bräutigam die Hand.

Jasna blinzelte.

»Das ist so romantisch«, seufzte Selma.

Jasna blinzelte wieder. Der nächste Griff ging zu dem Amulett um ihren Hals.

Selma bemerkte es natürlich und runzelte die Stirn. »Du findest das nicht gut.«

Wenn man ein im flachen Gewässer gekentertes Paddelboot als Schwan interpretieren wollte und Micha als den heldenhaften Recken, der Selma an Land gebracht hatte … Trotzdem stellten sich Jasna die Nackenhaare auf. »Es passt zu euch.«

»Sag ich doch.« Selma zog eine Schnute. »Und was ist falsch dran?«

Jasna schloss noch einmal die Hand um ihr Amulett, bis die Bronze sich in ihre Haut bohrte und es schmerzte. »Es ist nicht falsch.« Eine Ablenkung musste her, schnell. »Nur ein bisschen mehr Richard Wagner, als ich dir zugetraut hätte.«

Wie immer bei Lästerung der Hochkultur verdrehte Selma die Augen. Ihr Beruf als Musik- und Mathelehrerin am Gymnasium verpflichtete sie quasi dazu. »Und wir alle wissen, dass du Wagner hasst.«

Mehr als ein Schulterzucken brachte Jasna nicht zustande. Die Musik war ganz nett, aber der Mann hatte Helme mit Hörnern auf die Menschheit losgelassen. So ein Ding würde sich in einer echten Schlacht als tödlich erweisen. Doch besser, sie trafen sich auf diesem Schlachtfeld, statt Jasnas Abkehr vom katholischen Glauben zu beackern. Von Schwanjungfrauen und deren vermuteter Rolle als Mittlerinnen zum Reich der Toten fing sie demnach gar nicht erst an. Selmas Torte war bloß ein Traum aus dem Zeitalter der Romantik, kein schlechtes Omen. »Dir und Micha muss es gefallen.«

Selmas nächster Seufzer ähnelte dem einer duldsamen Ehefrau. »Wenn es dich beruhigt, dann kannst du eine Schutzrune in mein Kleid sticken. Ja?«

Ein Entgegenkommen. Jasna ließ das Amulett los und drückte ihrem Schwesterherz die Hand. »Eine für Schutz, Wohlstand und Kindersegen.« In ihrem Kopf arbeitete es, welche Zeichen sie zu einer Binderune kombinieren könnte.

Selma erwiderte den Händedruck. »Du kriegst deine heißersehnten Neffen oder Nichten, keine Panik. Micha und ich haben schon geplant, wann ich die Pille absetze.« Selma wusste, wie sehr sich Jasna auf Kinder freute, die sie mitbetreuen konnte.

»Heute noch was vor?«, wechselte sie das Thema.

»Ich fahr jetzt zu Michas Eltern. Er wollte seinem Vater im Garten helfen, dort kann ich ihn mit den Tortendesigns überraschen. Und heute Abend gehen wir ins Kino und genießen ein bisschen das Nachtleben in dieser Großstadt.«

Jasna nickte. Typisches Wochenendprogramm für zwei kinderlose Anfangdreißiger.

»Und du bleibst mal wieder brav daheim?«

»Ich muss mich langsam um das Hüttenwochenende kümmern.« Zur Tag-und-Nacht-Gleiche wollte sie mit einigen anderen Heiden und Hexen in einer Hütte im Schwarzwald feiern. Ein gemeinsames Ritual zu erarbeiten, stellte die Gemeinschaft das zweite Jahr in Folge vor größere Schwierigkeiten. Dass eine Internetbekanntschaft außerdem ein Set Runen von Jasna erbeten hatte, die geritzt werden wollten, davon erzählte sie besser nicht. »Und morgen will ich mit Julia und ihrer Liebsten los. Wir müssen schauen, ob der neue Wanderführer für den Nationalpark Nordschwarzwald was taugt.« Sie gestikulierte zu dem Aufsteller am Tischende. »Ich will wissen, was ich da verkaufe.«

Selma schüttelte den Kopf. »Du bist so vernünftig, dass es echt manchmal wehtut.«

Zum Frühstück kochte Loki Reis und Karotten. Für Váli mit Schweinefleisch aus der Tiefkühltruhe und einem Löffel Haferflocken, für die anderen gab es gebratenen Fisch dazu.

Jör war von dem Ausblick aus dem Küchenfenster fasziniert, obwohl der nur einen Berliner Innenhof mit den typischen Hinterhäusern zeigte. Alles mehrstöckige Gebäude, deren ergrauter Putz an manchen Stellen bröckelte. Klapprige Fahrräder lehnten neben jedem Eingang, an der Kellertür prangte eine Warnung vor Rattengift. Diese vernachlässigte Immobilie bot Lebenskünstlern wie Loki eine Heimstatt. Mit zahlreichen Schutzrunen hatte sie dafür gesorgt, dass die Gentrifizierung noch eine Weile ausgesperrt blieb.

So viele Menschen. Hat jeder eine so große, komfortable Wohnung wie du?

Loki schaute sich in der Eins-Komma-Fünf-Zimmer-Bude um. Fünfunddreißig Quadratmeter, winziges Bad, das mal wieder geputzt werden müsste. Eine Wohnküche mit Platz für einen Vier-Personen-Esstisch, Couch und Fernseher. Das halbe Zimmer vollgestopft mit einem Kleiderschrank, der überquoll von Büchern, Elektrogräten, Erinnerungsstücken und Klamotten. Für eine einzige Gottheit und einen Wolf. Das war verflucht viel Platz und verflucht viel Zeug, verglichen mit früheren Zeiten. Die Glasfenster, damals unvorstellbar, hatte Jör bereits auf dem Heimweg mehrfach bewundert.

»Die meisten Leute in diesem Land haben mehr Platz in schöneren Häusern. Oder streben zumindest danach«, sagte Loki. Sie selbst vermisste manchmal einen Garten zu dem Wohnraum.

Hrrm. Jör reckte sich. *Handeln sie viel mit fernen Ländern? Das würde die Schiffe erklären. Und dass es keine Äcker mehr gibt.*

»Es gibt noch Äcker in diesem Land, aber nur wenige Menschen arbeiten als Bauern. Es gibt einige Händler und einige Handwerker. Damit die mehr arbeiten können, bezahlen sie viele andere, die ihnen bei der Verwaltung und allem Möglichen helfen. Die meisten Rohstoffe stammen aus Asien und Afrika. Aus ihnen werden Autos und Maschinen hergestellt und in die ganze Welt verkauft.« Sowohl zu Autos als auch zu jeder anderen technischen Entwicklung hatte Jör vorhin viele Fragen gestellt. Sie hatten zudem alle paar Schritte angehalten, weil er etwas genauer inspizieren wollte.

Der Lärm, den all diese Schiffe machen, muss das Eis gebrochen haben, in dem ich eingeschlossen war.

Loki runzelte die Stirn. »Du warst eingefroren?«

Ja. Dein werter Neffe hat mir seinen elenden Hammer über den Schädel gezogen und mich bewusstlos geschlagen.

Ich wäre vielleicht früher erwacht, aber ich muss nach Süden getrieben sein. Und da bin ich im Eis eingeschlossen worden.

»Thor ist nicht mein Neffe«, fühlte sich Loki genötigt zu widersprechen.

Sohn deines eingeschworenen Blutsbruders. Jör ringelte sich um die Kräutertöpfe und blickte weiterhin nach draußen. *Macht keinen Unterschied, und das weißt du genau. Ich hab mich um meinen eigenen Kram gekümmert, und Thor meinte, dass er seine Kraft an mir erproben muss. Schlecht erzogen nennt man das.*

Loki zuckte mit den Achseln. »Er ist der, den die Menschen sehen wollten.«

Ein Henne-Ei-Problem. Niemand von ihnen wusste mehr, was zuerst da gewesen war: Ihre Persönlichkeit oder die Mythen, die die Menschen über sie erzählten.

Jör zischte. *Bequeme Ausreden. Willst du mir ehrlich weismachen, dass du mich nur im Stich gelassen hast, weil es ein paar Menschen von dir glauben? Es liegt an uns allen, besser zu sein als unser Ruf, statt die Verantwortung abzuwälzen.*

Váli fiepte, wohl aus Sorge wegen der schlechten Stimmung.

Loki raufte sich die Haare. So kamen sie nicht weiter. Irgendwas hatte sie doch über Eis in der Antarktis gelesen? »Warte mal kurz.« Von dem Kästchen neben der Wohnungstür klaubte sie ihr Handy und warf die Suchmaschine an.

Da stand es schwarz auf weiß: Ein monströser Eisberg, fast siebenmal so groß wie Berlin, hatte sich von einem Schelf gelöst und trieb seit einigen Wochen aufs Meer hinaus. Schuld war die Klimaerwärmung.

»Die Menschen haben dich unabsichtlich aufgetaut«, sagte Loki. »Du siehst doch die ganzen Autos und die vielen Kamine? Seit hundertfünfzig Jahren verbrennen sie Unmengen Kohle und Petroleum – Steinöl –, zum Heizen, zur Fortbewegung, um Maschinen anzutreiben. Die Dämpfe steigen in die Luft und legen sich wie ein gläserner Deckel über die Erde.«

Wie in einem Topf, wo die Wärme eingeschlossen bleibt?, fragte Jör.

Kluges Kind. Loki lächelte ihn an. »Genau. Es wird von Jahr zu Jahr wärmer. Und deswegen taut zurzeit auch sehr altes Eis. Also Gletscher, das Schelfeis an den Polen der Welt und der Permafrostboden.«

Das scheint mir nicht besonders klug, meinte Jör. *Auch wenn ich lieber wach bin als eingefroren.*

Mit anderen Begriffen suchte Loki nach allen Informationen über den Klimawandel, die sie auf die Schnelle finden konnte. »Die Menschen befürchten, dass die Wüsten sich ausbreiten werden. Schon jetzt gibt es Kriege um Wasser in südlichen Ländern. Und wenn das Eis schmilzt, wird der Meeresspiegel ansteigen. Zahllose Küstenstädte werden in ein paar Jahrzehnten unter Wasser stehen.«

Jör züngelte und wand sich um das halbwelke Basilikum, sodass er Loki ansehen konnte. Aus seinem Blick sprach verständnislose Neugier. *Haben sie nicht die Nornen um Rat gebeten? Keine Seherin befragt?*

Loki seufzte. »Keiner von denen glaubt an die Nornen.«

Ich verstehe nicht, was du damit meinst. Die Nornen sind einfach da, und jeder weiß, dass man ihren Hinweisen glauben kann.

Loki rieb sich über die Augen und spürte auf einmal die Last aller verstrichenen Jahrhunderte. Wie tief war der moderne Sprachgebrauch bei ihr eingesickert? Was hatte sie sich sonst noch von den Menschen abgeschaut seit dem Sittenwechsel vom Heidentum zum Christentum? »Mittlerweile streiten sich die Leute nicht nur um die Bedeutung einer Rune, sondern darum, ob die Runen überhaupt eine Bedeutung haben, Jör. Der Christengott lässt keine Wahrheit neben sich zu. Seit er Anhänger um sich schart, streiten die sich darum, wie das Leben nach dem Tod aussieht und wer es sich verdient hat. Und ob ihr Gott eine oder drei Erscheinungsformen hat. Auf die Aussagen ihrer Propheten zu vertrauen, nennen sie Glaube. Selbst viele, die heute noch den Asen die Treue halten, sind auf der Suche nach der endgültigen Wahrheit.«

Viele der neuen Heiden nahmen mal Snorri Sturlusons verleumderische Zusammenschrift von Mythen namens *Edda* für die einzig wahre Wahrheit, mal die sogenannte *Lieder-Edda*, stritten um Kleinigkeiten und erkannten das Wirken von Thors Hammer Mjöllnir selbst dann nicht, wenn sie in eine Steckdose fassten und er ihnen einen elektrischen Schlag verpasste. Die wenigsten modernen Menschen – vor allem die nichtheidnischen – würden anerkennen, dass die Asen persönliche Gegenüber und abstrakte Konzepte gleichzeitig waren, je nachdem, wie man die Welt betrachtete.

Weil Loki derartige Diskussionen häufiger trollte, erklärte sie Jör einige Streitpunkte.

Das ist völlig bescheuert, meinte Jör daraufhin. *Wen interessiert, ob Yggdrasill in Wahrheit eine Esche oder eine Eibe ist, oder ob Odin sich auf einen Stab oder einen Wurfspeer stützt? Wichtiger ist doch, dass man das Heil seiner Sippe mehrt, ihr eine ordentliche Welt hinterlässt und dann gütig über seine Erben wacht.*

Váli nickte.

Loki machte eine hilflose Handbewegung. Die Christen waren gekommen, und seitdem galt das Leben auf dieser Seite des Flusses nur noch die Hälfte, wurde nur noch daran bemessen, wie es sich auf die versprochene Erlösung auswirkte. So hatten sich viele Menschen von realen Fesseln in gedankliche begeben, weil es einfacher schien, an eine Versuchung zu glauben, als Verantwortung für die eigenen Taten zu übernehmen.

Zur Krönung hatten die Leute in diesem Land einen größenwahnsinnigen Despoten zum Reichskanzler gewählt und damit das Wort »Heil« verdorben.

Und die anderen Asen haben sich nicht gewehrt? Jör schaute sich um. *Wo stecken sie eigentlich?*

»Sie haben sich schlafen gelegt. Odin hat …« Loki holte Luft. Einst hatte sie Odin das Versprechen gegeben, einige Dinge für sich zu behalten. Und obwohl sie dem Rabenaas nichts mehr schuldete, kostete es Überwindung, die Geschehnisse in Worte zu fassen. »Er hat Dinge gesehen, nachdem er aus Mimirs Brunnen getrunken hatte. Vom Ende der Asen. Und dass einst ein strahlender junger Gott über die Erde herrschen würde. Er hat angenommen, dass Balder gemeint war. Aber damit der Ragnarök überwintern kann, sozusagen, musste Odin ihn zu deiner Schwester nach Helheim entsenden.«

Umbringen, meinst du wohl. Jör züngelte. *Wenigstens geht er mit den eigenen Kindern noch weniger zimperlich um als mit deinen.*

Loki schluckte, widersprach aber nicht. Wenn sie es wohlwollend betrachtete, hatte Odin bei Nari nur nicht eingegriffen, anstatt die gesamten Ereignisse nach dem unseligen Festmahl bei Aegir zu inszenieren. Aber egal wie, seine Beweggründe für den Tod von Lokis jüngstem Sohn blieben im Dunkeln. Nari weilte wie Balder bei Hel und wachte mit ihr über sie alle.

»Odin hat sich vertan. Es kam kein Ende mit einem Neuanfang für uns, sondern eine Dämmerung. Der Christengott hat uns alle in Vergessenheit geraten lassen. Unsere Macht schwand, und schließlich haben die anderen sich nach Asgard zurückgezogen. Alle bis auf Sigyn. Sie sagt, sie schlafen. Vorher hat Odin die Grenzen zwischen den Welten mit Runensteinen versiegelt. Damit die Jöten und die Toten nicht übermütig werden, wenn die Asen nicht mehr über Midgard wachen.«

Ausgerechnet die Asen bekommen nichts mehr mit. Geschieht diesen Wichtigtuern recht, meinte Jör.

Loki wackelte mit dem Kopf. »Stimmt.« Das moderne Berliner Leben war es wert, nicht verschlafen zu werden.

Moment. Eis. Klimaerwärmung. In ihrem Bauch formte sich ein Klumpen aus schlechten Ahnungen. »Die Runensteine lagern im Eis. Und sie tauen auf, wenn es so weitergeht.«

Váli fiepte.

Jör züngelte. *Ah. Das klingt so, als würden Hel bald die Draugar entkommen. Oder als würden demnächst böswillige Riesen oder gleich die Muspilli über uns herfallen.*

Was für eine Auswahl. Wer wollte schon von Wiedergängern überrannt oder von Naturkatastrophen gebeutelt werden? Sollten die Muspilli entkommen, würde der Weltenbrand hereinbrechen, und zwar wörtlich. Sofern der Klimawandel den nicht herbeiführte.

Loki umklammerte das Telefon. »Ich muss eure Stiefmutter anrufen.«

Sie wohnt nicht hier? Jör hob das, was bei einem Menschen die Brauen gewesen wären. *Ich dachte, bei den ganzen Röcken auf dem Boden … das sind alles deine? Dann war Vális Zeugung kein Ausrutscher?*

Es lohnte nicht, auf die Stichelei einzugehen. »Es heißt pansexuell und genderfluid«, erklärte Loki.

Dass ihre besondere Form, *ergi* zu sein, mittlerweile Namen hatte, die nicht der Beleidigung dienten, ließ das Kind wenigstens kurzfristig verstummen. Jör züngelte und starrte aus dem Fenster.

Erst ein paar Minuten später, als Loki sich durch ein Gewirr von Suchergebnissen im Internet klickte, hatte Jör sich erholt.

Bist du nicht mächtig genug, die Siegel selbst zu stärken?

Loki trommelte einen Rhythmus auf die Tischplatte. »Nicht von hier aus. Die anderen haben mich an diesen Körper gebunden.« Wie zur Erinnerung juckte die Fessel an ihrem Handgelenk. »Wir müssten die Runensteine suchen und hinfahren.«

Theoretisch könnte Jör Loki und Váli bis zum Polarkreis oder gar Tromsö auf seinem Rücken durch das Nordmeer tragen. Praktisch war das verflucht kalt, nass und unbequem.

Flugzeuge kamen nicht infrage, weil Váli die Transportboxen hasste. Züge oder ein Boot der Hurtigruten-Postschifflinie wären geringfügig besser. Aber es strengte an, allein die nötige Ausstattung für eine Gottheit, einen Wolf und Jör über diese große Strecke mit den Öffentlichen zu transportieren. Bei einem Großteil der Mitreisenden würde es sich zudem um Touristen handeln, die auf erzogenen Hunden genauso bestanden wie darauf, alles zu fotografieren. Wahrscheinlich bräuchten sie auch ein Zelt für den letzten Abschnitt der Strecke.

Dann nehmen wir uns eben eins von diesen Autos, schlug Jör vor, als hätte er Lokis Gedanken gehört.

Váli legte sich eine Pfote über die Augen und tat damit seine Meinung kund. Die eine Fahrt anno 1912 hatte ihm vollauf gereicht. Seitdem weigerte er sich, in ein Auto zu klettern, das Loki zu fahren gedachte.

Ich verstehe, sagte Jör, nachdem er seinen jüngeren Bruder eine Zeitlang betrachtet hatte. *Vor allem müsste ich mich darauf verlassen, dass du alles Notwendige einpackst. Keine so gute Idee.*

Der Kommentar versetzte Loki einen Stich ins Herz, obwohl sie ihre Schwächen selbst gut genug kannte.

Sigyns aktuelle Telefonnummer zu ermitteln, dauerte. Zu Codes, die sonst nur Hacker erreichten, drang Loki als Gottheit der Übergänge und Grenzübertretungen üblicherweise ohne Hilfsmittel vor. Außerdem halfen geschickt eingesetzte Runenzauber ihr, schneller zu suchen. Aber Sigyn war nicht dumm und wendete genau dieselben Tricks an, mit denen Loki sich seit Anbruch des Siliziumzeitalters vor den Behörden und mitteilungsfreudigen Social-Media-Junkies verbarg. Bei fremden Facebook- oder Instagramprofilen einzubrechen und Bilder von sich oder dem »voll riesigen Wolfshund« Váli zu löschen, gehörte zu ihrem Alltag. Denn irgendwann fiel den Leuten auf, wenn jemand nicht alterte. Das Schwule Museum besaß Fotos von Loki, die 1977 im frisch eröffneten SchwuZ entstanden waren.

Mittlerweile, so teilte ihr schließlich ein begeistertes Posting in einem US-amerikanischen Forum für Esoterik und Heidentum mit, war Sigyn von Norwegen in die USA umgesiedelt und unterrichtete betuchte Asentreue in Runenkunde. Vermutlich hoffte sie immer noch, dass ihre Sippe von Gottheiten zu altem Ruhm und Macht zurückfand. Dass ihr selbstgewähltes Exil so lange währen würde, hatte sie nicht vorhergesehen, und irgendwann hatte die Nostalgie gesiegt.

Bis der Anruf nach Michigan durchging, dauerte es. Loki tigerte so lange neben dem Bett auf und ab.

»House of Wynn, Sigrid Snorradottir speaking."

Die Stimme mit dem skandinavischen Akzent traf Loki wie ein Schlag vor die Brust. Wie sehr hatte sie diese sanften Töne vermisst. »Hei, hei«, hauchte sie.

»Du«, fauchte Sigyn. »Was willst du?«

Jetzt wusste Loki wieder, warum sie lieber nicht mit Sigyn sprach. Zu viel Sehnsucht, zu viel böses Blut. »Ich hoffe, dir geht's auch gut. Jörmungand ist aufgewacht. Er wohnt fürs erste bei mir.«

»Und? Glaubst du, ich nehme deine Missgeburt bei mir auf, nur weil ich ein Haus am See habe?« Im Hintergrund krächzte ein Rabe, als wollte er die Beleidigung bestätigen. Sigyn hatte sich wohl ein neues Haustier angeschafft und verdorben.

Loki atmete einmal tief durch. »Darum geht es nicht. Jör war im Eis eingeschlossen. Du weißt schon, dieser große Eisberg, der in der Antarktis abgebrochen ist?«

»Aha. Und weiter?«

»Wenn das Schelfeis auftaut, dann kann es mit Odins Runensteinen oben in Lappland auch nicht mehr weit hin sein. Die liegen doch im Permafrost?«

Eine Weile herrschte Stille am anderen Ende der Leitung.

»Sigyn?«

»Hm?«

»Hast du keine Meinung dazu?«

»Loki«, sagte sie wie zu einem Kleinkind. Der Rabe krächzte herablassend im Hintergrund.

Loki wollte dem Biest aus Prinzip den Hals umdrehen. »Ich bin noch dran, danke der Nachfrage.«

»Wieso glaubst du, dass du mir gerade Neuigkeiten verkündet hast?«

»Äh.« Kurz blieb Loki der Mund offenstehen. »Du weißt das?«

Sigyn seufzte. »Jeder, der ab und an Nachrichten liest und nicht in den Tag hineinlebt, weiß, dass der Permafrostboden auftaut. Bei den Nornen, Loki. Du hast dich kein bisschen verändert.«

Bevor sie mit ihrem üblichen Monolog über Verantwortungsbewusstsein und Ichbezogenheit anfangen konnte, straffte Loki die Schultern. »Aber wenn die Runensteine auftauen, dann könnte es sein, dass die Welt von den Muspellsöhnen oder Draugar überrannt wird.«

»Die popkulturell bekannte Wahl zwischen der nuklearen und der Zombieapokalypse. Sobald jemand die Steine findet und die Siegel aus Runen stört, ja.«

Diese Art von Sarkasmus bei Sigyn war neu. »Aber dann müssen wir dorthin reisen und die Steine besser verbergen.«

»Nein.«

Der Rabe krächzte.

Loki betrachtete das Run-DMC-Konzertposter an der Wand, von dem seit Monaten die oberste Ecke herunterhing. »Wie, nein?«

»Das ist das Schicksal der Welt. Entweder die Menschen wachen auf und wenden sich rechtzeitig denen zu, die ihr Überleben zwischen Eis und Feuer garantieren, oder sie werden untergehen.«

»Und wir mit ihnen.«

»Das versteht sich von selbst.«

»Und das juckt dich nicht?«

»Wieso juckt es dich? Ich mag nicht mehr.« Sigyn klang mit einem Mal unendlich müde. Trotz aller Unstimmigkeiten verspürte Loki den Drang, ihre Hand durch die Leitung zu strecken und Sigyns Gesicht zu streicheln. »Die anderen schlafen und würden nicht einmal merken, wenn der Urriese auf ihnen herumtanzen würde. Im Grunde haben sie es nicht verdient, dass ich den Menschen von ihnen erzähle.«

Dass Loki ihre heidnische Missionsarbeit zweimal nicht verdiente, musste sie nicht erwähnen. Loki hatte den Tod ihres gemeinsamen Sohnes mit zu verantworten und in den letzten Jahrhunderten nichts gefunden, womit sich Wiedergutmachung leisten ließe. Erneut zwickte die Fessel, als würde sich das Kind, dessen Blut dafür geflossen war, im Grab umdrehen.

Bevor Loki ein weiterer Einwand oder auch nur ein Wort des Trostes einfiel, ertönte ein elektronisches Piepen.

Sigyn hatte aufgelegt.

Irgendwann war sie in die Küche gewandert und auf einen der Stühle gesunken.

Für eine Utiseta musst du raus an die frische Luft, meinte Jör gegen Nachmittag.

Váli zupfte sie am Hosenbein.

Sie sollten für die zweite Runde nach draußen gehen. Váli war zwar äußerst reinlich und wusste sogar das Klo zu benutzen, aber er war ein verfluchter Jungmanne in Wolfsgestalt. Wenn er nicht genug Bewegung bekam, würde die Einrichtung dran glauben. Loki hatte zu oft zernagte Bücher entsorgen müssen, um das zu vergessen.

»Ich wüsste nicht, was eine Utiseta hier nützen sollte.« Wozu sich nachts nach draußen setzen und Visionen suchen, wenn nicht mal Sigyn genug Wut übrighatte, um weiterleben zu wollen? Das Gewicht der vor Loki liegenden Aufgabe verdammte sie fast zur Bewegungslosigkeit.

Dennoch stand sie auf. Schuhe an, Parka an, das Runenhalsband diesmal. Váli zwickte sie noch einmal, um sie an die Schlüssel zu erinnern.

Draußen regnete es mittlerweile in Strömen. Einen Moment lang war Loki versucht, Thor dafür den Mittelfinger zu zeigen, doch der übte seinen Einfluss auf das Wetter wohl unbewusst aus. Die Metaphysik schlafender Gottheiten hatte selbst Sigyn ihr nicht erklären können.

Du hast doch nicht schon aufgegeben?, fragte Jör, als sie den Treptower Park erreichten. Außer ihnen war nur ein Jogger unterwegs. *Wo sind deine sagenhaften Tricks hin?*

Loki zuckte mit den Achseln. *Vielleicht ist es doch halb so wild. Und so sehr drängt die Zeit auch nicht. Ich könnte Sigyn dabei unterstützen, die Menschen zu einem naturnäheren Glauben zu führen …* Würde das für Sigyn als Wiedergutmachung zählen?

Der Jogger überholte sie. Sein hautenges Leibchen und die Hose klebten ihm am Körper und ließen kaum Fragen offen. Heiß. Aber ein andermal. Bei all ihren amourösen Abenteuern vermisste Loki gelegentlich jemanden, der sie kannte und wusste, warum sie umarmt werden wollte. Jemanden wie Sigyn.

Jör pustete ihr seinen Drachenatem ins Ohr und riss sie aus ihren Betrachtungen. *Da. Da haben wir's. Selbst Hasen haben eine längere Aufmerksamkeitsspanne und weniger Bettgeschichten im Sinn. Dich will ich bei der Umsetzung eines langfristigen Plans sehen. Wetten, dass du ihn beim nächsten hübschen Hintern vergisst, der an dir vorbeiwackelt?*

»Also bitte.« So notgeil war Loki nun auch nicht. Obwohl besagter Hintern einiges fürs Auge bot.

Statt weiter zu sticheln, zwickte Jör sie in den Nacken. So schnell hatte er sich Vális schlechte Angewohnheit abgeschaut?

Muss ich dir wie Geirröd und Thjasi mit dem Tod drohen, damit du deinen Arsch hochkriegst? Vergiss meine Stiefmutter und such eine andere Lösung.

Loki schielte auf Vális hängenden Schwanz und in das verkniffene Gesicht ihres drittältesten Sohns. Recht hatten sie: Es musste ohne Sigyn gehen. Sie könnte sich dennoch zieren. Wenn Jör als Sühne einforderte, dass sie die Welt rettete, hätte sie zwei Fliegen mit einer Klappe geschlagen. Andererseits wollte Loki nicht knausern. Nicht gegenüber dem eigenen Fleisch und Blut, wenn man das bei Gottheiten so nennen konnte. Sie war schließlich nicht Odin.

Mir fällt schon was ein. Heute Nacht bringe ich die Ochsenhaut her und bitte die Nornen um Ratschläge.

Váli wedelte mit dem Schwanz.

So was besitzt du? Nicht nur dieses ganze weibische Glitzerzeugs?

Loki sah zum Himmel, aber natürlich fiel statt Geduld ein besonders dicker Regentropfen herab und traf genau ihr Auge.

Daheim fand sie auf ihrem Handy zwei Nachrichten von Nuray, die sie aufforderte, das »Scheißding von Lederjacke« aus ihrem Club zu holen.

Selbstverständlich hätte die Dschinn das Teil einfach per Teleport in Lokis Wohnung abladen können, aber nach dem zweiten Mal hatte sie beschlossen, dass sie nicht Lokis Hausmädchen war und ihre Energie lieber für anderes verwendete.

Nach dem Abendessen und einem Nickerchen stieg Loki also in die Bahn, die sie zu Nurays Club brachte, und holte die Jacke. Wieder daheim, musste sie tatsächlich eine Menge Glitzerzeug beiseite räumen, um das Stück Ochsenhaut aus den Untiefen des Schranks zu befreien. Das Leder und Jör auf den Schultern, Váli ohne Runenhalsband bei Fuß, ging sie zum Park und suchte sich eine geschützte Stelle am Wasser. Die Grenzflüsse unter Yggdrasill konnte sie wegen der Fessel nicht überqueren. Somit bestand keine Chance, den Bewohnern Utgards oder Helheims in einem persönlichen Gespräch Informationen abzuringen. Aber die Nähe der Spree würde die Visionssuche begünstigen.

Mit ihrer altgedienten Obsidianklinge stach sie sich in den Finger und schrieb Runen aus Blut auf die Ochsenhaut. Damit die Schicksalsschwestern begriffen, dass es eilte, endete der Spruch mit drei Not-Runen.

Dann setzte sie sich bequem hin, warf sich die Haut um die Schultern und wartete auf umsetzbare Ideen.

2

Im Nebel saß ihre jüngere Schwester auf einem Schwan, der über einen Fluss aus schwarzem Wasser glitt.

Das Bimmeln ihres Handys riss Jasna aus dem Traum.

Sie blinzelte, bis der Dunst zerfaserte. Vor ihr flackerte nun der Bildschirm ihres Laptops – das ewig sich wiederholende Intro für eine DVD. War sie auf der Couch eingeschlafen?

Geschah der Serie recht, die war historisch frei ausgelegter Unfug.

Jasna fischte ihr Handy vom Couchtisch: Selma. Genau die, von der sie geträumt hatte. Genau die, die ihr diese DVDs ausgeliehen hatte. Um diese Uhrzeit zu stören, sah ihrer kleinen Schwester allerdings gar nicht ähnlich. Und dazu der Schwan. Das Wasser aus dem Traum tröpfelte eiskalt Jasnas Rücken hinunter. Hatten die Nornen sie Unheil sehen lassen oder lag das nur an diesem doofen Kuchen? War irgendwas mit den Eltern? Ihr Herzschlag beschleunigte.

»Ja?«

»Jasna?« Die Verbindung knackte, im Hintergrund rauschte es.

»Fährst du?« Telefonieren am Steuer, um ein Uhr zwanzig nachts? Der Nebel aus dem Traum drängte sich in die Realität. Unbehagen zupfte an den feinen Haaren an Jasnas Armen, bis diese sich völlig aufgerichtet hatten. Thor mochte Fahrerin und Wagen beschützen. »Was ist denn los?«

»Kann ich ’n paar Tage bei dir penn’n?«

Oh-oh. Das klang aber arg verwaschen. War Selma etwa angetrunken? Und fuhr? Wo steckte Micha, der sonst pflichtschuldigst nüchtern blieb? Jasna krallte ihre freie Hand in ein Kissen und wünschte sich, es wäre Selmas Lenkrad. »Klar, du kannst auf meiner Couch schlafen.«

Einmal tief Luft holen und die Panik wegdrücken, genauso wie den Nebel aus dem Traum. »Pass auf. Du hältst bei der nächsten Gelegenheit an. Und dann sammle ich dich ein. Ja?«

Ein, zwei Atemzüge Stille. »Micha hat was mit 'ner ander'n, weißtu?«

Mist, verfluchter. Damit hatte sich die Märchenhochzeit wohl erledigt. Logisch, dass Selma am Boden zerstört war.

»Schatz. Erzähl's mir nachher, ja? Aber bitte halt bei der nächsten Gelegenheit an.«

»Okay, okay. Ich sollt echt nich mehr fahr'n.« Gefummel, ein Fluch, Klopfen von Fingern, die das Mikrofon mit erwischten. »Bin eh am Wann'erparkplatz vorbei. Ich schalt dich auf Lautspre-«

Ein dumpfer Schlag unterbrach sie. Jasna hörte die Bremse quietschen. Wie damals bei Jasnas Auffahrunfall. Und als hätte sie selbst einen Gurt um, drückte etwas auf ihr Herz.

Selma fluchte. Noch ein Einschlag.

Die Verbindung brach ab.

Ein, zwei Augenblicke lang konnte Jasna nur der Stille in der Leitung lauschen. Ihr Kopf schien lose an ihrem Körper verankert, schwebte irgendwo. Sie hatte nicht gehört, wie ihre Schwester betrunken gegen irgendetwas fuhr.

Jasna schluckte. Nachher konnte sie zusammenbrechen.

»Ihr kriegt sie noch nicht«, teilte sie Hel und Odin mit. Mit steifen Fingern griff sie nach ihrem Handy und wählte den Notruf.

Die Dame am anderen Ende meldete sich mit ruhiger Stimme. »Wie kann ich Ihnen helfen?«

»Ich glaube, meine Schwester hatte grade einen Unfall.« Jasna sprach viel zu leise, oder? Sie räusperte sich. »Mit dem Auto. Einen Auffahrunfall, nehme ich an. Sie hat mich angerufen, war ein bisschen betrunken.«

»Wissen Sie, wo Ihre Schwester unterwegs ist?«

Wo? Hatte Selma was gesagt? »Am Wanderparkplatz …«, Jasna schnippte mit den Fingern, wie hieß der noch gleich, »Obere

Schindersklamm.« Eine kurvenreiche Strecke. Warum war Selma nicht zu den Eltern gefahren? Einmal ins nächste Dorf an der Bundesstraße statt zwanzig Minuten im Regen durch den Wald zu Jasnas Häuschen?

»… erreichen?«, drang die Stimme der Dame durch Jasnas Gedanken.

»Entschuldigung?«

»Ich schicke eine Polizeistreife und einen Rettungswagen zur Unfallstelle.« Wenn die Dame ungeduldig wegen der Wiederholung wurde, merkte Jasna ihr das nicht an. »Auch die Feuerwehr werde ich informieren. Für den Fall, dass Öl ausläuft.«

Jasna brummte. Alle nötigen Stellen würden gerufen. Das klang beinahe beruhigend. Ihre Finger tippten trotzdem einen flatternden Rhythmus auf die Sofalehne.

»Wir haben eventuell noch Fragen. Verraten Sie mir Ihren Namen und wie wir Sie erreichen können?«

Mechanisch ratterte Jasna die Daten herunter.

»Ich melde mich, sobald ich Genaueres weiß«, sagte die Dame. »Wir kümmern uns jetzt um Ihre Schwester.«

»Danke«, krächzte Jasna ins Telefon.

Andere hielt es vielleicht daheim nach so einem Versprechen. Aber hier im Zimmer zu sitzen, bis die Leitstelle von sich hören ließ, konnte Jasna nicht.

Sie sprang auf, griff sich die erste Jacke, die sie fand, schlüpfte in ein Paar leichte Sneaker. Schnappte sich die Autoschlüssel und trat nach draußen in den Regen. Kehrte um.

Die angebrochene Flasche Wein von vorhin stand im Kühlschrank. Mit dieser in der Hand trat Jasna auf den Gartenweg. Es hatte aufgehört zu regnen und roch modrig vom Wald her. Selma brauchte alle Hilfe, die zu bekommen war. Jasna murmelte eine Bitte an die Schutzgeister der Familie, kippte die Flasche. Der tausend Mal geübte Griff eines Trankopfers ging daneben, der Rotwein landete teilweise auf ihrem rechten Schuh. Kühl sickerte die Feuchtigkeit durch das hellgraue Gewebe und juckte an Jasnas nackten Zehen. Egal. Sie stellte die Flasche ins Gras und eilte zu ihrer Garage.

Jasna traf nach dem Rettungswagen ein. Der Aufprall hatte Selmas schicken schwarz-gelben Kleinwagen schief zusammengeknittert, auf der Straße und im Graben glitzerten rote und weiße Kunststoffscherben.

Einer der beiden Sanitäter klopfte mit einem Hammer die Scheibe an der Fahrertür auf. Selma hing wie ein Häufchen Elend über dem leeren Airbag, Blut rann ihr an der Schläfe hinunter.

»Selma!«, rief Jasna.

Der zweite Sani hatte sein Funkgerät am Ohr. Er griff sie am Arm und schüttelte den Kopf, als sie näher herangehen wollte. »Bleiben Sie bitte zurück. Ohne Blechschneider können Sie uns nicht helfen. – Ja, genau, die Türen klemmen, Kofferraum auch. Wir kriegen die Verletzte da wahrscheinlich nicht allein raus.«

Nein. Das durfte nicht sein. Jasna entwand sich dem Griff und erntete ein erneutes Kopfschütteln. Er erwartete von ihr, dass sie tatenlos zuschaute. Sie wandte sich ab. Weiter vorn lag ein dunkles Bündel auf der Fahrbahn. Ein Wildschwein? Um wenigstens etwas zu tun, holte Jasna ihr Warndreieck aus dem Auto und setzte es beim dritten Versuch zusammen. An dunklen Bremsspuren vorbei trug sie es bis zu dem Tier. Blut lief ihm aus dem Maul und bildete eine unheilvoll glänzende Lache auf der feuchten Straße. Lange würde das Wildschwein nicht mehr leben.

Offenbar hatte Selma es angefahren. Nach dem Aufprall hatte sie wohl versucht, die Spur zu korrigieren, den Wagen aber verrissen. Dieser war ins Schleudern geraten und schräg gegen eine Buche geprallt.

Sirenen näherten sich. Polizei, Notarzt, Feuerwehr. Das sagte zumindest das Kratzen, das aus der Funkanlage der Sanitäter schallte und wie durch Watte an Jasnas Ohren drang.

Das Wildschwein, ein ausgewachsener Keiler, starrte an Jasna vorbei und schien die Nebel an der Grenze zu Helheim zu sehen. Ohne zu zögern, machte Jasna einen Schritt auf das sterbende Tier zu, ging in die Hocke und tauchte ihre Fingerspitzen in die Blutlache.

Rist ek runa – nein. Ritzen tat sie nicht.

Dreifach schreib ich Runen in Blut aus tiefster Not. Nauthiz, Nauthiz, Nauthiz. Dreifach ruf ich die Götter. Hel, die sollte das Blut und den Keiler nehmen und Jasnas Schwester leben lassen. *Volla,* Friggs Schwester und Vertraute wusste, wie wichtig diese Verwandtschaft war. *Eir,* die göttliche Heilerin, mochte dafür sorgen, dass Selma bald wieder gesund werden würde.

Jetzt sah auch Jasna den Nebel. Der Dunst roch nach Fäulnis und schob sich aus dem Unterholz über die Blutlache.

Dreifach schreib ich Runen in Blut, dreifach bitt ich um Heilung: Uruz, Uruz, Uruz.

Ein dunkles Hosenbein und ein schwarzer Schuh kamen in Sicht, die Schuhspitze trat auf die oberste Zeile und verwischte die letzte Not-Rune.

Der Nebel verdichtete sich. Mit den Augen folgte Jasna den Schwaden bis zu ihrer Quelle. Etwas bewegte sich darin. Es mochte ein Busch sein oder ein Mensch in einem grauen Umhang, der sich auf einen Stab stützte. Odin? Ein schlechtes Omen?

Jasna wandte sich wie betäubt wieder ihrem zerstörten Zauberspruch zu und schaute dann an dem Bein hoch.

Eine Polizistin, blass, offenbar übermüdet. »Sie haben den Unfall gemeldet?«, fragte die Frau.

Jasna nickte, musste erst schlucken, bevor sie sprechen konnte. »Ja.«

»Die Fahrerin ist ihre Schwester? Sie haben sehr gut reagiert.«

Hatte Jasna das? »Danke. Ja. Selma Marquardt heißt sie.«

»Ihre Schwester wird ins Kreisklinikum gebracht. Die sind für Unfälle dieser Art bestens ausgestattet.« Die Polizistin hob die Mundwinkel, schaffte es aber nicht, aufmunternd zu lächeln. »Wären Sie so freundlich und würden uns ein paar Fragen beantworten? Dann können wir Sie gerne in der Klinik absetzen.« Die Polizistin betrachtete Jasnas Runen und schien bemüht, sich ihre Skepsis nicht anmerken zu lassen.

Ob sie Jasna als Esotante, Neonazisse oder beides gleichzeitig abstempelte?

»Ich glaube nicht, dass Sie in Ihrem Zustand noch fahren sollten«, drückte die Polizistin ihr Urteil schließlich diplomatisch aus.

Den Nebel sah sie vermutlich nicht.

Jasna stand auf und wischte sich das Blut an der Hose ab. Zum Blaulicht hatte sich das grelle Blitzen einer Kamera gesellt. Beweisaufnahme? Jasna ertrug den Anblick des Autowracks nicht länger. Sie rückte ihre Brille zurecht und schob das Kinn vor. »Das geht schon. Der Wagen stünde ja nur im Weg rum. Was brauchen Sie von mir?«

Loki fror sich am Spreeufer seit Stunden den Arsch ab. Es war zu feucht und zu laut. Die Autos auf der Puschkinallee schienen keinen Meter hinter ihr vorbeizubrausen, und Váli hätte ihr auch direkt ins Ohr hecheln können, statt sie zusammengerollt zu beobachten.

Jör schwamm im Fluss, der übertrieben rauschte. Die Ratten tanzten einen Schuhplattler auf einem der Stege.

Wie sollte man da eine Vision empfangen?

»Ihr blöden Tussis«, raunzte Loki die Nornen an, die aber von derlei Ausbrüchen unbeeindruckt blieben. Half alles nichts. Loki wühlte in den Taschen ihres Parkas nach einer bestimmten Plastiktüte … Sie war noch da, wie schön. Drinnen bröselte ein halber Pilz vor sich hin. »Ich hab seit einem Jahr nicht mal mehr einen Joint angefasst.«

Loki schielte zu Váli, der sie gezwungen hatte, sich zu entwöhnen. Aber der Junge schlief.

»Na denn, prost«, teilte Loki den Nornen mit und warf das schrumpelige Ding ein.

Auf getrockneten Pilzen rumzukauen, machte ehrlich keinen Spaß, zumal dieses besondere Exemplar die Zunge betäubte. Aber zu dem Zeitpunkt fühlte sich Lokis Haut schon verflucht durchlässig an, Grenzen verschwammen. Nebel stieg aus der Spree auf und umfing sie wie eine alte Bekannte.

Ein Schwan trieb vorüber und musterte Loki misstrauisch.

»Ich darf nicht rüber. Ich weiß.«

Die Walküre in Vogelgestalt hob den Schnabel, als sei Loki Hundescheiße unter ihrem nichtvorhandenen Stiefel. Da sie ihr durchaus gefährlich werden konnte, verkniff sie sich sämtliche Beleidigungen.

Anscheinend hatte die Walküre auf einen Anlass gehofft, um sie vertreiben zu können, denn sie bewegte die Flügel wie eine Kriegerin, die ihr Schwert am Gürtel zurechtrückte. Aber dann schwamm sie tiefer in den Nebel.

Kurz darauf trieb eine zweite Walküre in Schwanenform ans Ufer heran. Diese trug eine Frau in einer Hochzeitsrobe aus Tüll auf dem Rücken, sodass Loki kaum erkennen konnte, wo der Schwan aufhörte und wo das Kleid anfing.

Offenbar maßen die Nornen dieser Verstorbenen genug Bedeutung zu, um sie Loki zu zeigen. In den letzten Minuten hatten sicher tausende Menschenseelen den Fluss nach Helheim überquert.

»Grüß Euch, schöne Frau«, rief sie übers Wasser.

Die Braut drehte den Kopf. Blut tropfte ihr aus der Nase und einer Platzwunde an der linken Schläfe. Es verklebte ihr Haar und hinterließ einen Fleck auf dem weißen Kleid. Ihre Pupillen waren ungleich groß.

»Ich benötige eine Auskunft«, fuhr Loki fort. »Dringend.« Nicht umsonst hatte sie dreimal ihre Notlage betont und um Hinweise gebeten.

»Wie ein Notfeuer flackert das Blaulicht. Such meine Schwester, die heute Nacht dreimal in Blut nach Hilfe und Heilung rief. Hel, Volla und Eir hätten sie beinahe erhört, doch jemand trat in den Zauberspruch, denn der Beschluss Odin Walvaters stand fest. Er wollte keinen Keiler, sondern ein Menschenleben.«

Der Schwan drehte in Richtung des jenseitigen Ufers ab. Etwas an Loki fesselte die Braut, denn sie hielt ihren Blick auf sie gerichtet, wozu sie ihren Hals unnatürlich weit drehte. Vielleicht formten ihre Lippen noch einige Worte: »Hilf ihr.«

Der Nebel verdichtete sich erst und lichtete sich dann.

Die Spree rauschte, Váli schnarchte. Jör war von seiner Unterwassertour zurück und hatte sich eine Armlänge entfernt eingerollt. Offenbar hatten die Nornen alles verlautbart, was sie zu teilen gedachten.

Elendige Weibsbilder.

Wie zum Henker sollte Loki die Schwester einer heute Nacht verstorbenen Braut finden? War sie bei einem Unfall mit einem Wildschwein umgekommen? Die süddeutsche Einfärbung der Weissagung taugte nur bedingt als Hinweis, schienen doch sämtliche Schwaben ihren studentischen Nachwuchs nach Berlin zu schicken und hier zu vergessen.

Was hatte sie gesagt? Hel, Volla und Eir hatte diese Schwester um Unterstützung gebeten und dreimal Nauthiz – für Hilfe – und dreimal Uruz – für Heilung – in Blut geschrieben?

So etwas tat heutzutage kaum jemand.

Hm. Wetten, dass das irgendwer fotografiert hatte? Also müsste es Bilder davon im Internet geben.

Im Krankenhaus wartete Jasna im Gang der zentralen Notaufnahme auf Neuigkeiten von Selma. Sie fand keine Ruhe, um sich auf einen der eierschalenfarbenen Plastikstühle zu setzen. Stattdessen lief sie die immergleiche Runde über das graue Linoleum.

Ihre Eltern waren auf dem Weg. Ihre Mutter hatte recht gefasst geklungen, aber das konnte auch sein, weil sie es für ihre Pflicht hielt, ihre Töchter vor jeglichen Sorgen zu beschützen und der optimistische Fels in der Brandung zu sein.

Blieb Micha. Verdiente der, etwas zu erfahren? Sie hatte gute Lust, ihn zu schütteln.

Jasna schob die Entscheidung hinaus, indem sie sich einen Kaffee aus dem Automaten im Foyer zog. Sie nippte daran und verbrannte sich an dem bitteren Zeug fast die Zunge. Während sie auf das Getränk pustete, fühlte sie sich ruhiger werden. Nur weil Micha ihrer Schwester das Herz gebrochen hatte, musste sie nicht ebenfalls zum Arschloch mutieren.

Weder die beiden Großfamilien noch die besorgte Mutter mit dem blutenden Kleinkind noch der aufgebrachte Manager, der »doch nur einen Schnupfen« hatte und sich alle fünf Minuten beklagte, dass er warten musste, brauchten ein solches Telefonat mitzuhören. Sie trat auf den ruhig daliegenden Innenhof und wählte.

Micha hob erstaunlicherweise schnell ab.

»Jasna! Wo steckt Selma?« Er klang aufrichtig besorgt. Dieser nette Kerl sollte Selma betrogen haben? Jasnas Schultern entspannten sich.

»Kreisklinik.« Sie hasste sich dafür, wie ungerührt sie klang. »Wildunfall auf dem Weg zu mir.«

»Was? Oh mein Gott.«

Ob der helfen würde? Jasna schluckte. Besser das Verhör gleich führen. »Ich hab mit ihr telefoniert, als sie den Keiler gerammt hat. Anscheinend hast du sie betrogen?«

Am anderen Ende seufzte Micha. »Hab ich«, gestand er. »In gewisser Hinsicht. Ich erklär's dir später. Bis gleich.«

Seine Prioritäten stimmten jedenfalls. Jasna steckte das Handy ein.

Weil er und Selma fast um die Ecke am Berg wohnten, sprintete er keine fünf Minuten später auf den Hof. Er hatte rotgeränderte Augen, seine braunen Haare standen wirr vom Kopf ab. Wie zu erwarten, stürzte er an Jasna vorbei nach drinnen und kam nur Minuten später mit hängenden Schultern wieder heraus. Offenbar gab es weiterhin keine Neuigkeiten.

»Ich brauch 'ne Zigarette«, verkündete er statt einer Begrüßung.

Jasna grub die Hände in die Jackentaschen, während er sich eine Selbstgedrehte anzündete und die ersten Züge tat. Früher hätte sie eine mitgeraucht.

»Natalija ist eine Kollegin in der Kundenberatung. Bisschen älter als du. Vernunftehe und drei Kinder.«

Jasna rümpfte die Nase. So schnell hatte sie nicht mit einer Erklärung gerechnet, aber vielleicht brauchte er Absolution fast so dringend wie Nikotin. »Erspar mir die Details.«

»Sie sind wichtig.« Micha zeigte mit der Zigarette auf sie. »Natalijas Mann ist oft auf Montage, und – sie lässt sich gern mal ein bisschen den Hintern versohlen, wenn du verstehst, was ich meine.«

Ach, Scheiße. Klar hatte Selma davon nichts geahnt. Die hatte selbst diese Softporno-Bestseller eher abtörnend gefunden, wie sie Jasna erzählt hatte. Aber der offen asexuellen Schwägerin mit Regenbogenflagge am Auto, der konnte man so was beichten. »Und du bist das S zu Natalijas M«, schlussfolgerte Jasna.

Er hob die Brauen, nickte aber. »Genau. Natalija und ich sind seit Jahren eine Zweckgemeinschaft.«

»Ethische Nicht-Monogamie.« Jasna schaute ihn über ihre Brille hinweg an. »Das solltest du mal nachschlagen und dann versuchen, es Selma schmackhaft zu machen.«

»Wieso kennst ausgerechnet du dich mit so Sachen aus?«

Jasna schnaubte. Nur weil sie mit BDSM nichts anfangen konnte und selbst keine Beziehung auf die Reihe bekam, hieß das nicht, dass sie diesen Themen auswich. »Feministische Agitierpropaganda«, sagte sie. »Sind nicht alle Aces so langweilig wie ich.«

Micha brummte und rauchte seine Zigarette schweigend fertig. Aus dem Augenwinkel sah Jasna Nebel herankriechen. Er erinnerte sie an den Albtraum und an die Erscheinung an der Unfallstelle. Weil Micha keinen Sinn für Übernatürliches hatte, bemerkte er nicht, wie die Schwaden ihnen folgten, als sie nach drinnen gingen.

Ein paar Minuten später stürmten ihre Eltern durch die großen Flügeltüren aus Glas. Jasna und ihre Mutter umarmten sich kurz, ihr Vater blieb lieber auf Abstand. Es gab keine Neuigkeiten, keine Diagnosen oder gar eine Prognose. Der Nebel lungerte wie unentschlossen vor der Tür herum.

Sie setzten sich. Schwiegen.

Als sie die Stille nicht mehr ertrug, tauschte Jasna Grimassen mit dem jüngsten und erstaunlich wachen Kind der einen Großfamilie aus, bis es zu ihr herübertapste. Das Kleine hatte große braune Augen und entblößte beim Lächeln süße kleine Mausezähne. Als Jasna mit ihrem Schlüsselanhänger ein Spielzeug improvisierte, erntete sie von der Familie dankbare Blicke.

Ihre Mutter fing ein Gespräch mit einem Vater an, der sein kläglich hustendes Baby auf dem Arm trug, und verteilte ungefragt Ratschläge, bis die beiden aufgerufen wurden.

Zwei der Kinder der ersten Großfamilie hatten verklebte Augen. Sie wurden aufgerufen.

Der Managertyp beklagte sich erneut. Jasna war kurz davor, ihm die echte Pest an den Hals zu wünschen. Oder wenigstens eine Bindehautentzündung.

Jasna hatte noch nie an einer gelitten, aber sie erinnerte sich lebhaft an das Geschrei, das Selma als Kind erst wegen des Juckreizes und dann wegen der Augentropfen veranstaltet hatte.

Jasnas Spielkamerad spürte wohl, dass sie ihm nicht mehr die volle Aufmerksamkeit schenkte. Er wackelte zurück zu seiner Sippe und schlief auf dem Schoß seiner bekopftuchten Oma ein. Kurz darauf durften auch seine Geschwister und der Manager in Behandlung.

Es war jetzt sehr still in der zentralen Notaufnahme. Aus dem Augenwinkel meinte Jasna zu sehen, wie der Nebel unter dem Türspalt in den Korridor floss.

Jasnas Mutter begann ein Gespräch mit der Rezeptionistin. Es sei heute Nacht sehr ruhig, meinte die.

Vielleicht hatten die Göttinnen doch zugehört und nicht nur Selma geholfen.

Gegen halb fünf Uhr morgens trat eine Frau in der losen, blaugrünen Krankenhausuniform aus einer Tür. Sie sah sich um und kam zielstrebig auf Jasna und ihre Eltern zu. Jasna konnte nicht anders, als sich zu erheben, die anderen taten es ihr nach.

»Dr. med. K. Seifried, Ärztin, Intensiv 1«, stand auf dem Namensschild.

Unter den blauen Augen der Ärztin zeichneten sich dunkle Ringe ab, ihr Haar klebte strähnig am Kopf, als hätte sie stundenlang unter einer OP-Haube geschwitzt.

»Jasna Marquardt? Und …?«

Die Eltern und Micha stellten sich vor, es folgte eine Runde Händeschütteln.

»Möchten Sie Platz nehmen?«

Also wieder setzen. Dr. Seifried schnappte sich einen Stuhl und zog ihn heran, sodass sie Jasnas Mutter gegenübersaß. Die griff nach der Hand von Jasnas Vater, ihre Knöchel traten weiß hervor. Micha, ganz außen und ein wenig verloren, hatte die Fäuste geballt, als wollte er sich notfalls mit den Walküren um Selmas Leben prügeln.

Das würde kaum helfen. Um Jasna verdichtete sich der Nebel. Alle Geräusche drangen nur noch gedämpft zu ihr.

»Ihre Angehörige – Selma – liegt bei mir auf der Intensivstation«, fing Dr. Seifried an. »Ich muss Ihnen leider mitteilen, dass es sehr schlecht um sie steht. Einige Halswirbel sind angebrochen. Schlimmer ist allerdings, dass sie ein Schädel-Hirn-Trauma erlitten hat. Infolgedessen ist der Hirndruck stark angestiegen. So etwas führt oft zu einem massiven Untergang von Nervenzellen.«

Jasna nickte, während ihre Mutter ein ersticktes Geräusch von sich gab. Micha sprang auf und tigerte einige Schritte durch den Korridor.

Dr. Seifried legte sich die Hände auf die Knie und versuchte wohl, tröstend zu lächeln. »Meine Kollegen haben operiert – wir haben zwei Platten aus dem Schädel gesägt, damit die Schwellung nicht auf den Hirnstamm drückt, und wir geben ihr starke Medikamente, aber bis jetzt zeigt alles wenig Erfolg. Einige Reflexe sind ausgefallen, wir müssen sie beatmen. Insofern – wir hoffen, dass sich ihr Zustand in den nächsten zwölf Stunden bessert.«

Weil die Polizistin die Runen gestört hatte, war der Notruf ungehört verhallt. Jasna griff nach ihrem Anhänger, die Bewegung verwirbelte den Nebel, den nur sie wahrnahm. Mit sehr großer Sicherheit würde sich nichts mehr bessern.

Jasnas Mutter schien ähnlich pessimistisch gestimmt, denn sie bekreuzigte sich. Der Vater rieb ihr tröstend über den Rücken.

»Können wir sie sehen?«, fragte er.

Dr. Seifried hob einen Mundwinkel. »Nicht alle auf einmal, leider.«

»Ihr zuerst«, gab Jasna den Weg frei.

Die Intensivstation lag am anderen Ende des Gebäudes. Sie gingen durch menschenleere Flure über quietschendes Linoleum. Vor einer Doppeltür mit Bullaugen erklärte Dr. Seifried die Sicherheitsmaßnahmen: eine Klingel, mit der um Einlass gebeten werden musste. Beim Betreten Hände desinfizieren. Es gab strenge Besuchsregelungen, den Anweisungen der Pflegenden und Ärzte war jederzeit Folge zu leisten. »Höchstens zwei Personen gleichzeitig«, wies die Ärztin sie an.

Jasnas Eltern folgten ihr in Selmas Zimmer, Micha tigerte diesen Gang ebenfalls auf und ab, misstrauisch beäugt von einem Krankenpfleger, der hinter einer Glastür auf Monitore starrte. Hier auf der Station war der Nebel dichter. Ob er nur zu Selma oder auch zu den anderen Zimmern gehörte – wer wusste das außer Hel?

»Du hast sie schon abgeschrieben«, sagte Micha schließlich.

»Sie hat den Fluss überquert«, meinte Jasna. »Ziemlich sicher.«

»Argh!« Er hob eine Faust, als wollte er gegen die Wand schlagen. »Wie kannst du nur so kalt bleiben?«, zischte er. »Sie ist deine Schwester!«

Jasna schluckte, wusste aber nicht, was sie sagen sollte. Der Nebel betäubte alles. Ließ sie ganz ruhig sein. Jasna mit dem kühlen Sturkopf, dem Sinn für Zahlen und Logistik, die spröde Eiskönigin. Jammerte nie und machte alles mit sich selbst aus. Segen oder Fluch?

Micha schnaubte und tigerte weiter, während Jasna sich an die geschlossene Tür des Seelsorgezimmers lehnte.

Insgeheim verstand sie die Wut. Micha würde sich die alleinige Schuld geben, dabei hatte er Selma weder den Alkohol gereicht noch sie zum Fahren überredet. Genauso gut könnte Jasna sich vorwerfen, dass sie Selmas Wünschen gefolgt war, keine Runen an dem neuen Auto anzubringen. Aber auch Raido, Ehwaz und Algiz federten schlechte Entscheidungen des Fahrers nur bedingt ab.

Einige Zeit später trat Dr. Seifried aus Selmas Zimmer und steuerte auf die Glastür zu.

»Doktor«, sagte Jasna, bevor sie verschwinden konnte.

Dr. Seifried hob die Brauen. »Ja, bitte?«

»Ganz kurz«, sagte Jasna. »Was passiert, wenn sie nicht wieder aufwacht?«

Die Ärztin seufzte. »Einen Hirntod können die Kollegen frühestens morgen – also eigentlich heute Abend – feststellen. Wir müssen regelmäßig prüfen, ob bestimmte Reflexe ausgefallen sind und können das nach frühestens zwölf Stunden mit der entsprechenden Apparatediagnostik bestätigen. Zwei Ärzte müssen unabhängig voneinander diese Diagnose stellen. Falls die Diagnose stimmt, liegt es an Ihnen. Ihre Schwester hatte keinen Organspendeausweis. Sie als Familie entscheiden, ob Organe gespendet werden. Danach schalten wir die Apparate aus, die für die Patienten das Atmen übernehmen.«

Jasna nickte. »Danke.«

Dr. Seifried nickte zurück. »Morgen wird sich ein Seelsorger mit Ihnen in Verbindung setzen. Und der Chefarzt. Wir tun alles, was wir können.« Mit einem letzten hilflosen Lächeln verzog sich die Ärztin hinter die Glastür zu dem Pfleger mit den Monitoren.

»Wie kannst du nur.« Micha wirkte grün im Gesicht. »Wenn, sagst du.«

Weil es keine vernünftige Erklärung gab, denn er sah den Nebel nicht, zuckte Jasna mit den Schultern und lehnte sich wieder gegen die Wand.

Aller Aufregung zum Trotz schlief sie fast im Stehen ein, bis ihr Vater aus Selmas Zimmer heraustrat. Sein Blick wanderte zwischen Jasna und Micha hin und her. Selbst er schien die verzweifelte Wut zu spüren, die der Verlobte seiner jüngsten Tochter ausstrahlte. Zwar hatte Jasna am Telefon erklärt, dass die beiden sich gestritten hatten, aber die genaueren Umstände verschwiegen. Das Geständnis musste Micha sich schon selbst abringen, statt darauf zu setzen, dass er verpetzt würde.

»Wir sollten einen Zeitplan machen«, sagte Jasnas Vater, ganz der pensionierte Mathematiklehrer und Grundschulrektor, der er war. »Ich fahre jetzt heim und hole deiner Mutter ein paar Sachen.«

Dass Jelisava Marquardt am Krankenbett ihrer Tochter ausharren würde, verstand sich von selbst. Und die Ärztin hatte wohl wenig Hoffnung, wenn sie die Besuchszeiten aushebelte.

»Ihr beide könnt so lange nacheinander kurz rein und dann solltet ihr heimfahren und ein bisschen schlafen. Michael, du packst ein paar Sachen für Selma – ein bisschen Hautcreme, ihr Lieblingsparfum, um ihre Sinne zu reizen. Die Ärztin meint, dass sie vielleicht etwas hört, also könntest du ihr vorlesen?«

Micha nickte, obwohl weder er noch Selma jemals groß gelesen hatten und sich lieber Serien reinzogen.

»Du kommst auf«, ein Blick auf die Uhr, »elf wieder her und löst mich ab. Jasna, du bist ab vier Uhr da, ich schlafe zwischendrin und fahre dann zu deiner Großmutter.« Er seufzte. »Und betet.«

Für ihn ungewöhnlich umarmte er Jasna und Micha, bevor er die Autoschlüssel aus seiner Hosentasche kramte und ging, den Rücken gebeugter, als Jasna ihn jemals zuvor erlebt hatte.

Auch ihr Vater wusste die Zeichen zu lesen.

»Geh schon«, sagte sie zu Micha. »Ich leg mich ein bisschen da rein.« Sie zeigte auf das Seelsorgezimmer.

Micha ruckte mit dem Kopf und tat wie geheißen.

Jasna schlüpfte in den Raum. Er hatte gegenüber der Tür zwei Buntglasfenster mit Rundbogen, durch die das Licht der Straßenlaternen drang. Je eine Reihe aus drei Stühlen stand an den fensterlosen Wänden. Konfessionelle Zeichen fehlten oder wurden von der Dunkelheit verschluckt.

Hier drin war der Nebel weniger dicht, als spürte er die christliche Intention. Jasna betrachtete die Fenster. Das linke zeigte einen so abstrakt geratenen Baum, dass unklar blieb, ob er einen Nadel- oder einen Laubbaum darstellen sollte. Das rechte wurde im Farbverlauf von unten nach oben immer heller, führte den Blick von einer dornenreichen Erde zur strahlenden Sonne. Der schöne Balder öffnete seine Arme und begrüßte die Toten in Helheim, während der Weltenbaum Yggdrasill alles zusammenhielt und den Vorgang des Reisens von einer Welt zur nächsten symbolisierte.

»Ihr«, sagte Jasna und meinte die Nornen und die drei Göttinnen, die sie nicht erhört hatten. Und Odin, vielleicht. »Ihr verdammten Arschlöcher. Was habt ihr davon, mir Selma zu stehlen, he?«

Sie spürte fast, wie die Norne Skuld, Verkörperung von logischen Konsequenzen auch schlechter Entscheidungen, mit den Schultern zuckte.

Das bedeutete aber auch, dass Jasna auf ihre erhofften Genichter verzichten musste – Kinder jeglichen Geschlechts von Geschwistern, wie sie diese in einem Anfall von neutraler Formulierung zu nennen beschlossen hatte. Sämtliche ihrer Zukunftspläne waren verhagelt im zweifachen Wortsinn. Im Gewebe ihres Lebens war ein Faden gerissen.

Jasna sank auf einen Stuhl und betrachtete das Fenster mit dem Baum. Yggdrasils Esche schaute unbeeindruckt zurück und schien sie erinnern zu wollen, dass unter ihren Wurzeln alle Wesen, lebende wie tote, ihren Platz hatten, und dass aus Selma nun eben eine hoffentlich wohlwollende Ahnin würde, die über ihre Sippe wachte.

Aber was gab es da noch zu wachen? Wem sollte Jasna jetzt irgendetwas hinterlassen? Ruhm, Wissen, Geld, Haus, einerlei. Wozu noch?

Der Nebel waberte, und plötzlich fühlte sie sich selbst auf einem ruderlosen Boot in stillem Wasser driften, ziellos, ungelenkt. Keine Welle, kein Plätschern störte die geisterhafte Ruhe.

Ein Schwan glitt vorbei und verdrehte die Augen. Jasna wollte der Walküre zurufen, Selma herauszurücken und stattdessen sie mitzunehmen, aber kein Laut drang aus ihrer Kehle. Sie streckte die Hand nach dem Schwanenfräulein aus, lehnte sich weiter und weiter vor, kippte …

Und war auf einmal wieder richtig wach.

Loki erwachte gegen zwei Uhr mittags und fühlte sich überwiegend weiblich. Sie blinzelte.

Váli saß vor dem Bett und schaute halb hoffnungs- und halb vorwurfsvoll. Er wirkte hin- und hergerissen zwischen Hunger und dem Wunsch nach einem Spaziergang.

»Ja, ja«, sagte Loki und schälte sich aus ihrer Decke.

Jör zischelte vom Matratzenende und starrte Loki an. Sie sah an sich herunter: Kleine, hohe Brüste zeichneten sich unter dem Pyjama ab.

Du hast ungefähr alle halbe Stunde deine Gestalt verändert, bemerkte Jör.

»Soll vorkommen.« Loki hatte schnell gelernt, es zu kontrollieren, aber ohne Bettgenossen rechnete sich das nicht. Gestern – heute früh – war sie zu müde und zu high gewesen, um sich zu überlegen, wie Jör die Verwandlungen aufnehmen würde.

Früher war das nicht so, widersprach er. *Da warst du ein richtiger Mann.*

Váli bedachte Jör mit einem undurchdringlichen Wolfsblick.

»Was, bei den Nornen, soll das heißen?«, fragte Loki.

Jör antwortete nicht, sondern schaute mit zusammengekniffenen Augen zu, während sie sich für einen Beyoncé-Kapuzenpulli und eine verwaschene Cargo-Hose entschied, die fast allen ihren Varianten passte.

Du könntest die ganze Zeit wie ein Mann aussehen, meinte er schließlich.

»Aussehen, ja.«

Doch Jör überging die zwingende Schlussfolgerung aus Lokis Kommentar. *Vermisst du etwas, weil Männer hierzulande keinen Schmuck mehr geschenkt bekommen? Bist du so versessen auf derartige Gunstbeweise?*

»Ich kaufe mir meinen Schmuck schon lange selbst.«

Das ist keine Antwort, beklagte sich Jör, als hätte er nicht gerade selbst eine Aussage ignoriert und lieber weiter nach Schwachstellen gesucht. Loki graute vor dem Moment, wenn er eine gefunden hatte, die er für seine Forderung nach Mutsühne ausnutzen wollte. Ihn hinauszuwerfen, brachte sie aber dennoch nicht über sich.

Über das Federbett kämpfte Jör sich zu Lokis Nachttisch. In der offenen Schublade lagerten Kondome, Gleitgel, einige Fläschchen Nagellack und größere Mengen Modeschmuck.

Váli knurrte Jör an, als der ein halb heraushängendes Collier aus Strass beschnüffelte.

Dein Schmuck ist nicht mal aus Gold und echten Steinen. Freyja hat wenigstens das Brisingamen für ihre Mühen erhalten … die Männer lohnen es dir schlecht.

Etwas in Lokis Hirn stolperte. Freyja hatte mit vier Zwergen ihr Bett geteilt, um den Halsschmuck Brisingamen zu erlangen, den Loki ihr später kurzzeitig entwendet hatte. Dachte Jör ernsthaft –

Vergessen geglaubte Satzfetzen stürzten auf Loki herein. *Du triefst wie eine läufige Hündin – eine Hure wie du* – Abschätzige Blicke, eindeutige Angebote rissen sie in die Vergangenheit. Hände, die sich einbildeten, Ware betasten zu dürfen, glitten über ihre Haut.

Vális kühle Nase rief sie aus ihren Erinnerungen zurück.

»Mein Geld verdiene ich anders«, fand sie ihre Stimme wieder. Der Antwort mangelte es jedoch an Schlagfertigkeit. Nicht eine einzige Lektion des feministischen Kollektivs aus dem Erdgeschoss über weibliche Selbstbestimmung schien gefruchtet zu haben. Prompt blähten sich Jörs Nüstern, als er begriff, dass er eine Schwachstelle gefunden hatte.

Der Nebel scheute das Tageslicht. Oder er hatte sich verzogen, weil Selma auf der anderen Seite angekommen war.

Jasnas Mutter schlief auf einem Stuhl in der Zimmerecke, als sie um kurz nach drei Micha ablöste. Der hatte, wo auch immer, einen Band mit Gedichten ausgegraben und Selma offenbar stundenlang Goethe und Rilke vorgelesen, sodass er heiser krächzte, während er Jasna die neuesten Entwicklungen mitteilte. Sämtliche Entscheidungen waren auf übermorgen vertagt worden. Man wollte Selma etwas mehr Zeit geben.

Deren Gesicht verschwand fast unter einem Schlauch für die künstliche Beatmung und der riesigen Halskrause, die ihre Wirbelsäule stabilisierte. Für die Intubation war ihr Hals überdehnt worden. Die Ärzte hatten ihr alle Haare abrasiert und die Haut zurück über die ausgesägten Schädelstücke gespannt. Darunter wölbte sich die geschwollene Hirnmasse grotesk nach außen.

Ihr linker Arm hing an einem Tropf, mit dem eine Pflegerin gerade hantierte.

Selma hatte warme Hände, aber das trog. Das zischende Gerät atmete für sie. Trotzdem sah Jasna sich um, ob nicht ein Astralleib herumgeisterte. Im Gegensatz zu einer aus der Heidengruppe hatte sie jedoch nie im Ansatz etwas gespürt, das eine Fylgie oder eine Hamingja – also ein persönlicher oder der Sippe verbundener Schutzgeist – hätte sein können.

Jasna streichelte vorsichtig die aufgeschürften Knöchel und kramte dann aus ihrer Handtasche eine Wundcreme und ein Maniküreset.

Die Pflegerin beäugte das Maniküreset, bis Jasna um Desinfektionsmittel dafür bat. Nachdem sie es großzügig mit Alkohol eingesprüht und Jasna ein Tuch zum Unterlegen gegeben hatte, entschied sie wohl, dass man die Schwestern damit unbeaufsichtigt lassen konnte. Sie murmelte einen Gruß und ging.

Für die verstorbene Großmutter väterlicherseits hatte Jasna einmal Ähnliches getan, nur Stunden, bevor diese dem Krebs erlegen war. Das Schiff Naglfar, das Loki und die Jöten an Ragnarök zur Schlacht gegen die Asen tragen würde, bestand aus den Nägeln der Toten, sodass man diesen die Nägel schnitt, bevor man sie begrub, damit möglichst wenige Riesen auf dem Schiff Platz fanden. Aberglaube oder nicht, Jasna hatte festgestellt, dass dieser Dienst ihr geholfen hatte, Abschied zu nehmen. Auch damals hatte sie den Nebel gesehen.

Erst massierte sie die Creme ein.

»Du wärst auch nicht rechts rangefahren, wenn ich dich angeschrien hätte, oder?«, flüsterte sie Selma zu. »Ich kann's verstehen, Kleine, aber das war blöd. Richtig blöd.«

Zum ersten Mal überhaupt wehrte sich Selma nicht gegen diese Beleidigung.

Plötzlicher Schmerz schnürte Jasna die Kehle zu: Selma würde ihr nie mehr widersprechen. Jasna schluckte, unterdrückte ein Schluchzen, um ihre Mutter nicht zu wecken, konnte aber nicht verhindern, dass ihr Tränen über das Gesicht strömten. Das alles war so sinnlos, und Selma hatte mehr Zeit in dieser Welt verdient.

Durch den Schleier verwischten die Details, sodass Jasna sich auf ihren Tastsinn verließ, um Selmas Fingernägel abzuknipsen, zu feilen, zu polieren. Den Rest ihrer Litanei aus Vorwürfen, Ermahnungen und guten Wünschen ergänzte sie in Gedanken.

Als sie zu Selmas Füßen wechselte, kam die Pflegerin wieder herein. Sie kontrollierte die Infusion, las stirnrunzelnd die Anzeigen an den Apparaten ab, notierte etwas auf einem Klemmbrett und beobachtete dann gebannt, wie Jasna Selmas Zehen mit der Creme massierte. Nach ein paar Augenblicken schüttelte die Pflegerin sich, schenkte Jasna ein Lächeln und ging. Glücklicherweise schien sie sich nicht bemüßigt zu fühlen, irgendeinen Kommentar abzugeben oder Jasna ein Taschentuch zu reichen.

Drei Fußnägel waren noch zu polieren, da schnaufte Jasnas Mutter, rappelte sich hoch und bemerkte, was Jasna tat.

»Sie wacht nicht wieder auf«, stellte Mama fest. Ihr Akzent färbte ihre Vokale stärker als sonst und verlieh den Worten eine gewisse Schwere. Endgültigkeit. »Das wissen wir beide.« Sie bekreuzigte sich. »Ich hab gesehen, wie ihr Schutzengel gegen Mittag aus dem Zimmer gegangen ist.«

Jasna nickte. Ihre Tränen waren getrocknet, doch etwas drückte ihr auf die Augen. Die dünne Haut darunter brannte von dem vielen Salz.

Während sie den Rest ihrer Aufgabe erledigte, trat ihre Mutter neben sie und legte ihr eine Hand auf die Schulter.

»So hatte ich mir das nicht vorgestellt.«

Auch dazu nickte Jasna nur. Das hatte sie den Nornen schon nachts mitgeteilt, aber die wollten offenbar weder einen Keiler noch Jasna selbst gegen Selma tauschen.

»Die Wege des Herrn sind unergründlich.« Ihre Mutter seufzte. »Ich wüsste gern, auf welchen Weg er uns damit schickt.«

Darin unterschieden sich Jasna und ihre Mutter: Sie beide nahmen Dinge wahr, aber sie waren sehr verschiedener Ansicht, was diese Dinge bedeuteten. Wo Jelisava Marquardt einen Trost fand, spürte Jasna nur ein Gedankenkorsett, das den Herrschenden das Regieren erleichterte.

Mutter würde beten und viel mit dem Pfarrer ihrer Gemeinde sprechen. Jasna würde sich ihr Stück Ochsenhaut nehmen und sich im Wald auf einen Felsen setzen, auf dem die Wildschweine sie nicht erreichen konnten. Dort würde sie die Nornen um Hinweise bitten, wo sie in Zukunft Sinn in ihrem Leben finden könnte.

Eine Mahlzeit und einen Spaziergang später saß Loki vor dem Computer und versuchte zu ermitteln, wo letzte Nacht eine Braut bei einem Wildunfall gestorben war.

Leider sorgten nur drittklassige Prominente als Bräute für Schlagzeilen, und der einzige auffindbare tödliche Wildunfall am Samstag hatte einen betrunkenen Jungspund und ein Reh in Thüringen das Leben gekostet.

Also änderte Loki die Suchkriterien, bis sie auf einen toten Keiler und eine lebensgefährlich verletzte Einunddreißigjährige stieß.

Die Zeitung, die selbige Nachricht vermeldete, trug ein »Badisch« im Namen, sonst hätte Loki keinen blassen Schimmer gehabt, wo sich die Provinzstadt befand, in der sich die Tragödie ereignet hatte. Mit dieser Information spürte sie die zuständige Polizeibehörde auf, auf deren Servern die Fotos vom Unfallort abgespeichert waren.

Das kleine Auto, mit dem sich die mutmaßliche Braut um eine Buche gewickelt hatte, sah reichlich mitgenommen aus. Der Keiler lag mit gebrochenem Genick auf der Straße, und tatsächlich hatte der Polizeifotograf die Runen abgelichtet. Der Zauberspruch war in den Poren des feuchten Asphalts etwas verlaufen, aber man erkannte, dass jemand eine Not-Rune verwischt hatte.

Jetzt krabbelte Loki weiter durch den internen Server der Behörde, bis sie auf die Personendaten der Beteiligten stieß. Selma Marquardt, das musste die Braut sein, die ihr begegnet war. Einunddreißig, ledig. Die ältere Schwester, Jasna Marquardt, vierunddreißig, ledig, hatte den Notruf abgesetzt.

Diese Jasna habe die Zeichen mit dem Schweineblut auf den Boden gemalt. In der folgenden Befragung sei sie geistig abwesend erschienen. Der protokollierenden Beamtin war ihr Werturteil über diese »okkulten Praktiken« in jeder Silbe anzumerken.

Loki verdrehte die Augen. Sie grub tiefer nach Informationen über Jasna Marquardt. Miteigentümerin eines Reisebüros, spezialisiert auf Reisen innerhalb Deutschlands, nach Osteuropa, Skandinavien und Nordamerika. Auf der gut gepflegten Website fand Loki ein Portraitfoto. Jasna Marquardts Gesichtszüge bewegten sich im optischen Mittelmaß. Die Nase war für heutige Schönheitsideale etwas zu groß und raubvogelartig geraten. Ihr langes dunkelblondes Haar trug sie zu einem Pferdeschwanz gebunden, einer von der Variante »ich mag mich nicht weiter drum kümmern«. Dazu passte, dass sie kaum Make-up benutzte. Die Leuchtkraft ihrer hellbraunen Augen wurde durch altmodisch kleine Brillengläser geschmälert. Auch die hochgeschlossene weiße Bluse tat ihrer Ausstrahlung keinen Gefallen. Alles in allem wirkte ihre Erscheinung langweilig. Diese halbvertrocknete Reisekauffrau brauchte ein neues Styling, eine rauschende Partynacht und Tipps, wie sie sich richtig lockermachte.

Die andere Eigentümerin, eine Julia, wirkte äußerlich sehr viel näher am Puls der Zeit. Sie bevorzugte den Süden und Cluburlaube. Außerdem war diese Julia wohl trans, was Loki aus ihren scharfen Gesichtszügen schloss. Eine dritte, etwas jüngere Dame, die allerdings nur angestellt war, versprach die besten Tipps für Asienfans und verlinkte zu ihrem Backpacking-Blog.

Jasnas Privatanschrift fand Loki im Telefonbuch. Ein Kartenprogramm verriet ihr, dass es sich um ein winziges Haus inmitten eines großen Gartens mit zwei Schuppen handelte. Es war das letzte in einer kleinen Reihe Häuser, die wahrscheinlich nach dem Krieg in Schrebergärten entstanden waren. Satellitenbilder zeigten um die Siedlung herum Streuobstwiesen, die sich bis zum nahen Waldrand erstreckten. Der Schwarzwald selbst machte seinem Namen alle Ehre: Ein dunkles Gewirr aus Fichten, Tannen und Buchen füllte die Bilder. Die Bäume wirkten kräftiger als die Pseudowälder im Süden Berlins, wo sehr durstige Kiefern in Reih und Glied tonnenschwerer Holzerntemaschinen harrten. Falls sie nicht gerade brannten.

Facebook war für diese Altersklasse das typische Soziale Medium. Tatsächlich besaß Jasna ein Profil, das sie vermutlich nur angelegt hatte, um den Auftritt des Büros zu pflegen. Daraus konnte Loki ihre IP-Adresse ermitteln – Jasna benutzte Smartphone und Laptop, wie schön.

Den Laptop hatte sie leider ausgeschaltet, aber auf dem Handy durchstöberte Loki ihre Anwendungen. Ein Messenger lieferte schließlich die erwünschten Daten. Konversationen mit dieser Julia über Wanderungen. Die für heute geplante hatte Jasna abgesagt und sich am Abend den Dienstagvormittag frei erbeten: Selma sei hirntot und man warte auf die Bestätigung der Diagnose, um ihre Organe zu entnehmen und die Geräte abzuschalten. Loki schickte ein paar gute Gedanken zu der Braut auf dem Schwan. Mochte sie über ihre Hinterbliebenen wachen.

Julia hatte Jasna angeboten, ihr die ganze Woche freizugeben und außerdem Essen vorbeizubringen.

Der Kontakt zu Jasnas Mutter hingegen fiel erstaunlich trocken aus. Julia, die Geschäftspartnerin, bekam regelmäßig Küsschen samt Herz, die Mutter gelegentlich einen Lächel-Emoji. Mit dem Vater wurde in mehrwöchigem Abstand Organisatorisches geklärt.

Die aktivste Gruppe trug ein »ace« im Namen, verabredete sich ebenfalls zu Wanderungen und pflegte einen Stammtisch in der nächsten

Großstadt. Aus den zahlreichen Regenbogen-Emojis und bunten Herzen erschloss Loki, dass es sich um einen Haufen nicht-heterosexueller Menschen handelte, die mit Clubbing nichts anfangen konnten. Als nächstes folgten die »Schwarzwaldheiden« – offenbar eine lose Ansammlung von neuen Hexen und echten Heiden aus der badischen Provinz. Jasna meldete sich immer dann zu Wort, wenn die Hexen zu sehr auf die Biologie und das Urweibliche abhoben oder die Ásatrú-Anhänger ihr zu sorglos mit den nationalistisch geprägten Quellen umgingen.

Insgesamt also eine gewissenhafte Spaßbremse, aber sympathisch.

Jetzt musste Loki noch zu ihr fahren.

Etwas zupfte sie am Ärmel. Váli widmete ihr einen schmachtenden Blick. Jör schnarchte leise. Die Uhr des Computers verriet, dass sowohl das Abendessen wie auch der zweite Spaziergang überfällig waren.

»Erst raus oder erst was zu futtern?«, fragte Loki.

Váli trottete in die Küche. Antwort genug.

Im Eisfach fand sie einen eingefrorenen Kichererbseneintopf. Die Masse klopfte sie in einen Topf. Das Zeugs konnte sie mit den restlichen Karotten von gestern für sich und Jör strecken. Außerdem gab es Bulgur als Beilage und aufgetaute Innereien für Váli.

Sobald das Gemisch zu duften begann, schlängelte sich Jör herein. *Was riecht hier so seltsam?*

Gemüse kam von Mus. Loki hatte lebhafte Erinnerungen an zu graue Eintöpfe. »Kichererbsen aus Italien, kennst du nicht. Zucchini aus dem südlichen Vinland, kennst du nicht. Möhren. Weiße Bohnen. Koriander, Kreuzkümmel, Pfeffer … Gewürze aus Asien«, fasste sie zusammen.

Jör schniefte. *Kein Fleisch? Kein Fisch?*

»Hatten wir heute schon genug.« Aus reiner Faulheit hatte sie heute Morgen ihren kompletten Rest Buletten in die Bratpfanne geworfen und mit Ketchup serviert.

Langsam schwanden jedoch ihre Vorräte. Jör futterte wie ein Scheunendrescher. Theoretisch brauchte er gar nichts zu essen, im Gegensatz zu Váli und Loki, die an ihre irdischen Erscheinungsformen gefesselt waren. Praktisch passten komplette Wale in den Magen der Midgardschlange. Und wenn es dann noch einigermaßen gut schmeckte … Dafür, dass Jör lieber Fleisch gegessen hätte, musste Loki ihn bremsen, um sich und Váli satt zu bekommen.

Loki hatte schon immer etwas auf ihre Kochkünste gegeben.

Hast du wenigstens was in diesem Computer gefunden, damit sich die Langeweile gelohnt hat?, quengelte Jör von seinem Platz auf dem gegenüberliegenden Stuhl, nachdem er seine Schüssel leergeschleckt hatte.

Váli knurrte ihn an und kratzte an der Tür.

Während sie durch den Park schlenderten, präsentierte Loki die Ergebnisse ihrer Recherche.

Und was willst du unternehmen?, fragte Jör, als sie wieder in der Küche saßen.

»Zuerst müssen wir warten, bis die Tote unter der Erde ist.« Vorher würde Jasna sicher keinen Nerv haben, Loki anzuhören.

Jör nickte.

Jegliche Form von Kontaktaufnahme über Telefon oder Mail würde ins Leere laufen. Wenn irgendwer Loki anschrieb und behauptete, Zeus zu sein, würde sie sich auch an die Stirn tippen. Also blieb nichts anderes übrig, als Jasna einen Besuch abzustatten.

»Ich werde hinfahren müssen.«

Ich dachte, wir können nicht Auto fahren, merkte Jör an.

»Mit dem Zug.«

Erklär mir das. Jör kletterte auf den Tisch und von da auf Lokis Schultern, um den Bildschirm zu sehen.

Und so investierte Loki etwas Zeit, um Jör die Vorzüge des Bahnreisens näherzubringen. Sie zeigte ein paar Bilder – nicht von der Bahnhomepage, die ICEs in deren Werbung wirkten immer wie frisch aus der Waschstraße. Und nie stand Gepäck in den Gängen.

Das klingt sehr bequem.

»Wenn du an einen Ort willst, der direkt auf der Strecke liegt. Mit viel Gepäck und vielen Umstiegen wird es lästig. Wir nehmen nur den Zug nach Lappland, wenn es sich nicht vermeiden lässt.«

Der Online-Ticketkauf faszinierte Jör. Er ließ Loki Dutzende von Verbindungen ausrechnen. »Sobald ich weiß, wann Jasna wieder aufnahmefähig ist, brauche ich fünf Handgriffe, bis ich das Zugticket auf dem Telefon habe«, endete Loki.

Du?

»Was?«

Jör reckte sich und starrte ihr aus zehn Zentimetern Entfernung ins linke Auge. Als Loki sich abwandte, fand sie, dass Váli sie mit schräggelegtem Kopf beobachtete, als sei er ebenfalls nicht einverstanden.

Wenn, dann fahren wir alle gemeinsam, verkündete Jör.

Vális Rute klopfte bestätigend auf den Boden.

Manchmal wünschte sich Loki, beim Fluchen neben den Nornen noch andere höhere Wesen anrufen zu können.

Außerdem – wo wolltest du uns unterbringen?, fügte Jör hinzu. *Ich kann nicht mit Váli zweimal täglich nach draußen, ich kann uns kein Essen kochen. Geschweige denn weiß ich, woher dieses Essen kommt. Keinen Schmuck von Wert und nicht mal einen eigenen Gemüsegarten … tssk.*

Auch wieder wahr. Loki rieb sich mit beiden Händen übers Gesicht. Das würde ein logistischer Nachtmahr werden. Sie musste die komplette Truppe samt Gepäck zum Bahnhof schaffen, mit ihr mindestens zweimal umsteigen und zuletzt vom Bahnhof des Provinzkaffs, in dem kein ICE hielt, zu Jasna Marquardts Haus gelangen.

»Darüber muss ich jetzt erst mal schlafen«, entschied sie. Morgen hätte sie immer noch niemanden, bei dem sie Váli und Jör einquartieren konnte, aber wenigstens keine zweite durchwachte Nacht hinter sich.

Von wegen, widersprach Jör. *Du zeigst mir jetzt, wie ich diesen Computer benutzen kann, und dann machen wir eine Liste, was wir alles einpacken müssen.* In einem oberlehrerhaften Tonfall fügte er hinzu: *Die Menschen fahren auch nie ohne sorgsame Vorbereitung auf Beutezug.*

Wieso, bei den Nornen, musste Jör neunmalklüger als Loki sein und diese Tatsache wie Salz in Wunden reiben?

Ich frage mich sowieso, wie ihr die ganzen Jahre ohne mich überlebt habt.

Loki hätte das Kind am liebsten geschüttelt. *Alt mag ich sein, aber nicht senil.*

Jör blickte ihr wieder direkt ins linke Auge. *Oh, wenn ich deinen gesammelten Tand anschaue, komme* ich *mir alt vor. Eine vorbildliche Hofhaltung ist was anderes.*

Die nächsten beiden Tage vergingen irgendwie. Wenn Jasna abends in ihrem Ahnentopf eine Kerze entzündete, konnte sie sich kaum Details ins Gedächtnis rufen. An das Gespräch mit dem Chefarzt und einer Ärztin vom Transplantationsteam wegen der Diagnose und den Organspenden erinnerte sie sich ebenso bruchstückhaft wie an die Unterredung mit dem Gemeindepfarrer, in die sie mit eingespannt worden war. Jasna hatte schweigend Tee getrunken, während die geistlichen Aspekte von Urnenbegräbnissen beleuchtet wurden, um doch bei einer Erdbestattung zu bleiben.

Obwohl Selma noch am Gerät hing und warme Hände hatte, mussten sie eine Beerdigung organisieren. Einen Bestatter finden, Sarg aussuchen. Mit Micha in Selmas Kleiderschrank nach einem letzten Outfit wühlen. Ein Streit, ob und welches Instrument mit in den Sarg durfte, bis sie sich auf Selmas erste Flöte einigten. Im Gegensatz zu anderen Kindern – wie Jasna – hatte Selma nicht zum Blockflötenunterricht gezwungen werden müssen, sondern selbigen lautstark eingefordert.

Die Runenbestellung erledigte Jasna in der Nacht auf Dienstag, als sie nicht zur Ruhe fand.

In den Lücken zwischen den Terminen half Jasna, Leute durchzutelefonieren und einzuladen, denn die Eltern und Micha wollten keine Traueranzeige in der Zeitung schalten.

Jasna selbst hatte für sich einen Entwurf für eine Anzeige samt Testament abgelegt. Da sie eine Firma zu versorgen hatte, mussten diese Dinge geregelt sein. Manches überließ man den Angehörigen besser nicht, und ihre Mutter würde lieber die Bibel statt der *Lieder-Edda* zitieren. Bittere Ironie, dass es nun zuerst die Schwester traf, die über so etwas lieber nicht nachgedacht hatte.

Ab Mittwoch arbeitete Jasna den halben Tag, nur, um nicht verrückt zu werden, obwohl Julia sie besorgt musterte und ihr Kuchen aus der Bäckerei nebenan brachte. Außerdem drückte sie ihr eine Plastikdose mit homöopathischen Tabletten in die Hand, die angeblich super die Nerven beruhigten. Dabei bestand das Problem vor allem darin, dass Jasna zu wenig fühlte. Ihr Lächeln für die Kundschaft war ausgehöhlt wie das eines Kürbisses. Selbst Julias Süßkram konnte die Lücke, die Selma hinterlassen hatte, nicht stopfen.

Am Freitag, während Selmas Körper unter dem Messer der Chirurgen lag, ging Jasna zu einem Apfelbaum in ihrer Nähe, der Misteln hatte, und fand eine verblühte Silberdistel im Garten. Von ihrer Eibe erbat sie einige Zweige.

Kein schöner Strauß im herkömmlichen Sinne, den sie band, aber wirkmächtig. Mit einem blauen Wollgarn, das Selma ihr in ihrer Häkelphase geschenkt hatte, befestigte sie ein buntes Pappkästchen daran. Darin lagen ein Handschmeichler aus Schneeflockenobsidian, um den Selma Jasna als Kind immer beneidet hatte, und ein kleines Stück Speckstein, in das Jasna Runen geritzt hatte. Eine Seite trug eine klassische angelsächsische Beschwörung: *Thistill mistill kistill.* Es sollte verhindern, dass die Toten als Geister zurückkehrten. Da sich in Jasnas Familie ein zweites Gesicht vererbte, war nicht auszuschließen, dass Selmas Geist, wütend auf Micha, ihnen einen Besuch abstatten würde.

In die andere Seite des Specksteins hatte Jasna eine Bitte an ihre Ahnen und Hel geschnitten, Selma gut aufzunehmen.

Warum hatten die Nornen nicht sie geholt? Sie, die nie Kinder haben würde? In ihrem Hinterkopf flüsterte der Zweifel, dass an einem der Hasskommentare in einem heidnischen Forum vor dreizehn Jahren vielleicht doch etwas dran gewesen war. FreyjasCat81 hatte sie als Fehler der Evolution betitelt, nachdem sie sich als asexuell geoutet und gestanden hatte, kein Interesse an einer Beziehung mit Mann und eigenen Kindern zu haben. Und außerdem sei ein Leben ohne Familie unheidnisch.

Wenn sie sich beim Zähneputzen im Spiegel sah, Geschirr in die Spülmaschine räumte, den altmodischen E-Herd schrubbte, fragte sie sich jedes Mal, welchen Sinn das noch hatte.

Alles, was sie tat und das auf Dauer angelegt war, erschien plötzlich bedeutungslos. Warum aufräumen, essen, für saubere Wäsche sorgen, Geld verdienen? Niemand würde es erben. Warum also Leuten weiterhin Reisen verkaufen? Kreuzfahrten belasteten ohnehin das Klima und die lokale Bevölkerung, Flugzeuge und Leihwagen verpesteten die Luft und der Massentourismus verschandelte die Landschaft.

Selbst, wenn sie irgendetwas schuf, das Anerkennung verdiente, es würde niemals genug sein. Seit Sonntag schaute ihr ein Teil ihrer selbst über die Schulter und beurteilte, ob ihr Leben einen würdigen Ersatz für Selmas darstellte. Die Aufgabe, es zu beweisen, für zwei zu leben, türmte sich wie ein düsterer Berg vor ihr und verdunkelte die Tage.

Ihre Ochsenhaut ließ sie in ihrer Zauberkammer und begnügte sich damit, den Asen und Alben von ihrer abendlichen Flasche Wein einen Schluck abzutreten.

3

Dass die Beerdigung dienstags stattfinden sollte, erfuhr Loki aus den Messenger-Konversationen auf Jasnas Handy.

Also organisierte er ein Abteil in einem ICE für denselben Tag und verbrachte den Montag damit, alles in Bündel zu verschnüren, was er und Jör an Ausrüstung auf ihrer Liste stehen hatten. Glücklicherweise war Váli so zuverlässig, dass er das Schaffell selbst transportieren konnte, das er anstelle eines dieser neumodischen Hundebetten benutzte. Vorausgesetzt, er schlief überhaupt darauf und nicht in Lokis Bett. Trotzdem musste Loki einen Armeerucksack, eine Umhängetasche und einen Rollkoffer tragen.

Früher hätten sie weniger Gepäck benötigt, aber da hatten die Leute nach Schweiß, feuchtem Leder und Wollfett stinkende Mitreisende als Notwendigkeit akzeptiert, weil sie selbst gestunken hatten. Heutzutage brauchte man mehrere Kleidungsstücke oder musste regelmäßig waschen, damit man niemanden belästigte.

Am Dienstag legte Loki sich das Aussehen einer Frau zu, obwohl er sich nicht so fühlte. Groß und zartgliedrig wie eine Elfe, Hippiekleider, blond, blauäugig, mit langen, langen Wimpern – das würde garantieren, dass diverses Bahnpersonal etwas zuvorkommender reagieren würde. Tatsächlich ließ der Busfahrer ihn und Váli ohne Diskussion hinten einsteigen, beim ausnahmsweise funktionierenden Aufzug zur U-Bahn winkte ein Aktenkoffermann sie nach vorne, und ein Herr mittleren Alters hob Loki den Rollkoffer entgegen, als er völlig atemlos kurz vor Abfahrt das Gleis erreichte.

In ihrem Abteil roch es nach überfordertem Staubsauger, dafür klebten keine Krümel an den Polstern. Loki breitete das Gepäck auf den drei

Sitzen entgegen der Fahrtrichtung aus und holte einen abwaschbaren Marker heraus, um sie mit Runen vor den Blicken der Zugbegleitung und den anderen Fahrgästen zu schützen. Später könnte er die Zeichen einfach mit Wasser abwischen.

Loki sah sich um, begutachtete die prallvollen Bündel und stellte fest, dass er etwas vergessen hatte. Jör hatte nach Proviant gefragt, und Loki hatte geantwortet: »Wir kaufen das am Bahnhof.«

Loki widerstand dem Drang, die Stirn gegen die Glastür zu schlagen, und schnappte sich seinen Geldbeutel. »Ich hol uns was zu trinken und ein Mittagessen.«

Die Zeit nach der Exkursion zum Speisewagen wollte einfach nicht vergehen. Ebene um Ebene, Stoppelfeld um Stoppelfeld rauschte an ihnen vorbei. Váli schlief zusammengerollt auf seinem Schaffell, Jör schaute wie Loki aus dem Fenster. Sie saßen seit gefühlten Ewigkeiten in ihren Sitzen, als sie Kassel erreichten.

Was ist damals eigentlich passiert?, fragte Jör, als hätten die Berge draußen seine Lebensgeister geweckt. *Erst kam dieser Wanderer vorbei. Mit dem hast du dich gestritten, und als er abgeschwirrt war, mit Mama. Ihr habt nie erklärt, worum es ging. Drei Tage später bist du verschwunden und tauchst als Frau und mit dem hier im Bauch wieder auf.* Jör bewegte seinen Drachenkopf in Vális Richtung.

Dann hatte Angrboda Loki rausgeworfen, weil sie es nicht verstanden hatte. Wie auch? Loki hatte ja selbst nicht verstanden, warum er dem Wanderer – Odin – von der Schafweide in den Wald gefolgt war und ihn in seine Höhle eingeladen hatte. Dorthin, wo er allein sein und so aussehen konnte, wie er sich gerade fühlte.

Sobald Loki offiziell ausgezogen war und damit dem Hof sein Schutz fehlte, hatte Odin zugeschlagen.

Loki rieb sich über das Gesicht. Er wollte sich nicht daran erinnern, wie er unter einem falschen Namen und mit blondem Haar in den Frauengemächern von Valaskjalf festgesessen hatte, schwanger mit Váli. Die kleinlichen Streitereien mit Frigg um Odins Gunst, als er sich noch eingebildet hatte, dass sie etwas nützten. Wie Odin, Tyr, Freyr und Thor Fenrir in seiner Wolfsgestalt gefesselt auf den Hof geschleppt hatten. Wie Loki drauf und dran gewesen war, Schweigen und Schwur gleichermaßen zu brechen, einzuschreiten, aber genau in diesem Moment hatte Váli sich das erste Mal in seinem Bauch bewegt.

Danach war es zu spät gewesen. Odin hatte Loki erklärt, wie er Jör als Schlange ins Meer verbannt und Hel als Königin der Totenwelt eingesetzt hatte. In Freiheit seien sie zu gefährlich, das habe eine Seherin kundgetan. Für Fenrir suchten die Asen noch eine Fessel, die ihn dauerhaft halten konnte, und wehe, Loki mischte sich ein …

Vater?

Loki blinzelte.

Jör hatte sich auf dem Platz neben ihm breitgemacht und stützte sich mit seinen krallenbewehrten Vorderbeinen auf die heruntergeklappte Armlehne, um Loki mit seinem blassgrünen Schlangenblick zu fixieren.

Loki selbst hatte sich in eine hochgewachsene Männergestalt zurückverwandelt. Genau das, was er sich damals gewünscht hatte. Wie benommen betrachtete er seine nunmehr so kräftig erscheinenden Hände.

Glaub nicht, dass du mich mit so einem Trick davon abhalten kannst, die Wahrheit aus dir rauszuholen. Jör zischte zur Bekräftigung.

Loki schluckte, denn seine Zunge lag zu groß und zu trocken in seinem Mund.

Und, wird's bald?

Ich … Loki wusste zwar, was geschehen war, aber er konnte es sich nicht einmal selbst erklären. Warum hatte er Odin gegenüber solche Schwäche gezeigt? Überhaupt würde er Jör zuerst gestehen müssen, dass Odin nicht nur die Verbannung beschlossen hatte, sondern auch für Lokis Abwesenheit verantwortlich zeichnete. Letzteres zu erwähnen hatte der Allvater damals ausdrücklich verboten. Es sollte leichtfallen, sich nach all der Zeit darüber hinwegzusetzen. Trotzdem wollten die Worte nicht heraus. Loki, der allen ins Gesicht lachte, wenn sie blöde

Witze über seine Zeit als Stute und Mutter eines achtbeinigen Fohlens rissen, war in dieser einen Angelegenheit um Retourkutschen und Erklärungen verlegen.

Hast du ein Glück, dass ich ebenfalls noch eine Weile leben will, bevor der Weltenbrand hereinbricht, meinte Jör. *Das ist meine Forderung, hörst du? Wenn ich dir vergeben soll, musst du mir die Wahrheit darüber sagen, wieso du uns betrogen hast und wo du warst, als Odin mich in diese Gestalt gebannt und ins Wasser geworfen hat.*

Wie sehr er seiner Schwester gerade ähnelte.

Jör ringelte sich auf dem Sitz ein. *Und wenn die Gründe gut genug sind, können wir Frieden schließen.*

Loki nickte. Dann streckte er den Arm aus, um seinem Sohn über den Rücken zu streicheln, besann sich aber eines Besseren. Zu oft hatte Odin ihm mit einer ähnlichen Geste den Wind aus den Segeln genommen. Stattdessen schlang Loki sich die Arme um den Bauch. Er hatte ja geahnt, dass Jör den wundesten aller Punkte treffen würde.

Irgendwann. Irgendwann würde Loki Worte finden. Für die Sache mit dem Brisingamen hatte es Jahrhunderte gedauert, bis die Menschen für ähnliche Erfahrungen Begriffe gefunden hatten. Anstatt das Schmuckstück gleich nach dem Diebstahl wie befohlen Odin zu bringen, hatte Loki es lieber erst mal behalten und dadurch an Heimdall verloren. Der hatte es Freyja zurückgebracht. Aber wie sollte Loki dem wütenden Raben-Asen erklären, dass er etwas hatte ausprobieren wollen? Questioning, nannten es die jungen Leute dieser Tage: Annahmen über sich selbst hinterfragen. Genderfluid. Mal Mann, mal Frau, mal beides gleichzeitig in verschiedenen Anteilen, hieß das für Loki.

Hoffentlich dauerte es diesmal nicht wieder so lange, bis er Worte fand.

Er blinzelte und starrte weiter aus dem Fenster.

Der Dienstag mit Trauerfeier, Beerdigung und anschließendem Leichenschmaus bei den Eltern dehnte sich endlos.

Jasnas Gebinde aus Eiben- und Mistelzweigen war bemerkt worden, weil es im offenen Sarg lag. Vor allem die Großmutter mütterlicherseits hatte mit zusammengekniffenen Lippen den Kopf geschüttelt.

Beim Essen hatten ein paar nicht eingeweihte Cousins aus dem Rheinland über sie gelästert. Wer auf Vielgötterei bestand und sich selbst bei einer Beerdigung weigerte, an den passenden Stellen »Amen« zu sagen, fand natürlich keinen Mann. Und sollte sie sich nicht langsam mit den Enkeln ranhalten, statt wie geplant Selma die ganze Arbeit aufzubürden?

Obwohl Jasna sich angeblich inakzeptabel verhielt, hatten etwa zehn Menschen sie beim Kondolieren am Grab ermahnt, dass sie jetzt stark sein und ihre Eltern unterstützen müsse, unter anderem Tante Snjezana.

Um Selmas Frieden Willen hatte Jasna sowohl das Coming-out als auch Diskussionen über das Heidentum auf unbestimmte Zeit nach hinten verschoben.

Dann waren die Gäste gegangen, alles war aufgeräumt und das Haus zu still, obwohl die Spülmaschine gluckerte.

»Soll ich heute Nacht bleiben?«, fragte Jasna. Auch wenn daheim eine Buddel Wein darauf wartete, dass sie ein Glas auf Selma hob. Die Ochsenhaut für die seit einer Woche ausstehende Utiseta hatte sie endlich gerichtet, Julia hatte ihr den nächsten Tag freigegeben. Sie musste sich nur umziehen und ihre Zaubersachen mit nach draußen nehmen. Vielleicht hatten ihre Gottheiten mehr Ideen als sie, wo sie nach dem Sinn ihres plötzlich so leeren Lebens suchen könnte. Wie sie mit der nagenden inneren Stimme umgehen sollte, die ihr vorwarf, dieses Leben nicht verdient zu haben und nicht gut genug zu sein. Dies und die Erwartungen von außen – Dinge, die sie längst hinter sich geglaubt hatte – lasteten seit einer Woche auf ihr, sodass sie morgens zumeist das Gefühl hatte, alles wäre besser, wenn sie im Bett bliebe.

Ihre Eltern schauten sich an, dann aus dem Fenster. Draußen dämmerte es. Jasnas Mutter krallte sich an der nächsten Stuhllehne fest.

Dunkelheit und dieselbe Strecke. Natürlich würden sie Angst um ihre verbliebene Tochter haben.

»Geh«, sagte ihr Vater. »Sonst lassen wir dich wahrscheinlich nicht mehr fort.«

Also packte Jasna ihre Sachen, während ihre Mutter Kuchen für sie einwickelte. Eine halbvolle Rieslingflasche riss sie sich ebenfalls unter den Nagel – trotz allem hatten die älteren Herren unter den Gästen nicht auf ihren Schoppen Wein verzichten wollen.

Jasnas Vater umarmte sie, ihre Mutter malte ihr ein Kreuz auf die Stirn und küsste ihren Scheitel.

Auf der Strecke wurde ihr wie immer seit dem Unfall ein wenig mulmig – wie damals, als sie den Organspendeausweis neu im Geldbeutel gehabt hatte. Auf einmal rückte wieder ins Bewusstsein, wie gefährlich Autos im Vergleich zu anderen Fortbewegungsmitteln waren und dass jede Fahrt die letzte sein konnte.

Was würde passieren, wenn sie ebenfalls die Kontrolle über ihr Fahrzeug verlöre? Wäre ein schneller Tod nicht einfacher, als dem Druck standzuhalten?

Sie nahm den Fuß vom Gas. Wenn ihr Gehirn solchen Unfug ausbrütete, wurde es wirklich Zeit für einen Fingerzeig des Schicksals.

Kurz hinter der Unfallstelle parkte Jasna auf einem Waldweg und stieg aus. Einige von Selmas Freunden und die Eltern hatten Blumen an der ramponierten Buche hinterlassen.

Jasna schüttete den Wein dazu, bat den Keiler um Verzeihung und grüßte die Alben und Landgeister, die hier lebten. Eine Weile stand sie mit gefalteten Händen da. Sollte sie zur Utiseta hierher zurückkommen?

Aber der Meter Wiese zwischen Asphalt und Waldrand bot nicht ausreichend Platz, und Autofahrer stellten eine sehr viel größere Bedrohung dar als die Wildschweinrotten in der Gegend.

Die letzte Straßenlaterne an der Grundstücksgrenze zum Nachbarn war ausgefallen. Jasna sandte einen kleinen Dank für ihre Xenon-Scheinwerfer zu Thor, als sie die klapprige Garage mit Wellblechdach öffnete und den Wagen hineinmanövrierte. Sie tastete sich aus dem dunklen Schuppen, schob das Tor zu und stapfte den schlecht befestigten Pfad zur Gartentür entlang. Hier war keine Wohngegend für feine Leute oder solche, die sich dafür hielten.

Wenigstens beleuchteten Solarlaternen die sieben Meter Kiesweg vom Zaun bis zum Haus. Allerdings … etwas stimmte nicht mit der Treppe. Zu viele Schatten. Sie blinzelte.

Der Schatten wuffte. Jetzt sprang die Lampe im Windfang an. Das gelbliche Licht brachte einen sitzenden Menschen und einen sehr großen Hund zum Vorschein. Beide sahen ihr aufmerksam entgegen, wie sie da vor dem brusthohen Drahtgitter stand. Der Hund wedelte mit dem Schwanz, was den Bewegungsmelder ausgelöst haben musste.

Fremde auf Jasnas Grundstück. Das sollte nicht passieren. Menschen, die nicht eingeladen waren, sollten nicht in ihren Garten eindringen können. Dafür hatte sie beim Einzug extra Runen in die eisernen Torpfosten graviert!

Durchatmen. War sie nun für ihren kühlen Kopf bekannt oder nicht? Ihr rasendes Herz beruhigte sich etwas.

Sollte sie aufschließen und diesem seltsamen Paar entgegengehen? Aber sie trug Schuhe mit Absätzen, einen Hosenanzug, der wenig Bewegungsfreiheit bot, und den letzten Selbstverteidigungskurs hatte sie vor zwanzig Jahren besucht.

Wie damals gelernt klemmte sie sich den Schlüssel in die eine Hand, sodass er wie eine Klinge zwischen Zeige- und Ringfinger hervorstach. Mit der anderen Hand tastete sie in ihrem Korb nach dem Handy. Sie sollte wohl die Polizei verständigen, auch wenn die beiden nur in den Garten und nicht ins Haus eingestiegen waren. Schließlich handelte es sich dabei um Hausfriedensbruch.

Der Hund wedelte nun nicht mehr mit dem Schwanz, sondern stupste mit der Nase den Menschen an.

Dieser murmelte etwas Unverständliches und stand auf. Er wirkte unglaublich dünn und erinnerte sie an die Alternativen und Beinahe-Punks aus ihrer Jugend in den späten Neunzigern, die zu weite Jeans und eine Art Tunika unter dem Bundeswehr-Parka getragen hatten. Während der Fremde auf sie zukam – er ging aufrecht und schwankte nicht, also eher kein Junkie – hob er die Hände und zeigte ihr seine Handflächen.

Auf halber Strecke bleib er stehen. »Ich wollte dich nicht erschrecken«, sagte er mit einer angenehmen Tenorstimme.

Ja, ja. Jasna bekam endlich das Handy zu fassen. »Was wollen Sie hier?« Bloß keine Vertraulichkeiten, falls ein Nachbar zuhörte und sie Zeugen brauchte.

Der Fremde seufzte. Es klang, als hätte er viel Übung darin. »Ich brauche Hilfe, und die Nornen haben mich hierher gewiesen.«

Nornen? Bei Thor. Aber wenn Jasna den Nebel sehen konnte, warum sollte dann nicht wer anders detaillierte Tipps von den Schicksalsschwestern erhalten? Einerseits. Andererseits hätte ein cleverer Stalker ihre Affinität zu nordischen Gottheiten beim Stöbern in ihrem Schuppen entdecken können. Jasna stellte den Korb ab, tippte die 110 ins Tastenfeld und ließ ihren linken Daumen über dem Button mit dem Hörer schweben.

»Die Nornen?«, fragte sie.

Der lange, dünne Typ zuckte mit den Achseln. »Wer sonst? Ich habe um Hinweise auf eine Runenkundige gebeten. Eine Walküre hat dich empfohlen.«

Er wollte ihr wohl schmeicheln. Hätte sich ein echter Stalker nicht schon längst weiter genähert und versucht, sie anzufassen? Sie verstärkte den Griff um den Schlüssel.

Der Fremde schien ihr Stirnrunzeln bemerkt zu haben. »Ich mein, Isa und Odhal für eine Schutzrune kann jeder, aber Berkana? Auf die Idee muss man erst mal kommen. Jemand anders wäre wahrscheinlich dran gescheitert.«

Derart spezifisches Lob schmeichelte ihr nun tatsächlich. Aber selbst, wenn er alles ernst meinte, blieb die Art der Kontaktaufnahme zweifelhaft.

Sie gestikulierte, sodass er ihre improvisierte Stichwaffe sehen konnte. »Sie hätten mich anschreiben sollen, statt einfach so mit Gepäck und Hund bei mir aufzuschlagen.«

Der Fremde ließ ein spitzbübisches Lächeln sehen, das auf seinem schmalen Gesicht ungelenk wirkte. »Manche Sachen regeln sich besser persönlich, und die Story ist zu abgefahren für eine E-Mail.«

Der Typ hatte den Hauch eines Akzents – skandinavisch? Jasna hob die Brauen, damit er weitersprach.

»Ich bin Loki«, sagte der Fremde.

Verarschen konnte sich Jasna auch selbst. Nicht mal die größte ihr bekannte Loki-Anhängerin wäre auf die Idee gekommen, einen ihrer Söhne nach dieser speziellen Gottheit zu benennen. Mit diesem Namen waren doch außer Kontrolle geratene Pläne und Schicksalsschläge vorprogrammiert. Jasna selbst hatte einige Male versucht, sich mit Loki-dem-Gott zu unterhalten, aber er war ihr immer zu fremd, da zu sexversessen, geblieben. Trotz seiner netten grünen Augen.

Wieder seufzte der Fremde. »Ach, scheiß drauf«, sagte er und schloss die Lider. Dann schrumpfte er um zehn Zentimeter und wuchs gleichzeitig etwas in die Breite. In seinem Gesicht zuckten Muskeln. Wie ein Monster aus *Akte X.* Geekelt und fasziniert zugleich konnte Jasna nicht wegsehen.

Was ging hier vor? Hatte Tante Snjezana in ihren Birnenkuchen etwas von den »Kräutern der Provence« verbacken? In einer solchen Dose bunkerte ihr ältester Sohn nämlich Hanfblüten.

Bevor Jasna die Theorie verwerfen konnte, blinzelte der Typ ihr entgegen. Dunkle Locken statt blonder Wellen, grüne statt blauer Augen, das Kinn einen Hauch markanter. Und das verschmitzte Lächeln dazu. Er machte eine Geste wie eine Drag-Queen, die ein neues Outfit präsentierte. »Besser so?«

Loki.

Jasna atmete zweimal tief durch und massierte ihren Nasenansatz, aber der Typ – Loki – verschwand nicht von ihrem Kiespfad. Okay. Oh-kay. Was auch immer hier vorging, sie musste da durch. Die Polizei würde ihr einen gestaltwandelnden Hippie im Vorgarten ohnehin nicht glauben.

»Und der Hund?«

»Váli. Mein Sohn. Übrigens ein Wolf, kein Hund. Und Jörmungand schwimmt in deinem Teich. Ich habe ihm verboten, die Fische zu essen, aber«, Loki seufzte ein drittes Mal, »ich weiß nicht, ob er auf mich hört.«

»Die Midgardschlange schwimmt in meinem Teich«, wiederholte Jasna. Sie hörte sich selbst wie von sehr weit weg.

Ein Achselzucken. »Er ist gerade nur so groß.« Loki zeigte ungefähr einen Meter. »Können wir jetzt reingehen? Diese Hose sitzt verflucht eng.«

Durchatmen. Wenn Jasna jetzt umkippte, war niemandem geholfen. Was tun?

Jasna setzte eine Bitte an Julia ab, sie in einer Stunde anzurufen, weil ein etwas merkwürdiger Heide bei ihr aufgekreuzt sei. Falls Jasna nicht abnahm, sollte sie die Polizei benachrichtigen.

Ohne eine Antwort abzuwarten, schloss sie die Gartentür auf und stolzierte an Loki vorbei zum Hauseingang.

Obgleich sie nach der Beerdigung wenig Nerven übrig hatte, bat sie ihren Besuch herein. Wohl wissend, dass sie ihn so schnell nicht loswerden würde. Die drei waren mit Koffer angereist. Gewiss hatte Loki nicht nachmittags in einem Hotel eingecheckt. Somit musste Jasna sich darauf verlassen, dass er ihre Gastfreundschaft achten würde.

Noch bevor sie und Loki das Gepäck in den Flur getragen hatten, näherte sich ein Wesen, das wie ein chinesischer Drache wirkte, nur ohne Zacken auf dem Rücken und weniger bunt. So ähnelte es nicht nur in der Farbgebung einem Fisch, oben dunkelgrau und stahlblau am Bauch, sondern roch auch nach Schlick aus ihrem Teich. Das Wesen nickte ihr zu.

Vielen Dank für die Einladung, erklang eine heisere Stimme in ihrem Kopf.

Jasna fiel beinahe ihr Korb aus der Hand.

Ich bin Jörmungand, und ich habe keinen deiner Fische gefressen, erklärte die Stimme.

Die Midgardschlange tropfte Teichwasser auf ihre Fliesen. Jasna nickte ihre Akzeptanz dieses Gipfels der heutigen Absurditäten. »Danke schön.«

Jörmungand schlängelte sich auf einen Stuhl in der Küche. Loki machte Andeutungen darüber, wie verschwitzt er sei, bis sie ihm eine Dusche anbot. Kaum hatte er die Badtür hinter sich geschlossen, rief sie Julia an und erklärte ihr kurz die Lage. Die hielt sie für leichtsinnig, doch Lokis Rückkehr bereitete der Diskussion ein zeitiges Ende. Danach versorgte Jasna alle mit Abendessen, bugsierte sie schließlich in ihr Wohnzimmer und lauschte einer Geschichte, die mit Thors Fischzug nach Jörmungand anfing und über Eisberge und eine Wohnung in Kreuzberg bis hin zu Runensteinen im Permafrost mäanderte.

Bei ordentlichem Licht und in passender, wenn auch recht eng anliegender Kleidung entpuppte sich Loki als der Prototyp eines erwachsen gewordenen Twinks – einer dieser schmalen und wenig behaarten schwulen Typen –, der in eleganter Pose auf ihrer Couch saß. Einen Menschen mit dieser Optik hätte Jasna auf dreißig bis fünfundvierzig geschätzt. Seine Augen waren etwas zu groß und seine Züge etwas zu weich geraten, um ihn als ein kerniges Mannsbild durchgehen zu lassen. Dichte Wimpern sorgten für einen permanenten Schlafzimmerblick. Seine schulterlangen Locken wiesen kein einziges graues Haar auf und sollten wohl einladen, mit ihm ins Bett zu kommen, um sie ein bisschen weiter zu verwuscheln. Jasna wollte ihre Hände darin vergraben und Loki eine Flechtfrisur verpassen, um die ihn selbst die Elben im Düsterwald beneidet hätten.

Loki hob den Blick von seiner Teetasse, bemerkte, dass Jasna ihn musterte, und zwinkerte. Nicht zum ersten Mal heute. Sie war sich immer noch nicht sicher, ob er gehofft hatte, sie würde ihm in die Dusche folgen. Genau deswegen hatte sie es nicht so mit Loki-der-Gottheit. Sie verdrehte die Augen.

»Also gut«, sagte sie. Sah sich um. Váli lag auf seinem abgewetzten Schaffell und schlief, nachdem Loki ihn einmal über die Wiesen hatte rennen lassen. Ohne das Halsband schaute er tatsächlich aus wie ein Wolf, mit dunkelgrauem dichten Fell und der Körpersprache eines Raubtiers. Seine Brauen schienen nicht beweglich genug, um einen Hundeblick zu erzeugen. Auf dem Sitzwürfel neben ihrem Altar hatte sich Jörmungand eingerollt.

»Die Story ist wirklich abgefahren«, fasste sie zusammen, was Loki ihr unter Jörmungands aufmerksamem Echsenblick berichtet hatte. Runensteine im Eis, die die Grenzen zwischen den Welten versiegelten. Wie zum Henker sollte das funktionieren, wo doch Helheim, Asgard und Utgard überall und nirgends waren? Jasna müsste in ihrer Wahrnehmung nur einen Schritt zur Seite treten, um die Flüsse zu sehen, die die Grenzen darstellten. »Solche Siegel sollten völlig unmöglich sein.«

»So was geht schon«, sagte Loki. »Wenn man Odin oder Freyja heißt. Und Sigyn würde sich so etwas nicht ausdenken.«

»Okay.« Jasna nippte an ihrem Tee. »Okay. Ihr werdet verstehen, wenn ich mich vergewissern muss, dass ihr mir hier keinen Bären aufbindet.«

Loki legte den Kopf schräg. »Wir könnten Sigyn anrufen.«

Jörmungand schnaubte leise. Offenbar ahnte er, dass Jasna nicht die Worte einer ihr unbekannten Frau glauben würde, die am anderen Ende einer Telefonleitung saß.

Aber Loki schien einen Narren an der Idee gefressen zu haben, denn er wühlte sein Handy aus einer Hosentasche, die dafür zu eng sein sollte. Er tippte darauf herum, runzelte die Stirn, schaute in Richtung des Gepäckhaufens und ließ sich mit einem entnervten Stöhnen in die Kissen sinken. »Du hast nicht zufällig ein Ladekabel übrig, oder?«

Ehe Jasna aufstehen konnte, fixierte Jörmungand sie mit seinem blassgrünen Drachenblick. *Und deswegen sind wir zu dir gekommen.*

Aha.

Weil er selbst dann nicht für eine Fahrt packen könnte, wenn du ihm ein Messer an den Hals hältst, führte der Drache aus. *Ich weiß nicht, was meine Mutter an ihm gefunden hat. Der vergisst vor lauter Bettgeschichten sogar seine Ehre.*

Loki zog den Kopf ein, widersprach aber nicht.

Wow. Jörmungand hatte zwar den ganzen Abend seine Abneigung gegen Thor und Odin mit zahlreichen Flüchen bekräftigt, aber das hier war etwas anderes. Derartige Kommentare über ihre Eltern hätte Jasna sich vor Fremden niemals erlaubt, zumal Jörmungand das völlig ernst zu meinen schien. Da schwang kein bisschen Ironie mit. »Zerrüttete Verhältnisse« bekam auf einmal eine ganz eigene Bedeutung. Und Jasnas Eltern hatten sie für schwierig gehalten.

Sollte sie sich einmischen? Das war die verfluchte Midgardschlange. Jörmungand konnte sie mit einem Happs verschlingen, wenn er es darauf anlegte. Und Loki? Zerstreut mochte er sein, aber so eine Behandlung hatte er sicher nicht verdient. Zumal er sich immer weiter zusammenkrümmte, je länger Jasna nichts sagte.

Hatte sie sich nach dem Mobbingvorfall in der achten Klasse nicht geschworen, nie wieder schweigend zuzusehen, wenn jemand angegriffen wurde?

»Ich weiß, dass nicht alle Eltern Achtung verdient haben«, fing sie schließlich an. »Und ich habe keine Ahnung, was zwischen euch beiden vorgefallen ist.«

Jörmungand holte hörbar Luft für eine Tirade, doch sie fuhr ihm mit einer Geste über den Mund.

»Ich will es gar nicht wissen, das müsst ihr unter euch ausmachen. Ich werde keine Stellung beziehen. Aber wir haben alle ein gemeinsames Interesse, vorausgesetzt, ihr sagt die Wahrheit. Und von meinen Gästen erwarte ich einen respektvollen Umgangston.« Sie bekräftigte ihre Forderung mit einem Nicken und stand auf, um das Ladekabel zu holen.

Lokis Fingerspitzen ruhten etwas zu lange auf ihrer Hand, als sie ihm das Teil überreichte. Er lächelte und schnurrte ein: »Danke.«

»Bitte«, entgegnete Jasna und zog sich schnell auf ihren Sessel zurück. Meinte Loki diese Flirts ernst oder versuchte er damit, ihr Wohlwollen zu erschleichen? Wobei das eine das andere nicht zwingend ausschloss.

»Ich werde mit Sigyn Kontakt aufnehmen.« Oder es wenigstens versuchen. Sie brauchte jemanden, der ihr Lokis Geschichte bestätigte. »Morgen.«

Loki und Jörmungand verzogen beide das Gesicht – eine gewisse Familienähnlichkeit ließ sich nicht leugnen. Wahrscheinlich hätten sie am liebsten gleich losgelegt, aber es war spät, und ein Glas Wein auf Selma musste Jasna auch noch trinken.

Sie gähnte demonstrativ. »Loki bekommt die Couch, Váli ist versorgt. Was brauchst du, Jörmungand?«

Der Drache schaute sich um. Falls er Lokis hoffnungsvollen Seitenblick bemerkte, überspielte er es gekonnt. *Ich werde deinen Teich aufsuchen. Und ich verspreche bei meiner Ehre, dass ich deine Fische am Leben lassen und gegen jegliche Katzen und Reiher verteidigen werde.*

»Danke. Willst du gleich nach draußen?«

Ich bitte darum.

Loki ließ die Schultern hängen.

Jasna hob einen Mundwinkel in seine Richtung und stand auf, um Jörmungand die Tür zu öffnen.

Das hier hatte keinerlei Ähnlichkeit mit den Erzählungen von Lokis sechs Kindern. Das Älteste, Sleipnir, diente laut Überlieferung Odin als Reitpferd. Der Fenriswolf fristete angeblich sein Dasein auf einer einsamen Insel. Hel regierte die Unterwelt, aber nicht aus eigenem Wunsch. Von Jörmungand hätte Jasna weniger Kommunikationsfähigkeit erwartet. Er trat jedenfalls nicht so mordlustig auf, dass es eine Verbannung in seine Schlangengestalt gerechtfertigt hätte. Váli konnte nicht einmal mehr sprechen. Das jüngste Kind war den Quellen zufolge getötet worden, um Loki zu fesseln.

Ob es die Überlieferungen beabsichtigten oder nicht, in keiner Mythe wurde erwähnt, was Loki und sein Nachwuchs von dem ganzen Unglück hielten, das ihn und sie zu verfolgen schien.

Seltsamerweise fühlte Jasna sich beinahe dankbar, es erfahren zu dürfen.

Früher:
Njörds und Skadis Verlobungsfeier

»Wieso bist du nicht in der Halle und feierst mit, Loki?« Odins eines Auge glitzerte im Zwielicht des Pferdestalls. Warum war er Loki gefolgt? Neugier? Doch noch böse, weil Loki mit seinem Temperament Thjasis Riesenzorn erweckt und Idunns Freiheit aufs Spiel gesetzt hatte? Aber es sah ihm nicht ähnlich, irgendwen in aller Abgeschiedenheit zu maßregeln.

Außerdem war alles wieder gut. Loki hatte Idunn heil zurückgebracht, ihren Entführer Thjasi die gerechte Strafe ereilt. Es war ihnen sogar gelungen, Skadi, die rachsüchtige Tochter des Riesen, zu besänftigen. Einen Bräutigam hatte sie gefordert und dass man sie zum Lachen bringen sollte. Njörd musste für den ersten Teil herhalten. Der andere war an Loki hängengeblieben. Tatsächlich hatte Skadi wenig mädchenhaft geprustet, als Loki ein Seil um sein Gemächt geschlungen und ein Tauziehen mit einem dreimal verfluchten Ziegenbock veranstaltet hatte.

»Eh …« Loki schloss die Tür und lehnte sich dagegen. Gestikulierte in Richtung Halle. »So schmeichelhaft die Trinksprüche waren … Ich hatte Schmerzen.« Er deutete in Richtung seines Schritts.

Beim Festmahl hatte jemand vorgeschlagen, eine Dienerin zu holen, die alles besser küssen würde. Und so einer war Loki nicht. Wie viel Spaß machte es schon, jemanden zu demütigen, der keinen Grund zum Hochmut hatte? Da würde er lieber Thors angeblich tugendhafte Ehefrau Sif verführen und ihr zum Beweis ihrer Untreue die Haare abschneiden.

Mit einem Blick, als ahnte und billigte er dieses Vorhaben, lehnte sich Odin neben Loki an die Tür, so dicht, dass sich ihre Arme berührten. Wie so häufig musste Loki sich zwingen, nicht näher an seinen Oberherrn und Blutsbruder zu rücken. Seine Nähe nicht zu sehr zu genießen. Sie waren schließlich nicht auf dem Schlachtfeld oder auf einer Beisetzung, wo sich solche Vertrautheit entschuldigen ließe.

»Und der Pferdegeruch hat die Schmerzen vertrieben?«

Loki zuckte mit den Schultern. In seinem Fall hatte er nur ein wenig Ruhe für sein Experiment gebraucht. Immerhin waren die Schmerzen jetzt besser.

»Manchmal verstehe ich dich nicht, Blutsbruder. Aber … du hast uns allen heute einen Dienst erwiesen. Wenn auch auf Umwegen. Wir haben eine weitere Riesin gezähmt.« Odin hob eine Hand und strich Loki eine lose Strähne aus der Stirn. Dann eine zweite.

Auf einmal bekam Loki keine Luft mehr. Die Haut unter Odins Fingern wurde warm. Auch, als der Allvater die Form seiner Wangenknochen abtastete.

»Odin?«

»Du verdienst eine Belohnung.« Der Allvater löste sich von der Wand. Heißer Atem an Lokis Ohr. »Sag mir, dass ich deine Blicke falsch gedeutet habe.«

Odin hatte sein Begehren bemerkt und war nicht böse. Wenn er Loki nicht mit beiden Händen gegen die Tür gedrückt hätte, wäre dieser vor Erleichterung und Erregung in die Knie gesunken.

Küsse an seiner Pulsader, eine Hand an seinem Hemd, in seiner Hose. Innehalten.

»Dein kurzer Ausflug als Stute war keine einmalige Angelegenheit?« Odins Finger kämmten drahtiges Haar, zu weit weg von allen Stellen, die Befriedigung versprachen.

Um Worte verlegen räusperte sich Loki. Wieso fragte das ausgerechnet Odin, der sonst immer alles zu wissen schien? »Das geht auch in Menschengestalt.«

»Machst du das öfter? Die … Teile wechseln?«

Odin hielt so still. Erwartete wohl eine Antwort. Und oh, Loki wollte, dass er weitermachte.

»Mal so, mal so. Ich wache damit auf.«

»Unglaublich.« Odins Pupille war größer, als es das Zwielicht erlaubte, er starrte dorthin, wo seine Hand in Lokis Hose verschwand. »Also wechselst du deine Gestalt nicht nach Laune?«

Loki blinzelte. War das wichtig? »Manchmal schon. Wenn mal wieder irgendwer einen Pinkelwettbewerb vorschlägt, sollte ich mitmachen können.« Oder wenn sie nach einer Schlacht alle nackt in einem See badeten. Er hatte zwar bis jetzt angenommen, dass die anderen davon wussten, aber *davon wissen* und *sehen können* hielt er doch lieber getrennt.

»Dann schwingst du manchmal deine Hüften gar nicht, weil du einen Schwanz in deinem Arsch willst …« Odin klang nachdenklich.

Loki runzelte die Stirn. Auf einmal fühlte er sich weniger begehrenswert als vielmehr begutachtet. Wie man vielleicht einer trächtigen Kuh am Geschlecht herumtastete. Fragen hätte Loki vermutet, aber nicht … das hier.

»Hast du manchmal auch Brüste?«

Darauf schüttelte Loki den Kopf, obwohl manchmal. Manchmal wüsste er gern, was passieren würde. In einem Kleid und mit geflochtenen Zöpfen und passendem Schmuck und jemandem, der ihn Frau nannte.

»Wieso hast du mir nichts davon erzählt?« Dazu schob Odin die Unterlippe vor. Beleidigt?

»Ich dachte, du weißt es längst.«

Der neugierige Blick verfinsterte sich, und Odin zog seine Hand etwas zurück. Hatte ihm der Tonfall nicht gepasst?

»Dass du nie eine Andeutung gemacht hast, ist so gut wie eine Lüge. Ich dachte, du vertraust mir.« Odin sank in die Hocke, zog Lokis Hose auf Kniehöhe, seine Finger setzten die Begutachtung fort. Trotz allem breitete sich in Lokis Unterleib Hitze aus. Krümmte er sich, weil er diese kühle Mischung aus Vorwurf und Neugier nicht ertrug oder weil er sich mehr von diesen Berührungen wünschte?

»Aber lass das unter uns bleiben«, meinte Odin. »Hm?«

Loki nickte sein Einverständnis, konnte sich aber ein »Warum?« nicht verkneifen.

Der Allvater lächelte nachsichtig. »Dass du mannstoll bist, sehe nicht nur ich. Schau, du triefst jetzt schon wie eine läufige Hündin. Wenn die anderen wüssten, wie weibisch du tatsächlich bist … Wer weiß, ob sie dann noch genug Respekt vor unserer Blutsbrüderschaft hätten, um dich nicht, hm, auszunutzen.«

Mannstoll? Weibisch? Und bestimmt wurden auch die Frauen feucht, wenn sie zusahen, wie ein Hengst eine Stute bestieg, oder –

Aber da lehnte sich Odin nach vorn, und sein Mund landete genau dort, wo Loki es sich manchmal erträumt hatte, und jeglicher Widerspruch endete in einem Seufzen.

2. Akt

4

Loki erwachte, und der Duft von Kaffee stieg ihr in die Nase. Als sie die Augen aufschlug, blickte sie gegen eine unbekannte Holzdecke. Richtig. Süddeutschland. Jasnas Häuschen.

Loki rekelte sich, dabei fiel ein Kissen von der Armlehne auf den Boden. Prompt trottete Váli herbei. Seine Krallen klickerten auf den Dielen.

»Morgen, Loki«, rief Jasna, die wohl in der Küche herumwerkelte. Im Hintergrund klapperte Geschirr.

Wann hatte jemand Loki zuletzt morgens mit Namen begrüßt und dabei gewusst, mit wem sie sprachen? Es war Jahrhunderte her. Sie grinste. Váli schleckte ihr über die Backe und bekundete so Freude über Lokis gute Laune.

Also stand sie auf und zog sich Socken an für den Weg über die Fliesen im Hausflur zum Badezimmer. Váli folgte ihr auf dem Fuß. Jasna war tatsächlich in der Küche, schon in Alltagskleidung, und räumte ihr Sammelsurium von Porzellangeschirr aus der Spülmaschine. Auf der Fensterbank hatte Jörmungand sich um einen Kräutertopf geringelt und beobachtete sie dabei.

Unvermittelt schnellte sein Kopf herum, er musterte Loki abschätzig.

Muss dieser Mummenschanz denn hier auch sein?, meinte er.

Váli schnaufte ungehalten.

Bevor Loki die Unachtsamkeit beheben konnte, drehte Jasna sich zu ihr. Sie lächelte, dann schien sie erst richtig hinzuschauen, und ihr Lächeln fror einen Moment lang ein. Loki spürte, wie Jasnas Blick über die Kurve fuhr, die ihre Brüste unter dem T-Shirt zeichneten. Am liebsten wäre sie im Erdboden versunken. Weil das aber nicht ging, kreuzte sie die Arme vor den Objekten des Anstoßes.

Da bemerkte Jasna offenbar, dass sie starrte, und sah Loki in die Augen. »Morgen«, wiederholte sie.

»Hei«, antwortete Loki.

Jasna holte tief Luft. »Ist das ein Test oder ist es einfach so oder …?« Eine hilflose Handbewegung.

»Kein Test.« Loki betrachtete ihre rechte Fußspitze in der schwarzweißen Ringelsocke. Váli stupste ihr Bein mit der Nase an, aber das machte sie auch nicht mutiger. »Nur ein Versehen.« In all den Jahren mit Angrboda, mit Sigyn, mit Zufallsbekanntschaften war ihr die Gestalt nie so entglitten. In der letzten Woche hatte sie sich genauso im Griff gehabt, um Jör nicht weiter herauszufordern. Warum hatte sie sich ausgerechnet heute nicht kontrollieren können?

»Okay«, sagte Jasna. Ein leiser Zweifel schwang mit. »Ist das ein Versehen mit anderen Pronomen, oder bleiben wir beim ›er‹?«

Unterstütz ihn nicht auch noch, murrte Jör.

Diesmal fletschte Váli die Zähne, aber Loki konnte sich nicht dazu durchringen, die Kinder zu ermahnen. Wie gestern im Zug steckten die Worte in ihrer Kehle fest. Nicht einmal Odin, der ihre Wandlungen als einziger miterlebt hatte, war je eingefallen, nach korrekten Pronomen zu fragen. Andere Fragen, Kopfschütteln, Beschimpfungen. Das ja. Angrboda hatte einen Topf aus Speckstein nach ihr geworfen. Fast hörte sie das Ding hinter ihr an der Wand zerschellen.

»Loki?«

Sie schaute Jasna an.

Jasna hatte nur ein Geschirrtuch über dem Arm und keinen Topf in Reichweite. Außerdem hob sie einen Mundwinkel zu diesem Lächeln wie gestern Abend, halb mitfühlend, halb aufmunternd. »Du brauchst mir nicht zu antworten.«

Loki drehte sich um und floh ins Badezimmer.

Vor dem Spiegel stützte sie sich aufs Waschbecken und ordnete ihre Züge. Gesicht etwas breiter, genauso die Schultern, Kinn definierter. Fettpolster anders verteilen und teilweise in Muskeln verwandeln. Haaransatz zurückschieben, Stimme tieferlegen. Auf ihre Geschlechtsteile einzuwirken, brachte sie allerdings nicht fertig, obwohl die zugehörige Gebärmutter zwickte. Spätestens morgen würde das elende Ding anfangen, seine Schleimhaut abzustoßen.

Derart getarnt würde es gehen. Den letzten Samstag, Mittwoch und Donnerstag – und ungezählte Tage vor diesem – hatte sie genau so überlebt.

Um sich anzuziehen, schob sie Váli aus dem Wohnzimmer und schloss die Tür hinter sich. Nicht mal seinen wohlwollenden Blick ertrug sie.

Aus unerfindlichen Gründen lächelte Jasna wieder schief, als Loki die Küche betrat und fragte, ob sie helfen konnte. Entweder hielten Vális Blicke Jör von weiteren Kommentaren ab oder Jasnas Anwesenheit erinnerte ihn an seine Manieren, denn er krabbelte auf einen Stuhl und verlangte nach einem Teller.

Jasna hatte gestern einen letzten Rest ungewürzten Fisch für Váli geopfert. Heute gab es daher gekochte Eier für alle, außerdem Brot und selbst gemachte Marmelade für die Zweibeiner.

»Bevor ich irgendwas zaubere, um eure Geschichte zu bestätigen, müssen wir einkaufen«, sagte Jasna. »Meine Vorräte reichen kaum für mich bis zum Wochenende.«

»Die zwei fressen einem die Haare vom Kopf«, bestätigte Loki.

Váli zuckte nur mit der Nase. Er hatte sich angewöhnt, derlei liebevolle Lästereien zu überhören.

Dir täten kürzere Haare vielleicht ganz gut, ätzte Jör. *So lang wie du hat sie keiner getragen, dem wir gestern begegnet sind.*

Das Gift brannte sich in Lokis Herz. Sie rieb sich die unangenehm flache Brust. Wohin war die Frau verschwunden, die vor einer Woche eine flotte Antwort auf so etwas gewusst hatte? Wo war der Sohn hin, der gutmütig zurückgestichelt hätte? Plötzlich verspürte sie keinen Hunger mehr.

Jasna seufzte. »So was will ich in diesem Haus nicht hören.«

Loki konnte sie nur anstarren.

Jör hob den Kopf von seinem Teller und kniff die Augen zusammen.

Jasna schaute unbeeindruckt zurück. »Das Gastrecht in allen Ehren, aber ich möchte in meinem Haus weder Rassismus noch transphobe oder homophobe Kommentare hören. Alles klar?«

Das Blickduell währte gute zehn Sekunden, bis Jör den Kopf vorstreckte. *Was bedeuten diese Wörter?*, fragte er.

In aller Ruhe erklärte ihm Jasna während des Frühstücks die Begriffe. Jör schien das Konzept von Rassismus völlig fremd – *so einen Blödsinn glauben Leute?*, meinte er –, dem Rest des Vortrags lauschte er jedoch mit wachsender Unruhe.

Gestern hast du gesagt, dass du dich nicht einmischen willst, behauptete Jör dann. *Wieso verteidigst du ihn jetzt?*

Jasna presste die Lippen zusammen, und Loki vermied es, den Kopf einzuziehen.

»Das hat was mit Anstand zu tun«, sagte Jasna. »Nicht mit eurer Meinungsverschiedenheit. Du hackst nicht auf Leuten rum für Dinge, die sie sich nicht ausgesucht haben. Ob's nun Frauen sind oder Schwule oder trans Menschen. Ende.«

Jör schluckte das letzte Stück Ei von seinem Teller und wand sich vom Stuhl. *Er kann sich verändern.* Ein letzter Blick über die Schulter, bevor das Kind in den Hausflur stolzierte. *Natürlich sucht er es sich aus.*

Loki konnte nicht von dort aufsehen, wo ihre Finger an ihren Ärmeln zupften. Váli presste sich gegen Lokis Oberschenkel.

»Es heißt genderfluid«, sagte Loki irgendwann. Nur um zu beweisen, dass sie nicht immer so sprachlos war. Sie hatte geglaubt, sich über die Jahrhunderte eine dicke Haut zugelegt zu haben. Aber kaum bohrte Jör nach, erwies sich das als ein dünner Lack über wurmstichigem Holz.

»Danke.« Jasna stand auf und streichelte Loki sanft die Schulter.

Bevor sie sich abwenden konnte, hielt Loki ihre Hand fest. Die wenigsten wollten Loki noch anfassen, wenn sie herausfanden, dass ihr Körper die gängigen Erwartungen zum Thema Geschlecht unterlief.

Die Küchenuhr tickte unmäßig laut.

Bei den Nornen, es wurde langsam peinlich. Derartige Bedürftigkeit würde Jasna abschrecken. Also ließ Loki diese kleine, warme Hand los.

Jasna drückte ihr die Schulter und räumte den Tisch ab, als sei nichts gewesen. »Ich denke, wir lassen deine Kids hier, während wir einkaufen sind.«

Ja. Gut. Bitte. »Dann gehe ich vorher mit Váli noch nach draußen.«

»Passt.« Sobald Jasna die benutzten Teller zur Spüle getragen hatte, fügte sie hinzu: »Du kannst übrigens so mitkommen, wie du dich wohl fühlst.«

Während Váli am Waldrand herumschnüffelte und Mäuse erschreckte, beschloss Loki, dass sie Jörs Blicke ertragen konnte und den Rest des Tages so verbringen würde, wie sie aufgewacht war. In einer Disco voll aufgebrezelter Menschen hätte Loki Jasna übersehen, aber ihr Mitgefühl wog ihr unscheinbares Äußeres mehr als zehnfach auf: Sie hatte Loki angefasst, nicht irgendwen, auf den sie zufällig scharf war. Loki wollte angefasst werden, die Sehnsucht drückte ihr verzweifelt gegen die Rippen, machte ihre Haut zu durchlässig und würde sie bald in Stücke reißen. Sex wäre eine nette Dreingabe. Da Jasna Lokis rein gewohnheitsmäßige Flirts gestern mit verdrehten Augen quittiert hatte und nicht darauf eingegangen war, würde sie auf eine Frau anspringen. Es passte zu dem Vortrag über Homophobie und dem Eindruck, den Loki von der Messengergruppe hatte.

Als Jasna ihren silbernen Kombi aus der Garage holte, entdeckte Loki denn auch am hinteren Nummernschild eine dezente Regenbogenflagge.

Sobald sie beide im Auto saßen, versuchte Loki, Blickkontakt aufzunehmen. Das klappte nur bedingt, was dem Verkehr geschuldet sein mochte. Vor und im Supermarkt herrschte ebenfalls Gedränge aus rüstigen älteren Menschen und Eltern mit kleinen Kindern. An der Kasse mussten sie ewig warten. Jasna stand währenddessen am anderen Ende des überquellenden Einkaufswagens, was Lokis Vorhaben nicht gerade förderte.

Allerdings nahm Jasna ihre Rolle als Gastgeberin ernst: Sie zahlte den kompletten Wust, mitsamt der Binden, die Loki vorsichtshalber dazugepackt hatte. Über hundert Euro.

Bevor sie alles aus dem Wagen in die Körbe luden, die in Jasnas Kofferraum standen, hielt Loki ihre Hand fest.

»Danke.«

Jasna zuckte mit den Achseln und entzog sich nicht. »Ihr seid meine Gäste.«

Vorsichtig strich Loki mit dem Daumen über Jasnas Handrücken. Klimperte mit den Wimpern. »Du und deine Großzügigkeit sind äußerst attraktiv«, hauchte sie.

Einen Atemzug lang schaute Jasna ihre Hand an und dann Loki ins Gesicht. Jetzt sollte irgendein flotter Spruch kommen. Loki lächelte verheißungsvoll, damit Jasna wusste, dass sie zu allen Schandtaten bereit war.

»Loki …«

»Hm?«

»Was wird das hier?«

Wie bitte? Wieso zum Henker wusste Jasna nicht, wie ein Flirt abzulaufen hatte? Loki klappte der Mund auf, aber sie fand auf Anhieb keine Erklärung, die nicht geringschätzig klang.

Jasna machte sich los, sah sich um und schien zufrieden, dass niemand lauschte. »Du musst das nicht. Ich erwarte keinen sexuellen Gefallen dafür, dass ihr ein paar Tage bei mir wohnt.«

Aber … Was dachte Jasna von Loki? Auf so ein Tauschgeschäft hatte sie sich schon ewig nicht mehr eingelassen, es sei denn, eine Bezahlung wurde ihr aufgedrängt. Wenn es ein derartiges Missverständnis gegeben hatte und sie auf eine schnelle Nummer aus gewesen war, wäre sie ja blöd gewesen, auf die Kohle zu verzichten. Loki setzte ihre ernsthafteste Miene auf. »Darum geht es nicht. Ich finde dich wirklich …«, ein bedeutungsvoller Blick, »nett.«

Jasna hob einen Mundwinkel und schaute zur Seite. »Du flirtest echt mit allem, was Beine hat, hm?«

Die Situation war also noch zu retten. Loki atmete auf und grinste Jasna an. »Ich bin pansexuell. Ich flirte mit allen, die ich attraktiv finde.«

Jasna runzelte die Stirn und beförderte eine Packung Pasta mit mehr Schwung in den Korb als nötig.

War das eine Zurückweisung? Das wäre die erste, an die Loki sich erinnern konnte. Hatte sie sich gerade lächerlich gemacht? Ihre Wangen brannten, und am liebsten hätte sie die Zeit um ein paar Minuten zurückgedreht.

Als sie wieder im Auto saßen, ließ Jasna den Motor aus. Ihre Hand umklammerte den Schaltknüppel und sie zwang sich augenscheinlich, sich zu entspannen.

»Ich bin ace, Loki.«

Loki schaute wohl hilflos drein, denn Jasna seufzte.

»Asexuell. Und aromantisch noch dazu.«

Langsam dämmerte Loki, dass sie davon schon mal gehört hatte – Asexuelle, war das nicht die Truppe mit der langweiligen Flagge bei der letzten Christopher-Street-Day-Parade gewesen? Sie kratzte sich hinter dem Ohr. »Also … kein Sex, keine Romanze?«

»Keine sexuelle Anziehung, keine Verliebtheit. Es gibt Aces, die Sex haben, aber ich find's irgendwie sinnfrei. Mehr als Kuscheln ist mit mir nicht drin.«

»Okay«, beschloss Loki. Eine Umarmung benötigte sie heute viel dringender als Sex.

Jasna betrachtete sie aus dem Augenwinkel. »Wie, ›okay‹?«

Ein Glück hatte Loki Übung darin, Verhandlungen zu führen. »Kuscheln ist sehr in Ordnung. Und Verliebtsein … pfft. Überbewertet.« So einen Anfall von Schwärmerei hatte sie einmal gehabt und war auf die Schnauze gefallen, das reichte.

»Gerade eben hast du mich noch angegraben.«

Loki zuckte mit den Schultern. »Die meisten Menschen reagieren ein bisschen seltsam, wenn man sie fragt, ob sie gerne kuscheln wollen.«

»Ich weiß«, fauchte Jasna und wischte sich eine Strähne aus der Stirn. »Du treibst mich echt an den Rande des Wahnsinns, weißt du?«

Das war kein besonders neuer Vorwurf. Loki zog den Kopf ein, denn das hatte sie diesmal nicht beabsichtigt. »Inwiefern?«

»Erst deutest du an, dass du Sex willst. Dann sagst du, du willst kuscheln – und der Sex? Hättest du mitgemacht, um den Rest zu kriegen?«

Loki antwortete, obwohl sie nicht wusste, wofür sie sich verteidigte. »Ich mag Sex. Auch mit Leuten, die nicht ganz mein Typ sind.«

Jasna atmete geräuschvoll aus. »Okay. Sorry. Das war gerade echt nicht gut. Ich stell mir nur vor, wenn ich darauf eingehen und hinterher rausfinden würde, dass du eigentlich nur kuscheln wolltest …« Sie schüttelte sich. »Ich glaube, das würde ich mir nicht verzeihen.«

Schon wieder überraschte sie Loki mit ihrer Fähigkeit zum Mitgefühl. »Ich mache sicherlich nichts, womit ich nicht zu hundert Prozent einverstanden bin«, sagte Loki.

Die Zeit, an die sie sich nicht so richtig erinnerte, blendete sie lieber aus. Es war schön gewesen, aber sie hätte selbst unter Androhung der Todesstrafe nicht bezeugen können, ob er um Erlaubnis gebeten hatte.

Mit einem Nasezucken vertrieb Loki den Gedanken. »So viel Zaubermacht ist noch übrig.«

Jasna quittierte das mit einem kleinen Lächeln. »Gut.«

Loki lächelte zurück. »Also … können wir kuscheln?«

Jasna schaute weg und drehte den Schlüssel. Das Auto sprang an, das Gebläse pustete Loki einen Schwall kühle Luft entgegen.

»Ich glaub, du hast da was missverstanden. Du kannst vielleicht nach einem Tag mit jemandem das Bett teilen oder eng umschlungen Serien gucken, aber ich nicht. Für so was brauch ich eine ganze Menge Anlauf. Zeit, meine ich.«

Dass Loki sich räuspern musste, schob sie auf die zu kalt eingestellte Klimaanlage. »Ich hab mehr als genug Zeit, um dich kennenzulernen.«

Jasna atmete noch einmal geräuschvoll aus. Blinzelte und bewegte den Schalthebel in den Rückwärtsgang. »Ich muss nachdenken, ja? So was wird mir nicht alle Tage angetragen.«

Obwohl Jasna Loki nur hatte vertrösten wollen, kreisten ihre Gedanken um dessen Frage. Wollte sie eine Gottheit wie Loki lange genug in ihrer Nähe haben, um sie so gut kennenzulernen, dass sie kuscheln in Erwägung zog? Egal, wie sehr ihre Isolation manchmal wie ein schwarzes Loch in ihrem Brustkorb gähnte und sie zu verschlingen drohte. Vor allem jetzt, da Selma nicht mehr da war.

Nachdem sie einige Minuten lang die Postkarten an ihrem Kühlschrank angestarrt hatte, verräumte sie den Einkauf und kochte für die komplette Truppe ein Mittagessen.

Loki war mit Váli zu einem längeren Spaziergang aufgebrochen. Wie sich das wohl anfühlte, mit dem eigenen Kind zusammenzuleben, das alles verstand, was man sagte, aber weder eine Antwort noch menschliche Wärme zurückgeben konnte? Sofern die Überlieferungen zutrafen, hatte Váli außerdem unfreiwillig seinen Bruder Nari getötet.

Jasna schluckte. Das war eine ganz andere Hausnummer, als eine Schwester durch einen Unfall zu verlieren. Sie hatte sich kaum verziehen, weil sie Selma nicht rechtzeitig zur Vernunft gebracht hatte. Wie kam Loki als Elternteil mit so etwas zurecht?

Sie schüttelte den Kopf, um sich zur Ordnung zu rufen.

Wenigstens schien Váli Lokis Gestaltwandeln mit Gleichmut zu betrachten, anders als Jörmungand. Der hatte sich mittlerweile zu ihr ins Haus bequemt und beobachtete sie beim Salatputzen.

Ich wusste ja, dass mein Vater unzuverlässig ist, grummelte er. *Aber den einen Tag ein Mann und den anderen eine Frau sein zu wollen?*

»Das eine hat mit dem anderen nichts zu tun«, widersprach sie.

Du wirst anders darüber denken, wenn er dich das erste Mal verrät.

Dagegen gab es kein Argument. Jasna vermutete, dass die Differenzen darin bestanden, dass Loki Jörmungand und seine beiden Geschwister nicht vor Odin beschützt hatte. Thors mythischer Kampf mit der Midgardschlange hatte anscheinend stattgefunden, nachdem Loki an eine irdische Daseinsform gefesselt worden war. Oder so unmittelbar vorher, dass Loki es nicht mehr mitbekommen hatte. Denn darüber hatte Jörmungand sich gestern Abend ausgiebig ausgelassen. Da aber Loki ganz eindeutig nicht mit den Gedärmen seines Sohnes Nari an einen Felsen gekettet war, sondern hier – in Midgard – frei herumlief, blieb offen, inwieweit die restliche Überlieferung stimmte. Wobei man die Erde durchaus als einen sehr großen Felsen mit Wasser und Grünzeug darauf auslegen konnte.

Jasna hatte zudem die ganze Zeit keine Antwort bezüglich der Pronomen erhalten. So musste sie raten, ob Lokis zugegeben äußerst hübsche feminine Variante tatsächlich ein Versehen war oder eine Kalkulation, weil Loki geglaubt hatte, Jasna sei lesbisch. Es wunderte wenig, dass Snorri in der *Edda* Loki als den Urheber der Hinterlist beschrieb.

Sie hackte die Frühlingszwiebeln mit mehr Kraft klein als nötig.

Das Essen verlief in angespannter Stille. Jörmungand würdigte Loki keines Blickes, Loki hingegen verfolgte jede von Jasnas Bewegungen wie ein Hund, der misshandelt worden war, aber bei dem neuen Frauchen auf das Beste hoffte.

Loki erwartete zu viel von ihr – sie war nur ein verdammter Mensch, sie konnte niemanden retten. Vor allem dann nicht, wenn die Schwierigkeiten das Gefühlsleben betrafen. Statt sich als Jugendliche mit ihrer Mutter und deren Beharren auf einer Firmung auseinanderzusetzen, war sie lieber zu ihrer alleinstehenden Großtante in dieses Hexenhäuschen geflohen, Hel mochte über Tante Frida wachen. Seitdem hatte Jasna zwar dazugelernt, aber Konflikten wich sie weiterhin lieber aus.

Als nur noch Salat übrig war, nahm sie sich die Schüssel und pickte die letzten Blätter auf. Bei den vielen Reißzähnen hätte sie mit diesem Rest rechnen müssen. »Erzähl mir von Sigyn«, bat sie.

Loki rümpfte die Nase und lehnte sich zurück.

Aber welches Thema glich bei Loki keinem verminten Terrain? Jasna überlegte schon, ihre Aufforderung zurückzuziehen, da räusperte Loki sich.

»Sie war sehr großzügig. Kann es immer noch sein, aber …« Ein Schulterzucken. »Odin hatte mir nahegelegt, zu heiraten, damit das Gerede aufhörte und als Zeichen meiner Verbundenheit mit Asgard.«

Du hast deine sauberen Freunde mit mir und den beiden anderen einfach machen lassen, was sie wollten, warf Jörmungand ein.

Uh, Mist. Jasna ließ ihre Gabel sinken. Also hatte Snorri Recht gehabt? Odin hatte Hel ins Totenreich verbannt, Jörmungand ins Meer geworfen und Fenrir gefesselt. Und Loki hatte nichts dagegen unternommen? Oder befürchtet, dass es bei einem Eingreifen noch weniger freundlich zugehen würde?

Loki schluckte, widersprach Jörs Vorwurf aber nicht.

Dass du nicht mal Fenrir beschützt hast, hätte den Asen Treuebeweis genug sein sollen, ergänzte Jörmungand, *aber im Grunde hast du damit bestätigt, dass du jeden verrätst. Und sie haben es gerochen.*

An Jörmungand vorbei schaute Loki die Wand an.

Váli trottete zu Loki und drückte sich an sein Elternteil, wie um zu beweisen, dass Loki durchaus zu Loyalität fähig war. Immerhin kümmerte Loki sich um dieses Kind in Wolfsform seit geschätzten zwölfhundert Jahren.

»Also hast du Sigyn geheiratet«, gab Jasna das Stichwort. »Und du hast sie ausgewählt, weil …«

Auf Lokis Gesicht stahl sich ein Lächeln, das vielleicht bedeutete, dass diese Hochzeit nicht nur auf kalter Berechnung gegründet hatte. »Ich konnte ihr ansehen, dass sie sich dringend ein eigenes Kind wünschte, und sie gab nichts auf die Gerüchte über Vális Herkunft. Diesbezüglich hatte Frigg wohl eine einmalige Ausnahme von ihrem Schweigegelübde gemacht und einen Haufen Halbwahrheiten darüber erzählt, wohin ich acht Jahre lang abgetaucht war …« Loki gestikulierte zu ihrer? Seiner? Figur. »Die Allmutter hasst mich.«

Hm. Gerüchte zu streuen, passte nicht zu dem, was Jasna von Frigg wusste. Odins Ehefrau sprach angeblich nie von dem, was sie dank ihrer Allwissenheit über das Schicksal in Erfahrung brachte.

Váli schleckte Lokis Fingerspitzen ab, woraufhin Loki seinen Hals kraulte.

Loki sah Váli an, ein Lächeln auf dem Gesicht und einen traurigen Zug um die Augen, und schien vor Liebe fast zu vergehen. Wieso hatte er seine Kinder damals nicht beschützt?

»Sigyn war mir immer treu. Ich«, ein gehobener Mundwinkel, »habe mein Bestes getan. Sie wusste das zu würdigen, denke ich. Aber dann kam die Sache mit Balder …«

Jasna nickte verstehend. Friggs und Odins gemeinsamer Sohn war unter mysteriösen Umständen zu Tode gekommen. »Angeblich hast du ihn um seine Unverwundbarkeit beneidet.«

Daraufhin verdrehte Loki die Augen. »Als ob. Aber Frigg behauptete, es sei alles meine Schuld, und Nari musste es büßen.« Loki massierte sich das linke Handgelenk, das eine rotbraune Tätowierung von verschlungenen Linien und Runen umspannte.

Nari. Sein jüngster Sohn. Der war also tatsächlich tot.

»Sigyn ist mit mir hier in Midgard geblieben, weil sie die anderen nicht mehr sehen wollte, aber sie hat beschlossen, dass ich ihr eine Mutsühne schulde und hat verlangt, dass ich Váli verstoße. Der Preis war mir zu hoch.«

Du schuldest sehr vielen Leuten etwas, bemerkte Jörmungand.

Jasna rieb sich das Kinn. Am liebsten hätte sie weitergefragt. Was wusste Loki über Balders Tod, das nicht in den Quellen stand? Was hatte Odin seinem Sohn auf dem Scheiterhaufen ins Ohr geflüstert?

»Sigyn wird es nie zugeben, aber sie vermisst ihre alte Macht und reagiert sicher auf ein bisschen Schmeicheleien und weibliches Verständnis.« Loki lächelte schief. »Wenn du über mich fluchst, lockst du sie garantiert aus der Reserve.«

Weil Jasna keine Zuschauer brauchen konnte, zog sie sich in die zweite Dachkammer zurück, wo sie ihre Ochsenhaut und die Zauberutensilien hortete. Nachdem sie alles gerichtet hatte, nahm sie roten Ocker, zog damit den Kreis um die Ochsenhaut neu und ergänzte Schutzrunen. Sie kippte Kirschwasser für Sigyn in die Opferschale, gluckerte den Rest des Fläschchens hinunter – bäh – griff sich ihre Trommel und begann diese zu schlagen, um sich in Trance zu versetzen. Sang dabei Runen, denn galt Sigyn nicht als *Galdrs hapt?* Die Göttin oder Fessel der Zaubersprüche?

Auf der eigentümlichen Grenze zwischen Wachen und Schlafen schimmerte ihr ein vom Morgenlicht durchflutetes Arbeitszimmer entgegen. Die Tapete hatte senkrechte Streifen in Pastelltönen und schloss mit einer Rankenborte ab.

Eine Frau mit einer Krone aus blonden Zöpfen schaute von einem Computerbildschirm auf und betrachtete Jasna. Ihr Alter war schwer zu schätzen, denn trotz ihrer straffen Haut gruben sich tiefe Falten um den

Mund und zwischen die Brauen, die von zahlreichen Sorgen kündeten. Sie trug ein Gewand nach altnordischem Vorbild, das sie mit Goldfibeln hielt. Zwischen diesen spannte sich eine Kette aus polierten Halbedelsteinen. An einem Lederband um ihren Hals hing ein rundes Amulett. Ein grünes Leuchten pulsierte darum. Sigyn. Das was Sigyn, Lokis Ex- oder Noch-Ehefrau. Wow. So detailliert hatte sich noch keine Gottheit bei Jasnas Visionssuchen gezeigt.

Jasna fühlte sich in Jeans und einem losen Pulli völlig underdressed für eine solche Begegnung.

»Ich bekomme selten Besuch, der mich so gezielt zu sprechen wünscht«, meinte die Frau in keiner Sprache und jeder. »Was suchst du, Seherin?«

Eine recht kühle Begrüßung. Wahrscheinlich spürte Sigyn, dass Jasna sich nicht oft mit ihr auseinandergesetzt hatte, da die Quellen sie lediglich in einigen Sätzen erwähnten. Eine Göttin, die vor allem als treusorgende Ehefrau verehrt wurde, hatte zudem wenig Gemeinsamkeiten mit Jasna.

Laut Mythos fing Sigyn das Schlangengift auf, das dem gefesselten Loki ins Gesicht tropfte. Auch ihr wurde in der *Edda* keine Meinung dazu gegönnt, dass die Innereien des gemeinsamen Kindes als Ketten dienten.

»Ich habe Besuch von Loki, Váli und Jörmungand.«

Sigyn presste die Lippen zusammen. Ein Vogel krächzte, etwas flatterte, dann landete ein Rabe – ein echter Kolkrabe, nach dem Schnabel zu urteilen – auf einer Stange hinter Sigyns Rücken. Von seinen Federn stieg ein grünlicher Dunst auf, der Jasna an Sigyns Amulett erinnerte.

»Mein Huginn«, stellte Sigyn das Tier vor. »Ich hätte erwarten sollen, dass dieser Tagträumer erst aufgibt, wenn er seinen Bankert bedroht sieht.«

Aha. Egal auf welches der Kinder sich Sigyn da wenig damenhaft bezog: Das war ein Hinweis, der Jörmungands Aussagen zu Lokis Zielstrebigkeit diametral widersprach. »Also ist es wahr, was Loki mir erzählt hat?«

Sigyn legte den Kopf schräg und betrachtete Jasna eingehend. »Ich würde dir raten, dich vor ihm und seinen Angelegenheiten zu hüten. Sieh lieber zu, dass du mehr Leute an uns Asen erinnerst und dass auch die, die andere Wege gehen, weniger Gier und Bequemlichkeit walten lassen.«

Der Rabe nickte bekräftigend.

Also hatte Loki die Wahrheit nicht nur über die Runensteine gesagt, sondern auch darüber, dass Sigyn ihm nicht helfen wollte. Ein Anfall von Lebensmüdigkeit seitens dieser Göttin?

Nun fragte sich Jasna zwar selbst, wozu sie langfristig auf dieser Erde weilte, aber das hieß nicht, dass sie den Rest der Menschheit ins Verderben reißen wollte.

»Die Menschheit richtet den Planeten derzeit zugrunde, das ist wahr. Aber wir hätten gern Zeit, eine Katastrophe zu verhindern. Warum sollte ich Loki nicht helfen?«

Sigyns blaue Augen loderten auf und Jasna wich zurück.

»Du glaubst doch nicht, dass er darüber vergisst, mit wie wenig Reizen du gesegnet wurdest? Er würde dich auf der Reise benutzen und hinterher wegwerfen wie einen Papierfetzen, mit dem er sich den Hintern abgewischt hat.«

Leckerer Vergleich.

Der Rabe krächzte hämisch im Hintergrund.

Sollte Jasna sich jetzt schämen? Wie gut, dass sie sich über ihre wenigen sogenannten Reize völlig im Klaren war und nicht gedachte, diese überhaupt einzusetzen. Aber da steckte noch ein Hinweis … »Also müssten wir dorthin reisen und die Barrieren vor Ort stärken?«

Das blaue Feuer aus Sigyns Augen blendete Jasna fast. »Dir steht es nicht an, die Entscheidungen der Nornen infrage zu stellen, Menschlein.«

Alles klar. Jasna hob die Hände zum Zeichen, dass sie aufgab. Vermutlich hätte sie doch über Loki schimpfen sollen, um Sigyn für sich einzunehmen. »Werte Große, ich danke dir für deine Zeit. Ich bin unwürdig, auch nur das geringste Korn Weisheit von dir zu empfangen.« Und das war eindeutig zu sarkastisch rübergekommen, aber nicht mehr zu retten.

Sigyns Finger auf der Tischplatte zuckten. »Ich würde dich an meiner Weisheit teilhaben lassen, wenn ich nicht wüsste, dass du sowieso lieber auf diesen gedankenlosen Taugenichts hörst.«

»Trotzdem danke.«

Sigyn machte eine Bewegung, als wollte sie Jasna mit dem Handrücken ohrfeigen. Die Wirklichkeit ruckte, und Jasna landete schmerzhaft auf den Knien in ihrem Kreis.

Ihr schwirrte der Kopf. Die Rhythmussequenz, mit der sie ihre Visionssuchen immer beendete, holperte diesmal. Nachdem sie die Trommel beiseitegelegt hatte, streckte sie die Beine und rieb über die wunden Stellen. Dennoch musste sie grinsen. Mit diesem Gespräch war ihr ein echtes neo-schamanisches Kunststück gelungen. Aber wenn ihre Begegnungen mit Gottheiten in Zukunft alle so abliefen, würde sie das nur noch draußen versuchen, wo die ortsansässigen Geister sie unterstützen konnten.

Es dämmerte fast, bis Jasna wieder im Erdgeschoss auftauchte. Aus Langeweile hatte Loki einen Pfefferminztee aufgesetzt. Jasna humpelte ein bisschen, als sie zu Loki und den Kindern ins Wohnzimmer trat. Zuerst fischte sie eine Schachtel mit Pralinen aus einer Schublade in ihrer Biedermeier-Anrichte, schob sich drei in den Mund und goss sich lauwarmen Tee ein.

Alles in Ordnung?, fragte Jör, bevor Loki irgendeinen Ton herausbringen konnte. *Die alte Hexe hat dich nicht zu sehr getriezt, nur weil sie Loki hasst?*

Jasna winkte ab. »Sie und ich werden wohl niemals beste Freundinnen, aber sie war fair.« Ächzend sank sie Loki gegenüber in den Sessel.

Erst dann schien sie zu bemerken, dass sie die Pralinen hortete, und stellte die Schachtel auf den Couchtisch. »Sie hat jedenfalls nichts dementiert, insofern habt ihr mir eindeutig die Wahrheit gesagt.«

Und dafür haben wir einen Tag verplempert, moserte Jör.

Loki hob die Hände. Sie hätte eine schnellere Lösung ebenfalls bevorzugt, ein Telefongespräch zum Beispiel, aber Snorri Sturluson und die ihm vorausgehenden Dichter hatten sie nicht gerade mit einem guten Leumund zurückgelassen. Insofern grenzte es an ein Wunder, dass Jasna einen nicht vorhandenen Widerspruch als Bestätigung deutete.

»Immerhin.« Loki nahm sich eine Praline und biss eine Ecke ab – ohne Alkohol, wie schade. »Wir sind auf uns alleine gestellt.«

»Das auch. Aber noch fieser ist: Wenn sie Recht hat, müssen wir tatsächlich hinfahren«, meinte Jasna. Auch sie griff sich eine Praline. »Ich glaube, Sigyn hat sich verplappert, aber ich müsste euch alle in meine Karre laden und an den Polarkreis gurken.« Sie sah aus dem Fenster, wo die ersten dünnen Fäden der Spinnen des Altweibersommers klebten. »Da oben ist jetzt bald Winter.«

Loki brummte bestätigend. Es gab einen Grund, warum sie mit der Zeit immer weiter nach Süden gezogen war.

»Gibt's keine andere Möglichkeit?«, fragte Jasna. »Ich kann dich mit an die Grenzen zwischen den Welten nehmen, Loki. Wenn du es schaffst, jemanden zu rufen, der uns hilft, wäre das einfacher, als über dreitausend Kilometer mit dem Auto zu fahren. Wen fragen wir, um die Barrieren von hier aus zu stärken? Was ist mit deiner Tochter? Oder, keine Ahnung, Hönir?«

Loki winkte ab. Eine Bitte an Hel würde sie so lange wie möglich vermeiden. Und Hönir? Der hielt eisern ein Schweigegelübde, dessen Grund die Menschen und Asen längst vergessen hatten, daher war es verflucht schwierig, mit ihm Verhandlungen zu führen.

Es gab nur einen, der sich um der alten Zeiten Willen überzeugen lassen würde. »Odin«, sagte Loki. Das einäugige Rabenaas schuldete ihr einen Gefallen.

Urgh, machte Jörmungand. *Warum sollte der Alte ausgerechnet dir helfen?*

Váli fiepte.

Jasna legte den Kopf schräg. »Ich habe keinen besonders guten Draht zu Odin«, meinte sie. »Von den Asen habe ich zu Thor die beste Verbindung, gefolgt von Tyr und Freyr.«

Loki nickte. Thor für erfolgreiche Reisen und den ertragreichen Garten, Tyr als Streiter für die gerechte Sache, und Frey für Frieden und Wohlstand. Die drei passten zu Jasnas Leben. Sie wedelte mit der nächsten Praline, um Jasna zu bedeuten, dass sie weiterreden sollte.

»Odin hat zwar die Runen gefunden, und es gibt ein paar Odinsleute in meinem Bekanntenkreis, aber ich kann mit so … undurchsichtigen Machtmenschen nichts anfangen.« Sie starrte kurz die Wand an. »Eventuell hat er Selma deswegen geholt. Weil ich ihm nicht dankbar genug bin. Außerdem ist er jemand, der seine Ratschläge nach einem englischen Sprichwort verteilt: Tu, was ich sage, aber nicht, was ich tue.«

Jör prustete aus Belustigung, Váli duckte sich, und Loki wusste nicht, was sie sagen sollte. Odin neigte tatsächlich zu mehr Verkleidungen, als man anstreben sollte. Aber Odin hatte immer einen Plan zum Wohl der Asen und Midgards, selbst wenn es bedeutete, seine besonderen Lieblinge sehr früh nach Walhall zu holen. Von Anfang an hatte diese Zielstrebigkeit Loki angezogen wie eine Motte das Licht. Wussten die Nornen, was Odin an Loki gefunden hatte, dass er ihr, der Halbriesin, die für ihre Unberechenbarkeit verflucht wurde, eine Blutsbrüderschaft angeboten hatte.

»Ich kann verstehen, was du meinst, aber er ist nicht so wankelmütig, wie du vielleicht glaubst.« Er hatte Loki immer vertraut, immer, ihr seine besten und schlechtesten Seiten gezeigt und sie in alle wichtigen Pläne eingeweiht.

»Hm«, brummte Jasna. »Mehr als nein sagen kann er nicht.«

5

Zu Jörs und Lokis Erleichterung stimmte Jasna zu, dass sie sich gleich heute Nacht auf die Reise begeben wollten, sofern ihre Kollegin ihr noch einen Tag freigab.

Julia verspürte wohl Mitleid und gestattete einen weiteren Urlaubstag.

Sie aßen ein spätes Abendbrot und holten danach Jasnas Ritualzubehör aus der zweiten Dachkammer. Die erste diente als Schlafzimmer – durch die halboffene Tür erhaschte Loki einen Blick auf ein 1,40 Meter breites Bett und einen Wandbehang über dessen Kopfende: Ein Himmel voller Sterne, zwei davon als Augen prominent hervorgehoben. Darunter stand über einem abstrakt gehaltenen Toten ein Mann mit grauem Bart, grauem Umhang und grauem Schlapphut, der sich auf einen grauen Speer stützte und Loki direkt anzusehen schien.

Welcher Mensch auch immer hier im historisierenden Stil gestickt hatte: Er hatte Odin und seinen Hang zu grauen Dingen verflucht gut getroffen.

Auf einmal wurde Loki die Kehle eng, ihre Muskeln zitterten. Odin. Sie würde Odin treffen. Zum ersten Mal seit so langer Zeit. Sie konnte es kaum erwarten. Sie wollte sich unter dem Bett verkriechen und Jasna allein vorschicken.

Auf einmal konnte sie sich nicht mehr bewegen.

»Loki?«

Mit Mühe drehte sie den Kopf.

»Ein Geschenk von einer Odinsfrau«, sagte Jasna. »Thjasis Tod und Skadis Verlobung?«

Loki nickte, denn an die betreffende Episode erinnerte sie sich gut genug. Wie die zornige Riesin vor dem Tor gewütet hatte und zwei

Bedingungen stellte, damit sie den Mord an ihrem Vater vergab: einen Mann für sie und dass man sie zum Lachen brächte. Odins hilfesuchender Blick ob dieser zweiten, ungewöhnlichen Forderung war natürlich an Loki haften geblieben.

Um Skadi zu besänftigen, hatte sie sich also vor allen lächerlich gemacht und ein Tauziehen der besonderen Art improvisiert. Damals waren die anderen ihr dankbar gewesen. Ha! Und Odin hatte ihr zur Belohnung einen langersehnten Wunsch erfüllt. Loki griff sich an ihren Halsausschnitt, meinte seine Küsse noch zu spüren.

»Du bist meilenweit weg«, sagte Jasna. Ihre Schulter streifte Lokis Oberarm, als sie sich an ihr vorbei lehnte und die Tür zum Schlafzimmer zuzog. »Bist du sicher, dass wir ausgerechnet Odin um Hilfe bitten sollten?«

Loki biss sich auf die Unterlippe. »Wir haben unser Blut gemischt.« Und viele andere Säfte auch. Mehr als einmal. »Er kennt mich und vertraut mir.«

»Okay.« Es klang ein wenig zu gedehnt, zu zweifelnd. »Komm schon.« Jasna hob das Bündel aus Ochsenhaut, zwei schweren, gehäkelten Wolldecken und Trommel auf und ging die Treppe nach unten.

Loki folgte ihr mit leeren Händen.

Jör und Váli ermahnten sie mit vorwurfsvollen Blicken, beim Tragen zu helfen. Loki griff nach ihrer eigenen Haut, dem Messer und einer Decke. Dann folgte sie Jasna im Schein einer Stabtaschenlampe in den Wald.

Der Wind sang in den Blättern und im Unterholz raschelte es. Der Wald roch saftig nach dem Regen der letzten Tage. Gut fünfhundert Meter stapfte Jasna einen befestigten Weg entlang und bog schließlich auf einen Trampelpfad ab. An dessen Ende ragte ein Stück Fels aus dem Hang, umgeben von Tannen und Fichten. Weil Jasna derlei Zeremonien anders anging, breiteten sie ihre Häute darauf aus, sodass sie gerade so beide darauf Platz fanden. Mit dem roten Ocker zogen sie einen Kreis und schützten ihn mit Runen. Jasna bat die anwesenden Geister um Schutz und versprach ihnen Kekse zur Belohnung. Zuletzt verschütteten sie Wein für Odin. Die Decke um ihre Schultern gelegt schlug Jasna die Trommel, eintönig und treibend.

Wie verabredet sang Loki von Reisen nach Walhall, von geteilten Visionen und der Notwendigkeit von Ratschlägen.

Ihre Lider wurden schwer, sie glaubte, dass sie einschlafen würde, bevor sich irgendetwas tat. Da kroch eine erste Nebelschwade zwischen den Bäumen hervor. Jasnas Atem verlor kurz seine Gleichmäßigkeit, aber dann schloss sie die Augen.

Langsam stieg mehr Dunst aus dem Unterholz. Lokis und Jasnas Atem bildete kleine Wölkchen in der Luft, welche die Schwaden gierig aufnahmen. Sie umwaberten den Kreis aus Runen.

Die Echos der Trommelschläge veränderten sich, bis es schien, dass sie über eine weite Ebene klangen, statt von Bäumen verschluckt zu werden. Ein Fluss rauschte.

Loki blinzelte; sie saßen an einem Strand aus fast weißen Kieseln. Wenn sie zu genau hinschaute, begannen die Steine sich wie in Qualen zu winden, also hob sie den Blick.

Über ihnen, da wo der Nebel nicht hinreichte, funkelten Sterne. Wie um sie an die Vergangenheit zu erinnern, leuchteten Tyrs Nordstern und Thjasis Augen besonders hell.

Jasna hörte auf, die Trommel zu schlagen, und sah ebenfalls nach oben.

»Yggdrasils Wurzeln«, hauchte sie. »So deutlich habe ich sie noch nie wahrgenommen.«

Und vielleicht war das, was da wie ein Sternhimmel schimmerte, die Wölbung von riesenhaften Wurzeln, die den unsichtbaren Fluss vor ihnen überspannten. Vielleicht bot der dunkle Raum zwischen den sternübersäten Wurzeln einen Blick nach Ginnungagap, die Leere vor der Schöpfung.

Die Drohung des Nichts, in dem alles vorhanden lag, wo jedoch kein Geist war, der eine Gottheit träumen konnte, ließ Loki schaudern. Sie wandte sich ab.

Hier befand sie sich nah an der Grenze zwischen den Welten und hatte dazu nicht einmal Drogen gebraucht.

Dafür zwickte die Fessel eine Warnung, dass sie sich nicht weiter nähern sollte.

»Komm«, sagte Jasna. Sie legte die Trommel beiseite, streifte die Decke ab, stand auf und streckte Loki eine Hand hin.

Loki ließ sich aufhelfen und trat gemeinsam mit Jasna einen vorsichtigen Schritt aus dem Kreis.

Der Nebel gab einen Pfad frei, sodass sie beide den Strom sahen, der hinter dem Kiesstrand schäumte. Unfreundlicher als sonst, als ahnte die Welt, was Loki und Jasna planten. Keine einzige Walküre zeigte sich.

»Suchen wir eine Furt«, sagte Jasna und wandte sich stromaufwärts.

Keine fünf Schritte später wurde es eisig kalt, der Kies überzog sich mit Reif. Jasna drückte sich enger an Loki.

Der Nebel wandelte sich zu dichtem Schneegestöber, Eisschollen tanzten in wilder Fahrt auf dem Fluss und knackten wie brechende Knochen, wenn sie gegeneinanderstießen. Das Gehen auf dem glatten Untergrund strengte an. Einen Steinwurf weiter rutschte Jasna aus, fing sich aber. Als Loki unter dem knöchelhohen Neuschnee mit der Stiefelspitze an ein Hindernis stieß, zerrte etwas an ihrem Fuß. Sie strauchelte und fiel.

»Loki!«

Jasna fasste sie am Arm, sie stemmte sich hoch. Unter ihren Fingern wand sich der Kies wie Maden, die sich durch totes Fleisch wühlten. Loki unterdrückte einen angeekelten Schauer und klopfte sich die viel zu dünne Jeans ab – sie hatte sich das Knie aufgeschlagen, das Blut leuchtete unnatürlich rot in der weißen Landschaft.

Da fiel ihr Blick auf die andere Seite des Flusses, durch eine Lücke zwischen den wirbelnden Flocken. Am gegenüberliegenden Ufer stand ein Mann mit Wanderstab. Seinen grauen Mantel hatte er kunstvoll um seine Schultern drapiert.

Odin.

Loki weidete sich an seinem Anblick, und es genügte trotzdem nicht. Sie wollte ihm in die Arme fallen und aus seiner Gewissheit Kraft ziehen, sie wollte ihn schütteln, bis er – würde Odin Galgengott ihr überhaupt eine Mutsühne leisten, oder behielt er sein Ehrgefühl seinen auserwählten Helden vor?

Der Schneesturm legte sich so plötzlich, wie er über sie hereingebrochen war, nur ein paar vereinzelte Kristalle tänzelten durch die Luft. An ihrem linken Handgelenk zwickte die Fessel noch einmal. Jetzt begriff Loki, was Odin ihr mitteilen wollte. Sie musste sich zwingen, sich nicht aus Schmerz zu krümmen.

»Bitte«, flehte Loki Odin an.

Er schaute unbewegt zurück. Nicht einmal ein Lächeln oder ein Nicken für den ältesten und treuesten Weggefährten?

Jasna warf ihr einen fragenden Blick zu.

Zweimal musste Loki sich räuspern, bis sie einen Ton herausbrachte. »Du musst alleine gehen. Die Fessel hält mich hier.« Oder war es Odin, der nicht mit Loki sprechen wollte?

»Aber.« Jasna griff mit beiden Händen nach einer von Lokis. Ihre Pupillen waren weit vor Überraschung oder Angst.

Ob Odin seine Stimme erheben würde, falls Loki lange genug zögerte?

Der Rabengott kniff sein eines Auge zusammen.

Also gut. Obwohl Loki sich danach sehnte, seine Stimme zu hören. Sie vermisste es, mit jemandem zu sprechen, der sie so gut kannte. »Ich warte hier.«

»Du versprichst es?«

»Ich verspreche es.«

Diesmal zuckte Odins linke Oberlippe – dabei sollte dieser doch wissen, dass Loki in ihrem Leben nur ein einziges Versprechen gebrochen hatte. Und dafür hatte man ihr den Mund zugenäht.

Jasna drückte Lokis eiskalte Hand noch einmal, bevor sie sich umdrehte und Odin begrüßte. »Es ist mir eine Ehre, Euch begegnen zu dürfen.«

Odin nickte bedächtig. Auf einen Wink mit dem Stab trieb ein Boot heran und lief knirschend auf dem Kies auf. Es war etwa drei Meter lang und nach Art der Nordmannen gefertigt. Wolfsfiguren schlossen den Kiel ab.

Eine Walküre in Menschengestalt stand im Heck am Steuerruder. Kein angenehmer Anblick, aber Loki hatte sowieso ein besseres Ziel für ihre Aufmerksamkeit. Odin, der aber lieber Jasna beobachtete. Es versetzte ihr einen Stich ins Herz, und sie rieb sich das Brustbein.

Aber auch diese Bewegung war Odin keine Reaktion wert.

Das Wesen am Steuer musste eine Walküre sein. Ihre graue Haut spannte sich zu eng über ihren Schädel und ihre schmale Nase. Die Augen lagen tief in den Höhlen. In ihrem dunklen, strähnigen Haar wimmelten die Maden, ihr Gewand bestand aus Fellen, an denen Blutreste klebten.

Thor mochte Jasna beschützen.

Sie zeichnete sich Algiz als Schutzrune auf die Brust und stieg über die niedrige Bordwand ins Boot.

Aus der Nähe stank die Walküre nach süßlicher Verwesung. Glücklicherweise beachtete sie Jasna nicht. Ein kurzer Blick auf die dreckverkrusteten Krallenfinger und weißen Knochen, die zwischen den Fellfetzen hervorblitzten, reichte Jasna vollkommen. Ob ihr Halsschmuck aus einem Kinderschädel bestand? Jasna wollte es nicht wissen. Das hier war eine Totenführerin, die auf dem Schlachtfeld die Seelen einsammelte und sich an Blut und Eingeweiden labte, keine dralle Dame in polierter Rüstung.

Jasna richtete ihren Blick auf das gegenüberliegende Ufer und bemühte sich, flach durch den Mund zu atmen. Odin Galgengott stützte sich auf seinen mannshohen Stab Gungnir.

Nach endloser Zeit lief das Boot auf schlammigen Grund. Vom Land her roch es nach Moder. Diese erdige Dunkelheit, das war sicher nicht Asgard und wahrscheinlich auch nicht Utgard, sondern Helheim.

Odin harrte bewegungslos aus, bis Jasna zu ihm trat. Sein Haar und Bart waren ergraut und fast zu gut gepflegt, die Brauen akkurat getrimmt, kein Härchen stak aus der Nase oder den Ohren. Er erinnerte Jasna an den einen alternden Gigolo, der im Laden mit wechselnder weiblicher Begleitung Aufenthalte in Nobelkurorten buchte.

Sie verneigte sich.

»Geh ein paar Schritte mit Gangleri«, sagte Odin und wandte sich stromabwärts. Er schlurfte.

Jasna sah zurück. Am anderen Ufer stand Loki, hatte die Hände wie ein Bittsteller zusammengelegt und einen Hundeblick aufgesetzt. Jasna bemühte ein aufmunterndes Lächeln und folgte dem wegmüden Odin.

»Vielen Dank für diese Gelegenheit«, sagte Jasna.

Odin winkte ab. Seine Finger waren lang und schmal und bleich. »Was treibt dich dazu, Loki zu folgen?«

»Wir würden den Weltenbrand gerne noch etwas hinauszögern«, sagte sie. »Jetzt, wo die Menschheit gerade begreift, was sie angerichtet hat … ich denke, wir verdienen eine Chance, es zu richten. Dazu müssen wir die Runen stärken, die im ewigen Eis liegen.«

Odin rümpfte die Nase. »Die Menschheit hatte viele Gelegenheiten. Wo ist der Wald hin, der einst das Mittelmeer umgab? Wo sind die Bäume auf Island geblieben? Ihr wisst, wo es hinführt, das Roden, seit Jahrtausenden, und macht trotzdem weiter.«

Zugegeben. Die Menschheit lernte nicht so schnell, wie sie gern behauptete, und etliche Erfindungen offenbarten mittelfristig, dass sie vorausschauenderes Denken benötigt hätten. Autos fuhren schneller als Kutschen, verpesteten aber die Luft, Plastikverpackungen waren praktisch und leicht, verdreckten aber die Meere. Jasna machte eine hilflose Geste.

»Mir ist es gleich, Menschenkind, was mit euch geschieht.«

Einmal tief durchatmen. Glauben konnte Jasna das zwar nicht, doch sie wäre schön blöd, Odin der Lüge zu bezichtigen. Clever genug, diesen Gott mit Worten auszutricksen, war sie jedenfalls nicht. Loki hatte gemeint, dass Odin zuhören würde, und ihr eine Bitte mitgegeben. »Loki hat Jörmungand gerade erst wiedergefunden. Ich denke …« Jasna stockte. Er? Sie? »Die beiden haben ein bisschen mehr gemeinsame Zeit miteinander verdient. Findet Ihr nicht?«

Odin packte sie am Handgelenk. Dafür, dass er wie ein gebrechlicher alter Herr wirkte, umfasste er sie unnachgiebig wie ein Schraubstock. Seine Finger waren warm und trocken wie alte Torferde, die zu lange in der Sonne gestanden hatte. Jasnas Herz raste.

»Viele Weiber sind Lokis Einflüsterungen erlegen. Woher weißt du, dass er nicht das Gegenteil erreichen will? Er schickt dich unvorbereitet und mit schlechten Gründen zu mir. Ihm musste klar sein, dass ich ablehnen werde.«

Ablehnen? Ein paar Augenblicke lang konnte Jasna Odin nur anstarren. Hatte Loki sich so geirrt? Und dazu Odins Unterstellung. »Ihr meint, dass er die Runensteine stören will, um Ragnarök heraufzubeschwören?«

Odins rechte Oberlippe zuckte. »Du bist klug. Aber seinen Verführungskünsten bist du trotzdem nicht entkommen.«

Also bitte. Wenn hier einer übergriffig wurde, dann doch Odin. Jasna versuchte, ihre Hand freizuwinden, wie sie es im Selbstverteidigungskurs gelernt hatte, aber es gelang ihr nicht.

In Odins Auge loderte graues Feuer.

Nicht der richtige Ansatz. Jasna zwang sich, nicht gegen Odins Kraft zu arbeiten und ihre Hand möglichst ruhig zu halten. Wieso war ihnen nicht bewusst gewesen, dass Odin ihr Vorhaben so auslegen könnte? »Warum sollte Loki ausgerechnet zu mir kommen, wenn er … sie das Ende der Welt einläuten wollte? Reaktionäre Männlichkeitsfanatiker wären dafür besser geeignet als ich.«

Das quittierte Odin mit einem Schnauben. »Dein Mitleid, ja, da hat er dich gepackt, nicht mit Schmeicheleien. Die wenigsten sind so hellsichtig wie du, und ihre Runen sind weniger mächtig, doch durchschaust du Lokis Ränke nicht und unterstützt seine argen Wege noch.«

Odin war altmodisch, von einer Gesellschaft geprägt, die Sklaven hielt. Freien Männern zu unterstellen, sie ließen sich auf unmännliche Weise sexuell benutzen, hatte einen solchen Affront dargestellt, dass die derart Beleidigten ein Duell fordern konnten. Warum war Loki also in Frauengestalt mitgekommen? Oder konnte Loki die eigene Seelenerscheinung nicht manipulieren?

Weil ein Streit fruchtlos wäre, wandte Jasna sich dem verborgenen Kompliment zu. »Aber es ist unwahrscheinlich, dass ich die falschen Runen ritze, oder?«

Auf einmal hatte sie Gungnirs metallene Spitze unter dem Kinn. Sie drückte in das weiche Fleisch und würde ihr bei einer falschen Bewegung die Haut aufritzen.

Jasna schluckte. Das Metall hinterließ eine brennende Spur.

»Du glaubst, er braucht dich für die Runen? Nein. Nein, er wird dich beschwatzen und betören, bis du ihn dorthin bringst, wohin er will. Seine Runen sind mächtiger als deine – er braucht bloß eine Gutgläubige, die ihm aus Mitleid ihre Pferde zur Verfügung stellt. Eine, die ihm Proviant schenkt und den Weg für ihn plant.«

Mochte sein, dass Loki Jasna vor allem wegen der Logistik aufgesucht hatte. »Und wenn schon?«, flüsterte sie.

Odin kniff sein Auge zusammen, bestrafte sie aber nicht für den Tonfall.

»Loki, Euer Blutsbruder, hat mich um Hilfe gebeten. Das ist nicht gerade typisch. Offenbar ist es Loki ernst.«

Endlich nahm Odin den Speer weg. »Loki ist es nur ernst, wenn es um seine eigene Haut geht. Das wirst du beizeiten lernen.«

Als wäre Odin der Inbegriff des Altruismus. »Es geht um unser aller Haut«, widersprach sie. »Auch Eure. Oder nicht? Wollt Ihr uns nicht helfen? Damit könntet Ihr alle Unsicherheiten über Lokis Motive aus dem Weg räumen.«

»Bilde dir nicht ein zu wissen, was Odin Allvater wichtig ist.«

Odin wirbelte herum, zerfloss zu grauem Nebel. Eine Windbö erfasste Jasna, sie kippte nach hinten und landete schmerzhaft auf Stein.

Um sie herum standen Bäume, ihre Hand schlug die Trommel wie von allein, ihr Atem puffte als weiße Wölkchen in die mondhelle Nacht. Loki kniete neben ihr, stocksteif unter der anderen Decke. Über Lokis linkem Knie war die Jeans zerrissen, dunkles Blut in den Stoff eingesickert. Stand Lokis Seele immer noch am Ufer des Flusses und wartete auf Jasna?

Grausam, jemand so im Ungewissen zu lassen. Sie könnte dem Alten den Hals umdrehen.

Jasna blinzelte durch ein paar zornige Tränen, zwang sich zur Ruhe und änderte den Trommelschlag in einen Rhythmus, der nicht wegtrieb, sondern rief: langsamer und gesammelt. Dazu flüsterte sie. »Loki?«

Nachdem Jasna an der gegenüberliegenden Uferseite ausgestiegen war, hatte sich das Eis auf dem Fluss wieder verdichtet, sodass Schwimmen nicht infrage kam.

Odin würdigte Loki nicht eines Blickes, während die beiden sprachen. Dass Odin Jasna bedrohte – wollte er ihre Ernsthaftigkeit prüfen?

Aber dann wandte er sich ab, Jasna fiel und verschwand, bevor sie in den Fluss stürzte.

Nein. Nein, nein, nein. So endgültig konnte er die Bitte nicht abgewiesen haben, dass er es die Überbringerin büßen ließ.

»Odin!«, rief Loki.

Der Graugewandete drehte sich nicht um. Nebel zog auf, dicht und undurchdringlich. Der Dunst strich kalten Fingern gleich über Lokis Hals, als spottete er der Berührungen, die Loki ersehnte: eine kräftige Hand in ihrem Nacken, eine wettergegerbte Stirn an ihrer. Sie konnte Odin fast riechen, wie damals, als er zu ihr gekommen war, nachdem er vom Ende der Asen erfahren hatte.

Ich habe den Untergang gesehen, Loki. Und ich kann niemandem davon erzählen, niemandem außer dir, denn du allein weißt, was es bedeutet, einen Sohn für das große Ganze aufzugeben. Loki hätte beinahe widersprochen, aber die verzweifelte Trauer in dieser rauen Stimme hatte sie aufgehalten. *Loki, hilf mir, mutig zu sein. Wir müssen Balder opfern und zu deiner Tochter senden.*

Die einzige Vertraute bei diesem Komplott gewesen zu sein, hatte wenig gezählt, am Ende. Was hatte Odin Jasna angetan? Die mochte nur eine Sterbliche sein, aber sie akzeptierte Loki und war bislang nicht zurückgewichen. Solange Loki über die schändlichsten Ereignisse ihrer Vergangenheit den Mund hielt, würde das mit der Kuschelfreundschaft vielleicht doch etwas.

Aber dazu musste sie Jasna erst einmal finden.

Loki kniff die Augen zusammen – alle Geräusche waren gedämpft, der Fluss schien unglaublich fern. Stromabwärts lag der Kreis, von dem aus könnte Loki Jasna mit einem neuen Zauber in ihren Körper zurücklocken.

Sie tastete sich einige Schritte vor. Das Rauschen des Flusses verklang vollständig und nahm Loki jegliche Orientierungspunkte. Alles um sie herum war grau, Frost biss in ihre unbedeckte Haut. Kein einziger Stern leuchtete an Yggdrasils Wurzeln. Das konnte doch nicht Odins Ernst sein, sie hier zwischen den Welten auszusetzen wie einen lästig gewordenen Hund an einer Autobahnraststätte. Was würde geschehen, wenn ihr Körper den Dienst verweigerte? Was sollte aus Jörmungand und vor allem aus Váli werden? In ihren Ohren rauschte das Blut, und sie bekam kaum noch Luft. Loki wollte nicht sterben.

Der Nebel – oder waren es Alben oder Disen? – zupfte an ihr, seufzende Stimmen erinnerten sie an gesagte und zu viele ungesagte Dinge. Ohne Menschen in Hörweite gab es allerdings keinen Grund, über manche Dinge zu schweigen.

»Odin!«, rief Loki noch einmal. »Du undankbares Arschloch! Was ist mit deinem Sohn, eh?«

Natürlich reagierte er nicht. Kraftausdrücke hatte er immer als unter seiner Würde empfunden. Nur *ergi*, damit hatte er freimütig um sich geworfen. Und am liebsten da, wo es alle hören konnten. War das der Grund für die heutige Zurückweisung? Dass Loki sich als Frau gezeigt hatte?

Wenigstens hielten die Wesen im Nebel jetzt die Klappe und wichen so weit zurück, dass Loki wieder einen Streifen Kiesstrand sehen konnte. Raureif überzog die Steine, die sich aber wenigstens nicht mehr rührten. Nur noch Kiesel, keine Maden.

Loki erlaubte sich, ihr Gesicht für ein, zwei Augenblicke in ihren Händen zu verbergen. Danach würde sie einen Weg zurück zum Kreis suchen.

Es waren mehr als zwei Augenblicke, und sie war keinen Schritt weiter, als sie es hörte. Eine Trommel. *Komm, Loki, komm,* flüsterte der Rhythmus in Jasnas Stimme.

Den Nornen sei Dank. Odin hatte sie leben lassen.

Loki drehte sich einmal, um den Ursprung des Klangs zu finden, und tastete sich dann zurück zum Kreis.

Jasna wirkte unversehrt, als Loki die Ochsenhäute betrat. Rote Ränder um ihre Augen verrieten, dass sie ein paar Tränen verdrückt hatte. Um Loki?

Besser nicht hoffen. Loki sank in ihren Körper zurück. Auf einmal zitterte sie. Scheiße, war ihr kalt, sie spürte ihre Finger und Zehen kaum. Die Schürfwunde an ihrem Knie erwachte ebenfalls zum Leben, pochte und brannte.

»Ich bin hier«, keuchte Loki. »Jasna. Ich bin hier.«

Sie musste es dreimal wiederholen, bis Jasna die Augen öffnete, grinste und den Trommelschlag veränderte, um das Ende des Rituals mit einem bestimmten Rhythmus zu verkünden.

Loki wartete gar nicht erst, dass Jasna die Trommel weglegte, sondern fiel ihrer Weggefährtin gleich um den Hals, spürte den warmen Atem an ihrem Haar, den stetigen Herzschlag in ihrem Ohr und einen so festen wie nachgiebigen Körper unter ihren Händen. Jasna roch nach Tannennadeln, Seife und Frau. Dass der Rahmen der Trommel Lokis Bauch quetschte, dass ihr linkes Knie gegen den Druck protestierte – geschenkt.

»Sch«, machte Jasna und wiegte sie ein bisschen. »Ich hatte auch Angst um dich. Odin ist so ein Arsch.«

Loki antwortete nicht, sondern hielt sich an Jasna fest, bis diese unruhig wurde.

Das war ein bisschen zu viel gewesen, oder? Zu anhänglich? Aber Loki hatte dringend eine Erinnerung gebraucht, dass Odin nur einer von vielen war. Auf ihren Wangen brannte die Verlegenheit, und sie wandte sich ab, richtete ihre Haare, falls Jasna trotz des schwachen Lichts etwas bemerkte. Wieso konnte sie in Berlin von Fremden Cunnilingus einfordern, ohne rot zu werden, und war jetzt wegen einer blöden Umarmung neben der Spur?

»Er hat abgelehnt?«, fragte sie schließlich, um sich zu vergewissern.

»Ja.« Jasna seufzte, legte die Trommel weg. »Du warst dir so sicher … und ich hab's vermasselt.«

Loki schüttelte den Kopf und griff nach Jasnas linker Hand. »Ich hätte es ahnen müssen – wenn er hätte nachgeben wollen, hätte er mich in seine Nähe gelassen.«

Kurz drückte Jasna Lokis Hand und stemmte sich dann auf die Füße. »Der Kreis war geschlossen, der Kreis ist geöffnet«, intonierte sie. »Ich danke allen Alben und Wichten, die uns beschützt haben.«

Im Unterholz kicherte eine hohe Stimme.

»Odin wird ein paar eingespannt haben, um uns zu narren«, widersprach Loki.

Daraufhin zuckte Jasna mit den Schultern. »Und ein paar werden wie gebeten auf uns aufgepasst haben, nicht wahr?« Sie lächelte in die Nacht. »Ihr kennt mich besser als den alten Gangleri.«

Wie versprochen, wühlte sie aus einer Tasche ihres Parkas eine Papiertüte, holte zwei Kekse heraus, knackte sie in je acht Teile und deponierte sie in einer flachen Vertiefung des Felsbrockens. »'N Guten, ihr schönes Volk. Und angenehme Nachtruhe.«

Vielleicht flüsterten Stimmen, vielleicht wisperte auch nur der Wind in den Fichtenzweigen.

Die Strecke bis zum befestigten Weg legten sie schweigend zurück. Loki humpelte Jasna hinterher und schwor sich, Odin nie mehr in Frauengestalt gegenüberzutreten, wenn es Zeugen gab.

Auf dem Wanderweg schob sich Jasna neben sie.

»Der Rabengott hat behauptet, dass ihn die Menschen nicht mehr kümmern«, sagte Jasna. »Irgendwie glaube ich das nicht.«

»Die Menschen kümmern ihn nicht direkt«, versuchte Loki, Odins Gedankengänge zu erklären, soweit sie Einsicht hatte. »Aber er versucht ständig, den Einfluss der Asen zu vergrößern, wie du gesagt hast. Und dazu braucht er Menschen.« Odin hatte ein Auge geopfert, um herauszufinden, wie er die Macht der Götter mehren konnte. Und auch seine Suche nach den Runen rührte von diesem Ehrgeiz her. »Wahrscheinlich würde er viel dafür geben, um wieder wie einst verehrt zu werden. Je mehr Leute einem Gott treu sind, desto mächtiger ist er.«

Jasna brummte. »Das passt besser zu seinem zweiten Einwand. Er behauptete, du wolltest die Tore öffnen statt verschließen.«

Loki blieb stehen. Zugegeben hatte sie an Tiefpunkten in ihrem Leben davon fantasiert, wie sie ihre Fesseln löste, sich Fenrir und Jör schnappte und ganz Asgard in Schutt und Asche legte. Diese starrköpfige, unbewegliche Truppe hatte es mehr als verdient, bei Hel zu landen und deren Rache zu erleiden.

Hatte Odin die von den Seherinnen beschriebene Vergeltung für ein unausweichliches Ereignis gehalten statt für die hilflosen Tagträume einer Verbannten? War er deswegen auf die Idee gekommen, Loki und ihre Kinder zu fesseln?

Jasna blendete sie mit dem Strahl der Taschenlampe. Hinter dem Lichtkegel ließ sich ihr Gesichtsausdruck unmöglich deuten. War das ein Verhör?

»Nur, weil ich die meisten Asen zu Hel schicken würde, wenn ich könnte, heißt das nicht, dass ich mit den Menschen genauso verfahren würde«, erklärte Loki.

Jasna nickte und nahm den Weg wieder auf. »Eben. Es ergibt nicht viel Sinn, zumal die Überlieferung besagt, dass Ragnarök nach einem dreijährigen Winter beginnt, wenn alle Fesseln sich von selbst lösen. Dann hättest du mich über den Fluss begleiten können und Fenrir würde hier rumspringen, oder?«

Fenrir. Loki verschränkte die Arme und sagte nichts dazu. Wenigstens hatte dessen Fesselung Tyr die Hand gekostet.

»Odin hat sich echt Mühe gegeben, mich von dir wegzuekeln. Ich meine, Sigyn kann ich irgendwie verstehen. Die ist vermutlich aus Prinzip eifersüchtig? Aber Odin? Und dass er uns nicht unterstützen will, ergibt keinen Sinn. Es müsste doch in seinem Interesse sein, mehr Zeit zu schinden. Bei den ganzen Neuheiden ist er auf dem besten Weg zu alter Macht.«

Ja, Sigyn ergab auf ihre Art Sinn: Wenn sie nichts Gutes haben durfte, dann sollte es auch niemandem sonst gegönnt sein. Ob es nun ein Leben mit einem wiedergefundenen Kind oder Lokis Zuneigung war. Dabei hätte sie damals nur zwei, drei andere Sätze sagen müssen, und Loki wäre geblieben.

Aber Odin … Loki rieb sich den Hals. Der stand über Gefühlen wie Eifersucht.

»Er muss irgendeinen Plan verfolgen«, sagte Loki. »Odin hat immer einen Plan.«

Aber was bezweckte der Allvater diesmal?

Nicht, dass es viel nutzte, darüber nachzudenken. Selbst wenn sie Odin noch einmal zur Rede stellten, würde er nichts preisgeben.

Jör lungerte im Hausflur herum, als sie hereinstolperten, und meinte: *Hab doch gleich gewusst, dass das nichts wird. Hoffentlich rächt sich das nicht.*

Váli fiepte und stupste Loki an.

Sie kraulte ihn hinter den Ohren. »Halb so wild. Bloß ein aufgeschürftes Knie.«

Wir hätten heute früh schon losfahren können, beklagte sich Jör.

»Ganz bestimmt nicht«, sagte Jasna. »Wir werden hinfahren, keine Frage, aber so schnell geht das nicht.«

Jör fauchte sie an.

Zu Lokis endloser Bewunderung wich sie auch diesmal nicht zurück. »Ich kann zum Beispiel nicht einfach so verreisen, ohne meinen Leuten Bescheid zu geben.«

Daraufhin legte Jör den Kopf schräg. *Stimmt. Aber was erwartest du? Bei einem* Vater *wie meinem vergisst man so etwas schnell.*

Während Loki sich zwang, eine ruhige Miene zu behalten, schnalzte Jasna mit der Zunge. »Keine transphoben Kommentare. Wie wär's mit ›das Elter‹? Das klappt immer.«

Das Elter. In Lokis Bauch breitete sich ein kleines, warmes Gefühl aus.

Du hast doch schon längst Stellung bezogen, behauptete Jör. *Und deswegen verbietest du mir den Mund.*

Jasna schnaufte und kickte einen Turnschuh weg. »Ich hab mich oft genug mit meinen Eltern gekracht.« Sie schluckte. »Glaubst du, dass du schneller eine Entschuldigung kriegst, wenn du die ganze Zeit rumätzt?«

Schöne Worte nutzen überhaupt nichts. Er schuldet mir eine Erklärung.

Woraufhin Jör das Haus verließ und in Jasnas Fischteich schmollte.

6

Trotz des Melissentees zum Entspannen war Jasna ewig nicht eingeschlafen und früh wieder wach. Zu viele Dinge mussten geregelt werden – und wie sollte sie ihren Eltern beibringen, dass sie morgen nach Skandinavien reisen würde? So kurz, nachdem sie Selma begraben hatten?

Doch Jasna blieb keine andere Wahl, wenn sie Loki und seinen Nachwuchs nicht in einen Zug setzen wollte. Mit etwas Pech würden Jör und Loki sich gegenseitig so tief verletzen, dass sie danach nie mehr miteinander sprachen. Die Vorstellung bekümmerte Jasna, obwohl sie beide noch nicht lange kannte.

Falls Odin sich zeigte, würden sie hoffentlich richtig reagieren. Trommel, Ochsenhaut und Räucherwerk bräuchte sie jedenfalls genauso wie passende Opfergaben für alle Arten Wesenheiten, die ihnen begegnen könnten.

Und was würde aus dem Laden? Wie viele Überstunden konnte sie Julia noch zumuten? Nicht, dass es ihr derzeit bedeutungsvoll erschien, anderen Leuten Reisen zu vermitteln, aber Jasna trug Verantwortung für ihren Geschäftsanteil und die Angestellte.

Als sie gegen neun Uhr die Küche betrat, duftete es betörend nach Kaffee. Loki brütete über einer Tasse – diesmal in der Twink-Variante von vorgestern Abend.

»Hast du eigentlich Pronomen?«, platzte Jasna heraus.

Loki betrachtete sie aus blutunterlaufenen Augen und schwieg.

Zugegeben verlangte dieses Problem als allerletztes nach einer Lösung. Jasna rieb sich über das Gesicht. »Tschuldigung.«

Auch dazu hatte Loki nichts zu sagen.

Jasna schenkte sich von dem Kaffee ein – Loki hatte ihre Maschine angeworfen und wohl eine ganze Kanne voll gekocht. Sie häufte doppelt so viel Zucker wie sonst in das Gebräu und setzte sich mit an den Tisch.

»Morgen, Loki«, sagte sie.

Loki blinzelte. So etwas wie ein Lächeln stahl sich in Lokis Augenwinkel. »Morgen, Jasna.«

»Auch schlecht geschlafen?«

Eine divenhafte Bewegung aus dem Handgelenk, die Jasna als Zustimmung wertete. »War schon mit Váli draußen.«

Jasna prostete Loki mit dem Kaffee zu und nahm den ersten Schluck von sehr vielen, die sie heute brauchen würde.

Sobald sie sich etwas lebendiger fühlte, schnappte sie sich einen Block und einen Stift aus dem Regal und ließ sich wieder auf ihren Stuhl fallen.

Sie starrte das weiße Blatt an.

Wo, bei Thor, sollte sie anfangen?

»Er«, sagte Loki irgendwann.

Jasna blinzelte, weil sie nicht wusste, was er meinte.

»Heute bin ich ein Er.«

»Okay.« Sie schaute ihm ins Gesicht. »Hallo, Loki.«

Er strahlte zurück.

Oh Götter, war der süß. Sie wollte noch ein bisschen gucken und ihn dann drücken, damit er die ganze Zeit so lächelte.

Jasnas Vorsatz, niemanden zu retten, hielt offenbar nicht lang vor. Sie schob ihre Brille hoch und massierte sich die Augeninnenwinkel. Besser, sie widmete sich der zu erstellenden Liste. Aber ihre Gedanken zirkelten zurück zu dem Pronomen-Problem. Ein Glück, dass Jörmungand nicht zuhörte.

»Spiegeln deine Pronomen dein Äußeres oder kann das abweichen?«

Loki legte den Kopf schräg, als müsste er nachdenken. »Kann abweichen. Im Zug vorgestern war ich zum Beispiel in einem Frauenkörper unterwegs, weil das harmloser wirkt. Obwohl ich an dem Tag ein Mann war. Und manchmal ist es mir egal.«

Jasna nickte. Also doch ein bisschen komplizierter als erhofft. »Ist das okay, wenn ich jedes Mal frage? Oder …« Sie tippte mit dem Stift auf die Tischplatte. »Wir könnten irgendein Zeichen verabreden, falls du grade nicht drüber reden willst.«

Daraufhin lehnte Loki sich vor.

»Ein Armband, das du rechts oder links trägst, zum Beispiel.« Jasna durchkramte in Gedanken ihre spärlichen Schmuckvorräte. Passende Armbänder gab die Schatulle nicht her. Aber ganz zu Anfang ihrer Arbeit mit Runen hatte sie sich aus einem Holzscheibchen und einer dünnen Lederschnur ein Amulett gebastelt. Mit einem Dremel hatte sie Algiz hineingeschnitten – also das »Peace«-Symbol ohne Kreis drum herum, mit der Gabel oben, als Schutzrune. »Warte mal.«

Sie schlurfte ins Badezimmer, öffnete die Schatulle, suchte den Anhänger heraus und brachte ihn Loki.

»Das Algiz könnte ›er‹ sein«, schlug sie vor. »Dann brauchen wir noch eins für ›sie‹ auf der anderen Seite, und die Sache ist erledigt.«

Loki nahm das Amulett und rieb den Daumen über das Stück Nussholz, das Jasna eigenhändig aus einem abgebrochenen Ast gesägt und geglättet hatte. Irgendwann nickte er. Aus den Tiefen seiner Skinny Jeans zog Loki ein kleines Messer. Schwarze Runen zierten den vom Alter nachgedunkelten Griff. Dieses Ding war offensichtlich eine echte Antiquität.

Er drehte es ein paar Mal, dann schnitt er mit geübten Fingern eine Pertho aus dem Holz, stach sich in den Finger und färbte die Rune mit Blut ein.

Dass Loki sich mit einem fruchtbringenden Baum verglich oder in einer anderen Auslegung auf die eigene Mutterschaft verwies, damit hätte Jasna nicht gerechnet. Sie konnte nur glotzen, als er an der Wunde saugte, um sie zu schließen, und das Messer reinigte.

Loki kippte daraufhin den Rest seines Kaffees hinunter, beäugte seine frische Rune und hängte sich das Amulett um, Algiz nach vorne.

Jasna schenkte sich nach und schrieb den ersten Strich für ihre To-do-Liste.

»Den Zauberkram. Wein, Bier, Kekse. Winterreifen aufziehen«, sagte sie. »Schneeketten. Straßenkarten. Hotels sind mit Váli nicht so gut, also brauchen wir ein Zelt und müssen auf den Campingplätzen reservieren …«

Loki grinste spitzbübisch und schüttelte den Kopf. »Nix da. Wir campen wild, das Zelt braucht bloß ein paar passende Runen. Warm halten kann ich uns auch.«

Jasna nickte anerkennend. Das würde ihnen eine ganze Menge Geld und Zeit sparen.

»Lärmschutz inbegriffen«, behauptete er weiter. »Und wenn du mich an dein Auto lässt, sind Radarkontrollen auch kein Problem mehr.«

Bislang wusste Loki, dass die Runensteine mit Odins Siegeln in Lappland verborgen lagen. Mehr hatte Sigyn damals nicht erzählt, und sie deswegen anzurufen, wäre Zeitverschwendung. Um das Ziel ihrer Reise zu konkretisieren, hatte Loki versprochen, nach den Steinen zu suchen, während Jasna mit Jör unterwegs war. Das Kind hatte sich gelangweilt und ihre Gastgeberin war den Bitten nach einigen Minuten erlegen. Obwohl es sich nicht fair anfühlte, Jasna babysitten zu lassen, erleichterte es Loki, dass er ein paar Stunden lang Jör und seinen vorwurfsvollen Blicken ausweichen konnte. Alle Dankbarkeit, dass das Kind an einer Versöhnung interessiert war und sich nichts anderes wünschte als ein wenig Seelenfrieden, glich die zahlreichen Versuche nicht aus, Lokis Liebe auf die Probe zu stellen.

Váli stöberte durch den Garten, während Loki die zweite Dachkammer aufsuchte. Er richtete den roten Ocker für den Kreis und die Runen, zog sich ein Räucherschälchen heran. Eine der dazugehörigen Kohletabletten setzte er mit einem Fingerschnippen in Brand.

Jasna hatte ihm erlaubt, ihre Trommel zu benutzen oder auf einen kleinen Vorrat an Hanfblüten zurückzugreifen, die in einer unbeschrifteten Metalldose lagerten. Anscheinend zog ein Verwandter die Pflanzen selbst.

Das traf sich sehr gut, denn Loki war nie klar geworden, wie das mit dem Trommeln funktionierte. Sein Menschenhirn musste anderweitig gezwungen werden, um mehr als die sichtbare Wirklichkeit zu betrachten.

Leise seufzte er, denn es hatte einmal eine Zeit gegeben, da hatte er einfach einen Schritt seitwärts tun müssen, um Utgard oder Helheim zu finden. Damals hatten ihn weder Flüsse noch Waberlohe noch Wald beschränkt, die den anderen die Wege versperrten und sie so ängstigten.

Wie die Asen ihn damals um seine Freiheit des Weltengehens beneidet hatten. Nur Sigyn, die Großherzige, hatte ihm die Ausflüge gegönnt und nie gefragt, wo er blieb. Vielleicht deswegen hatte er ihr immer freimütig davon berichtet. Auch von seinen Versuchen, Hel zu besänftigen.

Hier bot sich die Gelegenheit für einen neuen Anlauf. Selbst, wenn Hel sich wie immer sperrte, musste er sie wenigstens sehen, nach allem, was geschehen war. Und mit ein bisschen Glück entlockte er ihr auch, ob Odin sich ihr gegenüber zu Lokis Vorhaben geäußert hatte.

Obwohl Váli es später riechen würde, gab Loki nicht nur ein bisschen Hanf in die Räucherschale, sondern kaute auch etwas davon, nachdem er die Nornen um Mithilfe gebeten und sich die Ochsenhaut umgelegt hatte.

Tatsächlich waren die Nornen heute gut aufgelegt. Kaum hatte Loki sich weit genug von seinem Körper gelöst, um am Flussufer zu stehen, kam Wind auf. Dieser trug eine Ahnung von Heidekraut, frostigen Nächten und Nadelwäldern heran. Loki trat näher ans Wasser. Es plätscherte munter und klar wie ein Gebirgsbach dahin, sodass er das Kiesbett sehen konnte. Als er den Kopf wieder hob, war das andere Ufer in trügerische Nähe gerückt, Loki stand auf einem viel begangenen Pfad in der Landschaft. Links bergab wuchsen Birken mit herbstlich goldenem Laub. Ein spiegelblanker, großer See spickte durch das Geäst. Geradeaus und rechts stieg das Gelände an, Heidekraut in Rost- und Grüntönen leuchtete warm im Licht der hochstehenden Sonne. Dahinter erhoben sich verschneite Bergkuppen. Das Rattern eines Zugs störte die Idylle. Die Bahnlinie musste sich in Seenähe befinden. Als das Geräusch verstummt war, stolzierte auf der anderen Seite ein Fuchs im braunen Sommerfell heran. Seine Ohren zuckten, er legte den Kopf schräg, wie um Loki einzuladen, ihm zu folgen. Dann wandte das Tier sich um und trabte geradeaus, nach Osten, einen Trampelpfad den Berg hinauf.

Loki wartete noch eine Weile, aber außer dem entfernten Brummen eines Autos vernahm er nichts mehr.

Demnach suchte Loki einen großen See mit Bahnlinie und Straße südlich davon, dazu einen Bachlauf, an dem ein Wanderweg entlangführte. Ein Glück gab es Google Maps.

Das Detektivspiel beschäftigte ihn eine gute Stunde, aber laut der Fotos im Netz war es eindeutig: Der Weg verlief entlang eines Zuflusses zum Torneträsk-See in Schweden.

Zufrieden mit sich speicherte Loki die Koordinaten ab und rief Váli ins Haus. »Ich wollte mit Hel sprechen. Kommst du mit?«

Váli wedelte mit dem Schwanz und polterte an Loki vorbei die Treppe hoch bis in die Zauberkammer.

Dort dosierte Loki unter Vális missbilligenden Blicken den Hanf nach und bat seine Tochter um ein Gespräch.

Statt an einen Fluss mit Kiesstrand gerieten er und Váli in ein Moor, durch das träge ein Bach gluckerte. Auch hier roch es nach Heidekraut.

Auf der anderen Seite wartete Hel. Ihr Aussehen hatte sich gewandelt, seit er sie das letzte Mal getroffen hatte. Die Geschichten, die sich die Menschen erzählten, hatten an ihr stärker ihre Spuren hinterlassen als an den Walküren oder Odin, denn sie schlief nicht, und Zahllose fluchten jeden Tag in ihrem Namen: *Oh, hell.* Nein, ihm gegenüber stand schon lange nicht mehr das linkische Mädchen, nicht mehr die kindliche Königin, die sie gewesen war, als arme Wanderbauern junge Menschen in Mooren versenkt hatten, um die Götter milde zu stimmen.

»Tochter«, sagte Loki.

Die blasse Schönheit mit dem weiten schwarzen Gewand nickte ihm zu. Eine Gesichtshälfte lag im Schatten einer pompösen Kapuze mit Silberstickerei verborgen. Zwei Dinge hatten sich nicht geändert: Sie hielt die Hände sittsam vor dem Bauch ineinandergelegt, wie es einer Hausherrin ziemte. Des Weiteren sprach sie nicht gern mit Loki. Schon lange hatte sie ihm das gleiche Ultimatum gestellt wie Jörmungand: Erklärungen oder Funkstille.

Ansonsten kam sie nach ihrer fast vergessenen Großmutter Laufey, die ihren Baumnamen nicht umsonst getragen hatte: Sie war ruhig und sanft beharrend.

Hel senkte den Blick, um Váli zu betrachten, der neben Loki mit dem Schwanz wedelte. »Kleiner Bruder.« Ein winziges Lächeln umspielte ihren sichtbaren Mundwinkel. »Nari lässt dir Grüße bestellen.«

Diese kurze Botschaft traf Loki wie ein Schlag in die Magengrube. Er streckte die Hand aus, als könnte er Hel mit dieser Geste ein paar Worte mehr entringen.

Váli bellte.

Hels Lächeln wurde breiter. »Ich weiß, Liebes. Er ist dir nicht böse. Ich gebe es weiter.« Dann hob sie den Kopf und musterte Loki mit ihrem blassgrünen Auge an.

Jegliche Bitte, Nari ebenfalls etwas auszurichten, blieb Loki im Halse stecken. Zu oft hatte er Hel angefleht. Nie hatte sie eine Antwort übermittelt, geschweige denn Nari mit ans Ufer gebracht. Einmal hatte sie ihm erklärt, dass Loki es sich selbst zuzuschreiben hatte, und dass er den Preis kannte. Sie war im Recht, und bis er Worte für die Ereignisse fand, würde sie ihn für einen Feigling halten, der vor seiner Verantwortung floh.

Loki blinzelte die alte Traurigkeit weg und räusperte sich. »Ich weiß nicht, ob du mitbekommen hast, was gerade passiert. Jörmungand ist aus dem ewigen Eis aufgetaut.«

Erneut nickte Hel. »Ich habe ihn gehört, aber noch muss er sich gedulden, bis wir uns wiedersehen.«

Gut. »Soll ich ihm etwas ausrichten?«

Hel legte den Kopf schräg. Die Kapuze rutschte ein wenig und gab den Blick auf blaugraue, bloßliegende Muskeln und ein Stück blanken Schädelknochen frei. In ihrem zweiten, schwarzen Auge spiegelte sich die Leere Ginnungagaps. »Du bist nicht hergekommen, um mir etwas von meinem Bruder mitzuteilen, denn sonst hättest du eine Botschaft von ihm übermittelt.«

Natürlich durchschaute sie, dass dieser Ausflug hier eine spontane Idee gewesen war. »Ich könnte …«

»Aber würdest du?«

Loki starrte sie an. »Warum sollte ich ihm nichts davon erzählen?«

Anstelle einer Antwort kniff sie ihre Augen zusammen. »In manchen Angelegenheiten bist du schweigsamer als der stumme Hönir. Was willst du, Vater?«

»Wir müssen die Runen stärken, die die Draugar und Jöten von Midgard fernhalten.«

»Müssen wir«, sagte Hel trocken.

»Hel …« Würde sie wirklich ihre Ressentiments bestimmen lassen, wann die Welt unterging?

Anscheinend schon. Sie zuckte mit ihrer zierlichen Nase. »Ich habe zahlreiche Untertanen und alle Hände voll zu tun. Die Herrschaft über die Draugar habe ich auf Allvaters Bitte übernommen, und ich wäre nicht böse, wenn ich diese üble Neidbrut wieder loswürde.« Ihr Gewand raschelte, als sie die Hände auseinandernahm und einen halben, kampflustigen Schritt auf Loki zukam. »Du weißt, dass ich bestehen werde, bis das letzte fühlende Wesen in diesem Universum untergeht. Das ist die Natur des Todes. Was sind da ein paar Jahrhunderte und ein paar Millionen Menschenseelen mehr oder weniger? Unternimm deine Fahrt oder nicht, ich habe damit nichts zu schaffen.«

Damit wandte sie sich ab. Der schwarze Umhang wehte und zerfaserte gemeinsam mit dem Moor zu dichtem Nebel.

Alle verließen Loki. Alle. Er sank auf die Knie, die Schürfwunde vom letzten Abend brannte. Welchen Nutzen hatte sein Leben, wenn seine Familie ihn verschmähte? Wäre es nicht einfacher, hier auszuharren, bis der Weltenbrand die Flüsse unter Yggdrasils Wurzeln erfasste?

Váli drängelte sich gegen Loki und fiepte.

Für das eine Kind, das bedingungslos zu ihm hielt und für die Leute, die Wörter wie »genderfluid« erfanden und damit einem alten Gott neue Erkenntnisse verschafften. Für Jasna, die Lokis Eigenheiten hinnahm und ihn dabei unterstützte. Für sie lohnte es sich, das drohende Unheil zu verhindern.

Loki kraulte Váli den Nacken und konzentrierte sich dann auf Jasnas Dachkammer und den Geruch von schwelenden Hanfblüten.

Hinter dem Haus befindet sich eine Seherin, bemerkte Jörmungand, nachdem Jasna vor dem Haus ihrer Eltern geparkt und den Motor abgestellt hatte. *Sie ist nicht so mächtig wie du.*

Also werkelte Mama wie so häufig im Garten. Alles wie immer, alles ganz anders.

Die Diskussion mit Julia war einfacher verlaufen als befürchtet. Die Angestellte bekam einen Schlüssel und eine Gehaltserhöhung, Jasna würde dafür ihren Unternehmerlohn für ein Jahr kürzen. So viel Glück an einem Tag konnte nicht halten, deshalb würde das hier gewiss umso schwieriger. Sie atmete zweimal durch. Weil es sich sehr merkwürdig angefühlt hätte, Odin um Schlagfertigkeit oder Loki um Überredungskünste zu bitten, wandte sie sich an Freyja für mehr Durchsetzungsvermögen. Ihr Magen flatterte trotzdem weiter. So aufgeregt war sie nicht mehr gewesen, seit sie sich vor ihren Eltern geoutet hatte.

Warum zögerst du?, fragte Jörmungand.

Jasna straffte die Schultern. Dann stieg sie aus dem Auto und ließ Jörmungand mit heraus. »Was haben wir besprochen?«

Ich bleibe unsichtbar und stör dich nicht, bis du hier fertig bist, leierte er herunter. Prompt wurde er durchsichtig. Sie erriet nur, wohin er gegangen war, weil der Goldklee am Wegrand wackelte.

Jasna nickte und nahm den Weg durch den Garten zu ihrer Mutter. Die stutzte den Kirschlorbeer, wie immer, wenn sie Dampf ablassen musste. Das Unkraut in Gebüschform vertrug es gut, als Ventil benutzt zu werden. Das musste auch der Grund sein, dass Mama zwar manchmal davon sprach, die zwei Büsche auszugraben und durch andere Pflanzen zu ersetzen, es aber doch nie tat.

»Hei, Mama«, sagte Jasna.

»Jasna.« Kein Kommentar, warum sie hier war, also hatte Mutter etwas geahnt. Sie drehte sich um. Ihre Augen weiteten sich, sie schlug ein Kreuz.

In Jasnas Hinterkopf kicherte die Midgardschlange wie ein alberner Teenager. Wo zum Henker steckte Jörmungand, dass ihre Mutter ihn sah?

Die zeigte mit einem vorwurfsvollen Finger auf eine Stelle hinter Jasna, im abgeernteten Zucchinibeet. »Davor wollte mich der Traum warnen. Was ist das?«

Jörmungand verstummte abrupt. Tatsächlich hatte er bei all seinen Macken nicht verdient, wie ein Tier behandelt zu werden. Jasna drehte sich um und registrierte gerade noch, wie er von durchscheinend zu ungetarnt wechselte. Sie winkte ihn näher heran.

»Wer, Mama. Er heißt Jörmungand.«

Ihre Mutter schüttelte den Kopf. »Ein so giftiges Wesen sollte keinen Namen haben.« Sie bekreuzigte sich ein zweites Mal und murmelte ein Gebet auf Kroatisch für Jasnas unsterbliche Seele. »Dass du zu Dämonen betest, ist schlimm genug. Wieso bringst du mir einen ins Haus?«

Jasna griff nach ihrer Triquetra, um sich zu sammeln.

Jörmungand schnaufte hörbar. *Noch bin ich nicht in ihrem Haus.*

Ruhe jetzt, dachte Jasna in seine Richtung. *Ich muss mich konzentrieren.* Dabei wollte sie nichts lieber, als ohne eine weitere Erklärung ihre Sachen erledigen und sich verdrücken.

Spielverderberin, meinte Jörmungand.

»Jörmungand kannst du nicht mit einem griechischen Wort beschreiben, Mama. Er ist die Midgardschlange.«

»Und das soll mich beruhigen! Kind!« Jasnas Mutter schien sich zu besinnen, dass eventuell Nachbarn zuhörten, und stemmte die Hände in die Seiten. »Ich habe den Unfug lange genug ertragen, meinst du nicht?«, fuhr sie leiser fort. »Hast du deswegen dieses seltsame Gebinde in den Sarg gelegt? Damit dieser Wurm sich dir zeigt?«

Die Vorwürfe stachen, als hätte sie Jasna eine Nadel mitten ins Herz gebohrt. Wie kam ihre Mutter darauf, ihr so etwas zu unterstellen?

Ein Teil ihrer Empörung musste zu Jörmungand durchgedrungen sein, denn er zischte.

Tu ihr nichts.

Auf einmal wuchs Jörmungand in die Länge und richtete sich hinter Jasna auf. Seine Vorderbeine mit nunmehr fingerlangen Krallen lasteten auf ihren Schultern, sein Drachenkopf schwebte so nah bei ihrem, dass die Stacheln ihr Haar streiften. Jede davon war spitz genug, um ihr ein Auge auszustechen, trotzdem sorgte sich Jasna nur um das Herz ihrer Mutter.

Diese wich zurück, bis die Büsche sie aufhielten. Ihr Gesicht verlor sämtliche Farbe.

Heil dir, Seherin, sagte Jörmungand. *Und Mutter einer Zauberin. Hörst du mich?*

Jasnas Mutter nickte, wohl zu perplex, um etwas anderes zu tun.

Irgendwann musste Jasna Jör erklären, dass »Heil« kein im Alltag angemessener Gruß mehr war.

Ich bin Jörmungand Lokason. Trotz deiner seltsamen Vorstellungen ist deine Tochter eine großzügige Frau, deren Gastfreundschaft einem König zur Ehre gereicht. Ohne zu zögern, hat sie mich, meinen Bruder und meinen Vater aufgenommen, als wir sie am Thingstag um Hilfe baten. Zudem weiß sie mächtige Zauber.

Das schmeichelte. Trotz der vertrackten Lage straffte Jasna sich vor Stolz.

Wisse, Seherin, dass die Welt in Gefahr ist. Ich, meine Verwandten und Jasna werden uns auf eine Fahrt begeben, um der Menschheit einige hundert Jahre mehr Zeit zu verschaffen.

Mama starrte Jasna an. Aber immerhin protestierte sie nicht.

»Sie brauchen mich, damit ich sie nach Lappland bringe«, wagte Jasna einen Einwurf. »Da sind ein paar Runensteine mit Zauberformeln in Gefahr. Ich will die Winterräder aufziehen und ein paar Campingsachen aus dem Keller holen.«

Jörmungand schrumpfte wieder und machte es sich auf Jasnas Schultern bequem. *In die Finnmark, wenn ich es richtig verstanden habe,* ergänzte er.

»Du kannst auf diese Entfernung mit Loki und Váli kommunizieren?«

Wenn ich es darauf anlege. Váli kann mich hören, aber kaum antworten. Und mein Vater ist … schwierig.

Jasnas Mutter beobachtete Jörmungand. Hörte sie seine Äußerungen auch? »Wahrscheinlich würde er das Gleiche von dir sagen.« Jasna wich einen Schritt zurück und streckte ihrer Mutter die Hand hin. »Mama. Ich weiß, dass es völlig verrückt klingt. Aber es ist wichtig. Im Permafrost liegen gefährliche Dinge verborgen. Ich muss eben mal die Welt retten …«, paraphrasierte sie ein Lied und grinste dabei schief. Langfristig galt es, Loki vor sich selbst zu retten.

Tssk. Jörmungand fächelte mit seiner Halskrause. *Wenn, dann braucht mein Vater jemanden, der ihm ein bisschen Verstand einprügelt.*

Er hatte den Gedanken gehört? Mist. Jasna kroch verlegene Hitze den Hals hinauf. »Verstand kannst du jemandem nur ausprügeln«, widersprach sie trotzdem. So viel hatte sie bei einem Abend auf Wikipedia gelernt, als sie nach Schädel-Hirn-Traumen und Komaskalen gesucht hatte.

Ihre Mutter seufzte. »Ich werde nie begreifen, was in dir vorgeht. Du unterhältst dich mit diesem Wesen wie mit Frederic.« Das war der jüngste Cousin, ein altkluger Zwölfjähriger.

Sie beide sahen sich in die Augen. Zwischenzeitlich hatte sich Jasnas Nervosität gelegt und Mama ihre Farbe wiedergewonnen.

»Und ich werde wohl nie wissen, ob dieses Wesen deine Seele noch weiter in die Irre leitet.«

Also bitte, sagte Jörmungand. *Für so etwas sind Odin und die Alben zuständig.*

Jasna verdrehte die Augen, auch wenn Jörmungand nicht völlig unrecht hatte. Aber wenigstens schien diese Art Widerspruch ihre Mutter endgültig davon zu überzeugen, dass Jörmungand keine sinistren Absichten hegte.

»Du wirst regelmäßig anrufen«, sagte Mama schließlich. »Und du, Drache, wirst sie beschützen.«

Bei meiner Ehre, sagte Jörmungand. *Ich werde sogar versuchen, sie vor ihrer eigenen Dummheit zu bewahren.*

Dieser kleine Klugscheißer. Jasna zwickte ihn in den Schwanz.

Das Kaffeetrinken im Garten, auf das ihre Mutter bestand, wuchs sich zu einem Slalomlauf in Gesprächsform aus, denn in stummer Übereinkunft verrieten weder Jasna noch ihre Mutter ihrem Vater und Micha den wahren Grund für die plötzliche Reise.

Ob der mittlerweile seine Missetat gebeichtet hatte, erfragte Jasna lieber nicht. Immerhin würde er sich die Wohnung nicht mehr leisten können, in der er mit Selma gelebt hatte. Der bevorstehende Umzug war auch der Grund für seine Anwesenheit.

Jasna erzählte, dass sie den Kopf freibekommen und sich über ein paar Dinge klar werden wollte, und überraschte sich selbst mit ihrem aufrichtigen Tonfall.

Ihr Vater nickte. Während er ein paar Kuchenkrümel zusammenschob, erklärte er: »Wir haben überlegt, ob wir zu Weihnachten wegfahren und deine Großmutter mitnehmen. Oder sie zu deiner Tante bringen.«

»Klingt vernünftig.« Jasna konnte weder die mit dem »Fest der Liebe« verbundenen familiären Sentimentalitäten noch den Konsumrausch ausstehen. »Ich hab halt nur die Feiertage frei.«

Ihr Vater schielte zu ihrer Mutter und zurück zu Jasna. »Ich hatte auch gar nicht erwartet, dass du mitfährst. Ihr drei auf einem Haufen an einem christlichen Feiertag …« Er schüttelte den Kopf. »Das ist schon in normalen Jahren eine Herausforderung.«

Jasnas Mutter räusperte sich.

»Ich kann nichts retten, was Selma schon nicht gradebiegen konnte.« In einer seltenen Demonstration von Gefühlen seufzte er. »Gott hab sie selig.«

Jasnas Mutter tupfte sich mit der Serviette ein paar Tränen aus den Augen, widersprach aber nicht und wehrte sich nicht dagegen, als Jasna ihr den Arm streichelte.

Micha schwieg zu allem und runzelte die Stirn.

Als Jasna in den Keller ging, um die Schneeketten und etwas Werkzeug zu holen, folgte er ihr. »Du willst ernsthaft morgen allein mit dem Auto nach Schweden.«

»Wie letztes Jahr auch.« Jasna musterte ihn, bis er den Kopf einzog.

»Ich mein ja nur.« Er schob das Kinn vor. »Ist vielleicht ein bisschen arg früh, wenn du nicht mal den ersten Sonntag nach der Beerdigung abwartest. Deine Mutter will eine Messe lesen lassen.«

Zur Antwort konnte Jasna bloß nicken. Durch ihre Reise kam sie wenigstens um die mütterlichen Vorwürfe herum, wenn sie da nicht hinging.

»Ich blick dich und deinen Vater nicht.«

Jasna kniff die Augen zusammen. »Wir sind halt anders traurig.« Sie schluckte. »Aber wir sind wenigstens traurig. Du bist wütend.«

Damit ließ sie ihn stehen.

»Den Spruch mit der Dummheit fand ich nicht besonders gut, Jörmungand«, sagte Jasna, als sie am Nachmittag heimfuhren.

Ich hab's gemerkt.

Aus dem Augenwinkel beobachtete Jasna, wie er seine ach so malträtierte Schwanzspitze beschnüffelte. Sie tippte aufs Lenkrad. »Ich kann selbst auf mich aufpassen, Midgardschlange.«

Jör. Damit ringelte er sich so ein, dass sie seinen Kopf nicht mehr sehen konnte. *Aber ich glaub das trotzdem erst, wenn ich es sehe.*

Das Angebot seines Spitznamens bedeutete wohl, dass Jör sie trotz allem irgendwie mochte.

Während Jasna Kleider und Essen packte, beehrte Jör Loki im hinteren Gartenhaus, wo er beim Schein einer nackten Glühbirne Runen in die Zeltstangen ritzte. Die Isomatten würden ebenfalls eine Behandlung bekommen.

Ich musste ihrer Mutter versprechen, auf sie aufzupassen, meinte Jör.

Loki nickte. Davon hatte Jasna vorhin nichts erzählt. »Gut. Danke.«

Hrrm. Das schließt ein, sie vor dir zu beschützen.

Loki drehte sich auf dem alten Hocker, dass das Gewinde quietschte, und musterte seinen Sohn. »Wie bitte?«

Ich habe einen Gedanken von ihr belauscht. Sie gehört zu jenen unglücklichen Exemplaren, die dich retten wollen.

Oh. Wider Willen lehnte Loki sich vor, um mehr zu erfahren.

Sie hat Besseres verdient, als dein Bett zu wärmen. Jör spreizte seinen Stachelkragen. *Also lass deine dreckigen Finger von ihr.*

Irgendwie war es süß, was Jör da tat. Er zählte Jasna anscheinend mit zur Familie, vermutlich allein aus dem Grund, dass sie Jörmungand wenigstens ansatzweise Manieren beizubringen suchte. Falls Jasna auf Lokis Vorschlag einging und sich zu regelmäßigem Kuscheln bereiterklärte, würde er sie zur Erziehungsberechtigten ehrenhalber ernennen.

Grins nicht so blöd, schnappte Jör. *Und die Warnung ist durchaus ernst gemeint.*

Loki hob die Hände. Er würde nicht drängeln und drängeln, bis die andere Person entnervt nachgab, um ihn schnellstmöglich loszuwerden. Er betatschte niemanden so lange, bis derjenige sprachlos war und sich nicht mehr wehrte. Und eine Ehe versprach er nur, wenn er es meinte. »Ich habe nie jemanden angefasst, der mich nicht darum gebeten hat.« Loki war nicht Freyr, nicht Wieland, nicht …

Mit Betonung auf »der«. Das beweist nur, dass man dir gegen den Wind anriecht, wie leicht du zu haben bist, unterbrach Jör diese Gedanken. Er drehte sich weg und stolzierte zum offenen Tor hinaus.

Loki schluckte. Leicht zu haben, ja. Odin hatte es ihm oft genug im Beisein anderer vorgeworfen. Um den Schein zu wahren, damit niemand genauer hinsah, damit …

»Loki?«

Er blinzelte.

Jasna stand in der Tür und musterte ihn. »Alles okay mit dir?«

Loki zuckte mit den Schultern. Irgendwie war er in seine Erinnerungen abgedriftet. Wer wusste, wie lange. Sein Hintern fühlte sich plattgesessen an. Die Zeltstangen lagen halb fertig auf der zerkratzten Werkbank. Mühevoll löste er seine kalten Finger von seinem Steinmesser, mit dem er das leichte Metall bearbeitet hatte.

»Du warst meilenweit weg. Was hat Jör angestellt?«

Loki hob einen Mundwinkel. »Wie kommst du darauf, dass es Jör war?«

»Er hat ein Talent dafür, deine Schwachstellen zu finden und drin zu bohren, bis es wehtut.«

Merkte man Loki das so sehr an? Er machte eine Geste, die ihr Recht gab.

Sie kam ein paar Schritte näher. Ihr Arm streifte seinen, als sie sich umdrehte und sich mit dem Rücken gegen die Werkbank lehnte. »Es gefällt mir nicht, wie er dich behandelt.«

Aus reiner Dankbarkeit wollte Loki sich gegen sie lehnen und sein Gesicht in ihrer Seite vergraben. Damit sie ihn nicht missverstand, lächelte er stattdessen. »Du brauchst mich nicht vor meinem eigenen Kind zu beschützen.«

»Irgendwie habe ich das Gefühl, dass ich es muss.« Ein Schulterzucken. »Du bist nicht auf den Mund gefallen. Wieso macht er dich so sprachlos?«

Nicht nur Jör fand Schwachstellen. Loki wich ihrem Blick aus.

»Für irgendwas schämst du dich«, stellte Jasna fest.

Loki wäre gern im Boden versunken. Reichte es nicht, wenn seine Kinder ihn verachteten und Odin nichts mehr mit ihm zu tun haben wollte? Wieso musste Jasna ihn verhören?

Eine Hand tauchte in sein Sichtfeld und landete auf seiner Schulter, massierte sie.

»Ich kann dir nicht helfen, wenn ich nicht weiß, was eigentlich los ist, Loki.«

Gerade rechtzeitig schluckte Loki einen zweiten, schärferen Protest hinunter, in dem er Jasna mit einem Entwicklungshelfer verglich, der irgendwo reinplatzte und ungefragt anfing, irgendwas zu bauen, das keiner brauchte.

Hilfe zu benötigen, konnte als Schwäche ausgelegt werden. Aber Loki wollte diese Hand gern noch ein wenig spüren. Weil es ein Ding der Unmöglichkeit war, die gesamte Geschichte aufzurollen, holte er Luft und bemühte sich um einen scherzhaften Ton. »Jör hat mir ins Gewissen geredet, um dich vor meinen lüsternen Blicken zu bewahren.«

Sie schnaubte und ließ nicht los. »Die Kopfwäsche vorhin hat wohl nicht gereicht. Nimm's dir nicht zu Herzen, ja? Ich glaube nicht, dass man irgendwen vor dir beschützen muss.«

Loki sah auf. »Was macht dich so sicher?«

»Du bist manchmal eine Frau, Loki. Du weißt, wie beschissen sich lüsterne Blicke anfühlen.«

Loki konnte sie nur anstarren. Woher ahnte sie solche Dinge?

»Komm her.«

Jetzt durfte er sein Gesicht in ihrem Bauch vergraben. Dort war es weich und warm unter dem Fleece, das sie trug. Ihre Finger strichen durch seine Haare.

»Selma.« Jasna schluckte vernehmlich. Seufzte. »Ihr Fahrlehrer hat sie begrabscht. Sie hat ähnlich geguckt wie du gerade, als sie's mir erzählt hat.«

Loki machte sich los. »Darum ging es vorhin nicht«, behauptete er. Darum durfte es nicht gehen. »Sleipnir war kein Unfall.« Und auch sonst hatte er nie Schmerzen gehabt oder sich wehren müssen.

Jasna hob die Brauen.

Wie ihre Bedenken zerstreuen? »Es war … er hat behauptet, dass ich für jeden dahergelaufenen Typen die Beine breit mache.«

»Hm.« Sie verzog den Mund. »Er muss noch viel lernen.«

Loki brachte ein Lächeln zustande. »Das stört dich nicht? Dass ich gern viel Sex habe?«

Sie verwuschelte ihm die Haare. »Nur, wenn du mein Sofa dafür benutzt, ohne vorher zu fragen.«

7

Bevor sie losfuhren, baten sie Thor um sicheres Geleit und Freyr um trockenes Wetter.

Den ersten Vormittag im Auto stritten sie sich über die Musik. Jasna mochte es rumpelig und mit ordentlich E-Gitarre, wenn sie nicht irgendwelche Folklore und Pseudofolklore hörte – oder eine Kombination davon. Eine Musikvorliebe, die ihrem braven Äußeren diametral widersprach. Auf ihrem Smartphone, das sie mit der nachgerüsteten Anlage im Auto verband, befanden sich vor allem Nu Metal, Hardcore, Mittelalterrock, Folkpunk und ein bisschen eingängigere Sachen, die im Radio liefen. Váli schlug sich auf Jasnas Seite, solange es nicht zu laut wurde. Logisch mochte er Musik, zu der man hüpfen konnte. Loki hatte nichts gegen Gerumpel, bevorzugte aber diesbezüglich R'n'B und Hip-Hop, mit einem Beat, der die Hüften kreisen ließ. Auf das Namedropping, wen er alles in Berlin live erlebt hatte, reagierte Jasna mit Neid, obwohl sie das Genre privat nicht hörte. Tupac würde die Anerkennung in Helheim hoffentlich zur Kenntnis nehmen.

Jör hatte verschlafen, wie der Groove nach Europa kam und wusste diesen, im Gegensatz zu Loki, nicht zu schätzen. Außerdem fand er die meisten Texte niveaulos. Blöderweise verstand er sie auch noch alle, wie sich das für ein international bekanntes Wesen gehörte.

Am Ende suchte Loki auf Jasnas Geheiß einen Streamingdienst und ließ Tanzmusik aus der Renaissance erklingen.

»Arbeiten wir uns langsam ran«, meinte sie.

Auf der restlichen Fahrt versank sie in Schweigen, und bei einer Handvoll Stücken schniefte sie hörbar. Loki reichte ihr bei Bedarf Taschentücher und fragte nicht weiter nach.

Abends hatten sie sich musikalisch zum Barock vorgewagt, waren aber nicht so weit gefahren, wie Loki gehofft hatte. Gut fünfzig Kilometer vor dem Fährhafen hielt Jasna an einer Raststätte, weil sie nach knapp achthundert Kilometern mit Stau bei Frankfurt und Hannover nicht mehr konnte. Váli freute sich über den Auslauf. Von den anderen Besuchern dank der Runen völlig übersehen, bauten sie das Zelt auf der Wiese hinter dem Parkplatz auf. Während Jasna tanken ging und ein Grillhähnchen besorgte, setzte Loki eine Reis-Gemüse-Mischung auf, die er für Váli und Jör mit einem Großteil des besagten Hähnchens ergänzte.

Die Knochen mit ein paar Resten Fleisch daran übergaben sie offiziell dem schönen Volk, das vielleicht noch hier lebte.

»Irgendwie ist das schon lustiger, als in einem Hotel zu schlafen«, meinte Jasna, sobald sie sich nach dem Aufräumen allesamt ins Zelt zurückgezogen hatten. »Und die Isomatten finde ich total geil. Danke.« Sie tappte darauf, wie um zu beweisen, dass sich das wirklich wie eine dicke, optimal harte Latexmatratze anfühlte.

Loki brummte, statt zu antworten, und stierte in die Dunkelheit dahin, wo er Jasnas Kopf vermutete.

Das Zelt war laut Anleitung für drei Menschen gedacht und daher für zwei Erwachsene, einen Wolf und Jör knapp bemessen. Zu Lokis Leidwesen hatte es sich Jasna an der gegenüberliegenden Seite eingerichtet, sodass für die Kinder Platz in der Mitte blieb. Er hätte ihren Körper gerne an seinem gespürt. Heute war der erste Tag seit Dienstag, an dem sie ihn nicht berührt hatte, und Loki fühlte diese Abwesenheit wie ein Ziehen hinter den Rippen. Die ganze Zeit hatte er sich beherrschen müssen, um nicht einfach nach ihr zu greifen.

Während von den anderen dreien ruhige Atemzüge erklangen, beschloss Loki, am nächsten Tag zur Not Jör so zu provozieren, dass Jasna ihn trösten musste.

Aus Bildern von Moor und Nebel erwachte Loki, weil Váli fiepte.

»Kind?«, fragte Loki ins Halbdunkel. »Schlecht geträumt?«

Das passierte manchmal. Über die Jahrhunderte waren die Nachtmahre seltener geworden, aber wer wusste, was die Erwähnung von Nari gestern in Váli wachgerufen hatte. Er hatte seinen kleinen Bruder abgöttisch geliebt.

Normalerweise hätte sich Váli nun an Lokis Brust werfen sollen, stattdessen fiepte er weiter.

Was'n los?, murrte Jör.

»Irgendwas hat ihn geweckt«, sagte Jasna. Ein Reißverschluss surrte und ihr Schlafsack knisterte. »Hier drin ist es zu hell.«

Jör züngelte. *Stimmt. Hier ist was faul.*

Es war nicht nur zu hell, sondern auch zu kalt, trotz der Runen an den Zeltstangen. Das ganze Szenario erinnerte Loki an den Wanenkrieg, wo keine Seite vor magischen Angriffen zurückgeschreckt war.

Etwas raschelte. »Mein Handy ist tot«, flüsterte Jasna.

Viel Zauberei. Und damit sollten sie es aufnehmen, obwohl Loki an diesen Körper gefesselt war und nur über einen Bruchteil der eigenen Kräfte verfügte? Trotz eines trockenen Mundes fand Loki sich auf einmal sehr ruhig, wie schon häufiger in brenzligen Situationen. Odin hätte Loki nicht als Blutsbruder gewählt, wäre dem nicht so. Loki wühlte das Messer hervor, stach sich in den Zeigefinger, lehnte sich zu Jasna und malte ihr eine Binderune für starken Schutz auf die Stirn. »Halt Váli fest und rühr dich nicht, bis ich Entwarnung gebe. Váli, bleib bei Jasna. Gegen diese Feinde kannst du nichts ausrichten. Jör?«

Wir werden sie bluten lassen, bestätigte der.

Loki drückte an der Wunde, bis ein neuer Tropfen herausquoll. Malte sich selbst eine Rune für Schutz und klares Sehen auf die Stirn. Zog die Stiefel an. Das Messer in der Hand, öffnete Loki den Reißverschluss und kroch aus dem Zelt. Hier draußen wallte Nebel durchs Zwielicht wie am Kiesstrand, wo Odin Loki und Jasna abgewiesen hatte. Tatsächlich war das Gras verschwunden, der helle Untergrund knirschte unter den Füßen. Hatte der Graubärtige die Walküren oder boshafte Alben geschickt, um ihre Reise zu verhindern? Sigyn in ihrer Bitterkeit wäre es ebenfalls zuzutrauen, Alben zu schicken.

Jör züngelte, holte Luft und wuchs, bis er Loki am Stück hätte verschlingen können.

Was, bei den Nornen, ist hier los?

Loki zuckte mit den Achseln. Das würden sie gleich herausfinden. Bei den Begegnungen gestern war Loki Odin und Hel waffenlos entgegengetreten, aus Höflichkeit, aus Liebe, die sie beide verschmähten. Hier? Hier waren ein Messer und Blut.

Ein neuer Stich, dann färbte Loki den weißen Kies mit einem Zauber. Darunter krümmten sich die Steine wie Maden.

»Zeigt euch!«

Die Nebel teilten sich. Loki umklammerte das Messer fester, Jör duckte sich, bereit zum Sprung, die Stacheln seiner Halskrause eng angelegt.

Sie würden es mit jedem aufnehmen, der ihr Vorhaben zu behindern suchte.

Eine einsame, schmale Gestalt trat aus den Schwaden hervor. Blondes Haar wie reifer Weizen, noch nicht lang genug für einen ordentlichen Zopf. Zitternde Hände, die ein viel zu großes Schwert umklammerten. Die Augen, blau wie Gletschereis, so weit aufgerissen.

Nari.

Wie hatte Loki die Farbe der Augen dieses jüngsten Sohnes vergessen können?

»Kind. Leg das Schwert weg.«

Ein sinnloser Befehl, damals wie heute.

Mutter?, fragte Jör. *Was tust du hier?*

Sah Jör Nari nicht? Wieso sprach er Angrboda an, die weit und breit nicht zu entdecken war?

Naris Blick flackerte zwischen Jör und Loki hin und her, dann wich sämtliche Farbe aus seinen Pupillen und seiner Haut. Ein Schwall dunkles Blut ergoss sich über den Kies, als unsichtbare Wolfszähne seinen Bauch zerfetzten. Es dampfte in der kalten Luft. Die Maden zu Naris Füßen erwachten zu unruhigem Leben. Ihre Mundwerkzeuge klickerten hungrig, als sich immer mehr auf den Weg machten, der gesamte Strand zu fließen begann.

Das Schwert fiel aus blassen Fingern und versank mit einem saugenden Geräusch zwischen dem sich windenden Getier.

Loki wagte sich zwei Schritte vor, hob eine Hand, in dem unbedingten Bedürfnis, Nari zu trösten, wie es damals nicht möglich gewesen war, von Heimdall und Thor kräftig umklammert, bäuchlings auf dem Boden, bewegungslos. In der Erinnerung schrie Sigyn, wehrte sich gegen Skadis Griff und richtete doch nichts gegen deren Riesenkräfte aus.

»Nari. Komm und –«

Wieso Nari? Vater? Was siehst du?

Nari presste die Hände auf die Wunde in seinem Bauch. Wie damals löste Friggs zarte Hand ein Stück Darm aus dem blutigen Durcheinander. Während Loki vor Entsetzen erstarrte, lächelte sie zufrieden wie eine Hausfrau, die schöne Wolle zu feinen Fäden spann. Nari, nicht wie damals, wirbelte herum und rannte davon, verschwand im Nebel.

Nein. Nicht schon wieder würde Loki tatenlos Naris Tod hinnehmen. Das Blut des kleinen Jungen bildete eine tiefrote Spur auf dem hellen Boden. Loki machte einen ersten Schritt, einen zweiten, um ihm zu folgen. Rannte los.

Etwas riss Loki am Kragen zurück.

Bleibst du wohl hier, raunzte Jör. *Das kann nicht Nari gewesen sein, wenn ich Mama gesehen habe.*

Demnach hatte Loki vorhin richtig gehört. »Du hast wirklich Angrboda gesehen?«

Jör ließ los und schüttelte sich, schrumpfte auf Krokodilgröße. *Sag ich doch. Und sie lebt noch, also kann sie uns nicht als Gespenst erscheinen.*

Mittlerweile lag der Kiesstrand still da, der Zauber hatte die Blutspur verschlungen. Unmöglich, Nari jetzt noch zu folgen. Falls es Nari gewesen war und nicht jemand die schrecklichste Erinnerung aus Lokis Gedächtnis gepickt hatte.

Der Nebel interessierte sich nicht dafür, er wurde dichter. Loki konnte nicht einmal mehr Jörs Schwanzende erkennen. »Wir müssen hier weg.«

Jör drehte sich einmal um sich selbst. *Ich kann das Zelt nicht finden.*

Lokis Puls beschleunigte sich. Das durfte nicht wahr sein, dass sie beide hier im Nebel festsaßen, so wie Odin Loki es vorgestern angetan hatte.

Was machen wir jetzt?, wisperte Jör.

»Bleib dicht bei mir.«

Ausnahmsweise tat Jör wie gebeten und drängte sich an Loki. Durch die Schlafleggings spürte Loki sein Echsenherz schlagen.

Wie hatte Jasna Loki zurückgeholt? Loki klopfte sich versuchsweise den Rhythmus gegen die Oberschenkel. Dum-da-da-dum. Zu zaghaft. Einmal stärker. Bewegte sich der Nebel?

»Kennst du einen Gesang vom Heimfinden?«

Jör brummte eine Melodie. Loki klopfte dazu. Dum-da-da-dum. Einmal, zweimal, zehnmal.

Der Nebel lichtete sich, erste Geräusche von der nahen Autobahn wehten heran. Loki machte zwei Schritte und spürte wieder Gras unter den Füßen. Das türkisfarbene Zelt reflektierte das Licht der Laternen auf dem Parkplatz. Geschafft. Loki setzte sich auf die taufeuchte Wiese, Jör schrumpfte, kletterte auf Lokis Schultern. Ein paar Atemzüge lang schwiegen sie.

Loki rieb sich die Stirn. Getrocknetes Blut der Rune rieselte herab. Genau vor solchen Erscheinungen hätte sie schützen sollen.

Wer ist stark genug, dich trotz dieses Zaubers derart zu täuschen?, fragte Jör.

»Odin, aber … warum bis heute warten, um mich in die Irre zu locken, wenn er vorgestern eine perfekte Gelegenheit hatte? Und die Walküren haben keinen Grund, ihn zu hintergehen«, fuhr Loki fort. »Die Nornen haben mich zu Jasna geschickt und mich nicht allzu lang nach unserem Ziel suchen lassen, also stehen sie der Fahrt wohlwollend gegenüber. Sigyn hat vermutlich genug Macht, Hel sowieso.«

Jör knurrte. *Fragt sich nur, woher meine Schwester von unserem Vorhaben wissen sollte.*

»Die Draugar sind ihr Fachgebiet.«

Auf einmal schwebten Jörs Nüstern keine Handbreit mehr vor Lokis Nase. Heißer Atem, der nach totem Fisch roch, strich über Lokis Gesicht. *So wahr diese Beobachtung ist, sie erklärt nichts.* Jör kniff die Augen zusammen. *Was hast du getan?*

»Wieso soll ich irgendwas getan haben?«

Du bist Loki, wies Jör auf das Offensichtliche hin. *Sagna hroerir. Beweger der Geschichten. Ohne dich hätte Asgard von Anfang an stagniert. Wenn irgendetwas passiert, das die Asen betrifft, bist du in neun von zehn Fällen beteiligt.*

Loki hob die Hände. Widerspruch lohnte nicht, denn diese Statistik war geschönt.

Also, was hast du angestellt?

»Ich habe ihr nur Bescheid gegeben, dass du wach bist.«

Und wie immer sehr kurzfristig, sonst hättest du mich eingeladen oder wenigstens angeboten, eine Botschaft auszurichten.

»Du warst mit Jasna unterwegs, und ich hatte eine spontane Idee.«

Hrrm. Jör schrumpfte auf eine handliche Größe zurück. *Ich hätte es dir vielleicht nicht mal ausgeredet, aber ich bezweifle, dass das alles ist.*

Ja, ja verflucht. Loki wusste, dass es ein saublöder Einfall gewesen war, Hel zu kontaktieren.

»Sie sagte, dass es ihr einerlei ist. Dass es ihr auf ein paar Untertanen mehr oder weniger nicht ankommt. Warum sollte sie eingreifen?«

Glaubst du, sie erzählt dir alles? Du strickst auch Geschichten, wie es dir passt, wenn du überhaupt etwas sagst. Jörmungand schaute erwartungsvoll zu Loki hoch.

Doch selbst eine noch weniger subtile Aufforderung hätte Loki ignoriert. Besser, Jör verachtete sein Elter für Feigheit als für Leichtgläubigkeit. »Gehen wir schlafen.« Loki stand auf und stapfte die paar Meter zum Zelt zurück.

Früher: Drei Kinder in Riesenheim

Die Kinder drängten sich in der Tür, alle drei mit weit aufgerissenen Augen, als Angrboda Loki endlich vor dem Hoftor fallen ließ. Hel kaute auf ihrem Zopf herum, wie so oft, wenn etwas sie beunruhigte. Angrboda hatte ihnen keine Zeit gegeben, sich zu äußern, und stattdessen gleich losgepoltert, als sie Lokis Brüste unter dem Hemd gesehen hatte.

Er rappelte sich hoch, klopfte den Staub von den Kleidern. »Angrboda …«

Sie verschränkte die Arme.

»Hör zu … Es war keine Absicht.«

So weit war er vorhin schon gekommen, bis sie ihn mit einer Tirade unterbrochen hatte, dass uneheliche Kinder selten absichtlich gezeugt wurden. Diesmal bildeten ihre Lippen nur einen schmalen Strich.

»Du weißt doch, der Wanderer vor ein paar Tagen …«

»Du willst mir doch nicht weismachen, dass dieses Klappergestell dir eine Möse und Titten angehext und dich dann geschändet hat, als wärst du eine hilflose Jungfrau?«

Angrboda, der Allvater hat mich aufgespürt. Er war so ehrlich reumütig und hatte Met dabei. Ich weiß, dass ich ihn nicht vermissen sollte. Ich habe vergessen, was genau wir besprochen haben, und dann hat er mich gevögelt, und es hat sich gut angefühlt, aber dann hat er Runen auf meinen Bauch gemalt und – halt mich ein bisschen fest und versprich mir, dass wir das zusammen hinbekommen werden. Bitte.

Loki rieb sich über die Oberarme und wusste, dass er das alles nicht sagen konnte. Zum einen, weil Odin es ihm verboten hatte. In Loki hallte immer noch Odins erster Befehl nach, den er so und in anderer Form des Öfteren wiederholt hatte. *Lass das unter uns bleiben …*

Zum anderen waren Angrboda und Loki nicht diejenigen, die sich oft aneinanderlehnten und sich ihr Innerstes anvertrauten. Sie führten einen Hof zusammen und zogen drei Kinder groß, da blieb keine Zeit, um rührselig zu werden.

»Und du bist noch nie an den Falschen geraten?«

»Ich bin an dich geraten, das hat mir gereicht. Ich kann über deine Weibergeschichten und die Kerle hinwegsehen, denen du auf den Arsch schielst, aber …« Sie raufte sich die Haare. »Du hast dich für einen beschissenen Herumtreiber zur Frau gemacht, Loki, und willst das Kind nicht wegmachen und – es reicht. Es ist Schluss. Irgendwann ist auch meine Geduld am Ende. Hörst du? Wir sind geschiedene Leute.«

Loki hob die Hände. Gab sich geschlagen, obwohl er sich an ihr festklammern wollte. »Lass mich wenigstens meine Sachen mitnehmen.«

Angrboda grummelte, aber sie nickte und wirbelte herum. »Warte hier, ich bringe sie dir. Ich will dich nicht mehr auf meinem Hof haben.«

So hatte Loki wenigstens seine Waffen, warme Kleidung und sogar ein Zelt. Er hatte versucht, sich in die Höhle zurückzuziehen, aber drinnen waberte die Luft von Odins Zauber. Sobald Loki im Eingang stand, drehte sich ihm der Magen um.

Also baute er das Zelt am Waldsaum auf, sodass er den Hof beobachten konnte, der inmitten grüner Weiden im Tal lag. Egal, was Angrboda behauptete, sie und die Kinder waren ihm keineswegs gleichgültig. Falls sie ihn irgendwann ausreden ließ, würde er ihr erklären, dass er dazu verflucht war, das Kind auszutragen, aber dass er es so bald wie möglich bei dessen Vater abliefern würde.

Wenn Loki nicht gerade Fallen stellte oder Beeren sammelte, wachte er an der Grundstücksgrenze. Am zweiten Tag nach dem Streit entdeckte er Angrboda und Hel im Garten. Angrboda bemerkte ihn und schickte das Kind mit einem Klaps nach drinnen, als sei allein Lokis Anblick eine Gefahr. Offenbar würde er sich eine Weile gedulden müssen, bis er das Gespräch suchen konnte.

Abends weinte er sich in den Schlaf. Nachts heulten im Wald die Wölfe. Loki meinte Fenris Stimme herauszuhören.

Drei Tage harrte Loki an der Grenze zur nördlichen Schafsweide aus, bis Jör ihn besuchen kam.

»Da ist wirklich ein Kind in deinem Bauch?«, fragte der Junge, ohne eine Silbe für eine Begrüßung zu verschwenden.

Loki seufzte tief. »Ja.«

»Darf ich mal?«

Bevor Loki antworten konnte, lag schon Jörs Hand auf seinem Unterleib.

»Oh. Ein Kind. Wie Mama gesagt hat.« Jörs Augen weiteten sich. »So groß wie eine Kaulquappe. War ich auch mal so klein?«

Wider Willen musste Loki lächeln. »Du warst so klein, ja. Auch wenn du eher was von einem kleinen Wurm als von einer Kaulquappe hattest.«

Jör zuckte mit der Nase und zischelte übertrieben. »Meinst du, wenn Mama die Kaulquappe fühlen könnte, würdet ihr euch wieder vertragen?«

»Glaubst du das?«

Noch ein Nasenzucken. »Nein. Weißt du, seit zwei Tagen hält sie Hel Vorträge, dass Frauen sich nicht alles gefallen lassen sollten. Aber Hel ist doch so klein, die versteht das überhaupt nicht.«

Hel war tatsächlich klein genug, um ihr Gesicht in Lokis Bauch vergraben zu können.

»Und Fenrir und du?«

»Eh, Fenrir.« Jör schlang seine Arme um Loki und versteckte das Gesicht in seiner Halsbeuge. »Der ist als Wolf abgehauen und vorhin erst zurückgekommen. Mama hat ihn gescholten, weil er seine Arbeit vernachlässigt hat, aber er sagt nichts und zurückverwandeln tut er sich auch nicht.«

Loki küsste ihm den Scheitel. »Ich bin auch traurig.«

Jör seufzte. »Mama sagt, dass es deine Schuld ist. Wieso bist du dann traurig?«

»Ich wollte das nicht, nicht so.«

»Aber du hast Mama angelogen.«

Hatte Loki das? »Ich hatte ihr bloß etwas nicht gesagt, von dem ich dachte, dass es unwichtig ist.« Wie hätte er ahnen sollen, dass ihn das so über den Kopf wachsen würde?

»Wieso? Wenn du's ihr erzählt hättest …«

»Dann hätte ich immer noch eine Kaulquappe im Bauch, die ich nicht loswerden kann. Aber mit Kaulquappe lässt sie mich nicht bei euch bleiben.«

Jör schüttelte den Kopf und löste sich. »Mama sagt, dass du die Kaulquappe nicht hättest, wenn du nicht gelogen hättest.«

War Angrboda wirklich so naiv? »Was denkst du?«

Jörs Blick huschte von der Weide zu Loki und zurück. »Weiß nicht.« Grußlos rannte er weg. Kam auch nicht wieder. Trieb am nächsten Tag sogar die Schafe auf eine andere Weide.

Nach einem knappen Monat fing das Erbrechen an. Aber nicht so wie bei Angrboda, die sich meistens morgens einmal übergeben hatte. Sondern so richtig. Alle paar Stunden, und irgendwann wusste Loki nicht mehr, ob die Magenschmerzen von der Säure oder vom Hunger kamen.

Vielleicht ahnte Lokis Magen, wie wenig das Kind gewünscht war. Oder er strafte Loki mit nachtragendem Ekel über das Gemisch aus Blut, Schleim und Samen, das Loki sich von der Haut hatte waschen müssen.

Wenn Loki sich der Krankheit hingab und nichts mehr aß, würde das Kind dann abgehen? Wohl kaum, dafür hatten Odins Runen gesorgt. Würde Loki sich erholen und stark genug sein, um die Geburt zu überleben? Wer wusste das schon. Alle Runenwürfe blieben rätselhaft, die Nornen schwiegen.

Also brauchte Loki eine Heilerin. Da Angrboda nicht helfen würde, fiel ihr nur ein Ausweg ein.

Messer in den Finger stechen, Binderune. Odin.

Der Allvater traf ein, als Loki vor ihrem Zelt saß und sehr langsam eine Handvoll Blaubeeren aß, in der Hoffnung, dass wenigstens ein Teil davon drinnen bleiben würde.

»Loki.«

Loki winkte ihm, sich zu setzen.

»Du siehst gar nicht gut aus.«

Loki zuckte mit der Nase. Sie schluckte die letzte Beere und legte sich beschwörend eine Hand auf den Bauch. »Mir ist den ganzen Tag schlecht«, sagte sie. Ihre Stimme klang grauenvoll kratzig von der vielen Säure.

»Eir kann dir gewiss helfen.«

»Deswegen habe ich dich gerufen.«

»Du erwartest aber nicht, dass ich dich so mitnehme.« Odin gestikulierte. Ob er damit Lokis Männerkleider oder die völlig aufgelöste Frisur oder etwas anderes meinte, blieb unklar.

Loki seufzte. Atmete vorsichtig, als ihr Magen krampfte. »Was stellst du dir vor?«

»Ich war oft genug unterwegs in letzter Zeit, dass … Ich werde dir Frauenkleider bringen. Du sorgst dafür, dass dich niemand erkennt. Glatte, helle Haare, jüngeres Gesicht, du bist … Rindr, meine neue Nebenfrau, widerspenstig wie die Erde im Winter, die ich aufgebrochen habe.« Der Allvater warf einen Blick in die Richtung, in der Angrbodas Hof lag. Dachte er an seine rechtmäßig Angetraute Frigg, die das Schicksal aller Wesen kannte und den Betrug sofort durchschauen würde, wenn sie nicht bereits davon wusste?

»Du hast dem Riesenweib und deiner Brut nichts von mir erzählt?«

Loki schüttelte den Kopf. Sie wusste zwar nicht mehr, warum sie Odin das versprochen hatte, aber sie hatte es versprochen.

»Gut. Auch in Asgard darf niemand die Wahrheit über Vális Eltern erfahren«, wiederholte er seinen Befehl vom Frühsommer.

Zu einer anderen Zeit hätte Loki viel gegeben, um von Odin »meine Frau« genannt zu werden. Aber als eine Nebenfrau, mit einem erfundenen Namen – versteckt und verleugnet – so hatte sie sich das nicht vorgestellt.

Lass das unter uns bleiben. Sie hätte ahnen sollen, dass dieser Befehl sie teuer zu stehen kommen würde.

Loki schlang sich die Arme um den Bauch. Was hatte sie schon für eine Wahl?

3. Akt

8

Ein Lastwagenfahrer beäugte Jasna über seine Zigarette hinweg, als sie am frühen Samstagmorgen zur Raststätte tappte. Auch eine Putzkraft beobachtete sie, während sie die Treppe zu den Sanitäranlagen hinunterstieg.

Sobald Jasna in den Spiegel über dem Waschbecken sah, wusste sie, warum. Da klebte noch Lokis Rune, erstaunlich deutlich und gerade dafür, dass sie bei Zwielicht mit Blut gemalt worden war.

Loki und Jör hatten in der Nacht nichts über die Ereignisse erzählt, allerdings hatte die kurzfristige Einigkeit der beiden darunter gelitten. Deswegen hatte sie es nicht fertiggebracht, die zwei zu löchern, obwohl sie und Váli im Zelt fast vor Sorge gestorben waren. Diese Kälte und ein Kratzen aus dem Boden, das ihr vor Ekel Schauer über den Rücken getrieben hatte.

Sie wusch die Rune ab und füllte Wasser in den Kanister, den sie gestern geleert hatten.

Nachdem auch der Rest von ihr eine Katzenwäsche bekommen hatte, schlurfte sie ins Schnellrestaurant, holte sich einen siruplastigen Latte macchiato und tankte Strom für ihr Handy, während sie nach Fährverbindungen über den Fehmarnbelt schaute und gleich eine buchte, zusammen mit der Mautgebühr für die Öresundbrücke.

Dann kaufte sie zweimal Kaffee to go und machte sich auf den Rückweg zum Auto, wo Loki Frühstück vorbereitete. Diesmal mit mehr Reis, Sprossen und vorgekochten Eiern.

Für den Kaffee bekam sie ein abwesendes Lächeln von Lokis Twink-Variante. Der Anhänger allerdings widersprach dem Anschein und zeigte die Pertho. Loki hatte dunkle Ringe um die Augen und ihr Haar zu einem Knoten geschlungen, den ein Stöckchen hielt.

Während Jasna das Zelt abbaute, nahm Loki den zweiten Becher Kaffee, ohne vorher gefragt zu haben.

Jasna schenkte sich Wasser ein, setzte sich mit auf die Picknickdecke und fischte die Ingwerkapseln aus ihrem Rucksack.

»Also, was war letzte Nacht los?«

Loki reagierte nicht.

Jemand hat uns Illusionen geschickt, um uns zwischen den Welten in die Irre zu locken, sagte Jör.

Jasna zerquetschte beinahe das Medikamentenblister vor Überraschung. Schon wieder? »Irgendeine Vermutung, warum?«

Nein. Mit seiner Schwanzspitze deutete Jör vorwurfsvoll auf Loki. *Vielleicht war es Hel. Er hat meine Schwester vorgestern gesprochen, und sie scheint unser Vorhaben ebenfalls zu missbilligen.*

»Also viel Spekulation und nichts Konkretes.« Jasna spülte zwei Kapseln herunter.

Jör nickte. *Wir hätten weder Sigyn, Odin noch meine Schwester einweihen sollen. Es wird uns noch reuen.*

Daran ließ sich nichts mehr ändern. War Loki deswegen so schweigsam heute? Oder war sie weggetreten wie in der Garage gestern? »Nur Illusionen?«, hakte Jasna deshalb nach.

Soweit ich es beurteilen kann. Mir erschien meine Mutter, ihm Nari. Ich musste ihn retten, weil er meinem Bruder beinahe hinterhergelaufen wäre.

Jasna verzog das Gesicht vor Mitleid, bevor sie es verhindern konnte. Da kannte jemand Lokis Schwachstellen gut genug, um sich ihre Emotionen zu Nutze zu machen. Sollte Jasna jemals eine Erscheinung Selmas begegnen, würde sie dieser womöglich ebenfalls ins Nirgendwo folgen wollen. Sie hob eine Hand und rieb Lokis Schulter. Die seufzte und lehnte sich gegen sie.

Jör zischte sein Missfallen.

Sie ist offensichtlich mit den Nerven am Ende, dachte Jasna in seine Richtung. *Gönn ihr ein bisschen Unterstützung.*

Jör fauchte sie an und plusterte sich auf, während Váli sich auf den Boden duckte. *Und wer unterstützt mich, hm, oder bedankt sich bei mir, dass ich einen klaren Kopf behalten habe? Weißt du, wie sie meine Mutter zugerichtet haben, die ehrenwerten Asen? Weil sie es wagte, ihre Kinder zu verteidigen? Aber Jör ist bloß ein beschissener Drache, der fühlt ja nichts.*

»Kind«, sagte Loki und setzte sich auf.

Schnaubend verzog Jör sich ins kniehohe Gras.

Váli wirkte hin- und hergerissen, schaute abwechselnd Jör nach und Loki an und trottete dann Jör hinterher.

Loki schniefte und versteckte ihr Gesicht in Jasnas Fleecejacke.

Am Hafen mussten sie auf die Fähre warten, auf der Jasna einen Platz gebucht hatte. Jasna brauchte nach eigenen Angaben frischen Kaffee. Auf der Suche danach ließ sie Loki mit den Kindern am Kai stehen. Fragte nicht mal, ob sie etwas mitbringen sollte.

Loki verschränkte die Arme und starrte auf die blaue See des Fehmarnbelts hinaus. Nach ein paar Augenblicken stupste Jör Váli mit der Nase an und glitt ins Wasser. *Ich schwimme neben dem Schiff her.*

Vális Rute rutschte auf Halbmast. Wahrscheinlich wäre er am liebsten mit Jör geschwommen und hätte Loki allein zurückgelassen.

»Jör.«

Eine Frau in Hoodie und Sonnenbrille, die in ein Paar Metern Entfernung rauchte, linste unter ihrer Kapuze zu Loki herüber. Vermutete sie Selbstgespräche? Das Handy, das zur Tarnung hätte dienen können, lag natürlich im Auto.

Jör.

Was?, fauchte Jör zurück.

Es tut mir leid.

Die Liste deiner Verfehlungen hat so viele Punkte wie Váli Haare. Da musst du ein bisschen konkreter werden.

Lokis linker Mundwinkel hob sich, trotz allem. *Ich bin stolz auf dich.*

Stille.

Váli machte ein unwilliges Geräusch.

Die Frau guckte schon wieder rüber und entfernte sich einige Schritte.

Loki ging neben Váli in die Hocke und schlang ihm einen Arm um den Hals. *Euch. Ich bin stolz auf euch.*

Das besänftigte zumindest Váli, der ihr über die Backe schleckte.

Wenn du ein besserer Vater wärst, würde ich mich sogar geschmeichelt fühlen, ätzte Jör. Sein Drachenkopf tauchte zwischen Treibholz und einigen alten Plastikflaschen auf. *Wieso wirst du auf einmal so sentimental?*

Seit wann bin ich nicht launisch?, fragte Loki zurück. *Abgesehen davon. Jörmungand Lokason, du hast mich heute Nacht vor einem Schadenszauber bewahrt. Dir gebührt mein Dank, und es tut mir leid, dass ich diesen nicht gleich geäußert habe.*

Jör brummte. Offenbar fand er es reichlich verspätet, denn er kam nicht wieder aus dem Wasser.

Jasna traf ein paar Minuten später ein. Sie schlürfte an einem Pappbecher, aus dem es herrlich nach Cappuccino duftete, und streckte Loki eine angebrochene Packung mit Schokoladenkeksen entgegen.

»Danke.« Loki nahm einen und biss ab.

»Passt schon.«

»Auch für den Kaffee heute früh.«

»Lass stecken, Loki. Wenn wir anfangen, aufzurechnen, kommen wir nicht mehr von hier weg. Aber ich sag nicht nein, wenn du von jetzt an das Benzin zahlst.«

Loki schenkte Jasna ein Lächeln.

Die kam näher. Weil Loki neben Váli saß, lehnte sie sich ein bisschen gegen Jasnas Schenkel, eine Schulter im Parka gegen soliden Denimstoff.

»Wie geht's Jör?«

»Einigermaßen. Ich habe mich nachträglich bei ihm bedankt.«

»Das habe ich mir fast gedacht.« In Jasnas Stimme schwang ein Lächeln mit. »Erzähl mir von Berlin«, forderte sie unvermittelt.

Loki runzelte die Stirn. »Wieso? Ist das wichtig?«

»Es ist dein Leben.« Erneut bekam Loki die Kekspackung vor die Nase gehalten. »Deines und Vális. Natürlich ist es wichtig.«

Das lästige Ding in Lokis Brust, das gestern so nach einer Umarmung geschrien hatte, wurde auf einmal ganz warm und weich. »Wir haben eine kleine Wohnung in Kreuzberg.«

Von da aus kam ein nettes Gespräch in Gang, das sie die restliche Wartezeit unterhielt und dazu führte, dass Jasna kichernd über der Reling hing, während das Schiff aus dem Hafen steuerte.

»Du hast ein Stiletto nach einem Polizisten geworfen. Das ist so geil.« Sie räusperte sich. »Ich meine, eigentlich ist es deprimierend, dass sie euch nicht einfach haben feiern lassen, aber wie geil.«

»Ich bin dann durch das Küchenfenster der Kneipe raus und habe meine Kräfte ein bisschen eingesetzt. Erstaunlicherweise waren einige Beamte von einer kurvenreichen und leicht bekleideten Dame so abgelenkt, dass sie die festgenommenen sogenannten Tunten zu einer Wagentür rein und zur anderen wieder raus geschoben haben. Die Unterlagen mit den Personalien verschwanden auf mysteriöse Weise. Was der Obrigkeit blieb, waren dreißig Paar Pumps und kein einziger möglicher Täter.« Eine divenhafte Handbewegung komplettierte die Episode.

»Oh Mann.« Jasna grinste immer noch. »Danke.«

Loki hob die Brauen.

»Dass ihr trotzdem gefeiert habt.«

Ja … Loki hatte viel gefeiert. Wann immer sich eine Möglichkeit geboten hatte.

»Es ist schon lange her«, schwächte sie das Lob ab. Mehr als sechzig Jahre.

Wer hat gefeiert?, fragte Jör und tauchte aus den Wellen auf. Er hatte an Größe zugelegt und war nun doppelt so lang wie Jasnas Auto.

»Loki und sämtliche schwule Schnuckel Hamburgs.«

In Erwartung des Sturms zog Loki den Kopf ein.

Das sind die aus deinem Vortrag. Die Schwulen. Wenn irgendwer ein Wort mit spitzen Fingern anfasste, dann Jör dieses.

»Genau«, sagte Jasna.

Jör linste aus einem salbeigrünen Auge zu ihnen hoch. *Wieso hast du überhaupt eine Meinung darüber, dass solche Leute feiern? Und über die Wörter, die ich für sie verwenden darf?*

Jasna kratzte sich am Arm. »Weil ich genau weiß, wie es ist, wenn man mit ›solche Leute‹ betitelt wird, Jör. Es ist nicht schön, wenn dir alle das Gefühl geben, dass du dich unter einen Stein verkriechen und schämen sollst.«

Eine zutreffende Beschreibung und ein Zustand, den Loki vor Jörs Erwachen fast vergessen geglaubt hatte.

Hmpf. Aber von dir kann keiner verlangen, dass du unter deiner Stellung heiratest. Das heißt, es liegt vielleicht nicht an dir, dass du eine alte Jungfer bist.

Jasna blieb der Mund offen stehen. Loki griff nach ihrer Hand, damit sie wusste, dass sie nicht allein war.

Wohingegen sich diese Schwulen ja einfach nur zusammenreißen müssten.

Jasna schob ihre Brille hoch, um sich die Nasenwurzel zu reiben. »Jör, ich hab mir selbst ausgesucht, weder einen Mann noch eine Frau zu heiraten, weil ich das mit den ehelichen Pflichten ziemlich eklig finde.«

Seltsam.

Jasna verdrehte die Augen. »Erzähl mir was, das ich noch nicht von meiner Mutter gehört habe.«

Offenbar erschöpften Jörs Einwände sich in diesem einen Kommentar, woraufhin Jasna einen Rhythmus auf die Reling klopfte.

»Gibt es was, das du verabscheust, das aber viele andere Leute gern tun oder nötig finden?«

Kurz herrschte Stille. *Reiten,* sagte Jör. *Ich traue Pferden nicht und sie trauen mir nicht. Sie laufen zu gern davon. Warum?*

Oh, Loki erinnerte sich gut an diese Diskussionen. Dabei hatte sie selbst trotz der Sache mit Sleipnir keine Angst vor Pferden. Aber wahrscheinlich hatten die armen Tiere gerochen, dass Jör Jahrhunderte später eine Schlange sein würde.

»Und das hast du dir nicht ausgesucht?«

Nein.

»Und es wurde auch nicht besser, als du dich zusammengerissen hast?«

Jör knurrte. *Nein. Worauf willst du hinaus?*

Loki drückte Jasnas Hand, um sie für diese elegante Argumentationskette zu beglückwünschen. Sie drückte zurück und rückte ein bisschen näher, sodass sich ihre Oberarme berührten.

»Stell dir vor, du müsstest ab und zu reiten. Und jeden Tag so tun, als würdest du gern reiten.«

Jör schnaubte. *Wieso sollte ich so was tun?*

»Weil sich alle über dich lustig machen, wenn du es nicht tust. Weil die ganze Welt, jede Straße, jeder Abstand zwischen Herbergen, für Leute ausgelegt ist, die gern reiten. Weil du als Wanderer seltsam angeschaut wirst, wenn du kein Pferd für die Nacht unterstellen willst. Weil sie dich zum Arzt schicken wollen, um dich von deiner unnatürlichen Abneigung zu heilen.«

Das ist aber nicht so.

»Aber wenn es so wäre?«

Dann würde ich vielleicht nicht so laut sagen, dass ich Pferde nicht mag.

»Und wie würdest du dich damit fühlen?«

Es wäre ziemlich lästig.

Jasna nickte. »Also wärst du unglücklich darüber, dauernd zu lügen und dich dauernd zu verbiegen, um die Erwartungen von anderen Leuten zu erfüllen?«

Meinetwegen auch das.

»Dann sag mir, warum sich schwule Kerle und unverheiratete Frauen wie ich und genderfluide Leute wie Loki sich den ganzen Tag so mies fühlen sollten.«

Loki verbarg ihr Gesicht an Jasnas Schulter. Sie wollte nicht sehen, wie Jör reagierte, obwohl Jasna ihn in eine Ecke manövriert hatte.

Jör antwortete nicht.

Einige Zeit später schubste Váli Loki mit der Schulter gegen das Bein, wie um sie aufzufordern, sich nicht zu verstecken.

»Ist das ein Delphin?«, fragte eine kratzige Stimme, die aus ein paar Metern Entfernung zu ihnen herüber klang.

Loki hob den Kopf. Delphin in der Ostsee? Nein. Auch Schweinswale zeigten sich heute keine. Nur Jörs Rücken tauchte gelegentlich zwischen den Wellen auf, und Jör wusste seine Sichtbarkeit für Menschen gezielt zu steuern.

Die kratzige Stimme gehörte einem älteren Herrn. Er war mit einigen anderen Menschen gesetzteren Alters nähergetreten. Loki meinte, sie einem Reisebus aus München zuordnen zu können, der direkt vor ihnen an Bord gefahren war.

»Ich weiß nicht, was das für ein Tier ist«, sagte eine grauhaarige Dame und linste durch ihre Goldrandbrille. Eine zweite Dame hatte ein Smartphone gezückt und versuchte wohl, besagtes Tier zu fotografieren.

Wovon reden die? Jör hob den Kopf aus den Fluten. Er hatte noch einmal an Größe zugelegt und hätte locker ein Motorrad samt Biker verschlingen können.

»Jesses Maria«, sagte die Dame mit der Goldrandbrille. »Allmächtiger.«

Die älteren Herrschaften wichen als Traube von der Reling zurück und diskutierten aufgeregt, was das für ein Tier sei. Und ob eine Gefahr von ihm ausging.

»Whoa, geil, Seeschlange!«, brüllte ein Jugendlicher vom Oberdeck.

Jör riss die Augen auf und starrte Loki an.

Die können mich sehen.

Loki starrte zurück. Unmöglich. Jör war ein mächtiger Zauberer.

Das ist keine Absicht, ergänzte Jör.

»Scheiße«, fluchte Jasna.

»Los, mach dich klein und warte in Rødby«, befahl Loki.

Jörs Kopf tauchte unter die Wellen. Schon glaubte Loki, dass er gehorcht hatte, da tauchte er wieder auf. *Würde ich, wenn ich könnte. Aber jemand lässt mir keine Wahl, weder mit der Größe noch mit der Entfernung zu … dir. Bist du sicher, dass du nichts angestellt hast?*

Jasna und Váli musterten Loki aus schmalen Augen. Als könnte es nicht genauso gut Jör sein, der ihnen allen einen bösen Streich spielte.

»Ich war's nicht«, sagte sie. »So was kann ich nicht ohne Runen. Und die hättest du bemerkt.« Jör zählte zu jenen Mächten, die die Meere so tödlich machten, aber am Ende zu deren Erhalt beitrugen. Selbst im Vollbesitz ihrer Kräfte hätte Loki Schwierigkeiten gehabt, die verfluchte Midgardschlange zu beeinflussen.

Mittlerweile strömten immer mehr Mitreisende an Deck, um Jörs Rücken zu fotografieren.

»Legt das Schiff an, wenn Jör daneben in den Hafen schwimmt?«, fragte Jasna.

Loki sah sich um. So viele Zeugen. Sie musste Jör anfassen, wenn sie den Zauber lösen wollte. Aber sobald sie der vermeintlichen Seeschlange die Schnauze tätschelte, würde sie auf so vielen Kameras erscheinen, dass es unmöglich sein würde, sämtliche Bilder aus den sozialen Netzwerken zu entfernen.

Loki grinste. *Jör …*

Hm? Hast du eine Idee, Meister Lügenschmied?

Wenn du mitspielst?

Jör schnaubte, Wasser spritzte aufs Deck. Irgendwer kreischte.

Was bleibt mir anderes übrig? Ich sagte doch, wir hätten besser niemanden eingeweiht.

»Wir sehen uns auf der anderen Seite«, versprach Loki Jasna. Sie tastete nach ihrem Handy und schaltete es vorsorglich aus. »Ich schreib dir, sobald ich wieder an Land bin. Pass mir auf meinen Jungen auf.«

Jasna nickte und packte Váli am Halsband.

Also dann, auf sie mit Gebrüll. Loki holte ihr Messer hervor, stach sich in den Finger und malte sich eine Binderune ins Gesicht. So weit reichten ihre Verwandlungskünste nicht mehr, dass sie ohne Hilfe würde Eindruck schinden können. Selten war sie Menschen erschienen, dennoch hatten sie sich ein Bild von Loki Laufeyason gemacht. Dieses rief sie hervor, zusammen mit der Bewaffnung, die man ihr, trotz allem, zugestanden hatte. Der wehende Umhang in samtigem Dunkelgrün war neu. Die Marvel-Filme hatten offenbar selbst bei den Neuheiden ihre Spuren hinterlassen. Wenigstens blieb ihr dieser lächerliche Helm mit den Hörnern erspart. Zudem hielt der Haarknoten und sie durfte auf den Schnauzbart verzichten, obwohl Pferdeschwanz und Pornobalken zur Zeit ihrer Verbannung voll im Trend gelegen hatten.

Ihre Oberlippe prickelte, als längst verheilte Nadelstiche hervortraten. Die nur sagenhaften Verätzungen um ihre Augen brannten. Ihre hohlen Knochen juckten, weil sie vierzig Zentimeter größer war, als ihre Masse erlaubte.

Jasna machte ein anerkennendes Geräusch. Einer ihrer sensationslustigen Mitmenschen drehte sich danach um und hielt Loki sein Telefon direkt ins Gesicht. »Scheiße, Mann! Was ’n das für ne Show?«

Eine Welle ging durch die Menge, als die Leute sich nach dem Ausruf umdrehten und von Lokis Anblick gefesselt wurden.

»Lange«, sagte Loki, »habe ich geschwiegen.« Sie ließ ihren Blick über die Menschen schweifen, bis sie den letzten aufgesammelt hatte und sicher war, dass ihre Rede in allen nötigen Sprachen erschallte. »Loki Laufeyason sah, wie ihr kläglichen Geschöpfe die alten Sitten vergaßt. Ihr habt die anderen Asen und mich zu bösen Geistern degradiert.« Wie ein Wolf schlich sie zwei Schritte auf die Menschen zu, die vor ihr zurückwichen. »Aber nicht länger werden die Götter dies tatenlos hinnehmen. Eure Schiffe haben meinen Sohn aus seinem Schlummer geweckt.«

Jetzt, Jör.

Jör hob den Kopf aus dem Wasser und züngelte, der perfekte Bildhintergrund zu Lokis Rede.

»Dies«, große Theatergeste, »ist Jörmungand. Die Midgardschlange. Sagt mir, habt ihr irgendetwas dafür getan, dass er dieses Schiff nicht umstürzt und euch allesamt in Ráns Reich schickt?«

Die älteren Herrschaften aus dem bayerischen Reisebus bekreuzigten sich. Und auch einige jüngere Leute.

Loki verzog den Mund zu einem hässlichen Lächeln. »Hört euer Christengott zu? Vielleicht. Vielleicht aber auch nicht. Vergesst nie, dass ihr einem Gott folgt, der einst für ein einziges Volk zuständig war. Ein gieriger Kleingeist, der viel nimmt und wenig gibt.« Der trank und trank das Blut, das in seinem Namen seit Jahrtausenden vergossen wurde, bemühte sich aber noch weniger um seine Schäfchen als einst die Asen um ihre Anhänger. Ein paar Marienerscheinungen und vor Lava errettete Kirchlein sollten als Beweise der göttlichen Gunst dienen. Pah. In seiner Hybris behauptete JHWH außerdem, *alles* erschaffen zu haben, eingeschlossen der Physik, die Wetter, Erdbeben und Vulkanausbrüche verursachte, und musste sich dementsprechend mit mehr Zweifeln herumplagen.

»Sollte er mich nicht mit einem Blitz erschlagen, wenn ich ein falscher Gott bin?«

Noch eine Geste zum blauen, ruhigen Himmel. Jör drapierte sich neu.

Aber selbst wenn JHWH Loki für diese Show grillte, würde sie das überleben, denn Götter starben nur endgültig, wenn sie in Vergessenheit gerieten. Und die Asen aus dem Gedächtnis der Menschheit zu tilgen, war dem Angeber aus der Levante dank Snorri nicht gelungen. Der hatte in dieser Hinsicht mehr bewirkt als Loki und Sigyn in tausend Jahren zusammen.

»Die echten Heiden sind erstarkt, weil jener vorgebliche Weltenschöpfer den Mund zu voll genommen hat. Und so treten wir Asen aus dem Dunkel der Geschichte zurück ins Licht.«

Lass mich auf deinen Kopf steigen, wies Loki Jör an.

Der grummelte Unverständliches, senkte aber seinen Kopf auf Höhe der Reling.

Loki sammelte die ihr verbliebene Zauberkraft. Ein britischer Romancier hatte einen ihrer Beinamen als *Skywalker* übersetzt. Aus reiner Gewohnheit versah sie alle ihre Schuhe mit den nötigen Runen, doch größere Strecken über Luft und Wasser zurückzulegen, verbat ihr die Fessel. Aber ein paar Schritte sollten drin sein, wenn sie es richtig anstellte. Als Loki nach Jasnas Hand griff und diese küsste, spürte sie die Fäden, die die Magie unter ihrer Haut spann. *Wenn ich ein wenig Kraft ausleihen darf?*

Jasna neigte den Kopf elegant wie eine Königin. Mit ihrer Hilfe gelang es Loki, drei Schritte durch die Luft wie auf unsichtbaren Treppen zu steigen und ihrem Drittgeborenen aufs Schädeldach zu klettern.

»Wir behandeln unsere Getreuen gut«, setzte Loki die Rede fort. Sofern man als Mensch nicht dem Irrtum anheimfiel, das Glück seiner Familie dem wankelmütigen Odin anzuvertrauen. Hier sollte sie aufhören und in einer grandiosen Abschiedsgeste verschwinden. Aber dann schaute sie zu Jasna, die Jör für seine mittelalterliche Einstellung zurechtgebügelt hatte, und dachte an all die Idioten, die vor siebzig, achtzig Jahren für Blut und Boden den Kontinent in den Abgrund gestürzt hatten.

»Wir können Götter für Völker ohne Häuptlinge sein, wir können Götter sein für Frauen, Männer und alles dazwischen, für solche mit rosafarbener genauso wie für Menschen mit brauner Haut.« Sie stach sich in den Finger. »Fahrt nun, von freundlichen Winden geführt und von Aegir gehütet, und gedenkt meiner Worte.« Damit versah sie ihre rechte Hand und Jörs dicke Echsenhaut mit Runen für Unsichtbarkeit.

Nur aus dem gemeinschaftlichen Keuchen ihres Publikums erriet sie, dass der Zauber seine Wirkung entfaltet hatte.

Während die Menschen an Bord in aufgeregte Diskussionen verfielen, meinte Jör: *Du hast zu viel auf dem Christengott rumgehackt.*

Egal. Ein, zwei Leuten auf diesem Schiff hatte Loki gewiss den entscheidenden Stoß in Richtung Polytheismus gegeben, und noch mehr würden sich von den Aufnahmen beeinflussen lassen.

Aber sonst war's in Ordnung.

Loki musste wider Willen grinsen. Nach dem Streit vom Morgen hätte sie nicht einmal diese zögernde Anerkennung erwartet. Sie tätschelte Jörs meterlange Braue. Irgendwie musste sie ihre Differenzen mit ihm aus der Welt schaffen. Wenn sie Jasna ins Vertrauen zog, hätte diese eventuell eine Idee, wie man Jör die Geschehnisse schonend beibrachte. Jasna legte eine beeindruckende Unvoreingenommenheit an den Tag. Dennoch bereitete allein die Vorstellung, ihre Erinnerungslücken zu offenbaren, Loki Magengrimmen.

Du könntest dich mal nützlich machen, beklagte sich Jör.

Entschuldige. Loki rubbelte die Täuschungsrune von ihrer Stirn. Dadurch schrumpfte sie auf Normalmaß und die Narben verblassten. Ihre Knochen fühlten sich nicht mehr so an, als würden sie unter dem geringsten Schlag zersplittern. Der grüne Umhang verschimmerte zwischen den Welten. Einen einzigen Seufzer der Erleichterung gönnte sie sich, dann konzentrierte sie sich auf den Zauber, der Jör an sie kettete.

Die Leute blieben an Deck, ihre Stimmen summten wie ein aufgeregter Bienenschwarm.

Von Jasna hielten sie Abstand, vielleicht, weil Loki sie berührt hatte, vielleicht, weil Váli grimmig dreinschaute. Es sollte Jasna recht sein, da sie Loki mehr Kraft ausgeliehen hatte als vermutet und froh war, sich auf die Reling stützen zu können. Aber wenigstens hielt das Medikament gegen Seekrankheit, was es versprach. Sie wühlte die restlichen Kekse aus ihrem Rucksack und biss in einen. Schokolade, das hatte eine gewisse Bestsellerautorin richtig erkannt, half durchaus, magische und nervliche Energien aufzuladen.

Was für eine Show. Loki mochte nicht in der Lage sein, langfristig zu planen, aber improvisieren konnte sie wie ein Profi.

»Du hast ein saumäßig cooles Elter«, flüsterte Jasna Váli zu.

Der wedelte zur Antwort mit dem Schwanz.

Hinter ihr räusperte sich jemand. Jasna drehte sich um und fand eine Babyheidin. Sie war ungefähr sechzehn, hatte ein rundes Gesicht und trug eine Tunikabluse. Thors Hammer baumelte als Amulett um ihren Hals. Ihre braune Afrokrause hatte sie streng in der Mitte gescheitelt und zu zwei französischen Zöpfen geflochten. In den drei sichtbaren Ohrlöchern steckten Runen. Raido für sichere Fahrt, Tyr und der Schreckenshelm. Sie gehörte zu einer Gruppe Teenager, die alle Jacken vom gleichen Kampfsportverein aus Oldenburg in Holstein trugen. Ob das Mädchen mit ihren Runen Gegner einschüchtern und gleichzeitig einen fairen Wettkampf sichern wollte?

In dem Alter hatte Jasna sich ganz ähnlich gegeben.

»Bitte?«, fragte sie. Um besser zu sehen, nahm sie ihre Brille von der Nase und tupfte die Salzwasserspritzer mit ihrem Pulliärmel ab.

»Er hat Sie angefasst«, hauchte das Mädchen. Ihre braunen Augen waren weit aufgerissen vor Ehrfurcht. »Ich hab's aufgenommen und gleich geteilt, damit es nicht verschwindet.« Wie zum Beweis hielt sie ein Smartphone mit zahlreichen kleinen Rissen auf dem Display in die Höhe.

Jasna betrachtete ihre rechte Hand. Von der Kraftübertragung waren keine Spuren geblieben. »Loki hat mich angefasst, ja.« Und ihr heute früh den Kaffee gestohlen. Was für ein Geschenk. Auf einmal musste sie grinsen.

»Wow«, sagte das Mädchen. »Sie glauben auch, was er gesagt hat?«

»Klar«, antwortete Jasna, bevor sie überhaupt begriff, weshalb diese Frage aufgekommen war.

Logisch wollten germanisch-heidnische Nazis keine Afrodeutschen integrieren. Damit begann ein angeregtes Gespräch über rassistische Vereinnahmungen und Bekehrungsversuche seitens atheistischer Ethiklehrer. Die junge Frau hatte offenbar dringenden Bedarf nach gleichgläubiger Gesellschaft abseits des Internets, denn sie wirkte – verständlicherweise – noch verlorener, als Jasna sich in dem Alter gefühlt hatte.

Wegen des Zwischenfalls mit Jörmungand hatte die Kapitänin laut Durchsage die Geschwindigkeit stark gedrosselt. Daher dauerte es zwanzig Minuten länger als die geplante Stunde, bis die Fähre anlegte und Jasna ihren Kombi von Bord steuern konnte. Im Auto war es sehr ruhig, ohne Loki auf dem Beifahrersitz und Jörs Grummeln von der Rückbank.

Weil Jasna zu viele Serien geschaut hatte, rechnete sie damit, dass sich am Terminal Polizei und Sendewagen von Rundfunk und Fernsehen drängten, aber dazu lag Rødbyhavn zu weit ab vom Schuss. Um der Handvoll ganz eifriger Medienleute zu entgehen, versorgte sie ihr Auto mit einer »Ignoriert mich«-Binderune.

Loki hing, wie per Textnachricht angekündigt, vor der ersten Tankstelle nach dem Fährhafen herum und schlürfte einen Energydrink aus der Dose. Jör war nicht zu entdecken.

Jasna hielt an, damit Loki einsteigen konnte.

Diese ließ sich mit einem Ächzen in den Sitz fallen. Das Stöckchen aus ihren Haaren war verschwunden und die Frisur so zerzaust, dass sie dem Beinamen Loptr – der Luftige – alle Ehre machte.

»Alles okay?«

»Hmh.« Loki stürzte den Rest der koffeinhaltigen Brühe hinunter. »Bäh«, meinte sie. »Pisse mit Zitronensaft und Zucker.«

Das deckte sich in etwa mit Jasnas Erfahrung. »Wieso trinkst du es dann?«

»Weil ich sonst eingeschlafen wäre. Diese Verwandlung vorhin«, Loki gestikulierte suchend, »das war anstrengender, als ich vermutet hätte. Der Bann, der Jör von seinen Kräften fernhielt – wer auch immer das war, ist stark. Ich habe schon Blut gebraucht, um überhaupt herauszufinden, mit welchem Zauber Jör gebunden wurde.«

Jasna pfiff leise, Váli fiepte.

Daraufhin schien Loki sich zu erinnern, dass dieser Sohn auch noch da war, und verrenkte sich, um durch die Lücke zwischen den Sitzen zu fassen und ihn zu streicheln. Allerdings fast in Zeitlupe – Loki hatte sich offensichtlich völlig ausgepowert.

Dass Jasna um ein Opfer von Blut nicht herumgekommen wäre, stand außer Frage, aber Loki? »Also hast du keine Ahnung, wer unsere Fahrt sabotiert hat?«

»Außer Sigyn, Odin und Hel ist niemand wach.«

Und mindestens zwei von denen hatten ihre Missbilligung offen bekundet. Jasna strich sich ein loses Haar aus dem Gesicht. Selbst wenn Loki und sie die schuldige Gottheit ermitteln konnten, waren sie nicht mächtig genug, um es auch nur mit einem der drei in einem offenen Kampf aufzunehmen. »Also packen wir Jör ein und fahren weiter.«

Loki blinzelte schwer. »Er hat's mir übelgenommen, dass ich ihm helfen musste. Wir sollen ihn auf Farø aufsammeln.«

Jasna nickte. Eine winzige Insel auf dem Weg nach Kopenhagen, die sie in einer guten halben Stunde erreichen würden. »Da gibt's eine Raststätte an der Südküste.« Dort würden sie ein frühes Mittagessen bekommen. »Du kannst pennen. Ich wecke dich, wenn wir da sind.«

Loki brummte, kuschelte sich um den Gurt und döste weg, bevor sich Jasna auf die E47 nach Nordosten eingeordnet hatte.

9

Jo, Loki.«

Jemand stupste ihn mit dem Finger in den Arm. Die Stimme kam ihm bekannt vor. Er blinzelte.

Das Auto stand mit abgeschaltetem Motor auf einem fast leeren Parkplatz. Vor ihnen eröffnete sich der Blick nach Süden auf ein Stück Wiese, einige windschiefe Bäume in akkurater Reihe, auf blaues Meer und eine weitere, baumbewachsene Insel. Linkerhand umzingelten zahlreiche Lastwagen ein Gebäude mit viel Glas, wohl das von Jasna erwähnte Lokal, rechts spannte sich die Fernstraßenbrücke über das Wasser. Ostseeidylle pur.

»Wir sind da«, sagte Jasna unnötigerweise. »Farø.«

Loki nickte, schnallte sich ab und stieg aus, um sich zu strecken. Selbst hier und bei dem leichten Wind vom Meer her roch er das Frittierfett. Um Váli rauszulassen, öffnete er die hintere Tür. Der schnüffelte einmal ums Auto herum und trottete die paar Meter zum Wasser.

»Erst spazieren gehen, dann Pommes?«, fragte Jasna, während auch sie aus dem Wagen hüpfte.

Loki zuckte mit den Achseln. »Klingt gut.« Er wühlte ein Haargummi aus den Taschen seines Parkas, das er irgendwann mal Nuray geklaut hatte, und schlurfte Váli hinterher. Multitasking: Haare richten und gehen, fast zu viel verlangt bei seiner derzeitigen Müdigkeit.

Jör? Wo steckst du?

Die Antwort war ein wortloses Grummeln. Etwas platschte, und schon kletterte Jör an Land, ein vier Meter langer, miesgelaunter Drache. Auf dem schmalen Strand schüttelte er sich, schrumpfte und begrüßte in aller Seelenruhe Váli, der mit dem Schwanz wedelte und Jör das Gesicht abschleckte.

»Eure Show hat Eindruck gemacht«, sagte Jasna, als sich das Schweigen dehnte. »Ihr geht bestimmt viral.«

Loki nickte. Nichts anderes hatte er erwartet.

Gut, meinte Jör, nachdem Jasna erklärt hatte, was »viral« bedeutete. *Mein Vater ist ein großartiger Possenreißer.*

Der Seitenhieb saß. Loki hakte die Daumen in die Parkataschen und biss sich auf die Lippe, damit er Jör nicht als netten Kulissenbau bezeichnete. Es hatte eine Zeit gegeben, da hatten sie sich solche Sticheleien täglich um die Ohren gehauen und sich dabei angegrinst. Mittlerweile hielt Loki lieber den Mund, als den Waffenstillstand zu gefährden.

»Possen«, wiederholte Jasna ausdruckslos. »Klar.«

Pfft. Offenbar ärgerte es Jör, dass Jasna nicht über seinen Witz lachte.

Loki schenkte ihr ein Lächeln, bevorzugte aber einen Themenwechsel, statt einen weiteren Streit herauszufordern. »Mittagessen? Ich zahle auch.«

»Gern.«

Váli stieg die Böschung hinauf und gab so den Weg vor. Nach einem Blickwechsel nahm Jasna Jör auf die Schultern. Für sie fühlte er sich anscheinend leichter an als für Loki. Gern hätte er sich bei ihr eingehakt wie ein Galan alter Schule, verzichtete aber darauf und duckte sich neben ihr gegen den Wind, während sie Váli hinterherschlenderten.

»Wie haben sie es aufgenommen?«, fragte Loki.

»Ihr habt sie verwirrt und vielleicht manchen die Ehrfurcht zurückgebracht.« Jasna rückte ihre Brille zurecht. »Mindestens eine hast du in ihrem Pfad bestärkt. Sie wollte wissen, ob ich deine Botschaft vom Ásatrú für Minderheiten glaube.«

Loki grinste. »Und?«

»Ich habe ihr gesagt, dass du das vollkommen ernst meinst.«

Damit waren sie an der Tür angelangt. Diese spie ihnen eine Wolke Küchendunst entgegen.

Sie suchten einen Platz, Loki bestellte Pommes und Würste und erflirtete eine Schüssel Wasser für Váli, weil er seine im Auto vergessen hatte. Sie aßen in abgelenktem Schweigen, da sowohl er als auch Jasna das Internet nach Videos des Auftritts auf der Fähre durchsuchten.

Neben einigen anderen hatte @jazz-treehugger, von Jasna als »Aretha die Babyheidin« identifiziert, das Ding plus überschwänglichem Kommentar bei YouTube hochgeladen und außerdem per Tumblr geteilt. Dieses anonyme Blogformat nutzten vor allem Menschen unter fünfundzwanzig. Jasna hatte laut eigenen Angaben dem Mädchen ihren Vornamen verraten, diesen verschwieg Aretha allerdings, ungewöhnlich umsichtig für einen Teenager. Außerdem war das Video dank der von Jör aufgewirbelten Gischt stellenweise unscharf.

Zum Anfang der Mahlzeit verbuchte das Video an die hundert Klicks, danach schon ganze zweitausend.

Englischsprachige Kommentatorinnen wunderten sich, dass sie Loki verstehen konnten. Alle quietschten sich gegenseitig »Magie!« zu. Oder eben das, was ihnen je nach kultureller Vorbildung dazu einfiel, von *Babelfischen* bis *Allspeak*.

Fünf Minuten später, als Jasna von ihrem Gang für kleine Königstiger zurückkam, hatten sie die viertausend gesprengt. Und das galt nur für dieses eine Video.

Loki teilte es über sein eigenes Konto bei Tumblr und meinte zu Jasna: »Willst du es nicht auch verbreiten? Du hast doch Facebook.«

Sie kratzte sich am Kinn. Loki klimperte übertrieben treuherzig mit den Wimpern. Kurz schwebte Jasnas Finger über dem blauen Button, dann legte sie das Handy weg. Loki zog eine Schnute. So eine Spielverderberin.

Jasnas Finger drehten das Handy, bis sie es in einer Tasche verschwinden ließ.

»Nicht?«, fragte Loki.

»Gibst du die Interviews?«, fragte Jasna zurück. »Klatschpresse? Privatfernsehen?«

Ups. Gerade die aussterbenden Exemplare der Medienlandschaft würden das Thema für bessere Quoten ausschlachten wollen. Mit einer Geste gab er zu, dass er zu kurz gedacht hatte. »Du könntest dir nen Tumblr zulegen?«

Jasna schnaubte. »Wieso glaubst du, dass ich keinen habe? Alle hippen Asexuellen haben so was. Ich hatte aber keinen Bock mehr, mich mit Leuten zu streiten, ob ich existieren darf. Wenn mir das Passwort einfällt, teil ich es später.«

Nun ja. Soziale Netzwerke, egal von welchem Anbieter, trugen nur bedingt zu einem guten Gesellschaftsklima bei. Auch in diesem Fall hatte sie recht. Tatsächlich benutzte Loki sein Konto die Hälfte der Zeit, um unter trans Personen Streitereien über Sternchen vom Zaun zu brechen.

Schließlich wagten sie sich zurück in den Wind.

Draußen war es zu dunstig für die Tageszeit und das warme Herbstwetter. Die Brücke und das Parkplatzende mit Jasnas Kombi lagen in einer Nebelschwade verborgen. Lokis linkes Handgelenk juckte. Hier lauerte gewiss nicht JHWH, der ihm eine Lektion erteilen wollte.

»Besuch«, stellte Jasna fest.

Loki schob sie hinter sich und zog sein Messer, Jör schlängelte von Jasnas Schulter und plusterte sich mit jedem Schritt weiter zu voller Drachengröße auf.

Der heisere Ruf eines Raben ließ Loki seine Schritte beschleunigen, trotz allem. Wollte Odin ihn sehen?

»Loki?«, fragte Jasna. »Sei vorsichtig.«

Aber da teilte ein Windstoß den Nebel. An Jasnas Kombi lehnte eine Frau in altnorwegischer Tracht und spielte mit ihrem Handy. Loki hätte diese goldblonden Zöpfe überall erkannt.

»Sigyn«, sagte er und blieb stehen. Er wollte zu ihr rennen und sie umarmen. Er wollte sich die Kapuze aufziehen und nicht in ihrer Nähe sein müssen.

Jör fauchte, Váli drängelte sich an seine Beine und fiepte.

Seid so gut und mischt euch nicht ein, Kinder, bat Loki.

Obwohl sie außer Hörweite waren, sah Lokis Noch-Ehefrau auf und schaute ihnen entgegen.

»Schräg«, meinte Jasna. »Was tut sie hier?«

Sigyn spitzte die Lippen. Der Rabe krächzte wieder und flatterte aus dem verbleibenden Dunst herbei, um auf der Dachgepäckträgerstange des Autos zu landen.

Loki stach sich zum ungezählten Mal an diesem Tag in einen Finger und bemalte Jasna und Váli mit Schutzrunen. Dann steckte er das Messer weg. Solange Sigyn ein Smartphone in der Hand hielt, statt nach einer Waffe zu greifen, wollte er sie nicht herausfordern. »Fragen wir sie.«

Den Rest des Weges legten sie in angespanntem Schweigen zurück. Váli wich nicht von Lokis Seite, denn Sigyn hatte diesem Kind nie vergeben.

Allein Jörs Größe reichte aus, um Sigyn samt dem elenden Raben zu verschlingen, aber sie tat so, als störte es sie nicht. Mit gehobenem Kinn musterte sie Loki, Jasna und die Kinder, bevor sie zur Begrüßung nickte.

Scheiße, wenn diese Selbstbeherrschung nicht sexy war, wusste Loki auch nicht, was diese Beschreibung verdiente.

Die Noch-Ehefrau nahm den bewundernden Blick mit einem kleinen Lächeln zu Kenntnis.

»Sigyn«, grüßte er sie aus einem halbwegs sicheren Abstand von zwei Metern.

Jasna trat neben ihn und deutete eine Verbeugung an. »Frau Sigyn. Es ist mir eine Ehre.«

Sigyn schob die Begrüßung mit einer Handbewegung beiseite. »Dein Gesicht wird bald über jeden Bildschirm flimmern, kleine Galdrakona.«

Jasna nickte. »Und?«

Für den Bluff musste Loki ihr Respekt zollen. Keine Spur der eben noch vorhandenen Besorgnis war ihr anzumerken.

Sigyn ignorierte sie. »Loki, es ist gefährlich, in ihrer Gegenwart zu bleiben, das musst du doch einsehen.«

»Ehm«, protestierte Jasna und holte Luft.

Nicht, dass Loki ihr nicht gönnte, wie ein Rohrspatz zu schimpfen, aber genau das wollte Sigyn gewiss, also griff er Jasna am Arm und hielt sie davon ab, einen fruchtlosen Streit zu beginnen. Außerdem, wenn hier jemand schimpfen würde, dann er.

»Eifersüchtig, Sigyn?«

Die straffte sich und widmete Loki einen Blick entlang ihrer Nase, obwohl sie fünf Zentimeter kleiner war als er und daher nur sprichwörtlich auf ihn herabsehen konnte.

Von diesem Einschüchterungsversuch ließ er sich nicht beirren. »Und was schlägst du als Alternative vor? Willst du mich in die Finnmark begleiten?«

»Du solltest das ganze Unterfangen vergessen, Loki. Hätte Odin nicht etwas unternommen, wenn er es für nötig hielte? Und so sehr dein Auftritt die Menschen beeindruckt hat«, sie hob ihr Handy, »du wirst damit den Unmut dessen auf dich ziehen, der glaubt, das Recht auf Propheten gepachtet zu haben. Und auch deine, ah, Begleitung sollte sich für die nächste Zeit bedeckt halten.«

Loki hob die Brauen. War das jetzt ein Kompliment gewesen? JHWH in all seinen Inkarnationen hatte sich bis jetzt nicht gerührt, dafür bemühten seine zahlreichen Getreuen sich schon fleißig, das Video als eine Fälschung zu diskreditieren. Der Gott der abrahamitischen Buchreligionen musste sich gar nicht einmischen, um dafür zu sorgen, dass die Nachricht es nicht in die renommierten Quellen schaffte.

»Eifersüchtig«, entschied er. »Aber zurückhaben willst du mich auch nicht.« Er bedachte sie mit einem Schlafzimmerblick und einem anzüglichen Lächeln. »Oder bereust du plötzlich, den besten Liebhaber Europas vor die Tür gesetzt zu haben?«

»Du bist gegangen!«, fauchte sie und lehnte sich mit einer Dominanzgebärde zu ihm.

Am liebsten hätte er sie als lausige Adoptivmutter und treulose Ehefrau beleidigt. Aber diesmal musste ihn Váli gar nicht zwicken, damit er stattdessen durchatmete. »Du hast Váli wie Dreck behandelt«, sagte er. »Wenn du dich jetzt vom Auto entfernen würdest? Wir wollen es heute noch aufs schwedische Festland schaffen.«

Sigyn presste die Lippen aufeinander. Neben Loki verlagerte Jasna ihr Gewicht, als erwartete sie einen Angriff mit Zaubermitteln.

»Ich werde euch beobachten«, drohte Sigyn schließlich. »Mit noch jemandem teile ich dich nicht.« Sie bedachte Loki mit einem letzten, warnenden Blick und winkte dem Raben, auf ihre Schulter zu steigen. »Komm, Huginn.«

So stolzierte sie davon und wurde von einer Nebelschwade verschluckt.

Hm. Ungewöhnlich.

Kein Portal. Sollte sie einfach so an ein jenseitiges Ufer treten können?, fragte Jör. *Außer dir, Odin und vielleicht Hel …*

»Ich verwette meinen Hintern, dass sie sich nur vor uns verbirgt.« Loki schenkte dem Platz, wo Sigyn nun stehen müsste, ein breites, humorloses Grinsen. »Fahren wir.«

Trotz dieser seltsamen Begegnung schlief Loki auf dem Weg nach Kopenhagen ein, berieselt von den Klängen Mozarts.

Erst, als sie in den Tunnel vor der Öresundbrücke einfuhren, wachte er auf.

Selbst Jasna, die sonst beim Fahren die Ruhe weghatte, tippte im Tunnel ungeduldig auf dem Lenkrad herum.

»Du kennst die Strecke?«, fragte Loki.

»Normalerweise fahre ich einmal im Jahr nach Skandinavien«, sagte Jasna. »Ich muss ja wissen, was ich den Leuten als Reiseziel verkaufe.«

Loki brummte.

Von Jör auf der Rückbank kam kein altkluger Kommentar.

»Schlafen die Kids?«, fragte Jasna.

Die Kids. Als wären es ihrer beider Kinder. Weiter entfernt von »deine Blagen« konnte das nicht sein. Lokis Mundwinkel zuckten, geschmeichelt, dass Jasna die beiden bereits nach so kurzer Zeit ins Herz geschlossen hatte. Er drehte sich um und musterte seine Jungs. Vális Zunge hing ein bisschen heraus, seine Nase kräuselte sich ab und an im Traum. Jör diente ihm eingeringelt als Kissen und schnarchte leise. Wenn Loki gekonnt hätte, wenn sie es erlauben würden, würde er beide auf seinen Schoß packen und knuddeln, damit sie wussten, dass er sie liebte.

Angrboda und Sigyn hatten ihn immer gelobt, dass er im Gegensatz zu anderen Vätern Nähe zeigte. Odin hatte ihm vorgehalten, dass er seine Brut verzärtelte.

Er fischte sein Handy heraus und machte einen Schnappschuss. »Die ratzen beide.«

Aus einem Anfall elterlichen Stolzes heraus zeigte er Jasna das Bild. Sie, ganz mustergültige Chauffeuse, warf nur einen kurzen Blick darauf, aber es reichte, um ein weiches Lächeln auf ihre Züge zu zaubern.

Nachdem Loki das Telefon wieder verpackt hatte, räusperte Jasna sich. »Was hat Sigyn gemeint?«

Loki blinzelte. Er hätte ahnen sollen, dass sie die Begegnung nicht ohne Verhör hinnehmen würde. »Wie bitte?«

»Dass sie dich nicht mit noch jemandem teilen will.«

Ach das. Loki biss sich auf die Unterlippe. Sollte er? Vorhin hatte er doch beschlossen, sie ins Vertrauen zu ziehen. Er malte eine Rune auf die Armlehne zwischen seinem und Jasnas Sitz, damit er bemerkte, wenn die Kinder aufwachten.

Jasna ließ ihn sich sortieren.

»Ich, ah, ich hänge immer noch an Vális Vater.«

Jetzt blinzelte Jasna, suchte Blickkontakt, dem er auswich.

»Ich dachte, Váli wäre dein und Sigyns Kind.«

Loki schluckte. »Ist er nicht. Ich hatte einen Seitensprung, als ich noch mit Angrboda zusammengelebt habe, und war danach schwanger mit Váli. Angrboda wusste nichts von …« Er gestikulierte, um sämtliche Facetten seines Seins einzuschließen. »Ich konnte mich nicht zurückverwandeln, weil ich das Kind sonst verloren hätte, und da hat sie mich rausgeworfen.«

Jasna machte »Hm-hm«. Sie schien nicht beleidigt darüber, jetzt erst zu erfahren, dass Loki Váli geboren hatte.

Wahrscheinlich hätte er fortfahren sollen, aber das gelang ihm nicht. Hätte er damals bloß nicht so viel gesoffen und Odin dieses eine Mal widerstanden.

»Und Sigyn wusste auch nichts davon, dass du genderfluide und pan bist.« Damit bewahrte Jasna ihn vor weiteren Gedanken über Odin.

Eine Brücke zwischen der alten Sprachlosigkeit und der Selbstverständlichkeit zu schlagen, mit der Jasna neue Worte verwendete, schien fast unmöglich. Loki schaute aus dem Fenster. Es hatte auch Zeiten gegeben, als eine Brücke zwischen Dänemark und Schweden unmöglich erschienen war. Ein paar Hundert Meter entfernt spannte sich das Wunderwerk moderner Technik über ein blaues Meer unter einem Himmel voller Schäfchenwolken. Er räusperte sich. »Sie wusste von Sleipnir. Alle wussten von Sleipnir, ich mein, ich kann kaum Freyja den Hintern retten, indem ich als Stute ein Riesenpferd von der Arbeit abhalte und hinterher ein Fohlen zur Welt bringe, ohne dass es wer merkt. Aber von Vális Herkunft hatte sie keine Ahnung, bis Odin und Frigg einen Sündenbock brauchten.«

»Du meinst jemanden, dem sie Balders Tod in die Schuhe schieben konnten?«

»Genau.«

Jasna brummte, als sei sie deswegen sehr zufrieden. »Ich hab Snorri bei der Schilderung dieses vorgeblichen Mordes immer misstraut.«

Es wärmte, so etwas zu hören. Loki hob einen Mundwinkel. »Balder zu opfern, war Odins Idee. Er hatte aus Mimirs Brunnen getrunken und einen glänzenden König gesehen, der nach dem Ende der Asen herrschen würde.« Er machte eine weitschweifende Geste.

»Und er hat geglaubt, dass es sein Sohn sein müsste, kein dahergelaufener Handwerker aus Nazareth.« In Jasnas Stimme schwang Belustigung mit. »Prophezeiungen waren noch nie der Weisheit letzter Schluss.«

Das bestätigte Loki mit einem Brummen. »Jedenfalls hatte er nur mich in diese Visionen eingeweiht. Und ich Idiot habe seinen Plan umgesetzt.«

Jasna nahm die rechte Hand vom Schaltknüppel und tätschelte Lokis Arm. »Du bist kein Idiot.«

»Ich bin seinen Schmeicheleien erlegen.«

Ein letzter Druck, dann nahm sie ihre Hand weg. »Das passiert den besten von uns. Fast alle brauchen Anerkennung. Und er ist dein Blutsbruder. Logisch hast du ihm vertraut.«

Loki fühlte sich trotzdem wie ein Idiot.

»Und nach Balders Tod sind die Asen über dich hergefallen?«, fragte Jasna.

Seufzend streifte Loki seinen linken Ärmel zurück, damit die Fessel sichtbar wurde. »Nicht gleich. Aber sie haben Váli in einen Wolf verwandelt und mich mit Naris Gedärmen an diese Erde gebunden …«

Für einen langen Moment nahm Jasna die Augen von der Straße und starrte die Fessel an.

Hinter ihnen hupte jemand. Jasna korrigierte den Kurs und streckte Loki eine Hand entgegen.

Er griff danach und ließ sich trösten, obwohl Jasna nicht alles wusste. Anhand ihrer bisherigen Reaktionen würde sie ihn vermutlich nicht verachten, wenn sie die gesamte Wahrheit erführe.

Noch konnte er sich nicht überwinden. Was, wenn Jasna den Kindern gegenüber versehentlich etwas andeutete?

»Das erklärt aber nicht, wie Sigyn rausgefunden hat, dass du noch jemand anderen liebst«, erinnerte ihn Jasna schließlich. »Ich gehe mal davon aus, dass sie sich nicht auf einmalige Angelegenheiten bezogen hat.«

»Sie hatte vorher schon eine Ahnung, dass ich Angrboda nicht immer treu war. Irgendwie musste ich ja an Váli geraten sein. Aber sie hat geglaubt, dass ich mit seiner Mutter was laufen hatte. Hat wohl gedacht, dass ich Odin mit dessen Nebenfrau Rindr zum Hahnrei gemacht hatte. Da war sie nicht die Einzige.« Zumal Loki alias Rindr sich Váli gleich nach der Geburt geschnappt hatte und nach Utgard abgehauen war. Odin hatte in Lokis Gegenwart so oft davon gesprochen, wie es mit dem Plan vorwärtsging, Fenrir zu fesseln, dass sie um ihr jüngeres Kind ebenfalls gebangt hatte.

»Und irgendwer hat das Gerücht geglaubt, sodass Rinds und dein Kind in den Überlieferungen denselben Namen tragen?«

Loki drückte Jasnas Hand und hoffte, dass das als Bestätigung ausreichte.

»Nachdem Odin mir die Fessel aufgezwungen hatte, hat er mich mit Váli auf Island ausgesetzt. Sigyn ist uns gefolgt, weil sie Odin den Zauber nicht verzeihen konnte. Wir haben Naris Leichnam verbrannt, wie sich das gehörte, und dann wollte Sigyn, dass ich Váli davonjage.« Loki seufzte. Über Trauer und Rachegelüsten hatte sie alle Beteuerungen vergessen, Váli eine gute Mutter sein zu wollen. »Váli hätte sich nicht gewehrt, ich habe es ihm angesehen. Aber ich konnte das nicht. Bei dem Streit habe ich mich verplappert, dass sein Vater noch lebt und da hat sie gewusst … Ich weiß nicht, was sie schlimmer fand. Dass ich diesen Arsch immer noch liebte, oder dass ich mich für ihn zur Frau gemacht habe.« Von da an hatte sie jede Gelegenheit genutzt, Loki fertigzumachen und Váli zu piesacken, und er hatte – zum zweiten Mal – sein Kind genommen und war gegangen.

Gleich darauf kam das Ende der Brücke in Sicht, und Jasna ließ Lokis Hand los, um sie durch die Mautstation und den Zoll auf die Straße nach Jönköping zu manövrieren.

Bevor Loki wieder eingeschlafen war, hatte er Jasnas Handy mit einem örtlichen Netzanbieter verbunden. Das rächte sich schon nach den ersten zwanzig Kilometern hinter der Brücke. Denn Jasnas Handy klingelte Sturm. Zu Jörs hämischer Belustigung musste sie nacheinander ihre Mutter und Julia besänftigen, die sie trotz der schlechten Filmqualität erkannt hatten. Nebenbei pingte der Messengerdienst, denn anscheinend war bei den Schwarzwaldheiden und ihrem Ace-Stammtisch auch jemand auf sie aufmerksam geworden.

Bei Lagan fuhr sie von der Autobahn, um zu tanken, Kaffee und Snacks zu besorgen. Auf einer Wiese am Ortsrand hielt sie an, damit sie sich alle den Kopf belüften konnten.

Ein kühler Wind wehte, und der mittlerweile graue Himmel gaukelte eine Uhrzeit am späten Nachmittag vor. Die ebene, grüne Landschaft wirkte abweisend, die Bäume trotz der ersten bunten Blätter düster.

Váli hinderte das nicht daran, die Umgebung zu erkunden. Jör schien sich von den magischen Strapazen des Vormittags gut erholt zu haben, denn die beiden spielten fangen und bissen sich gegenseitig in die Schwanzspitzen. Für seine Größe und die kurzen Beine war Jör ziemlich flink.

Jasna und Loki lehnten am Auto, nippten an ihrem Kaffee und teilten sich eine Packung Kekse.

Zuerst betrieb sie Schadensbegrenzung per Messenger – sie versprach den Aces eine Runde Kuchen und den Heiden Amulette, wenn sie Jasnas Namen für sich behielten. Allerdings schätzte sie die Gefahr gering ein, dass jemand plauderte. Jasna kannte die Klarnamen fast aller Beteiligten, und die meisten davon würden vermeiden wollen, entweder als ace geoutet zu werden oder ihre heidnischen Praktiken in der Öffentlichkeit erwähnt zu wissen.

Danach wandte sie sich ihrem Mitfahrer zu. Seit guten zwei Stunden brannten ihr einige Fragen auf der Zunge. Wer war Vális Vater, und warum erwähnte Loki den Namen nicht?

»Würdest du ihn zurückhaben wollen?«, kam stattdessen heraus, leise, damit die Kinder es nicht hörten. »Vális Vater?«

Loki presste die Lippen aufeinander, nahm dann betont gelassen einen Schluck Kaffee. »Spielt keine Rolle.«

Das wagte sie zu bezweifeln. »Es ist kompliziert, hm?«

Immerhin brachte ihr diese Facebook-Anspielung ein schiefes Lächeln ein. »So ungefähr. Er schläft.«

»Hm-hm.« Sie lächelte zurück, obwohl sie sich nicht vorstellen konnte, so lange an jemandem romantisch zu hängen. Diese Person musste Loki zudem sehr verletzt haben – Schimpfwörter wie »Arsch« hatte er sich bislang verkniffen. Gewiss würde Loki ihr davon erzählen, sobald er dazu bereit war. Statt nachzuhaken, versuchte sie, seine Stimmung aufzuhellen. »Vielleicht solltest du ›poly‹ zu deinen Selbstbeschreibungen ergänzen.«

Da Loki weiter Kaffee trank und sie nicht ansah, schien er darüber nachzudenken.

Auch Jasna würde darüber nachdenken müssen. Zwar hatte sie seit Mittwoch gewusst, dass Loki sich irgendwo seine Dosis Sex holen würde, aber die Gespräche des Nachmittags rückten alles in ein neues Licht: Wenn sie etwas mit Loki anfangen wollte, das auf Dauer angelegt war, müsste sie mit Sigyn klarkommen. Und diese mit ihr.

Hat Sigyn euch zum Schweigen gebracht?, fragte Jör kurz vor Värnamo. *Es ist verdammt ruhig hier.*

Mit anderen Worten: Mir ist langweilig, unterhaltet mich. Jasna konnte sich ein Grinsen darüber nicht verkneifen.

Außerdem hatte Jör ihr eine Steilvorlage geliefert. »Erzähl was vom Mittelalter«, bat sie Loki.

Der zuckte mit der Nase und sah von seinem Handy auf. »Mein Leben enthält weniger Schwänke, als du vielleicht glaubst.«

Wieso war er so distanziert? Jasna schluckte die erste, beleidigte Antwort hinunter. »Das habe ich nicht gemeint.«

Loki hob die Brauen.

»Ich bin ehrlich an dem ganzen alltäglichen Kleinkram interessiert, weißt du? Diese ganzen lästigen Sachen, die erledigt werden müssen, damit tapfere Krieger ihre Heldentaten begehen können. Wo hast du gelebt, in welcher Art Haus und wovon hast du dich und Váli ernährt?«

Es dauerte eine Weile, aber dann sprach Loki darüber, wie er als Runenkundige bei der ersten Gelegenheit einen Kapitän bestochen und auf einem Schiff angeheuert hatte, das nach Norwegen fuhr, weil Island so unwirtlich war.

Jasna verlieh sich einen Bonuspunkt, weil Jör interessierte Fragen stellte.

Kurz nach sieben steuerte Jasna einen Burgerladen bei Jönköping an, um sie alle mit dringend benötigten Kalorien zu versorgen. Da das Schnellrestaurant um diese abendliche Zeit an einem Samstag aus allen Nähten platzte, nutzte Loki ein paar Runen, um das eingepackte Essen warm zu halten. Sie holten es erst eine gute halbe Stunde später heraus, nachdem sie auf einem für eine herbstliche Renovierung geschlossenen Campingplatz bei Gränna eingebrochen waren und ihr Zelt aufgeschlagen hatten.

Aufgrund der zunehmenden Dunkelheit sah man leider vom Vätternsee nicht besonders viel. An einem Gebüsch, das wie erstarrte Trolle aussah und im Abendwind leise flüsterte, opferten sie ein bisschen Wein, den Jasna in weiser Voraussicht mitgebracht hatte.

Die Kinder sammelten ein paar Äste, sodass sie ihr Fastfood an einem kleinen Lagerfeuer verzehrten. Nach dem vielen Fett und dem Zucker aus dem Ketchup drehten Váli und Jör noch mal richtig auf und tobten durch das flache Wasser am Ufer.

Jasna setzte sich sehr dicht neben Loki und umklammerte ihren Campingbecher mit Ingwertee. »Wow. Wo nehmen die ihre Energie her?«

Loki zuckte mit den Schultern, da ihm das ebenfalls ein Rätsel blieb. »Jungmannen. Und sie haben tagsüber viel geschlafen.«

»Stimmt.« Jasna gähnte. »Als wir Kinder …« Sie verstummte und schluckte hörbar.

Wir? Oh, die Schwester. Loki hob den Arm, und Jasna lehnte sich gegen ihn. Mit dem Daumen strich er über ihre Schulter. Dass eine so solide Person bei ihm Trost suchte, kam nicht oft vor. »Was war damals?«, fragte er.

Wieder schluckte sie. »Selma hat immer gepennt, sobald du sie in ein Auto gesetzt hast.« Eine kleine Geste. »Und wenn wir dann angekommen waren, sprühte sie vor Energie, während der Rest der Familie endlich ausruhen wollte.« Jasna seufzte. »Manchmal hab ich sie in solchen Momenten gehasst.«

Loki konnte nichts beitragen, denn er war nicht mit Geschwistern aufgewachsen. Irgendwo in Utgard lebte ein Halbbruder, aber er konnte sich nicht entsinnen, den jemals kennengelernt zu haben. Die Mythen dachten Odin eine sehr vage gehaltene Jugend zu, aber Loki in seiner jetzigen Version war erwachsen ausgeformt in die Köpfe der Menschen getreten. Irgendwann hatten sie vergessen, wo er herkam, sodass selbst ihm nur Ahnungen und Andeutungen blieben, weshalb er überhaupt existierte, als Gott ohne nachweisbaren Kult.

An seinen Kindern allerdings hatte er erlebt, wie garstig Blutsverwandte zueinander sein konnten.

Viel zu bald machte Jasna sich los und schenkte sich Tee nach. Sie kehrte nicht zurück an seine Seite, sondern ließ eine Handbreit Abstand zwischen ihnen. War die Frage nach Polyamorie bloße Neugier gewesen und keine Einladung, über sein Angebot zu verhandeln? Wie weit wollte sich Loki nach Jasnas Bitte um Bedenkzeit vorwagen?

Wenn er etwas anbot, das ihr nicht gefiel, würde Jasna selbst das bisschen Körperkontakt unterbinden, das sie derzeit akzeptabel fand.

Aus Mangel an passenden Worten rückte er näher zu ihr. Noch ein Stückchen. Wie ein liebeskranker Teenager im Fernsehen. Nur dass Loki nicht auf einen Kuss hoffte.

Er blinzelte in die Flammen.

Das Verlangen, das er für sie verspürt hatte, war ihm in den letzten Tagen abhandengekommen. Er vermisste es nicht. Ungewöhnlich. Trotzdem wollte er Jasna nahe sein und sie nicht mehr hergeben. Auf solche Gedanken kam er ohne erotische Zwischentöne üblicherweise nicht.

Er räusperte sich, damit sie ihn ansah, und hob demonstrativ den Arm, um sie einzuladen, mit ihm zu kuscheln.

Sie griff nach ihrer Kette und schaute weg, sodass er ihn wieder sinken ließ und ebenfalls über das Feuer hinweg in die Dunkelheit starrte. Am liebsten hätte er sich sehr klein zusammengerollt. Da hatte er sich wohl verschätzt.

»Loki?«

Er drehte seinen Kopf nicht zu ihr, wollte das Mitleid nicht sehen, das sich gewiss auf ihren Zügen spiegelte.

»Kannst du mir sagen, was du von mir willst?«

Er seufzte. »Ich sagte doch, Kuscheln ist in Ordnung.«

»Hm«, machte sie. Es wirkte nicht, als würde sie dabei lächeln. »Ich brauch schon mehr Details. Ist das ein One-Night-Kuschel? Wie willst du das Sigyn erklären? Und was ist mit deinem anderen Ex?«

Ex. War Odin sein Ex? Das Wort schwappte über Loki wie eine kalte Welle. Sie hatten nie offiziell Schluss gemacht. Stattdessen hatten die Umstände sie entzweit. »Wenn wir nur kuscheln, muss ich Sigyn dann etwas erklären?«

Jasnas Schweigen besagte eindeutig, was sie von seiner Frage hielt.

»Ich weiß nicht.« Loki strich sich eine Strähne aus der Stirn. »Wie redet man über so was?«

Jetzt lachte Jasna auf, aber es klang nicht sehr fröhlich. »Willkommen in meiner Welt.«

Als er sie ansah, belauerte sie ihn wie einen Gegner vor einem Fechtduell. »Ich gehe davon aus, dass du meinst, dass dauerhaftes Kuscheln in Ordnung ist?«, half sie ihm auf die Sprünge.

»Sehr.«

»Okay. Wäre es für mich auch. Aber ich würde nicht nach Berlin ziehen wollen.«

Loki zuckte mit der Nase. Falls Jör nach diesem Abenteuer bei ihnen blieb, würde es in der Bude in Kreuzberg auf Dauer zu eng werden. Und die vom feministischen Kollektiv aus dem Erdgeschoss kommentierten langsam sein jugendliches Aussehen. Ein sicheres Zeichen dafür, dass er bald würde wegziehen müssen. Jasna besaß einen großen Garten mit Teich. Hatte er sich nicht einen Garten herbeigesehnt? »Ich müsste mit den Kindern sprechen, aber im Grunde … könnten wir bei dir wohnen?«

Jasna brummte unbestimmt.

»Ich verdiene mein Geld mit« – Hacks und Industriespionage – »Onlinegeschäften, insofern ist es egal, von wo aus ich arbeite.«

»Wie legal sind deine Geschäfte?«

Natürlich hatte sie seine Pause richtig gedeutet. Loki hob einen Mundwinkel und machte eine betont tuntige Handbewegung. »Ich existiere sowieso am Rande der Legalität.«

Sie zuckte mit der Nase. »Du müsstest dir eine andere Einkommensquelle suchen.«

Was erkor er sich auch eine potenzielle Lebenspartnerin aus, die einen hohen moralischen Anspruch stellte? Andererseits wäre sie ihm dann nur halb so sympathisch. »Okay«, willigte er ein. Irgendwo in der

Inbox seiner Hacker-Persona lag das Mail einer namenlosen Direktorin rum, die ihn für das BKA anwerben wollte.

Jasnas Brummen klang diesmal noch unentschlossener.

»Du redest viel im Konjunktiv«, fiel ihm auf.

Sie hob ihre Tasse, wie um von ihrem Tee zu trinken, und hielt auf halbem Weg inne. Schließlich stützte sie ihr Kinn auf eine Hand, die Finger vor dem Mund, als wollte sie sich einen Maulkorb verpassen.

Lokis zögerliche Zuversicht löste sich in Rauch auf und sein Magen krampfte sich zusammen. »Wenn du es gar nicht willst, sag es gleich.«

Sie schüttelte den Kopf. »Das ist es nicht. Im Grunde sind es zwei Probleme. Erinnerst du dich an unser letztes Gespräch zu dem Thema?«

»Du kennst mich noch nicht gut genug?«, riet Loki.

»Japp.«

Das ließ sich mit Geduld beheben. »Und das andere Problem?«

Jasna schob ihre Brille hoch und rieb sich die Nasenwurzel.

»Ich … Hast du je das Gefühl, was zu verpassen?«

Wer stellte so eine Frage in der heutigen Zeit? »Andauernd.«

»Es ist schlimmer, seit sie bei Hel ist.«

Loki machte ein fragendes Geräusch.

»Es fühlt sich an, als müsste ich für zwei leben, verstehst du?«

Obwohl Loki einen ehrlichen Versuch unternahm, begriff er nicht, was sie meinte. »Nein.«

»Alle um mich rum erwarten etwas von mir. Ich erwarte etwas von mir. Und alle, ich eingeschlossen, haben etwas von Selma erwartet.« Sie nippte an ihrem Tee. »Jetzt bin nur noch ich da. Und wer soll jetzt die ganzen Erwartungen erfüllen?«

Das fand Loki zwar nicht logisch, aber wann waren Gefühle schon logisch? »Du glaubst, dass du mehr tun musst? Mehr aus deinem Leben holen, weil sonst jemand enttäuscht ist?«

»Ich weiß, dass das blöd klingt«, fauchte sie.

Loki hob beschwichtigend die Hände. »Ich versuche bloß, das zu verstehen.«

»Okay.« Sie fuhr sich mit der freien Hand durchs Haar. »Jedenfalls habe ich Angst, dass ich Sachen überstürze, damit ich nichts verpasse.«

»Zwickmühle.«

Jasna hob einen Mundwinkel. »Genau.«

Loki tippte sich mit den Fingern auf den Oberschenkel. Jasna musste ihren Verlust verarbeiten, Loki seine Beziehung zu Sigyn regeln. Über Odin mochte er nicht nachdenken.

Die Kinder wälzten sich im Gras, um sich trockenzureiben.

Seine Differenzen mit Jör mussten dringlicher aus der Welt geschafft werden als die mit Sigyn.

»Sie wird das Interesse verlieren, wenn das hier vorbei ist«, beschloss Loki.

Jasna seufzte. »Wer?«

»Sigyn.«

»Meinst du? Wieso seid ihr dann nicht geschieden?«

Loki runzelte die Stirn. »Bist du etwa auch eifersüchtig?«

Wieder so ein Brummen. »Ich sagte doch, ich weiß noch nicht mal, ob das was wird mit uns. Aber gesetzt den Fall, ihr versöhnt euch irgendwann. Und du ziehst bei mir ein. Wo lebt sie dann? Ich hätte auch gerne geklärt, ob du bei Partnerschaften Hierarchien bildest – ob du eine von uns grundsätzlich bevorzugen würdest, wenn es eine Meinungsverschiedenheit gibt?«

Der Gedanke, mit Sigyn ein Gespräch führen zu können, ohne dass es einem Spießrutenlauf glich, brachte Lokis Herz fast zum Zerreißen. Er begehrte seine Ehefrau, konnte sie aber gleichzeitig nicht ausstehen. Nur die Nornen wussten, was geschehen würde, wenn er ihr irgendwann die Wahrheit gestand und sie eine Mutsühne forderte, die er zu leisten bereit war.

»Das ist wirklich sehr hypothetisch«, sagte er irgendwann.

Jasna nickte. »Aber du wünschst dir, dass das mit uns klappt, oder?«

Fast so sehr, wie von Jasna jetzt umarmt zu werden. Loki hatte schon immer einen Hang zum Spatzen in der Hand gehabt und dachte selten weiter als bis zur nächsten fälligen Miete.

»Ich habe keine Ahnung, ob Sigyn nur noch aus Prinzip eifersüchtig ist. Dafür kenne ich sie nicht mehr gut genug«, gestand er schließlich ein. »Aber ich denke nicht, dass ich dazu neige, Hierarchien zu bilden?«

»Okay.« Jasna nahm einen Schluck von ihrem Tee. »Polyamorie erfordert einen Haufen Verhandlungsgeschick. Offene Kommunikation und so.« Sie schaute ihn über den Rand ihrer Tasse hinweg an, bis er sich abwenden musste.

Lokis ganze verdammte Existenz in Asgard war ein Beispiel für nicht vorhandene Kommunikation. Das lag nicht allein an Odin, das nicht. Denn die Hälfte der Zeit hatte Loki sich selbst nicht verstanden und dankbar hingenommen, dass Odin zu Geheimniskrämerei neigte. Kommunikation war auch die Krux an Jasnas Forderung. Alle Zeit der Welt nutzte nichts, wenn es an Offenheit mangelte.

»Du und Jör kriegt mich schon erzogen«, hoffte er. Denn Jasna würde – im Gegensatz zu ihm – ein Ungleichgewicht in einer Beziehung nicht dulden. Zwar hatte Sigyn damals geahnt, dass sie sich Loki mit jemandem teilen musste, aber niemand hätte es Gleichberechtigung nennen können. Auf die Idee, so etwas einzufordern, wären weder sie noch Loki gekommen, und Odin?

Odin würde wahrscheinlich zum Berserker mutieren, sollte eine Sterbliche gleiche Rechte auf Lokis Zeit fordern wie er.

Jasna brummte unschlüssig. Kippte ihren restlichen Tee hinunter. Spülte die Tasse mit Wasser aus der Flasche und stellte sie kopfüber ins Gras zum Trocknen. »Ich geh mal duschen und hau mich dann aufs Ohr.« Sie kramte ihre Tasche aus dem Zelt und stand auf, um sich mit dem Handy den Weg zu den sanitären Anlagen zu leuchten, deren Schloss Loki vorhin für sie geknackt hatte.

So wie es aussah, würde es auch heute nichts damit, nebeneinander einzuschlafen.

Falls Loki deswegen – und gewiss nur deswegen – einem Betonpoller auf dem Weg zum Klo Tritte versetzte, bis sein Fuß wehtat, mussten das weder die Kinder noch Jasna wissen.

Früher: Balder auf einem Ehrenplatz in Hels Halle

Loki klopfte an die Tür von Friggs Saal, wo die Allmutter im Kreis ihres Gefolges am Feuer das Garn spann, aus dem das Schicksal gewebt wurde.

»Herrin?«, fragte Loki.

Frigg sah auf und musterte sie. Offenbar hielten die Zauber, denn sie begann zu lächeln. »Randgrid. Was treibt dich nach Fensalir?«

Im Versuch, eine ungehorsame Walküre zu imitieren, straffte Loki sich. »Ich komme vom Thingplatz. Wisst Ihr, dass mein Gebieter und die anderen Asen ein Wettschießen auf Euren Sohn Balder veranstalten? Odin Hängegott meinte, dass Balder schlecht von der Zukunft geträumt habe? Da kann so etwas nicht in Eurem Sinn sein.«

Die Allmutter spitzte die Lippen und nickte abgehackt wie ein bekümmerter Vogel. »Wie soll ich es den Männern verbieten? Selbst Balder würde mich auslachen, nachdem alle Dinge der Welt mir geschworen haben, ihn nicht zu verletzen.«

So viel hatte Odin Loki auch schon erzählt. »Dann ist ja gut, Herrin.« Sie strahlte, wirkte dabei hoffentlich nicht zu naiv. »Wenn es wirklich alle Dinge waren?«

Frigg wich ihrem Blick aus. »Eljudnir habe ich nicht betreten.«

Loki bemühte sich um einen aufmunternden Tonfall. »Na, Frau Hel wird kaum freiwillig Waffen aus ihrer Kammer abgeben, wenn sie überhaupt welche besitzt.«

Noch ein Nicken von Frigg. »Wollen wir es hoffen.«

Mit einer Verbeugung verabschiedete Loki sich.

Sobald sie sich außer Sichtweite des Saals befand, trat sie den Schritt zur Seite, der sie nach Helheim brachte. Dort warf sie ihre Kostümierung ab und eilte Richtung Eljudnir.

Am Tor zu Hels Hof hielt sie inne. Wie so häufig herrschte hinter dem Zaun Winter. Der schwarze, kalbsgroße Hund Garm schnüffelte durch gelbes, plattgetretenes Gras. Zwei kahle Büsche und ein blattloser Apfelbaum duckten sich unter dem grauen Himmel. Zwischen den nackten Ästen lockte das Grün einer Mistel.

Hel trat aus ihrer Halle und griff nach einem Besen, der an der Wand lehnte. Als sei Loki vermodertes Laub vom Herbst, das es wegzufegen galt.

»Was willst du hier?«, fragte sie.

Loki lächelte. »Dir auch mein ehrerbietigster Gruß, Tochter. Ein halbwegs stabiler Zweig von der Mistel da hinten, das ist mein Wunsch. Wenn du ihn mir gibst, kann ich dir versprechen, dass du bald einen hochwohlgeborenen Gast empfangen wirst.«

Hel hob die Brauen.

»Balder, Hel. Odin will Balder zu dir schicken, aber Frigg hat vorgesorgt.«

Endlos lange Zeit wägte Hel den Vorschlag ab.

»Lieber hätte ich den Allvater selbst in meiner Gewalt. Aber sein Sohn soll mir auch recht sein. Ganglöt! Schneid meinem Vater einen Ast von der Mistel.«

Eine gebeugte, dürre Magd schlurfte aus einer der Scheunen und tat wie geheißen.

Noch in Helheim bearbeitete Loki das Holz des erbetenen Zweiges, sodass ein Pfeil daraus wurde. Jetzt brauchte sie, Odins Plan gemäß, noch einen Attentäter.

Zurück in Asgard wanderte sie Richtung Thingplatz, bestrebt, den Eindruck entspannter Neugier zu vermitteln. Die Männer standen im Kreis um Balder und johlten weiterhin jedes Mal, wenn ein geworfener Stein oder ein Pfeil von dessen Haut abprallte. Balder lachte mit, und allein dafür, dass er Friggs harte Arbeit, ihn unverwundbar zu machen, so unterlief, verdiente er einen Dämpfer.

Seit Stunden waren die anderen Asen damit beschäftigt, immer neue Waffen zu suchen.

Nur einer hielt sich im Hintergrund. Hödur. Balders blinder Bruder.

»Gelangweilt?«, fragte Loki.

»Wie kommst du nur darauf?«, fragte Hödur trocken zurück.

»Da kann ich helfen. – He, Váli!«

Der, ganz gehorsamer Sohn, verließ seinen Platz im Kreis und kam angetrabt. »Vater?«

Loki wuschelte ihm durch die braunen Haare. »Leih Hödur kurz deinen Bogen.«

Die beiden protestierten fast zeitgleich.

»Ich weiß, dass er blind ist, Váli. Aber dein Bogen ist der beste weit und breit, und ich helf Hödur ein bisschen. Stell dir mal vor, du hättest die ganze Zeit untätig danebensitzen müssen und nicht mal sehen können, was passiert.«

Váli seufzte und streckte Loki Bogen und Köcher entgegen. Passenderweise klapperte eine ganze Menge frisches Holz darin – offenbar von jeder Baumart mindestens ein rasch geschnitzter Pfeil.

Loki nahm die Waffe und erklärte sie Hödur. Ließ ihn ein paar Mal zur Probe ziehen. Auf dem Gesicht des Jungen spiegelte sich ein Lächeln. Das Lächeln auf Lokis Lippen würde er hören, aber kaum als Siegesgewissheit deuten.

»So wird es gehen. Komm.«

Hödur legte einen Arm an ihren Ellenbogen und ließ sich zum Kreis der anderen Asen führen. Die schufen lachend Platz.

Loki legte den Mistelpfeil in Hödurs rechte Hand, hieß ihn den Bogen spannen. »Rechts, nein, nicht ganz so weit. Noch ein bisschen weiter runter. Genau. Jetzt einfach loslassen.«

Der Pfeil flog von der Sehne, mitten in Balders grinsendes Gesicht, und bohrte sich in ein Auge. Der lichte Ase hatte keine Gelegenheit mehr, auch nur ein Geräusch von sich zu geben, ehe sein Leuchten erlosch.

Balders Leichnam kippte nach hinten, kaum gehalten von Tyr. Stille.

Loki hatte ihren Auftrag erfüllt. Odin nickte ihr kaum merklich zu. In ihrer Brust breitete sich warme Zufriedenheit aus.

»Er ist tot«, hauchte Váli.

Hödur ließ den Bogen fallen, wirbelte herum und rannte erstaunlich behände davon, ehe Loki ihn festhalten konnte.

Während alle anderen taten- und fassungslos herumstanden, beobachtete Loki, wie Hödur in den Schatten des nahen Waldes verschwand. Mit seiner Flucht hatte der blinde Ase sich selbst als Mörder verurteilt. Wieso war er nicht geblieben und hatte Odin Buße angeboten? Die Wärme in Lokis Brust wich der Gänsehaut einer Vorahnung. Hoffentlich entkam Hödur nach Utgard.

Einige Zeit später hob Váli den Bogen auf. »Ich hätte ihm keine Waffen leihen sollen.« Er straffte die Schultern und reckte das Kinn. »Allvater, wenn du erlaubst, werde ich Hödur suchen und nicht eher ruhen, bis ich Balder für dich gerächt habe.«

Lokis Magen krampfte sich zu einem kleinen Knoten, sie fror wie nach einer durchwachten Nacht. Wie hatte sie nur vergessen können, was Odin über Váli gesagt hatte? *Die Rache an Balders Tod liegt in seinen Händen.* Hödur sollte für etwas sterben, das anderen als Unfall gelten würde. Doch mit der Wahrheit konnte Loki nicht herausrücken. Wenn sie zugäbe, Hödur die tödliche Waffe untergeschoben zu haben, würde Vális Racheschwur sie ebenfalls treffen.

Odin räusperte sich. Er hatte wohl Schwierigkeiten, den trauernden Vater zu spielen. »Tu das. Und«, er sah sich demonstrativ um, »wenn es dir gelingt, werde ich dich als meinen Sohn in Valaskjalf aufnehmen.«

Loki richtete ihren Mantel, rieb sich die Oberarme. Ihr wurde davon nicht wärmer. »Das ist zu viel der Ehre, Blutsbruder.«

»Erst muss er sich beweisen. Nun, mein Sohn, tu, was du geschworen hast. Ich werde so lange Balders Mutter die traurigen Neuigkeiten überbringen.«

»Váli …«, sagte Loki. »Komm und pack daheim ein paar Sachen ein. Sigyn wird dir wenigstens Proviant mitgeben wollen.« Dann könnte Loki das Kind bitten, nicht zu gründlich die Fährten zu lesen.

Aber Váli schüttelte den Kopf. »Versprochen ist versprochen. Das sagst du doch immer.« Er wandte sich Odin zu. »Allvater. Wir werden uns bald wiedersehen.«

Loki grub die Hände in ihren Mantel, damit sie Váli nicht aufhielt.

Frigg war untröstlich und durfte ihre Verstörung wenigstens offen zeigen. Schon am nächsten Tag bat sie um einen tapferen Mann, der nach Helheim ritt. Dort sollte er von Hel erfragen, wie man Balder auslösen könnte. Ein weiterer Odinssohn erbot sich und ritt auf Sleipnir los, um die Waberlohe zu überwinden, die die Lebenden von Helheim fernhielt.

Das erforderte einen erneuten Besuch Lokis in Helheim. Immerhin lenkte das von Lokis und Sigyns Sorge um Váli ab, und von Nari, der seinen großen Bruder so sehr bewunderte, dass er sich Hödurs unvermeidlichen Tod in den buntesten Farben ausmalte und überall nachspielte.

Glücklicherweise war Hel nicht geneigt, die Beute wieder herauszurücken. Somit konnte Loki sich mit ihr auf einen zu nennenden Preis für Balders Leben einigen, dessen Bezahlung erfolgreich zu verhindern wäre.

Váli hielt Wort.

Keine sieben Tage später kehrte er mit Hödurs Leichnam über den Schultern zurück. Die Jagd und das Töten hatten sein Gesicht schmaler werden lassen, eine Maske von Entschlossenheit, die alles verbarg, was er dachte.

Balder und sein Mörder sollten gemeinsam auf einem Schiff verbrannt werden.

Balders Frau, Nanna, erlag noch an Ort und Stelle ihrem gebrochenen Herz und wurde mit auf den Scheiterhaufen gebettet. Doch während alle um die Verstorbenen weinten, konnte Loki nur mit trockenen Augen ins

Feuer blicken. Trotz der Hitze des Brandes fröstelte ihn. Drei Tote, damit Balder nach Ragnarök über die neue erstehende Welt herrschen konnte? So war das nicht beabsichtigt gewesen. Zumindest nicht von Loki.

Der nächste Monat verging, irgendwie. Der Bote kehrte zurück. Hel hatte die vereinbarte Bedingung gestellt. Somit konnte Loki sich in Gestalt einer Riesin weigern, Balder aus dem Totenreich zu erweinen.

Im Haus war es zu still, jetzt wo Váli in Odins Halle lebte. Nari vermisste seinen heldenhaften Halbbruder und schnauzte Loki und Sigyn bei jeder sich bietenden Gelegenheit an. Überhaupt, das Leben war zu still, es kam niemand zu Besuch. Nicht einmal Váli ließ sich blicken, obwohl er es versprochen hatte. Und Odin – hatte Loki nicht wenigstens ein Wort des Lobes verdient, nach dem, was er für den Allvater getan hatte?

»Meiden sie uns?«, fragte Sigyn eines Abends, als sie im Bett lagen. »Wir haben doch nichts falsch gemacht.«

Loki rollte zu ihr, nahm sie in die Arme. Warm wurde ihm trotzdem nicht. »Ich besuche Váli morgen und kann nachfragen.«

Allerdings lag Valaskjalf verlassen da, als Loki am nächsten Tag dort eintraf, und auch in Walhall fand er weder Odin noch Váli vor. Ausgerechnet Randgrid, die Walküre, als die Loki sich in Friggs Halle getarnt hatte, erklärte ihm mit Verachtung in der Stimme, dass ganz Asgard bei Aegir eingeladen sei. Alle außer Loki, natürlich. Denn es gäbe ein Gerücht, dass er Hödur zu seiner Mordtat verleitet habe.

So also. Nach all der Kälte der letzten Wochen tat die lodernde Wut in seinem Bauch gut. Wie konnte Odin es wagen, Loki so zu hintergehen …

Loki wollte nicht aufwachen. Er wollte auch nicht wissen, wieso er sich fühlte, als hätte ihn ein wütender Bergriese unter einer Lawine begraben.

Ein kühler Lappen lag auf seiner Stirn. Vogelgezwitscher, Blätterrascheln, das Rauschen eines Baches in nicht allzu weiter Ferne ließen ihn wünschen, noch ein wenig länger hier liegen zu dürfen.

Loki blinzelte in ein Dach aus Birkenlaub.

Sigyn kniete neben ihm. Aus ihren sonst so ordentlichen Zöpfen hatten sich zahlreiche Strähnen gelöst, als hätte sie mehrere Nächte damit geschlafen. Tränen standen in ihren rotgeränderten Augen.

Ein, zwei Mal durchatmen. Loki fühlte sich ungewöhnlich schwer. »Äh«, sagte er. »Was ist …«

Die Erinnerung traf ihn wie ein Schlag in den Magen. Mehr durch Zufall hatte er von dem Gastmahl bei Aegir erfahren, und sich aus reiner Blödheit gewaltsam Zutritt verschafft, um sich Odin vorzuknöpfen. Dort hatte Loki alle gegen sich aufgebracht, die scheinheilige Meute, die nicht erkennen wollte, dass Balder seines Vaters Machtspielen und nicht Lokis Hinterlist zum Opfer gefallen war. Erst nach Thors Drohungen, ihm den Schädel einzuschlagen, hatte Loki sein Heil in der Flucht gesucht – *Sigyn, ich muss für eine Weile weg.* Der Rückweg über den heimischen Hof war noch idiotischer gewesen, als Aegirs Gastfrieden zu verletzen. Wer hätte auch ahnen können, dass die empörte Horde ihm so weit folgen würde, und dass sich ausgerechnet der kleine, wütende Nari der Gefahr entgegenstellen würde, in einem Versuch, seine verbliebene Familie zusammenzuhalten. Und auf einmal war da ein Wolf gewesen, der seine ungeübten Schwerthiebe unterlief und –

Loki rieb sich das Gesicht. »Scheiße.«

»Scheiße?«, keifte Sigyn. »Mein Kind ist tot, und alles, was du zu sagen hast, ist ›Scheiße‹?«

»Sigyn.« Loki setzte sich auf, zog sie an sich. »Ich …«

Mit der einen Hand klammerte sie sich an ihn, die andere hieb ihm auf die linke Schulter, und Loki hielt sie fest. Nie zuvor war sie ihm so zerbrechlich vorgekommen, aber er hatte sie auch nie zuvor so aufgewühlt erlebt, wie sie von Schluchzern geschüttelt in seinen Armen lag. Er schaute ins Leere, an dem toten Kind vorbei zu dem Wolf, der es bewachte. Aber Nari konnte nicht tot sein. Oder? Sein kleiner Junge.

Irgendwann hatte Sigyn sich so weit beruhigt, dass sie sich von ihm löste. Mit dem Handrücken wischte sie sich die Tränen von den Wangen.

»Sie sagten, dass Balder deinetwegen gestorben ist. Dass es nur gerecht ist, wenn du zur Sühne einen Sohn hergeben musstest.«

Loki hatte Váli an Odin abgetreten. Reichte das nicht? »Ich habe Hödur den Pfeil in die Hand gedrückt.« Er massierte sich die Nasenwurzel. Weigerte sich zu glauben, was seine Erinnerungen ihm erzählten.

»Das kann es nicht allein – bist du schon wieder da!« Sigyn griff nach einem Stein und warf ihn nach dem Wolf. Der duckte sich weg, winselte, lief einige Schritte, bis er sich außerhalb ihrer Reichweite befand.

»Ich weiß nicht, was die sich ausgedacht haben, Sigyn.« Dieses Gespräch war so viel einfacher, als aufzustehen und zu überprüfen, ob es sich bei dem kleinen, blutigen Bündel da hinten um Nari handelte. »Frigg hat sich verrechnet. Und Hödurs Blut war ihr offensichtlich nicht genug der Rache.«

Sigyn schniefte, widersprach aber nicht.

Noch ein paar Erinnerungen, die Loki lieber weiter für Albdrücken gehalten hätte. »Der Wolf – ist das Váli?«

Sie holte tief Luft. »Ja.«

»Aber … wieso ist er hier?«

Sie lachte auf, trocken und freudlos. »Oh, Odin wollte ihn mitnehmen und feiern lassen, als sei es eine Großtat, meinen Sohn zu zerreißen, aber dein Balg ist dir nicht von der Seite gewichen, deshalb hat der Allvater ihn verflucht. Dass er ein Wolf bleibt und mit dir an Midgard gefesselt sein wird, bis er Vernunft annimmt und Odin die Treue zu schwören bereit ist.«

Damit hatte Loki den letzten fehlenden Hinweis, warum er sich wie von Felsbrocken überrollt fühlte. Um sein linkes Handgelenk spannte sich eine Fessel. Der Allvater hatte den Zauber, der Loki an Midgard und einen menschlichen Körper band, fein säuberlich geritzt und unterschrieben. Winzige, rotbraune Runen. Sie schienen so harmlos, als hätte nicht Nari sein Leben lassen müssen, um ihnen Kraft zu verleihen.

Loki stolperte von dem Lager weg und übergab sich.

Am nächsten Tag verbrannten sie Nari am felsigen Lauf des Bachs. Sie hielten sich aneinander fest und starrten in die Flammen, bis ein kleiner Rest Asche übrigblieb. Und immer noch fror Loki und wusste nicht, wie er weinen sollte.

Sobald die Hitze erträglich war, küsste Loki Sigyns tränennasse Lider und schickte sie weg, damit sie Abendessen suchte. In diesem offenbar menschenleeren Stück Land gab es keinen Hof, wo man um Gastung bitten konnte. Währenddessen schleppte Loki Steine herbei, um die Asche zu bedecken. Wie gestern und heute früh, als sie trockenes Holz gesammelt hatten, strengte ihn die Arbeit ungewohnt an. Irgendwann zerrte Loki an einer Platte, wie gemacht für eine Inschrift, aber sie rührte sich nicht einen Fingerbreit.

Er fluchte, es half nichts. Auf einmal konnte er nicht mehr. Er sank auf den elenden Findling, nicht einmal dazu fähig, seinem Sohn einen Runenstein zu widmen, und blinzelte die Tränen weg, die seine Sicht störten.

Irgendwann – die vielen Male, die Loki sich über das Gesicht gewischt hatte, hatten seinen Ärmel längst durchfeuchtet – trottete der Wolf herbei. Váli, aus der Nähe erkannte Loki die vertrauten Gesichtszüge seines Sohnes trotz der Verwandlung, schleckte Loki über die Hand. Obwohl Loki das Knurren beinahe hören konnte, im Licht der untergehenden Sonne noch den Geifer von diesen Reißzähnen tropfen zu sehen meinte, legte er einen Arm um den Nacken seines Kindes und vergrub seine Nase in dessen grauem Pelz. Irgendwann könnte ihm vielleicht wieder warm werden.

Schritte auf dem Kiesbett näherten sich.

»Wirst du wohl verschwinden«, zischte Sigyn. »Du hast meinen Sohn auf dem Gewissen, und hast nicht mal den Anstand, uns am Tag seiner Bestattung in Ruhe zu lassen.«

Der Wolf fiepte und entfernte sich bis an den Waldrand.

Ja, Loki hätte ihr am liebsten beigepflichtet, dass Váli an Naris Tod die Schuld trug. Die Asen hatten den Jungen in einen Wolf verwandelt, aber

Wölfe waren weniger blutrünstig, als die meisten annahmen. Deswegen hätte er seinen kleinen Bruder nicht töten müssen. Loki hatte schon drei Kinder aufgegeben. Welchen Unterschied machte ein viertes? Diesmal hatte er sogar einen triftigen Grund.

»Verstoß ihn«, sagte Sigyn, als hätte sie seine Gedanken gehört. »Auf der ganzen Insel sind keine Menschen, es gibt Wald und Federwild genug. Wir können hier ein Auskommen finden, bis Odin sich besinnt und dir diese Fessel abnimmt. Aber ich werde nicht mit dem Mörder meines Sohnes unter einem Dach leben.«

Aber hatte Váli bewusst gehandelt? Oder hatte jemand ihm Berserkerwut angehext, damit er den Verstand kurzzeitig verlor? Frigg? Skadi vielleicht. Vális geduckte Unsicherheit über Sigyns Worte passte nicht zu dem Grollen, das ihm vor zwei Abenden entwichen war.

Loki brummte. Die Entscheidung wollte er nicht treffen müssen. Nicht jetzt, nicht später. Vorläufig machte er eine Kopfbewegung in Vális Richtung, damit der sich verzog, bis Sigyns Wut verraucht war.

Tatsächlich versuchte Sigyn bis in den Herbst nicht, Loki eine Aussage abzuringen, dass Váli nicht mehr zur Familie gehörte. Es genügte ihr offenbar, dass das Kind sich im Wald aufhielt und sie es nicht sehen musste. Sie und Loki stürzten sich in Arbeit, denn sie brauchten ein Haus, Pelze und Wintervorräte. Die Tage in diesem Land waren lang und recht kühl, also würde der Winter früh hereinbrechen.

Die Trennung von Váli zerriss Loki an manchen Tagen. Trotz der Geschäftigkeit vermissten ihre Hände etwas.

Sobald Sigyns Schmerz abgeflaut schien, rief Loki Váli zu sich an einem Mittag, der sie weit weg vom Hof zu den Fallen führte, die sie für die Schneehühner gestellt hatte. Sie brauchte endlich Gewissheit. Musste sich für das Gespräch rüsten, mit dem sie Sigyn milde stimmen wollte.

Das Kind schleckte ihr übers Gesicht – eklig, aber Loki wehrte sich nicht. Ihre Hände kraulten Váli hinter den Ohren.

»Ich hab dich auch vermisst. Wieso bist du nicht mit Odin gegangen? Die anderen wollte dich feiern.«

Obwohl Váli ein Wolf war und ihm wenig Mimik zur Verfügung stand, sagte sein Blick, dass er sich nicht hatte feiern lassen wollen.

»Das mit Nari – das war keine Absicht, oder?«

Kopfschütteln, fiepen.

So wie Hödurs Tod auch nicht von Loki beabsichtigt gewesen war. Sie schluckte. Absicht hin oder her, sie könnte von Váli verlangen, Odin den Treueschwur zu leisten. So hatte Odin es mit Loki besprochen und geplant. Váli würde endgültig vom Makel seiner rätselhaften Herkunft befreit sein und einen Platz unter den Asen einnehmen können.

Damals hatte sie nicht geahnt, dass sie durch Odins Ränke ein weiteres Kind verlieren würde. Brachte es Loki übers Herz, ausgerechnet Váli, das letzte ihr verbliebene Kind, wegen dessen Zeugung sie Angrboda, Hel, Jör und Fenrir hatte verraten müssen, Odin zu überlassen?

Wieso sollte Loki den von ihr geborenen Sohn weniger verteidigen als Frigg Balder und Sigyn Nari?

»Komm. Wir reden mit Sigyn, damit du an unsere Seite zurückkehren kannst.«

Váli ließ Ohren und Schwanz sinken, als zweifelte er an Lokis Idee, trottete ihr aber hinterher.

4. Akt

10

An der ersten Raststätte mit Restaurant hielt Jasna, um zu tanken und Lokis und ihrer Kaffeeabhängigkeit zu frönen. Ein paar Leute beäugten Jasna neugierig und fragten sich vielleicht, woher sie ihr Gesicht kannten. Jasna loggte sich bei Tumblr ein, aber die Videos von gestern waren auch ohne ihre Hilfe viral gegangen. Ein Blick auf einige Reblogs reichte aus, um ihr zu bestätigen, dass sie einen Medienzirkus vermeiden wollte. Dutzende dahergelaufene Gottlose, Neuheiden, Christenmenschen, Verschwörungstheoriefans und Nazis diskutierten über die Echtheit des Videos, Lokis Rede und Jasnas »unvorteilhafte« Frisur.

Dank Loki überschritt Jasna ungestraft die Geschwindigkeitsbegrenzung auf der E4. Andere Wagen zu überholen, verschaffte ihr heute ein ungewohntes Gefühl der Zufriedenheit.

Loki beschäftigte sich den Vormittag über mit ihrem Handy. Ein paar Mal schielte Jasna hin und erhaschte Eindrücke, teils von Seiten und Blogs, die sie kannte. Offenbar recherchierte Loki zu Polyamorie und Aromantik.

In Uppsala suchten sie einen Pizzaladen heim, und auch hier schauten Leute Jasna nach. Ob dieses halbe Wiedererkennen aufhörte, wenn sie die Haare zu einem Dutt steckte und damit ordentlicher aussah?

Am Nachmittag wurde Loki gesprächig. Auf Nachfrage beschrieb sie das Leben im Schweden des siebzehnten Jahrhunderts. Damals hatte es mehrere Kriege gegen das militärisch schwächere Dänemark gegeben, weshalb Loki sich auf die Seite der Underdogs geschlagen hatte und für einige Jahrzehnte in Kopenhagen gestrandet war.

Das Thema hatte den Vorteil, dass Jör beinahe aufmerksam zuhörte.

Mehrere Rastplätze und ein Abendessen später bog Jasna todmüde hinter Umeå auf eine Schotterstraße ab, die zum See Täftebölesjön führte.

Inmitten von Fichten und einigen Birken war es verflucht dunkel, als sie und Loki am Ufer ihr Zelt aufbauten.

Jör und Váli stöberten durch das Unterholz.

Hier leben Trolle, meinte Jör, als das Zelt bezugsfertig war. *Und das wissen die Leute, ich konnte Bier riechen, das ihnen geopfert wurde.*

Dass hier Wesenheiten lebten, hatte Jasna auch schon gespürt und machte gern halt. Brachte Kekse vorbei oder ein Bier, denn trotz ihres sagenhaften Reichtums lechzten Trolle nach menschlichen Speisen. »Trolle oder Alben. Ich bin mir nicht ganz sicher.«

»Denen ist egal, wie die Menschen sie nennen, Hauptsache, sie bekommen ihren Anteil«, erklärte Loki.

Jasna nickte, denn das hatte sie geahnt. »Dann hol mal den offenen Wein aus dem Auto. Und eine Packung Toastbrot.«

Von ihren letzten Besuchen kannte sie einen größeren Stein, der eine Vertiefung hatte, die wie für Opfergaben geschaffen war. Während Loki und die Kinder sie umringten, goss sie Wein in die Kuhle und richtete die Scheiben des Toastbrots daneben an. Normalerweise hätte sie kein ganzes Brot angeboten, aber nach der vorletzten Nacht suchte sie lieber zu viel Unterstützung als zu wenig.

»So, ihr liebes Huldvolk« – schön waren die Trolle und Alben hierzulande nicht, laut Überlieferung – »wir vier wünschen euch allen einen guten Appetit. Bitte passt auf uns auf heute Nacht.«

Für den Fall, dass jemand nachts austreten musste, hatte sie lieber alle vier Zeltbewohner erwähnt.

Loki klopfte ihr anerkennend auf die Schulter und ließ ihre Hand dort ein wenig ruhen, während sie in den nachtschwarzen Wald hineinlauschten.

Jasna nahm die Hand und drückte sie. Zwang sich, loszulassen, obwohl sie Loki gern noch ein wenig festgehalten hätte.

Ihre Nähe, die Umarmung gestern hatte ihr gutgetan, hatte sie aus dem Gedankenkarussell in ihrem Kopf ins Hier und Jetzt geholt. Nach nur vier Tagen gelegentlicher Berührungen sehnte sie sich nach mehr.

Snotra mochte ihr beistehen. Loki war hier nicht die Einzige, die gefühlsmäßig etwas überstürzte.

Ein unirdisches Kreischen riss sie aus dem Schlaf.

Mehrere Stimmen johlten und heulten, kicherten und keckerten. Trockener Reisig knackte unter zahlreichen Füßen.

»Was …?«, fragte Jasna die Nacht. Dieser unheilige Lärm hinderte sie am Denken. Sogar die Flüche blieben ihr im Hals stecken. Sie hatte doch extra den Trollen ein ganzes Brot spendiert.

Mit einer Hand tastete sie nach der Taschenlampe und erhellte das Zelt.

Loki schaute sie mit aufgerissenen Augen an. Váli hatte seinen Kopf unter Lokis Schlafsack geschoben, während Jör wie eine überdrehte Eidechse im Graben zwischen den Isomatten tanzte.

Ich habe vergessen, wie laut dieses Gesocks werden kann, beschied er. *Elendes Geisterpack.*

Jasnas Herz beruhigte sich ein wenig. Egal, was da draußen abging: Ihre Leute waren hier im Zelt, so sicher wie irgend möglich.

Sie tätschelte Jör den Kopf. »Ich habe das noch nie gehört. Meine Alben sind viel gesitteter als diese hier.«

Loki verzog die Nase. Kraulte Váli hinter den Ohren. »Etwas muss sie gestört haben.« Loki legte den Kopf schräg, um zu lauschen. »Die wollen jemanden gefangen nehmen?«

Jasna zuckte die Schultern. Dafür reichten ihre Kenntnisse des Schwedischen nicht aus.

Jör züngelte. *Aber wer sollte hier nachts herumspazieren? Tiefer im Wald gibt es Hütten, aber die Menschen werden in der Nacht doch gewiss drinnen bleiben?*

Jasna holte ihr Telefon unter ihrem Kissen hervor. 2:52 Uhr. Nicht einmal ein Jäger würde hier um die Uhrzeit an einem Montag auf Beute lauern, oder?

Sie zeigte Loki den Bildschirm, und sie sahen sich eine Weile an.

»Sollen wir nachschauen?«, fragte Jasna. »Schlafen können wir sowieso nicht bei dem Lärm, und vielleicht streiten sie sich um den Wein? Da gäbe es Abhilfe.«

Loki wackelte mit dem Kopf. »Lohnt sich das?«

»Ich würde schon gern –«

Holz splitterte, Baumnadeln rauschten, und das Zelt erbebte, weil etwas auf eine der gespannten Leinen gefallen war.

Jasna zog den Kopf ein. Bei dem Streit musste es um mehr gehen als um ein bisschen Wein, wenn die da draußen ihrem Wald wehtaten.

Das klang nach etwas Größerem, stellte auch Jör fest. *Wir sollten nach dem Rechten sehen.*

Schon hatte Loki das Messer gezückt und sich in den Finger gestochen. »Du bleibst schön hier«, befahl Loki Jasna. »Und du passt auf, Váli.«

Damit bekam sie zum dritten Mal innerhalb von drei Tagen eine Schutzrune aus Blut auf die Stirn gemalt und harrte, diesmal mit einem wachsamen statt einem verängstigten Wolf an der Seite, der Dinge, die da kommen sollten.

Jasna passte es nicht, dass man sie beaufsichtigen musste, aber wenigstens war es eine Arbeitsteilung zwischen Ase und Mensch und nicht zwischen Mann und Frau.

»Nimm den Wein mit«, schnappte sie ruppiger, als sie beabsichtigt hatte, und warf Loki den Autoschlüssel zu, damit sie die offene Flasche holen konnte.

Immerhin lächelte Loki vor Verlassen des Zelts dankbar.

Jasna atmete zweimal durch.

Die Rune auf ihrer Stirn fühlte sich diesmal viel … wärmer oder wirkmächtiger an als die vorherigen.

Ob das daran lag, das Loki seit gestern mehr Opfergaben empfing?

Mindestens zwanzig Trolle mit grauem Zottelhaar drangen mit Knüppeln und hölzernen Speeren auf eine Person ein, die grünes Zauberfeuer nach ihnen schleuderte. Es erhellte den Nebel, der über dem See lag wie ein Schleier.

Solche Anwendung von Magie hatte Loki seit dem Wanenkrieg nicht mehr erlebt.

Die Trolle blieben jedoch unbeeindruckt. Sie wichen den Geschossen behänder aus, als ihre krummen Rücken es erlauben sollten. Erwischte es einen, rappelte der sich auf wie Menschen nach einem Paintball-Treffer. Kein Wunder galten Trolle als alt, gemein und schwierig zu töten. Ausschließlich Gewitterstürme und Eisen jagten ihnen Angst ein. Letzteres störte ihre Zauberkräfte.

Einer der grünen Zauber hatte den Ast einer Birke abgebrochen, der wiederum das Zelt getroffen hatte.

Lautstark forderte die Horde Essen.

Seit gestern bringen sie uns wieder Brot, zuhauf –

… nicht nur ab und zu, sondern gestern und heute!

… schönes Weizenbrot, schönes …

Und Bier, ich will mehr Bier!

Lieber von dem leckeren Wein …

Nein. Bier! Ich will, will Bier!

Jör schnaubte. *Ich sag's ja. Elendes, gieriges Geisterpack.*

Er dachte laut genug, um einige Trolle auf sich aufmerksam zu machen. Eine Handvoll fuhr zu ihnen herum, sodass Loki einen Blick auf die Ursache des Aufruhrs erhaschte: Sigyn.

Schön blöd, sich ohne Artigkeiten und Essbares in Trollgebiet zu wagen.

Eine Fremde hätte Loki schmoren lassen, bis diese die Lösung zu ihrem Problem fand, aber Sigyn fühlte sie sich verpflichtet.

Loki rasselte mit dem Schlüsselbund. »Geistervolk!«

Die Trollbande verstummte und wandte sich geschlossen Loki zu, umringte Sigyn aber weiterhin. Lokis Noch-Ehefrau wartete mit zusammengepressten Lippen ab, ihre Finger spielten, aber es tanzten keine Flammen darum.

Loki wäre gern näher bei Sigyn gewesen, um ihr das Haar glattzustreichen.

Wein!

Ich will aber Bier!

Ruhe!, zischte eine etwas tiefere Stimme.

Ein Troll, gebeugter und zotteliger als die anderen, mit einem hellen, flauschigen Pelz als Gewand und einem grauen Schlapphut auf dem Kopf, schlurfte Loki entgegen. *Meister Ase.* Er verbeugte sich nachlässig.

»Guten Abend, Meister Troll«, sagte Loki. »Kann ich euch behilflich sein?«

Die Asin hat kein Brot und kein Bier –

… und keinen Wein!, kreischte ein anderer Troll dazwischen.

Uns bringen die Sterblichen mehr Respekt entgegen als ihr, fuhr der Anführer fort. *Die meisten Menschen haben sie vergessen. Sie schuldet uns eine milde Gabe.*

Loki wies besser nicht darauf hin, dass eine milde Gabe und Schulden sich gegenseitig ausschlossen. Sigyn hingegen schnaubte.

»Wenn ich euch mehr von dem Wein gebe, wärt ihr dann bereit, euch zurückzuziehen?«, fragte Loki.

Der Trollälteste zuckte mit der langen, dicken Nase.

Sie hat einen Baum beschädigt.

»Die Menschen beschädigen die ganze Zeit Bäume«, widersprach Sigyn.

Wahr. Aber sie wissen es nicht besser.

Loki warf Sigyn einen warnenden Blick zu, denn eine Debatte über das Umweltbewusstsein der Menschen würde nichts nützen.

Sie soll uns eine Weile Gesellschaft leisten, bevor wir sie wieder entlassen, beschloss der Troll. *Mein Bruder sucht eine Braut, seit ein Gewitter* – er griff an ein Amulett, das um seinen Hals hing – *seine Ehefrau geholt hat.*

Sigyn schnappte nach Luft, schwieg jedoch.

Größenwahnsinn, dein Name war Troll. Dieses besondere Exemplar schien sich einzubilden, einer Asin Befehle erteilen zu können, nur weil er wie Odin einen Schlapphut trug.

»Sigyn ist meine Ehefrau«, sagte Loki.

Der alte Troll musterte Loki und erinnerte dabei an eine schlechtgelaunte Eule. *Du bist eine Frau. Willst du mir erzählen, dass diese blonde Schönheit sich ein dürres Weib wie dich erwählt hat?*

Ich sag doch, dass es sich irgendwann rächt, merkte Jörmungand an.

Jetzt schnaubte der Alte. *Kommt und holt sie euch, wenn ihr euch einigen könnt.*

Damit verschwand die komplette Trollgesellschaft samt Sigyn und dem Nebel.

Ups, meinte Jör trocken.

Hätte er in Menschengestalt gesteckt, Loki hätte eine der wenigen Ohrfeigen verteilt, die ihre Kinder je abbekommen hatten. Stattdessen kniff sie ihren Sohn in den Stachelkragen, bis der sich wegduckte.

»Was sollte das?«

Ich kann nichts dafür, wenn sie sich so blöd verhält und es sich mit Trollen verscherzt, fauchte Jör zurück.

»Du hast die Situation nicht gerade verbessert.«

Hätte sie uns nicht hinterherspioniert, hätten wir kein Problem. Jörs Stacheln sträubten sich. *Váli hat Angst vor ihr. Mich kann sie nicht ausstehen, weil ich der*

Beweis bin, dass du es länger mit einer Riesin ausgehalten hast als mit ihr, und dich behandelt sie wie ein kleines Kind. Sei doch froh, dass du sie los bist.

Zugegeben, Sigyn war Loki gegenüber schrecklich geringschätzig geworden. Seufzend schlurfte Loki zurück zum Zelt. Wohin auch immer die Trolle Sigyn getragen hatten, sie kam nicht allein hinterher.

Jasna runzelte die Stirn, als Loki ins Zelt kroch, Váli zeigte sein Missfallen mit Lefzen und Ohren.

»Sie haben Sigyn mit in ihr Reich genommen.« Loki ließ sich auf ihren Schlafsack fallen. »Sie sollte sich eigentlich ohne Anwendung von Gewalt zu helfen wissen. Aber wenn ihr das nicht rechtzeitig einfällt, verursacht sie vielleicht mit diesem Zauberfeuer einen größeren Krater. Wär schlecht für das Auto.«

Jasna nickte und rieb sich die Stirn. »Also willst du sie loseisen? Wie?«

Loki zuckte mit den Achseln. »Ich hab schon ein paar Ideen. Erst mal muss ich hinterher.«

»Ah«, machte Jasna. Ihr Blick flackerte zu Lokis linkem Handgelenk. »Dazu bräuchtest du Hilfe.« Sie verzog ihre Nase. »Kannst du die Trolle nicht zwingen, herauszukommen?«

Dazu fehlte ihnen mindestens eine Donnergottheit. »Locken könnte ich sie vermutlich, mit einer Wagenladung feinstem Weißbrot. Hinterhergehen ist schneller.«

Jasna seufzte. »Also Trommel, Ochsenhaut und etwas für diese nervige Truppe. Den restlichen Wein. Reicht das?«

Reichte es? Loki betrachtete ihre Finger. »Eisen wäre nützlich. Irgendwas Kleines, das wir verbergen können. Ich bezweifle aber, dass wir es brauchen werden. Wenn ich erst in ihrem Reich bin, sollte ich sie einfach überreden können.«

»Ganz sicher, dass Sigyn das nicht selbst kann?«

Loki zuckte mit den Schultern. »Sie ist ohne Essbares aufgetaucht und hat Zauberfeuer statt Gewitter beschworen«, bekräftigte sie ihre Einschätzung von Sigyns Trollkompetenz.

Kurz musterte Jasna sie, dann zog sie ihre Jeans über die Thermoleggings, schlüpfte in die Sneaker, setzte ihre Brille auf und verließ das Zelt. Logisch wollte sie einem Haufen Trolle lieber nicht in Unterwäsche und ohne Schuhe entgegentreten.

So etwas, stellte Loki mit einem Blick an sich herunter fest, konnten sich nur Asen erlauben. Und selbst die würden es für einen Charakterfehler Lokis halten, sich nicht um mehr bemüht zu haben. Pro forma klopfte sie alte Tannennadeln von ihren Socken, schlüpfte in ihre Jacke und die Stiefel.

Am Auto wühlte Jasna in ihrem Gepäck.

Jör hatte ungefähr die Dicke eines Oberschenkels und schnüffelte auf dem Kampfplatz herum.

Sag bloß, Vater hat dich weichgeklopft.

Jasna tauchte aus den Tiefen des Kofferraums auf. Abstehende Haare aus ihrem Zopf glühten orange im Schein der Autoinnenbeleuchtung. »Wie meinst du das?«

Dass ausgerechnet du ihm hilfst, seine Frau zu befreien. Das ist sehr … selbstlos. So wie Jör das betonte, wirkte es allerdings, als hielte er Jasna für völlig naiv.

Die blinzelte zweimal hinter den Brillengläsern.

»Mir ist schon klar, dass Loki verheiratet ist.« Sie sprach schnell, klang unwirsch. »Aber ich habe keine Ambition, Sigyn zu beerben.«

Jetzt blinzelte Jör. *Ist sie nicht deine Rivalin?* Er wirkte ein wenig unsicher.

Jasna ging nicht darauf ein. »Ich hab kaum kleine Sachen aus Eisen da«, meine sie stattdessen. »Das Campingbesteck ist aus Aluminium, und die Schlüssel als Wurfgeschosse zu verwenden, wäre denkbar ungünstig.«

»Rote Cent-Münzen?«, schlug Loki vor. »Die rosten doch häufiger.«

Offenbar fand Jasna den Vorschlag überzeugend, denn sie drückte Loki ihre Ochsenhaut in den Arm. Der Schlegel der Schamanentrommel folgte gleich darauf, und kaum hatte Loki den untergebracht, bekam sie die angebrochene Weinflasche aufgebürdet. »Richte das mal.«

Jasna warf den Kofferraumdeckel zu und holte ihren Rucksack von der Rückbank.

»Pass auf Váli auf«, blaffte Loki Jör an.

Mit der schlechten Laune beider Kinder im Rücken trottete sie zum vormaligen Kampfplatz, wo sie die Häute ausbreitete. Jasna trat kurz darauf hinzu. Sie übergab Loki einige glänzende Ein-Cent-Münzen, zog einen Kreis. Loki schrieb mächtige Schutzrunen in Blut, und endlich schlug Jasna ihre Trommel.

Der Nebel kehrte schnell zurück, bis das Seeufer wie in Albenschleier gehüllt schimmerte. Irgendwo dahinter kicherten und krakeelten die Trolle.

Jasna erhob sich von der Ochsenhaut, nahm die Weinflasche in die linke Hand und streckte Loki ihre rechte hin. »Gehen wir.«

Würden sie sich unterhaken, wäre Loki in der Position der Dame, die flüchten konnte, während der Kavalier das Schwert zog.

Loki verflocht ihre Finger mit Jasnas und ließ sich hochziehen. Dann hielt sie ihre Hand fest, während sie sich ins Unbekannte wagten. Eine selbstlose Geste war das nicht, aber Jasna schien trotz ihrer Laune nichts dagegen zu haben.

Schritt für Schritt tasteten sie sich in Richtung der Geräusche. Kurz darauf war neben den lautstarken, aber unverständlichen Stimmen der Trolle das Klappern von Geschirr zu hören.

Unter ihren Füßen dämpfte der Waldboden die Schritte. Sie näherten sich keinem der Ströme unter den Wurzeln Yggdrasils, aber dennoch lag eine Grenze zwischen hier und dort.

Um sie herum schälten sich Erdwände aus dem Nebel, und bald schlichen sie einen unterirdischen Gang entlang, einem warmen Feuerschein entgegen.

In der Trollhöhle wimmelte es von dem kleinwüchsigen Volk. Drei umringten einen Kessel, etwa ein Dutzend deckte Tische. Sigyn saß mit verschränkten Armen auf einem für sie zu niedrigen Hocker am

Feuer, ein paar Trolle oder Trollinnen – der Unterschied war nicht erkennbar – fuhrwerkten an ihrem Haar herum, ein paar andere zupften ihr Kleid zurecht. Um Sigyns Hals schmiegte sich eine mehrreihige Goldkette.

An ihrem verbissenen Gesichtsausdruck erkannte Loki, dass Sigyn wie ein Torfbrand leise, aber gefährlich vor sich hin schwelte. Sehr wahrscheinlich würde sie ihrem Möchtegern-Bräutigam und dem Anführer der Trollhorde bald einen mächtigen Fluch schicken.

Loki zog Jasna mit sich aus dem dunklen Gang in die Höhle und räusperte sich.

Sigyn klappte der Unterkiefer hinunter.

War das ein Hinweis, dass Sigyn sich aus purer Berechnung ohne Geschenk in Trollgebiet gewagt hatte? Um Loki dazu zu bringen, ihr zu helfen? Dabei musste sie geflissentlich vergessen haben, dass Loki an Midgard gefesselt war.

Die Trolle schwiegen und beobachteten Loki und Jasna. Es war eindeutig zu spät, um zu verschwinden.

»Ihr werdet mir jetzt meine Frau zurückgeben«, verlangte Loki vom versammelten Trollvolk.

Jasna hielt weiterhin ihre Hand fest umklammert.

»Warum solltet wir?«, krächzte ein Troll, der am Feuer stand und in einem Kupferkessel Suppe umrührte.

Sigyn fuhr aus dem unwürdig tiefen Sitz hoch und starrte den vorlauten Koch nieder.

Der Anführer schob sich durch die Menge nach vorn. »So eine schöne Braut geben wir nicht für eine halbe Flasche Wein her. Das habe ich dir gesagt.«

»Aber wenn wir euch den Wein überlassen«, sagte Loki, »und einen weiteren Preis? Ihr habt die *Galdrs hapt* gefangen. Was soll sie daran hindern, Blitz und Donner auf euch herabzuschicken?«

Das versammelte Volk kreischte und hielt sich die Ohren zu.

Sigyn grinste und nutzte die Steilvorlage, als hätte sie darauf gewartet. »Was sollte mich daran hindern, in jedem zweiten Satz Thor anzurufen und im Namen seiner Gewitter zu fluchen?«

Diesmal fasste sich die versammelte Horde an die Amulette um ihren Hals.

»Genug!«, polterte der Anführer. Er wirbelte zu Sigyn herum. »Du wagst es, den Herrn Thrudwangs in unserer Gegenwart zu nennen?«

Die Angesprochene hob Hände und Brauen. »Auf so eine Idee käme ich nie im Leben.«

Einige Male sah der Trollhäuptling zwischen Loki und Sigyn hin und her. »Das glaube ich dir nicht. Du wolltest nur, dass der lügnerische Ase da dir folgt wie ein herrenloser Hund.«

Sigyns Blick blieb an Loki haften, was einem Geständnis gleichkam.

Eine der mutmaßlichen Trollinnen zu Sigyns Füßen kreischte: »Ausgenutzt hat sie uns!«

So fühlte sich Loki auch gerade. Da Jasna brummte und die Augen zusammenkniff, schien sie der gleichen Meinung zu sein.

»Hat sich unseren Schmuck erschlichen, für den wir hart gearbeitet haben!«, keifte eine zweite Trollfrau.

Holz kratzte über den Boden, als einige sitzende Trolle aufsprangen. Von einem Augenblick auf den nächsten starrte der gesamte Haufen von Speeren, Knüppeln und dem einen oder anderen Beil aus Feuerstein. Eine kleine, aber sehr wütende Armee, die sich zwischen Sigyn und Loki drängte.

Die erste Lanze fuhr daraus hervor und zwang Jasna, zurückzuweichen.

Jetzt, wo Sigyns Zauberfeuer etwas genutzt hätte, rief sie es nicht herbei.

Auf dem Rückzug vor dem nächsten Hieb fischte Loki eine der Münzen aus ihrer Hosentasche. Stolperte und fiel nur nicht, weil Jasna immer noch ihre Hand festhielt. Dabei rutschte Loki das Centstück aus den Fingern und rollte den vordersten Trollen entgegen. Die schauten die glänzende Kupferbeschichtung an, kicherten und rückten weiter vor.

Was mussten die Europäer auch so gründlich sein, dass die Ummantelung aus Edelmetall keine Lücken aufwies.

Ein kleines Beil zischte haarscharf an Lokis Kopf vorbei und blieb in der Wand der Höhle stecken.

Mist. Loki hatte gehofft, dass das Opfer von Weißbrot die Trolle wenigstens ein bisschen milde stimmen würde.

Jasna zog an der Hand, die Loki immer noch festhielt, sie stemmte sich dagegen. In jedem anderen Fall hätte die Gefahr die Belohnung tatsächlich nicht gerechtfertigt.

Auch die nächste Münze machte sich beinahe selbstständig, bevor Loki sie in den Mund nehmen konnte. Es schmeckte grauenvoll bitter, als sie darauf biss. Aber als sie das winzige Stück Metall der Trollhorde vor die Füße spuckte, hielt die Bande inne.

Der Anführer stupste die Münze mit seinem Speer an.

»Eisen getarnt als Kupfer! Was ist das für eine Hexerei?«

Loki atmete aus. »Von diesen Geheimwaffen habe ich eine ganze Menge«, behauptete sie. »Sigyn soll euch den Schmuck zurückgeben und mitkommen.«

Der Anführer schaute zwischen der Angesprochenen und Loki hin und her. »So viel Ärger lohnt sich nicht für eine goldhaarige Braut. Gib den Schmuck zurück. Und ihr«, er schob die Münzen mit dem Speer in Lokis Richtung, »nehmt eure Waffen mit, lasst den Wein hier und geht!«

Nachdem Loki das Geld aufhoben hatte, streckte Jasna die Flasche aus, die der Anführer an sich riss. Dann teilte sich die Menge.

Sigyn nahm die Goldkette ab, überreichte sie einer der Trollinnen und schritt auf Loki zu.

Die Noch-Ehefrau bewegte ihre Fingerspitzen, bis die in Auflösung befindliche Frisur wieder saß und die letzten Knitterfalten aus ihrem Kleid gekrochen waren. Bei den Nornen, sie sah verboten gut aus.

Obwohl sie sich wie ein verfluchtes Biest verhalten hatte, bot Loki ihr ihre freie Hand an. Sigyn jedoch beäugte Jasnas Hand missfallend, die nach wie vor Lokis Linke umfasste.

Jetzt ihre Hand loszulassen, würde sich undankbar anfühlen, nach allem, was Jasna für sie getan hatte.

Schließlich warf Sigyn mit einem verachtungsvollen Schnaufen den Kopf zurück und stolzierte an Loki vorbei in den Tunnel. Die Zärtlichkeit in Lokis Bauch wurde sauer wie alte Milch und stieß ihr auf wie Sodbrennen.

Sie kniff die Augen zusammen und folgte der Noch-Ehefrau gemeinsam mit Jasna.

Kaum verlor sich die erdige Umgebung im Nebel, erklang schrecklich schiefer Gesang, das Quäken einer Tröte hallte ihnen hinterher. Offenbar hatten die Trolle beschlossen, aus der Not eine Tugend zu machen und sich über den Wein zu freuen.

Draußen lehnte Sigyn mit verschränkten Armen am Auto und klopfte mit den Fingern einen ungeduldigen Rhythmus auf ihren linken Ellenbogen. Ein kleines Feuer verbreitete warmes Licht. Auf dem Gestänge für den Dachgepäckträger hockte der Rabe. Derweil hatte Jörmungand sich vor dem Zelt aufgebaut, aber offenbar nicht gewagt, gegen seine Stiefmutter das Wort zu erheben.

»Was zum Henker sollte das?«, fuhr Loki Sigyn an, bevor die den Mund öffnen konnte. »Wieso lässt du dich von Trollen gefangen nehmen, wenn du genau weißt, wie du dich befreien kannst?«

Jasna drückte Lokis Hand, entzog sich ihr und trat einen Schritt zur Seite. Ließ sie im Stich. Dafür tänzelte Jör herbei und flankierte sie auf der anderen Seite. Sie beide waren ein gutes Team, wenn sie es darauf anlegten. Selbst Jör schien das einzusehen.

»Wieso nicht?«, raunzte Sigyn zurück. »Du hast die Prüfung jedenfalls nicht bestanden.«

»Prüfung?« Loki hob ihre Hände, die Sigyn am liebsten geschüttelt hätten. »Was für eine Prüfung? Ob ich dich genug liebe, um dir aus der Patsche zu helfen? Ich Nuss bin dir hinterhergedackelt, obwohl es nicht nötig war! Wieso reicht dir das nicht?«

Sigyn presste die Lippen aufeinander und linste in Jasnas Richtung.

Der Rabe krächzte, als gebe er Loki recht.

Daraufhin kniff Sigyn die Augen zusammen und straffte die Schultern.

»Willst du einen Zickenkrieg vom Zaun brechen?«, fragte Loki. »Weil du eifersüchtig bist?«

Jör züngelte. *Angeblich wird das nicht funktionieren. Die Galdrakona ist eine geschworene Jungfer.*

»Ace«, meldete Jasna sich zu Wort. »Hat nichts mit Religion oder Schwüren zu tun. Ein Zickenkrieg wäre also völlig überflüssig.«

Mit einem ungeduldigen Geräusch löste sich Sigyn von ihrem Platz und stakste näher an Jasna heran wie ein Raubtier an seine Beute. Lehnte sich vor, bis Jasna die Schultern anspannte und aussah, als würde sie jeden Augenblick zurückweichen.

»Ich sagte doch, er wird dich benutzen. Deinen Wagen, deine Kräfte, deine Gutmütigkeit.«

»Sie«, sagte Jasna. »Oder, Loki?«

»Hm«, machte Loki bestätigend. War es ein gutes Zeichen, dass Jasna sich ausgerechnet an diesem Teil von Sigyns Argumentation aufhängte?

Jasna holte tief Luft und schob wie rauflustig ihr Kinn Sigyn entgegen. »Ich glaub, ich hab doch Lust auf einen Zickenkrieg. Erst bringst du uns und ein paar Trolle in Gefahr,« sie deutete mit einer weiten Geste in Richtung der Höhle, »und dann misgenderst du Loki noch!«

So laut wird Jasna bei mir nicht, kommentierte Jör mit offensichtlicher Selbstzufriedenheit.

Dadurch lenkte er Sigyn ab, die sich nun Loki zuwandte. »Muss schon wieder ein Kind für dich einstehen?«

Nari und das Schwert und … Loki verschränkte die Arme. Musste sich zwingen, sich nicht klein zu machen.

Jasnas Hand fasste nach Lokis Schulter.

Loki nahm und nahm, wusste sich anders nicht zu helfen. Straffte sich, und Jasna ließ nicht los. »Sigyn? Ich hätte dich gern zurück. Aber … nicht so.«

Sigyns Blick sprang von Lokis Gesicht zu Jasnas Hand auf ihrer Schulter und zurück. Die Noch-Ehefrau schüttelte den Kopf. »Ihr seid ein bemitleidenswerter Haufen, der Trolle mit Tricks statt mit Zauberei besiegen musste. Man sollte sich nicht mit euch abgeben.«

Sie wirbelte herum, das Kleid bauschte sich in einem unspürbaren Wind. Der Rabe krächzte missbilligend, landete jedoch auf ihrem ausgestreckten Arm, bevor sie hinter einen Nebelschleier trat und verschwand.

Eine Weile war alles still. Im Wald schienen sich nicht einmal Blätter zu trauen, vom Ast zu fallen.

Jasnas Daumen beschrieb kleine Kreise auf Lokis Schulter. »Hat sie gerade mit dir Schluss gemacht?«, fragte sie.

Laut der überlieferten Mythen fing Sigyn das Schlangengift auf, das auf einen gefesselten Loki herabtropfte. Wenn jemand eine aufopferungsvolle Ehefrau suchte oder zu sein hoffte, war er bei ihr an der richtigen Adresse. Sigyn gab nicht auf, ganz gleich wie viele Giftspritzer sie abbekam. Loki blieb daher nichts übrig, als mit den Achseln zu zucken. »Ich bezweifle, dass sie mit uns fertig ist.«

Leider, meinte Jör. *Zur Stiefmutter taugt sie nur bedingt, nicht wahr, Váli?*

Als hätte das Kind darauf gewartet, trottete es herbei und drückte sich an Jasna, die Loki losließ, um ihm mit abwesender Miene die Seite zu klopfen.

Hofften die Kinder, dass Loki Sigyn durch Jasna ersetzen würde?

Übrigens scheinen Sigyn und du euch durchaus als Rivalinnen zu betrachten, meinte Jör zu Jasna.

Die seufzte. »Sie ist nur eine Rivalin, wenn sie glaubt, eine sein zu müssen. Was ich Loki geben kann und was ich von Loki will, unterscheidet sich sehr von dem, was Sigyn geben kann und sich erwartet. Wir haben das auf dem Schiff erörtert, erinnerst du dich?«

Erzähl mir doch nichts, sagte Jör. *Ich konnte sehen, wie ihr euch bis vorhin verboten habt, einander anzufassen.*

Diese Proklamation versetzte Loki einen kleinen, elektrischen Schock vor Freude.

Willst du mir ehrlich weismachen, dass ihr Freunde oder Kampfgefährten seid und nicht Liebende?, fuhr Jör fort.

Loki hörte das feministische Sternchen, als Jasna antwortete: »Kampfgefährt*innen.« Sie schien dem Wort nachzuschmecken. »Das klingt irgendwie nett. Und du, Jör, musst aufpassen, dass du Liebe nicht mit Lust verwechselst.«

Meinst du?, fragte Jör.

Vermutlich bemerkte er nicht, dass Jasna sich elegant darum gedrückt hatte, ihre eigenen Gefühle zu benennen. Um von Liebe zu sprechen, war es ohnehin zu früh.

Außerdem hatte Jasna von Geben und Nehmen gesprochen, und Loki hatte bisher von Jasna vor allem genommen. Aber wieso verbat sie sich dann das Anfassen – falls Jör recht hatte?

Der war mittlerweile auf die übliche Leguangröße geschrumpft und stupste Jasna mit der Nase an. *Hast du keine Meinung, ob Sigyn noch mal zurückkommt?*

Jasna griff sich an die Brust, doch zum Schlafen hatte sie ihren sonst allgegenwärtigen Anhänger abgelegt. »Für den weiteren Verlauf der Fahrt? Ich hoffe, dass sie den nächsten Eifersuchtsanfall vertagt, bis wir mit den Runensteinen fertig sind. Wobei, Loki, ich verstehe beim besten Willen nicht, wie ihr zwei euch überhaupt jemals zusammengerauft habt.«

Das wüsste ich auch gern, warf Jör ein. *Hattet ihr je eine Gemeinsamkeit abgesehen von Nari?* Er kam näher, schlängelte sich um Lokis Beine.

Loki schluckte und konnte nicht antworten. Was hatte sie verbunden? Lange Abende mit Diskussionen über Runen und Zauber. Sigyn war nicht nur Göttin der ehelichen Treue, sie war *Galdrs hapt,* denn sie unterstützte die Menschen bei Zaubergesängen. Lokis Abenteuerlust hatte als Kontrapunkt zu Sigyns Bodenständigkeit gedient, sodass die eine ab und zu rauskam und der anderen einen scheinbar sicheren Platz zum Landen bot. Doch Jasna schien zu ahnen, dass zwischen Hof, Kindern, Fahrten nach Riesenheim und den Aufgaben als Gottheiten die Frage »Alles okay mit dir?« oft zu kurz gekommen war.

Aber Geschmäcker sind verschieden, nahm Jör den Faden an Jasna gewandt auf. *Ich habe ja auch keine Ahnung, was du an meinem Vater findest.*

Jasna drückte Lokis Schulter, antwortete aber bezeichnenderweise nicht.

11

Wie bislang jede Nacht starrte Loki Jasna in der Dunkelheit an. Diesmal aber eher wie ein getretenes Hündchen.

Was erwartete Loki denn? Sie kannten sich seit fünf Tagen, da ließ sich schlecht herausfinden, ob sie ausreichend Gemeinsamkeiten hatten, um sich den Rest von Jasnas kurzem Menschenleben nicht miteinander zu langweilen. Sie hatten über einen Versuch und nicht über eine Ehe gesprochen, egal wie sehr sich ein Teil von ihr in diese Zukunft stürzen wollte, so enthusiastisch wie ein Disney-Lemming von einer Klippe ins Unbekannte hüpfte.

Jasna drehte Loki betont den Rücken zu und schlief erstaunlicherweise schnell ein.

Am Morgen weckte sie das charakteristische Knistern eines Holzfeuers. Sie blinzelte. Loki schlummerte ihr gegenüber, umkränzt von ihren dunklen Locken wie von einem negativen Heiligenschein, Jör schlief den Schlaf der Selbstgerechten in dem Graben zwischen den Isomatten. Váli stand mit zuckenden Ohren und eingezogenem Schwanz vor dem verschlossenen Zelteingang.

Jasna fuhr hoch, krabbelte viel zu ungeschickt aus ihrem Schlafsack und öffnete den Reißverschluss.

Das Sonnenlicht fiel schräg und golden durch natürliche Nebelschwaden über dem See. Sigyn saß auf einem umgestürzten Baum am neu entfachten Feuer wie eine aus der Zeit gefallene Wikingerin. Irgendwo hatte sie sogar einen schlichten Tonbecher aufgetrieben, an dem sie nippte.

Váli drängte sich an Jasna vorbei, um Sigyn zweimal mit misstrauischem Blick und eingezogenem Schwanz zu umrunden. Den Raben auf dem Dachgepäckträger knurrte er an, bevor er neben dem Auto Deckung suchte.

»Wie war das noch mit dem bemitleidenswerten Haufen, mit dem man sich nicht abgeben sollte?«, fragte Jasna. Sie wusste nicht, weshalb sich diese unoriginelle Beleidigung so eingebrannt hatte – oder doch. Weil sie Mitleid nicht ausstehen konnte. Mitleid wegen ihres langweiligen Äußeren, wegen ihrer nicht vorhandenen Sexualität und dem daraus folgenden schwierigen Privatleben. Die Zeit, die sich ihre verbandelten Freunde für sie abrangen, fühlte sich oft genug wie ein Almosen für das fünfte Rad am Wagen an.

Seit mindestens fünfzehn Jahren hatte sie mit diesem Schicksal erst zu hadern und sich dann dafür zu verteidigen gehabt. Sigyns Kommentar schmerzte nur deswegen nicht, weil Jasna sich vorgenommen hatte, mit diesem eifersüchtigen Aas auszukommen.

Sigyn rümpfte die Nase. »Ob man sich mit euch abgeben sollte, ist das eine. Ob ich meinen Ehemann blindlings in sein Verderben laufen lassen kann, das andere. Da ihr offenbar nicht bereit seid umzukehren, sollte wenigstens eine vernünftige Person auf euch aufpassen, nicht wahr?«

Jasna biss sich auf die Unterlippe. »Nun, Frau Sigyn, man könnte auch annehmen, dass du uns aufzuhalten gedenkst.«

Die Asin machte eine abfällige Geste mit ihrer freien Hand. »Habt ihr nicht mächtige Feinde? Wozu sollte ich mich einmischen?«

»Du mischst dich aber ein«, sagte Jasna etwas lauter als beabsichtigt.

Darauf reagierte Sigyn nicht.

Glücklicherweise hatte ihr kurzer Streit Jör geweckt, der aus dem Zelt schlängelte und zischend etwa doppelte Krokodilgröße annahm. Váli drängte sich schutzsuchend an seine Seite, während er sich zwischen Sigyn und dem Auto aufbaute.

Du! Was willst du hier?

Jör war nicht gerade leise, daher steckte Loki den Kopf vor das Zelt, bevor Sigyn überhaupt die Chance hatte, etwas zu erwidern.

»Äh.« Loki blinzelte langsam wie eine verwirrte Katze. »Sigyn?«

»Guten Morgen.«

Das war keine Antwort auf die Frage, die Loki gestellt hatte.

»Sie hat beschlossen, mitzufahren«, fasste Jasna die Kernaussage ihrer Unterhaltung zusammen. »Anscheinend muss man auf uns aufpassen.«

Loki rieb sich das Gesicht, blinzelte noch einmal und kroch nach einigen unverständlichen Flüchen angezogen aus dem Zelt. Sie baute sich mit verschränkten Armen neben Jasna auf. »Wieso willst du mitfahren?«

Erneut biss Jasna sich auf die Lippe, diesmal, weil sie gehofft hatte, dass Loki ablehnen würde. Aber die schien tatsächlich darüber nachzudenken, der dreisten Selbsteinladung stattzugeben. Jör zischte sein eigenes Missfallen.

Sigyn lächelte klein, aber siegesgewiss. Gestikulierte, bis die Kinder mit einem Wall grünen Lichts aus der Diskussion ausgeschlossen wurden. Wenigstens sperrte sie diesen Raben damit genauso aus. »Der Zauber auf Jörmungand war gewiss nicht dein Verschulden. Offenbar habt ihr mächtige Gegner. Deine Tochter?«

Loki zuckte mit den Schultern. »Mindestens die. Allerdings – wieso sollten wir dich mitnehmen, wenn du doch ebenfalls gegen das Vorhaben bist?«

Jasna beobachtete Sigyn aufmerksam, aber die zeigte keine Regung außer dem etwas schal gewordenen Lächeln.

»Ich weiß nicht, ob ich dagegen bin, Loki. Du hast mich mit deinem Anruf an keinem guten Tag erwischt, und sie hier«, damit zeigte sie mit dem Kinn in Jasnas Richtung, »ist keineswegs mächtig genug, um Unannehmlichkeiten zuverlässig zu verhindern. Und du wirst mir verzeihen, wenn ich sage, dass sie es weder geistig noch anderweitig«, eine Geste, die wie zufällig Sigyns glattes, glänzendes Blondhaar und ihren wohlgeformten Ausschnitt hervorhob, »mit mir aufnehmen kann. Aber das konnten viele nicht, und trotzdem bist du ihnen hinterhergelaufen. Wie gesagt, ich mag dich ungern teilen. Wer sollte es mir verübeln, wenn ich solch ein bemitleidenswertes Geschöpf zu vertreiben versuche? Oder dich von ihr fernhalten will?«

Da war es wieder, dieses Wort. Jasna verschränkte die Arme. »Nun, Frau Sigyn, ich hätte nicht gedacht, dass ausgerechnet du die Politik verbrannter Erde verfolgst.«

Loki runzelte die Stirn in ihre Richtung.

»Du willst Loki nicht haben. Warum gönnst du sie dann niemand anderem?«

Sigyn war nicht aufgestanden, trotzdem sah sie Jasna von oben herab an. »Wer sagt, dass ich meinen Ehemann nicht zurückhaben will? Immerhin habe ich die Versicherung, dass es ihm ebenso geht.«

Für einen Moment knetete Loki den Saum ihres Shirts, dann wandte sie sich Jasna zu. »Kriegen wir das hin?«

Sie hätte ahnen sollen, dass Loki nach jeder in Aussicht gestellten Chance auf Versöhnung haschen würde wie eine Katze nach einer Maus. Von wegen keine Hierarchien. Loki fraß Sigyn aus der Hand.

Jetzt konnte Jasna sich auf der restlichen Strecke überlegen, ob sie Loki mit diesem unüberlegten Versprechen konfrontieren wollte oder sich lieber gleich damit abfand, auf ewig die Zweite zu sein.

Sie schluckte ihre Enttäuschung hinunter, aber es brannte wie Strohrum im Hals. »Ob wir das hinkriegen, solltest du vielleicht die Kids fragen. Ich bin nicht diejenige, die du mit Sigyn traumatisierst.«

Loki zuckte zusammen. Folglich hatte der Seitenhieb gesessen, aber auch davon wurde der bittere Geschmack in Jasnas Mund nicht weniger.

An die Kinder hatte Loki gar nicht gedacht. Sie wusste nicht, wo sie zuerst hinschauen sollte, denn auf allen Seiten harrten schier unerfüllbare Erwartungen. Jasna meinte offenkundig, dass Loki Sigyns Wunsch nicht nachgeben sollte. Tatsächlich lag der Verdacht eines Sabotageversuchs nahe. Aber wenn Loki Sigyn jetzt wegschickte, wie sollte sie ihr dann beweisen, dass sie zuverlässig sein konnte?

»Ich muss erst mit Jör und Váli reden«, wandte sich Loki an ihre Noch-Ehefrau.

»Willst du sie nicht hierlassen, bis wir fertig sind?« Sigyns Blick schweifte über das Seeufer. »Wir wären schneller, und ein, zwei Nächte allein kommen sie doch gewiss zurecht.«

Jasna legte wie fragend den Kopf schräg, sagte aber nichts. Wahrscheinlich wusste sie genau, dass Loki dem Vorschlag nichts abgewinnen konnte. Obwohl Jör ein Talent dafür hatte, in Wunden zu bohren, würde Loki ihn nicht hier parken wie ein überzähliges Gepäckstück. Nicht, nachdem sie so lange auf ihn hatte verzichten müssen. Sie schob ihr Kinn vor.

»So klein sind sie nun auch wieder nicht«, flötete Sigyn. »Und Jör ist ein mächtiger Zauberer.«

»Erzähl mir nicht, dass du Nari zurücklassen würdest, wenn er plötzlich auftauchen würde«, schoss Loki zurück.

Sigyn musterte sie von oben bis unten. Was sie wohl sah? Loki, ihren Ehemann, mit einem Sport-BH unter dem Pulli, abgelaufenen, ungeschnürten Schnürstiefeln und einem violetten Spiralgummi im Haar. In all der Zeit hatte sie gewiss nicht einmal geahnt, dass Loki die halbe Zeit kein Mann war.

Auf eine widersinnige Weise hatten die Fesseln Loki befreit. All die Jahrhunderte unter Menschen, die Königreiche so schnell aufbauten, wie sie diese zerstörten, hatten ihr gezeigt, dass selbst ehern geglaubte Gesetze verhandelbar waren. Irgendwann hatte sie den anderen Asen den geistigen Mittelfinger gezeigt und einfach ihr Leben gelebt. Hatte, vermutlich im Gegensatz zu Sigyn, selten nach hinten und noch seltener nach vorne geschaut.

Manchmal, oft, war sie sogar glücklich gewesen.

Bei jeder zufälligen Begegnung mit Sigyn und jedem Blick auf Váli hatte Loki ihr schlechtes Gewissen gespürt, jedoch keinen Anlass gefunden, den angeblich so guten alten Zeiten hinterherzutrauern.

Sigyn musste sich ebenfalls verändert haben. Somit konnte Loki sie genauso wenig zurückhaben wie Sigyn Loki. Allen Stichpunkten auf To-Do-Listen zum Trotz. Sie mussten sich erst einmal gegenseitig beschnüffeln und herausfinden, ob sie noch zueinander passten.

Lange Autofahrten boten dafür eine gute Gelegenheit.

»Wir können nicht da weitermachen, wo wir aufgehört haben«, entschied Loki. »Du wirst damit leben müssen, dass ich jetzt mehr am Wohlergehen meiner Kinder interessiert bin als damals.«

Obgleich Sigyn missbilligend die Lippen zusammenkniff, hob sie den Kreis aus grünem Licht auf.

Na endlich, sagte Jör. *So jung bin ich auch nicht mehr, dass man mich von Besprechungen aussperren müsste.*

Loki räusperte sich. *Jör, Váli … Sigyn würde gern die restliche Strecke mit uns fahren.*

Jör fauchte. Váli duckte sich, als hätte Loki ihn geschlagen.

»Ich weiß, dass das eine große Bitte ist.« Loki trat ein paar Schritte auf die Kinder zu, Váli äugte nach einem Fluchtweg – bei den Nornen und ihren Hängebrüsten. Loki ging in die Hocke. »Ich habe mich damals für dich entschieden, ich würde mich wieder für dich entscheiden«, sagte Loki. Mütter hatten das in der Regel so an sich, dass ihnen ihre Kinder wichtiger waren als alles andere auf dieser Welt. »Aber es liegt mir sehr viel daran, mich mit ihr zu vertragen.« Vielleicht würde Sigyn einsehen, dass sie Váli wenigstens Abbitte schuldete. »Also. Meinst du … meint ihr, dass wir das hinkriegen?«

Die beiden sahen sich an, bis sich Váli etwas entspannte.

Jör schob seine derzeit nicht unbeträchtlich große Nase samt der spitzen, fingerlangen Reißzähne in Lokis Blickfeld. Sein Atem pustete ihr warm ins Gesicht und roch ein wenig nach Algen.

Sie wird schwören, nichts zu unternehmen, was Váli oder mir schaden könnte. Und Jasna darf sie auch keine Schwierigkeiten machen.

»Auf der Fahrt werde ich mich zurückhalten«, versprach Sigyn. »Selbstverständlich werde ich eine gute Gästin sein.«

Immer, bis einst die Welt in den Flammen der Muspellsöhne untergeht, forderte Jör. *Wenn du dich mit meinem Vater streiten willst, sei dir das unbenommen, aber lass uns drei aus dem Spiel. So wie ich dich kenne, piesackst du gern andere, wenn du meinen Vater leiden sehen willst.*

Sigyn schnappte nach Luft. Dabei hatte Jör den Nagel auf den Kopf getroffen. Seine Stiefmutter war zu vielem fähig, wenn sie Familie und Hofstatt bedroht sah.

Sigyns Blick flatterte von Váli über Jör, Loki und Jasna zu diesem elenden Raben. Das Mistvieh krächzte unleidlich, Sigyn reckte das Kinn. »Der Schwur wäre nichtig, wenn ihr mir zuerst schadet.«

Das ist nur gerecht, meinte Jör.

Nach einer kurzen Pause nickte Sigyn. »Ich schwöre.«

Die Realität kräuselte sich kurz, als hätte jemand einen Stein in Wasser geworfen, was bestätigte, dass die Nornen das Versprechen zur Kenntnis genommen hatten.

Aus dem Augenwinkel sah Loki, dass Jasna sich die Oberarme rieb. Offenbar hatte sie die Macht des Schwurs ebenfalls gespürt.

Ein paar Atemzüge lang herrschte Stille. Dann bewies Jasna wie üblich ihren Sinn fürs Praktische. »Frühstück«, sagte sie. Misstrauisch beäugt von dem Raben öffnete sie den Kofferraum, holte zwei Töpfe heraus und winkte ungeduldig damit, bis Loki sie ihr abnahm. »Wasser in den kleinen für Tee.« Die angebrochene Fünf-Liter-Buddel folgte auf dem Fuß, aber Loki hatte die Hände voll. Es wäre sicher anders gegangen, aber Jasna legte wohl Wert darauf, dass Sigyn sich beteiligte. Mit einem Grinsen wandte sich Loki ihr zu. Die schaute säuerlich drein, nahm aber Loki den kleinen Topf und Jasna das Wasser ab.

Dafür bekam Loki ein in Plastik eingeschweißtes Etwas in die Hand gerückt. »Mach ein Päckchen von dem Schinken auf und schneid mir Würfel in den großen Topf. Darf ruhig anbrutzeln.«

Damit wühlte sie in dem Klappkorb mit den Essensvorräten nach zwei großen Dosen Bohnen und einer Zwiebel.

Während sie das Wasser aus den Bohnen abtropfen ließ, saß Jasna neben Loki und schnippelte die Zwiebel in den Topf. Ihre Knie berührten sich. Wenig aufregend, eher alltäglich, beinahe häuslich, aber schön.

Dass Sigyn mit verschränkten Armen und zusammengepressten Lippen das Teewasser beobachtete, mochte Zufall sein.

Die Fahrt begann in angespanntem Schweigen, nachdem die Truppe sich sortiert hatte. Am Ende bekam Sigyn den Beifahrersitz und der Rabe ihren Schoß, wo er mit eingezogenem Kopf hockte und böse ins Leere funkelte. Loki hatte hinter Jasna Platz genommen, wo sie bei jedem Blick in den Rückspiegel feststellte, dass Loki schmachtete.

Nach der Aktion vom Frühstück, wo Loki wie selbstverständlich Jasna berührt hatte, konnte sie sich nicht einmal mehr sicher sein, wen von ihnen sie anhimmelte. Eine Sehnsucht, der Jasna keinen Namen zu geben wagte, zog in ihrem Bauch.

Váli hatte sich auf der restlichen Bank breitgemacht und seinen Kopf auf Lokis Oberschenkel drapiert, weshalb Jör sich im Fußraum hinter Sigyns Sitz zusammenrollte. Was ihm zu passen schien, denn damit befand sich die *Galdrs hapt* in Reichweite seiner messerscharfen Zähne.

Nachdem Jasna den Wagen auf die E4 gelenkt hatte, räusperte Loki sich. »Und wie läuft das *House of Wynn* so, Sigyn?«

Worauf auch immer sie damit anspielte, Sigyn schniefte und antwortete nicht. Also genau der richtige Weg, um Loki für sich einzunehmen.

In Töre suchten sie Mittagessen und fanden am Wasser ein Café, das draußen noch Tische stehen hatte. Praktisch, wenn man die Kids dabeihatte, außerdem tat die Mittagssonne nach der langen Fahrt gut. Sigyn erntete ein Kompliment für ihr »authentisches Kostüm«, dessen Rock sie auf der Holzbank gegenüber von Jasna und Loki ausgebreitet hatte.

Tatsächlich hätte sich Jasna brennend dafür interessiert, warum Sigyn ihr Aussehen nicht anpasste, während Loki Kleidung aus den letzten drei Jahrzehnten besaß und diese auch ausführte. Aber sie kannten einander noch nicht gut genug, um darüber zu reden, zumal Sigyn bislang jeden Smalltalk verweigert hatte.

Eins allerdings musste geklärt werden, und Loki würde es erst einfallen, wenn es zu spät war. Jasna legte den Löffel in ihren leeren Suppenteller und rückte ein wenig von Loki weg, damit sie alle Beteiligten ins Auge fassen konnte.

»Wie regeln wir das heute Abend? Das Zelt ist nicht für drei Erwachsene und die Kids ausgelegt.«

Obwohl Sigyn gezielt wegschaute, rümpfte sie die zarte Nase; Loki hing an ihren Lippen, als wartete sie auf die Verkündung eines Todesurteils.

Jasna dachte es nicht oft, aber: Sex und romantische Gefühle konnten ganz schön irrational machen. Ein paar Mal atmete sie durch, dann kippte sie den Rest ihrer Cola hinunter und kam sich vor wie die einzige Erwachsene in Nordschweden.

»Also. Sigyn könnte die Nacht so verbringen, wie sie das auch die letzten Nächte getan hat, aber …« Jetzt sah Sigyn Jasna immerhin ins Gesicht. »Sie wird Loki wohl kaum aus den Augen lassen wollen, und Loki passt es auch nicht in den Kram, Sigyn aus den Augen zu lassen.«

Die beiden maßen einander mit Blicken. Waren das Neuigkeiten für sie?

»Ich könnte versuchen, eine Hütte in Björkliden zu reservieren. Wir brauchen die ja für mindestens zwei Nächte.«

Loki strahlte, Sigyn wirkte nachdenklich.

»Das kostet Geld«, meinte sie trocken.

»Das ist mir schon klar«, erwiderte Jasna ebenso trocken. »Du könntest dich an den Kosten beteiligen, Frau Sigyn, denn ohne dich hätten wir das Problem nicht.«

Sigyns Miene verriet nichts, während sie Jasna musterte. Diese schaute unbewegt zurück, als könnte sie nicht ebenfalls ein Pokerface bemühen und dichtmachen. Nicht umsonst hatte eine Lehrerin sie als Kind »unzugänglich« gefunden.

Anschmiegsam sein und lächeln hatten ihr noch nie gelegen. Sie bevorzugte es zwar, Konflikten auszuweichen, aber wenn das nicht ging, blieb ihr immer noch ihr Dickschädel.

Loki seufzte ein wenig verträumt.

Endlich zuckte Sigyn mit der Nase und fischte aus einem Beutel an ihrem Gürtel eine schwarze Kreditkarte. Keine American Express, aber trotzdem: Hui. Die hier kostete ein Schweinegeld an Jahresgebühren und zählte nicht zu den günstigen Nachahmern. Im Gegensatz zu dem Schätzchen, mit dem Loki auf Nachfrage die Benzinkosten übernahm.

»Na dann«, sagte Jasna und zückte ihr Handy für eine Online-Buchung.

Nach insgesamt acht Stunden Fahrt und einem Zwischenstopp in Kiruna an einem größeren Supermarkt fuhr Jasna das Hotel an, zu dem die Hütte gehörte. Der junge Mann an der Rezeption begrüßte sie freundlicher, als Jasna es bei ihrer zerrupften Erscheinung und den an Panda-Make-up grenzenden Augenringen angenommen hätte, und versuchte, sie in ein Gespräch zu verwickeln. Ja, zum Wandern sei das Wetter ausgezeichnet, und es sei sowieso recht warm für diese Jahreszeit, denn die Auswirkungen des Klimawandels spüre man hier schon seit einer Weile. In ein paar Tagen erwarteten sie jedoch frostige Nächte.

Jasna, die den Schlüssel hatte, marschierte als erste in die Hütte und nahm einen Teil des Doppelbettes im größeren Schlafzimmer in

Beschlag. Váli trottete hinterher und fläzte sich mit aufgestellter Rute auf die nicht bezogene Schlafcouch. Jör wuchs, bis er einer Boa constrictor Konkurrenz machte, ringelte sich dazu und sträubte die Stacheln.

Das andere Zimmer hatte ein Stockbett, was Sigyn zur Kenntnis nahm und dann Luft holte für eine Tirade. Danach schien sie Vális und Jörs Drohgebärden zu bemerken, denn sie verstummte und gab sich mit ihrem Schlafplatz zufrieden.

Jasnas Mitgefühl hielt sich in Grenzen.

Der weiterhin schlecht gelaunte Rabe futterte ein wenig Trockenfleisch aus einem der Beutel an Sigyns Hüfte und kauerte sich danach auf dem oberen Rand des Stockbettes zusammen.

Jasna tat so, als interessiere sie sich nicht dafür, dass sich Loki nach ein bisschen Umstandskrämerei mit dem Handyladekabel und einem Besuch im Bad dafür entschied, die zweite Hälfte des Doppelbetts zu nehmen. Alle Assoziationen mit Elternschlafzimmern verdrängte sie erfolgreich. Ob sie sich grundsätzlich mit Loki ein Bett teilen wollte, hatte sie noch nicht entschieden. Loki würde sich, egal ob sie sich mit Sigyn aussöhnte oder nicht, aushäusig sexuell betätigen, da ergäbe ein wenig räumlicher Abstand Sinn. Auch Váli wollte Jasna bei allem Verständnis nicht auf Dauer mit im Bett haben. Denn selbst ein zum Wolf verwandelter Asensohn stank nach Hund.

Sie hatte derweil die Vorräte sortiert und briet Hackfleisch und Zwiebeln für Spaghetti Bolognese. Das Putzen des Feldsalats drückte sie Sigyn aufs Auge, während sie ihr Handy ein wenig Instrumentalmusik spielen ließ.

Wenn der Rest der Truppe im Haushalt mitdachte, statt nur zu helfen, wäre das mit der Dreiecksbeziehung sogar halbwegs machbar.

Das Essen verlief friedlich, zumal Sigyn geruhte, von dem Heiden-Urlaubscamp zu berichten, das sie betrieb. Dort bot sie Smartphone-Fasten mit Runen-Kursen, Schwitzhüttenkuren und Baummeditation an, begleitete schamanische Seelenreisen und Utisetas.

Offenbar kam dieser Mix aus altnordischer und First-Nation-Spiritualität mit allgemeiner Esoterik in den USA gut an. Wäre wahrscheinlich auch für Deutschland ein Geschäftsmodell, aber etwas sträubte sich in Jasna gegen diese Art mundgerecht verpackte Sinnsuche für die Generation X und Digital Natives.

Das Stichwort Smartphone-Fasten erinnerte Jasna an die ihr aufgetragenen Pflichten. Sie schickte ihrer Mutter ein Bild von einem satt und zufrieden grinsenden Jör.

Den Drachen gibt's auch in umgänglich, dichtete sie dazu. Ihr graute weiterhin vor den Konsequenzen, die die Videos vom Schiff haben könnten, falls irgendwo ihr Name durchsickerte. Vielleicht hatte Sigyn einen Vorschlag, wie man ungewollte Publicity sinnvoll nutzen könnte? Oder Jasna bat sie um eine Idee, diese zu verhindern? Aber derlei musste warten, denn nach der letzten Nacht mit den Trollen und der langen Fahrt nickte sie fast im Stehen ein.

Entfernt hörte Jasna, dass die Dusche noch einmal lief, und sie merkte auch, wie Loki neben ihr auf die andere Betthälfte kroch.

12

Als sie das nächste Mal aufwachte, blinzelte sie in schwach leuchtende Nebelschwaden vor dem Fenster, dessen Vorhang sie abends nicht zugezogen hatte.

Etwas flüsterte dazu, aber es war nicht Loki. Die schlief wie in jeder Nacht seit Freitag angenehm ruhig neben ihr. Jör atmete ebenfalls leise, während Váli ein wenig schnarchte.

»Jasna!«

Sie fuhr aus ihrer Betrachtung der einträchtig schlummernden Kids herum, aber da war niemand. Loki jedenfalls regte sich nicht, und wer sonst sollte sie rufen? Sigyn vielleicht?

Also tastete sie nach ihrem Handy, schaltete die Taschenlampe an und bahnte sich einen Weg zwischen dem großen Bett, der Schlafcouch und Lokis Kleiderhaufen. Sie schlüpfte in den Flur. Nichts rührte sich.

Sigyn hatte ihre Tür geschlossen. Über solchen Scherzen stand sie gewiss. Und außerdem, wann hatte sie je Jasnas Namen –

»Jasna!«

Das kam doch von draußen?

Jasna trat ans Küchenfenster. Stammte der Nebel von dieser Welt? Schwer zu sagen ohne Brille und mit dickem Isolierglas zwischen ihr und der Erscheinung.

Ihr Atem beschlug die Scheibe, als sie versuchte, draußen etwas zu erkennen. Eine Hand klatschte von außen gegen das Fenster.

Jasna stolperte zurück und krallte ihre Finger um eine Stuhllehne.

»Jasna!«

Eine zweite Hand schlug gegen die Scheibe. Ausgerechnet Selma trat aus dem Nebel und lehnte ihre Stirn an das Glas. Selma, wie sie im

Sommer ausgesehen hatte, die Korkenzieherlocken gepflegt, die braunen Augen voller Leben. Keine Narben verunzierten ihr blasses Gesicht.

»Wieso bist du hier?«, fragte Selma. Die Scheibe dämpfte ihre Stimme.

Jasna bekreuzigte sich, klammerte sich mit der linken Hand weiter an der Stuhllehne fest. Gefangen zwischen dem Impuls, sich unter ihrer Decke zu verstecken, und dem Drang, nach draußen zu stürzen, um ihre Schwester an sich zu drücken, und zum Henker mit den Konsequenzen.

»Wieso bist du hier, statt unseren Eltern beizustehen?«, hakte Selma nach. Sie streckte sich, schien etwas in der dunklen Wohnküche zu suchen. »Wer ist noch in der Hütte? Was treibst du mit diesem seltsamen Volk?« Sie runzelte die Stirn. »Wieso hat mich Azrael hergeführt, um mir das zu zeigen? Ich hätte es lieber nicht gewusst.«

Jasna räusperte sich. »Es war ein bisschen eilig. Loki …« Wie erklärte man Loki? »Loki kann sehr mitreißend sein.«

Die Falten gruben sich tiefer in Selmas Stirn. »Nicht mal den Sonntag konntest du abwarten, und an meinem Grab warst du seit einer Woche nicht. Ich glaube nicht, dass ich auf Reisen hätte gehen können, wenn du gestorben wärst.«

Oh, bei den Nornen. Sie wusste natürlich, dass sie tot war. War sie an einen Ort gelangt, wie sie ihn sich erhofft hatte? Wie viel Gnade ließ Lokis einzige Tochter mit all denen walten, die ihren Namen nicht mehr kannten?

Selma zog eine Schnute. »Ich dachte, in deiner Religion ist die Sippe das Wichtigste. Du solltest dich wirklich schämen. Trauer sei kein guter Ratgeber, hast du zudem behauptet. Wie oft hast du Oma in den Ohren gelegen, dass sie nach Opas Tod nichts überstürzen soll? Und du …« Eine vielsagende Handbewegung. »Du setzt deinen Laden aufs Spiel, bereitest unseren Eltern zusätzlich Sorgen und lachst dir einen Typen an, dem du schon eins von deinen seltsamen Trankopfern gebracht hast. Du redest davon, die ›Welt zu retten‹.« Selma verdrehte dazu die Augen. »Bild dir da bloß nichts drauf ein. Glaubst du wirklich, dass dieser Loki es ernst meint mit dir? Du hörst nicht mal auf deine eigenen Empfehlungen. Du lässt es am nötigen Respekt für deine Ahnen fehlen. Als hättest du mich und jegliche Demut vergessen.«

Jasna zog sich den Stuhl heran und sank darauf.

Eine Gestalt in einem schwarzen Kapuzenumhang schlang bleiche Finger um Selmas Schulter. Unmöglich, das Gesicht der Wesenheit zu erkennen. Selma nickte, als hätte die Gestalt etwas gesagt, murmelte Unverständliches, bevor sie sich wieder Jasna zuwandte. »Du wandelst mit diesen Wesen auf einem gefährlichen Pfad. Das solltest du doch wissen, du hast mir oft genug von diesen grausamen Mythen erzählt. Geh heim.«

Mit einem schmatzenden Geräusch löste Selma die erste Hand von der Fensterscheibe.

So durfte es nicht enden.

»Selma … Es tut mir leid.«

Ihre Schwester lehnte sich näher. »Mir auch«, flüsterte sie. »Ich wollte nicht früh sterben und euch alle allein lassen. Aber so ist es eben. Manche Sachen kann man sich nicht aussuchen.« Ihre Finger rieben lautlos über das Glas. »Ich muss jetzt weiter. Wir sehen uns hoffentlich nicht so bald wieder. Wenn du es richtig anstellst, warte ich an einem Ort ohne Kälte und Nebel.« Selma hob einen Mundwinkel in einem Versuch, tröstend zu lächeln. »Mach's gut.«

Jasna atmete zitternd aus. »Du auch.«

Die Gestalt in der schwarzen Robe nickte in Jasnas Richtung und führte Selma, fast zärtlich, in den Nebel. Dieser lichtete sich, und das gespenstische Glühen, das vom jenseitigen Ufer herangedrungen sein musste, erlosch. In der Wohnküche glomm die Standby-LED am Flachbildfernseher.

Jasna saß auf dem Stuhl, sah hinaus und –

Ihr fiel auf, dass sie sich bekreuzigt hatte. Wie tief sich doch manche Dinge in Seele und Körper eingruben, bis sie zum Reflex wurden. Dabei hatte sie dieser kleinlichen Stammesgottheit längst den Rücken gekehrt.

Dafür hatte sie sich einem Pantheon zugewandt, das nie behauptet hatte, mehr zu sein, als es war. Zwei der Gottheiten, denen sie schon einmal Wein ausgeschüttet hatte, schliefen in dieser Hütte.

Was hätte sie nicht gegeben, ihre kleine Schwester hier bei sich am Tisch sitzen zu haben und über den ganzen Mist, der sie beschäftigte, zu reden, statt ihn mit sich selbst ausmachen zu müssen.

Gegen den plötzlichen Kloß in ihrer Kehle schluckte Jasna, der nächste Atemzug entwich zitternd.

Wie sie Selma vermisste.

Ihre Augen brannten, liefen über. Damit die anderen nicht aufwachten, versuchte sie ruhig zu atmen. Bloß nicht laut schluchzen. Wie durch einen Schleier tastete sie sich zur Spüle und riss sich ein Küchenkrepp ab, fing die Tränen auf. Das Papier kratzte auf ihrer Haut.

Sie überlegte sich allen Ernstes, eine beschissene Ménage-à-trois mit übernatürlichen Wesenheiten zu beginnen. Es war vermessen, geradezu größenwahnsinnig, schlecht durchdacht und wahrscheinlich genauso zum Scheitern verurteilt wie der Versuch, in den potenziellen Kindern ihrer Schwester weiterzuleben. Sie war einsam gewesen, und sie, die vom Leben auf Berührungsentzug gesetzt war, hatte sich auf Lokis Vorschlag gestürzt wie eine Verhungernde auf die erste richtige Mahlzeit seit Wochen.

Selma hatte recht, ihre Entscheidung als vorschnell zu betiteln. Wer sonst, wenn nicht ihre Schwester, sollte Jasna den Kopf waschen?

»Jasna?«

Loki stand in der offenen Tür zum Schlafzimmer, drinnen brannte eine Leselampe. In dem wenigen Licht wirkten Lokis Pupillen groß und tief wie Brunnen. Ihr Stirnrunzeln kündete von Besorgnis.

Jasna schüttelte den Kopf. Das war Loki Laufeyason, die sie hier so ansah. Sie verdiente derartiges Mitgefühl nicht. Vor allem nicht von einem Wesen, dem sie Verehrung schuldete.

»Was ist denn?«

Ein erneuter Versuch, ruhig zu atmen. Beinahe gelang es ihr.

»Nichts. Ich … Selma.«

Loki kam ein paar Schritte näher. Es wurde dunkel, als sie die Tür zum Schlafzimmer hinter sich zuzog, dann kratzte etwas über das Holz. Eine Rune für Abhörschutz?

Nackte Füße tapsten auf dem Boden. Loki lehnte sich ebenfalls gegen die Spüle und strich so sachte mit dem Handrücken über Jasnas Oberarm, als sei sie sich ihres Willkommens nicht mehr sicher. »Was ist mit Selma?«

Jasna deutete mit dem tränengetränkten Küchenkrepp zum Fenster. Konnte sie zugeben, was Selma gesagt hatte, was ihr durch den Kopf ging?

»Selma ist dir erschienen?«, hakte Loki nach.

Die Frage klang sanft, aber Jasna brachte es nicht über sich, Loki weiter ins Gesicht zu sehen. Nicken allerdings, das klappte.

»Bist du sicher, dass es Selma war?«

Noch einmal nickte sie. Lag es an Selma, dass ihr auf einmal auffiel, in welch absurder Situation sie sich befand?

»Hel Lokadottir«, fauchte Loki und trat einen Schritt ans Fenster. »Was für ein Spiel treibst du?«

Natürlich gab die Dunkelheit draußen keine Antwort. Jasnas Arm, wo Lokis Hand gelegen hatte, fröstelte. Sie wollte die Berührung zurück. Sie sollte sich schämen, einen solchen Anspruch an eine Gottheit zu stellen. Es zerriss sie fast, und sie holte zitternd Luft. Nur nicht wieder in Tränen ausbrechen. Wahrscheinlich wäre es klüger und vor allem ungefährlicher, umzukehren. Heimzufahren und alle Runensteine und Gottheiten sich selbst zu überlassen.

»Meine Tochter hat kein Recht, dich in ihren Streit mit mir zu verwickeln«, meinte Loki zu Jasna. »Und dazu noch deine Schwester einzuspannen.«

Mit dem nassen Tuch winkte sie ab. »Selma wäre nicht gekommen, wenn sie nichts zu sagen gehabt hätte.« Die unterdrückten Schluchzer dehnten ihre Vokale.

Doch Loki ließ sich nicht abwimmeln, sondern rieb Jasnas Schulter. »Was hatte sie denn zu sagen?«

Um nicht sofort antworten zu müssen, schnäuzte Jasna sich. Loki schien das nicht zu stören, denn sie wich nicht zurück.

Erst nach ein paar Minuten, in denen Jasna es nicht über sich brachte, Loki ins Vertrauen zu ziehen, löste diese sich und befüllte den Wasserkocher.

Kamillentee war zwar nicht Lokis erste Wahl, aber angeblich wirkten die Dämpfe beruhigend, also fischte sie zwei Beutel aus der von den Vormietern zurückgelassenen Schachtel und goss das kochende Wasser dazu in die Kanne.

Zwei Tassen fehlten noch, dann drückte sie Jasna behutsam auf den nächsten Stuhl, bevor sie sich einen zweiten heranzog. Weil Jasna keine Anstalten machte, sich zu äußern, schenkte Loki von dem dünnen Tee ein und schob ihr den Becher entgegen, bis sie ihre Hände darum schloss. Für einen kurzen Moment erlaubte Loki sich, Jasnas kalte Finger von außen zu wärmen. Allerdings trug die Berührung eher zur allgemeinen Verspannung bei, daher ließ Loki wieder los.

»Was ist passiert?«

»Es ist alles in Ordnung«, murmelte Jasna gegen ihre Tasse. »Wirklich. Ich vermisse sie eben.«

Selbst Menschen, die nicht so geübt im Lügen waren wie Loki, hätten ihr dies nicht abgenommen. Wie oft meinte »wirklich« sein Gegenteil? Also stupste sie Jasnas Fuß mit ihren Zehen an. »Das kann nicht alles gewesen sein. Du wärst nicht so«, Loki gestikulierte, um Jasnas Verschlossenheit zu beschreiben, ohne das Wort benutzen zu müssen, »durcheinander, wenn du sie nur vermissen würdest.«

Endlich schaute Jasna Loki an. Ihre Brauen und ihre Lippen kräuselten sich, als wüsste sie nicht, ob sie hoffen oder ein schlechtes Gewissen haben sollte. »Wieso kümmert dich das?«

Sie wirkte vor allem erstaunt, deshalb unterdrückte Loki ausnahmsweise den aufkeimenden Ärger. »Du bist vielleicht meine zukünftige polyamore Lebenspartnerin«, sagte sie. »Es wäre schon seltsam, wenn es mich nicht kümmern würde, oder?«

Jasna seufzte. Es klang immer noch ein bisschen zittrig. Weshalb Loki beschloss, bei der nächsten Gelegenheit Hel und am besten auch dieser Selma, mochte ihre Seele ab jetzt ruhen, eine Standpauke zu halten. Mindestens.

»Ich meine – du bist Loki. Was … du solltest dich überhaupt nicht um einen einzelnen Menschen im Besonderen kümmern.« Damit versank Jasna erneut in Betrachtung des zu dünnen Kamillentees.

Wussten die Nornen, ob Hel Selma zu derlei Kritik angestiftet hatte. Die Entschuldigung, dass Loki sich anderen widmen musste, die sie verehrten, und daher keine Zeit für eine einzige Sterbliche aufbringen sollte, die ihr ans Herz gewachsen war, galt jedenfalls nicht. Loki hatte keinen Kult, und Loki tat sowieso, was sie wollte.

Meistens jedenfalls.

»Wieso nicht? Ich wohne schon seit einer ganzen Weile in Midgard, weißt du? Ich habe ein halbes Dutzend fremde Kinder aufgezogen, noch ein paar mehr als Hebamme auf die Welt gebracht, ich war die albische Frau eines einsamen Schäfers, der Liebhaber eines nicht besonders berühmten Malers …« Sie beschrieb einen Kreis mit der Hand. Manchmal hatte die Einsamkeit sie überwältigt. »Ich habe jede Menge Leute beerdigt, an denen mir was gelegen ist. Ich werde nicht bei dir damit aufhören, mich um Menschen und ihre Angelegenheiten zu kümmern.«

Zumindest nicht um spezielle Menschen. Die Menschheit an sich konnte ihr gestohlen bleiben.

Jasna hob den Kopf. Loki streckte ihr eine Hand entgegen, und sie griff danach.

»Niemand von denen hat gesehen, wie und wer ich wirklich bin und es einfach akzeptiert. Nicht so wie du. Und du behandelst meine Kinder gerecht, obwohl es nicht deine sind.«

Jasna drückte Lokis Hand.

Wenn überhaupt, sollte Loki fragen, was Jasna an ihr fand – außer einer verplanten Alleinerziehenden, der übernatürliche Schwierigkeiten wie Hundekacke an den Fersen klebten. Aber sie fragte nicht. Sie würde alles nehmen, was Jasna ihr zu geben bereit war. Im Gegenzug würde sie sie umsorgen, soweit es ihre Persönlichkeit gestattete, und zwar so lange, bis Jasna sie wegschickte oder den Helweg gehen musste.

Es war weiterhin zu still. »Selma hat dir wirklich nur eingeredet, dass du mich nicht verdienst?«

Jasna presste die Lippen zusammen, als hätte sie ein schlechtes Gewissen.

Jackpot. Da sie beide Hinterbliebene waren, lag eine Vermutung sehr nahe. »Hat sie dir erklärt, dass du an ihrem Tod schuld bist?«

Für einen Moment schüttelte Jasna stumm den Kopf, schniefte dazu.

»An was bist du dann schuld? Klimakrise, Niedergang der SPD? Was?«

Ein Mundwinkel zuckte, aber damit hatte es sich. Die Lage musste richtig ernst sein, wenn Loki andere nicht zum Lachen bringen konnte.

»Sie meint auch, dass ich es überstürze. Das mit uns.«

Loki blinzelte, bis ihr das Gespräch von vor zwei Tagen einfiel, das sie so frustriert hatte. »Wir haben noch nichts beschlossen.«

»Die Trauerzeit beträgt ein Jahr, Loki.«

»Ein Jahr ist für dich länger als für mich.« Sie mussten ja nicht gleich zusammenziehen. »Ich kann –«

Jasna entzog ihr ihre Hand und machte eine wischende Geste.

Am liebsten hätte Loki sie wieder eingefangen und festgehalten. Das flaue Gefühl in ihrem Magen mochte von Sehnsucht herrühren oder von einer Botschaft der Nornen, dass von den Entscheidungen der nächsten Minuten ihrer beider Zukunft abhing.

»Ich habe Pflichten, Loki. Wenn schon nicht, Selma angemessen zu betrauern, dann den Laden und meine Eltern und – was ist, wenn irgendwer meinen Namen rausfindet und die Presse wegen des Videos über mich herfällt?«

Die Bedenken türmten sich wie Geröll nach einer Lawine. »Du bist mir eine«, rutschte es Loki heraus.

Jasna blinzelte. »Wie bitte?«

»Seit Tagen redest du von Zeit und Vertrauen aufbauen, und dann braucht es eine Geistererscheinung, damit du mir zwei Drittel von dem erzählst, das dich beschäftigt.«

Jasna legte den Kopf schräg, schien nachzudenken. Schnaufte belustigt. »Ja«, sagte sie gedehnt. »Sachen nicht erzählen kann ich echt gut.«

»Willkommen im Club.« Loki stieß ihre Teetasse an Jasnas. »Da müssen wir wohl dran arbeiten.«

»Jupp.« Sie seufzte. »Sorry.«

Während Jasna ihren Gedanken nachhing, stützte Loki ihr Kinn auf ihre Hände und lauschte ihrer beider Atemzüge. »Schon okay. Die muss dir einen ganzen Strauß Vorwürfe an den Kopf geknallt haben. Entweder, damit du mich verlässt oder damit du merkst, was du alles mit dir rumträgst.«

Diese Feststellung erntete ein Nicken.

»Bist du sicher, dass Selma dich nicht zum Aufgeben überreden sollte?«

Statt einer Antwort stand Jasna auf und entsorgte das zerknüllte Küchenkrepp. Erst, als sie wieder saß, murmelte sie: »Ändert nichts daran, dass sie recht hat.«

Durfte Loki nach ihrer Hand greifen? Sie entschied sich dagegen. »Hör zu. Du hast anscheinend einen Haufen Schuldgefühle. So was kenne ich. Aber: Du hast Julia gefragt, und sie hat dir freigegeben. Deine Eltern sind erwachsene Menschen und sollten in der Lage sein, um Hilfe zu bitten, wenn sie sie brauchen. Und das mit dem Video kriegen wir schon irgendwie geschaukelt, sobald wir die Welt gerettet haben.« Loki hatte ohnehin bereits begonnen, Inhalte zu löschen, aber darum ging es jetzt nicht. »Du hast überhaupt keinen Grund, dir was vorzuwerfen.«

Jasna sah sie sehr lange an, bis sie schließlich einen Schluck vom Tee nahm. Sie rümpfte die Nase, denn offenbar mochte sie Kamille ebenso wenig wie Loki. Trotzdem leerte sie ihre Tasse langsam, goss nach.

»Okay.« Jasna atmete durch. »Okay. Du hast recht. Ich habe alles richtig gemacht und niemanden enttäuscht. Jetzt muss ich es nur noch glauben.« Sie hob einen Mundwinkel.

»Ich erklär es dir gern öfter«, bot Loki an.

Jasna schüttelte den Kopf. »Wird schon.«

Das wagte Loki zu bezweifeln. Sie würde in Zukunft häufiger fragen müssen, ob alles okay war.

Jasna faltete die Hände und legte sie auf dem Tisch ab. »Und was ist mit deinen Schuldgefühlen?«

Obwohl Loki das Ausweichmanöver hätte ansprechen sollen, sah sie weg.

»Naris Tod war gewiss nicht deine Entscheidung«, setzte Jasna an. »Also … liegt es dann nicht nahe zu glauben, dass Jörs Vorwürfe ebenso haltlos sind?«

Loki schüttelte den Kopf. Im Gegensatz zu Jasna, deren Pflichtgefühl Überstunden fuhr, hatte sie echte Fehler gemacht. Und da sie selbst gerade offene Kommunikation eingefordert hatte, brachte sie es nicht fertig, die Frage abzubügeln. »Ich habe sie alle im Stich gelassen.«

»Angrboda hat dich rausgeworfen. Hast du gesagt.«

»Aber nur, weil ich sie betrogen habe.« Loki verschränkte die Arme. »Und mit einem Kind im Bauch kann ich mich nicht verwandeln. Nicht, wenn ich das Kind nicht verlieren will.«

Jasna legte den Kopf schräg und betrachtete sie wieder. Lange. Obwohl die Nacht die Hütte ausgekühlt hatte, kribbelte Schweiß in Lokis Nacken.

»Nach einem One-Night-Stand? Bemerkst du so schnell, dass du schwanger bist?«

Lange Finger, die Runen auf ihre nackte Haut geschrieben hatten. *Ein zielsicherer Schütze, einen Mörder zu richten – dieses Kind ist wichtig, Loki, die Rache an Balders Tod liegt in seinen Händen. Schwöre, dass du gut für es sorgen wirst, Loki Laufeyakind, bis ich es zurückfordere.* Loki hatte genickt, betrunken, und sie hatte so sehr geschwebt, dass sie es nicht gekümmert hatte, wie müde und träge und wund sie war. Stroh hatte sie durch einen Mantel gepikst.

Nein, normalerweise wusste Loki nicht so schnell, dass sie ein Kind erwartete.

Wieso fiel ihr jetzt erst auf, dass sich das High auf Oxycodon vor ein paar Jahren ähnlich angefühlt hatte? Was hatte Odin ihr in den »Nichts für ungut, es tut mir leid, dass ich dich genervt habe«-Abschiedstrunk gemischt?

Er hatte sie nicht verletzt, nein. Leute, die nicht weglaufen können, muss man nicht festhalten. Er hatte ihr ins Ohr geflüstert, wie sehr er sie in Asgard brauchte, dass er sie vermisste und sich nach ihren Umarmungen verzehrte. Sie hatte genickt, weil ihr Verstand mit den Wolken übers Land gewandert war. Dass er die dünne Haut über ihrem Schlüsselbein küsste, um sie in Stimmung zu bringen, das kannte sie ja. Und dabei hatte sie vergessen, dass sie nach Utgard gezogen war, um Abstand zu ihm zu gewinnen. Schon bevor sie Freyjas Brisingamen für ihn hätte stehlen sollen und er sie nach dem Scheitern der Mission angebrüllt hatte, war Odin seltsam geworden, mal abweisend, mal um Verzeihung bettelnd. Hatte immer neue Liebesschwüre von ihr verlangt und sie wegen ihres

Halbbruders und ihrer Reisen ausgehorcht. Aber mit dem Kind, meinte er, mit dem Kind wäre ihre Verbindung besiegelt, und Loki würde ihn niemals hintergehen, ganz gleich was die tote Völva ihm geweissagt hatte.

Ihr Bauch kribbelte, als würden immer noch die Runen darauf kleben, gemalt aus Odins Blut und der Mischung aus Vaginalsekret und Sperma, die aus ihr herausgelaufen war.

»Loki?«

Sie schüttelte den Kopf. Dusche.

Heißes Wasser.

Nach ein paar Minuten blinzelte sie und stellte das Wasser auf etwas kühler. Ihre Haut leuchtete krebsrot und sie fühlte sich beinahe wieder wie sie selbst. Also war sie nur blöd genug gewesen, irgendwas zu trinken, das Odin ihr gemischt hatte.

Im Grunde hatte sie das gewusst, aber – nicht wahrhaben wollen? Weil es einfacher war, sich selbst Vorwürfe zu machen, statt zu glauben, dass ausgerechnet Odin, ihr verfickter Blutsbruder …

Es war lang her. Sie liebte Váli, trotz den Umständen seiner Zeugung. Jasna oder gar den Kindern erzählen konnte sie es dennoch nicht. Sie hatte sich wie eine vertrauensselige Idiotin verhalten. Zumal sie Odins Bitten um Verzeihung und Beteuerungen, dass er von allen Asen allein ihr vertraute, später noch oft genug erlegen war.

Das Wasser lief jetzt kalt aus der Leitung. Loki stellte es ab, wickelte sich in ein dickes Handtuch. Hm. Gar keine Geschlechtsorgane hatte dieser Körper schon länger nicht mehr gehabt.

Loki schnappte sich ein zweites Handtuch für die Haare und schritt vom Bad ins Schlafzimmer. Jasna saß am Tisch, Sigyn hatte sich dazugesellt. Die beiden und ihre Fragen mussten sich bis morgen gedulden. Loki schloss die Tür hinter sich, löschte das Licht und verkroch sich unter der Decke.

Die Matratze wackelte, als Váli heraufsprang und sich wie eine schwere Decke über Lokis Beine legte. Im Moment war alles in Ordnung.

Loki hatte Jasna entweder nicht gehört oder nicht hören wollen, als sie wie in Trance ins Bad gestakst war.

Nicht, dass Jasna viel mehr als ein hilfloses, aber besorgtes Stammeln zustande gebracht hatte.

Die Dusche lief, und keine Minute später baute sich Sigyn am Tisch auf. Um ihre Mundwinkel hatten sich tiefe Falten gegraben. Missbilligung strahlte von ihr aus wie Kälte aus einem offenen Kühlschrank.

»Ich weiß nicht genau, was sie hat«, sagte Jasna vorbeugend. »Ich habe nach Váli gefragt …« Sie unterstrich ihre eigene Ratlosigkeit, indem sie ihre Handflächen zeigte. »Und das hat wohl schlechte Erinnerungen nach oben gespült.«

Sigyn nickte. »Das sollte es auch. Ohne Váli würde mein Kind noch leben.«

»Nein.« Jasna seufzte. »Ich denke, das Problem hat was mit ihrer Schwangerschaft zu tun.«

Mit einem schlecht zu lesenden Gesichtsausdruck sank Sigyn auf den Stuhl, den Loki vorhin geräumt hatte. »Wie kannst du so einfach darüber sprechen?«, fragte sie. Wahrscheinlich hatte sie auf ein vorwurfsvolles Zischen gezielt, aber stattdessen hatte aufrichtige Befremdung gewonnen. »Wieso nimmst du einfach hin, dass Loki den ganzen Tag über Brüste hatte?«

Jasna blinzelte, denn sie war noch nie auf die Idee gekommen, ihre Akzeptanz solcher Dinge zu hinterfragen.

»Ich habe es gelernt. Das Hinnehmen«, führte sie aus. »Und das Zuhören.« Schon als Zehnjährige hatten Julia und sie sich vom Rest der Welt unverstanden gefühlt. Das hatte sie inmitten einer Horde von vorlauten Fünftklässlern zusammengeschweißt. Jasna hatte sich eine Weile als bi identifiziert, bis sie endlich, mit zwanzig, ein passenderes Wort gefunden hatte, das sie beschrieb. Julia hatte, Freyja sei Dank, früh bemerkt, woher die Schwierigkeiten stammten. Bald hatte Jasnas neuer bester Kumpel sich als beste Freundin entpuppt. Sie war immer noch geschmeichelt, dass Julia einen Namen mit dem gleichen Anfangsbuchstaben ausgesucht hatte.

Wie erklärte sie das am besten? »Es gibt eben Leute, die verhalten sich nicht so, wie andere es von ihnen erwarten. In diesem Fall queere Menschen.«

Sigyn nickte, das Wort kannte sie demnach.

»Loki und ich gehören dazu. Loki ist manchmal eine Frau und manchmal ein Mann. Ich begehre nicht. Ich käme nie auf die Idee, irgendwen auf den Mund zu küssen. Ich verstehe Flirts nicht, und ich verstehe nicht, was von mir bei einer Verabredung mit einem Mann erwartet wird.« Wobei sie zwei von ihren drei Hetero-Verehrern abgeschossen hatte, bevor es überhaupt so weit gekommen war.

Sigyn klappte der Mund auf.

»Jedenfalls gibt es in den meisten Gesellschaften Menschen, die sich von queeren Personen gestört fühlen. Du wirst schief angeschaut, beleidigt, weggesperrt, im schlimmsten Fall getötet. Und deswegen schließen sich Menschen, die wie Störfaktoren behandelt werden, oft aus der Not heraus zusammen. Weil du manchmal unter Leuten sein musst, die dich so sein lassen, wie du bist, und die dir nicht vermitteln, dass du bitte den Mund halten und dich in ein dunkles Loch verkriechen sollst. Und Loki ist quasi der Störfaktor der Störfaktoren.« Loki war ein kaum zu bändigendes Element, glaubte Jasna den Mythen. Nicht aufzuhalten, wenn es einmal in Bewegung geraten war und dabei über physikalische wie soziale Grenzen hinwegfegte. Sie hegte den Verdacht, dass diese Art Schwung den anderen Asen exakt so lange in den Kram gepasst hatte, wie er sich hatte ausnutzen lassen.

Derweil starrte Sigyn die schlichte weiße Teekanne an. Ob sie sich nun fragte, wie sie zu Lokis Isolation beigetragen hatte, oder ob ihr einfach das Verständnis für Solidarität unter derlei zusammengewürfelten Gruppen fehlte: An Jasnas Erklärung hatte sie offenbar zu knabbern.

In Ermangelung einer besseren Idee holte Jasna einen dritten Becher und schenkte ihr ein.

Drinnen im Bad verklang das Wasser. Eine Minute später tappte Loki, in Handtüchern verpackt, an ihnen vorbei und verschwand im Schlafzimmer. Hatte Loki überhaupt bemerkt, dass Sigyn mit Jasna hier draußen saß?

Eine Weile blickten sie beide gegen die geschlossene Tür.

»Wieso hat er nie mit mir darüber geredet?«, fragte Sigyn.

»Lokis Ex, Angrboda, hat … Loki deswegen rausgeworfen. Oder wegen Váli. Oder wegen beidem. Bin mir nicht sicher.«

»Also nutzt er dein … Mitgefühl aus«, meinte Sigyn, aber es klang beinah nach einer Frage. »Weder unter den Asen noch den Wanen noch den Jöten wird sich ein anderer ›Störfaktor‹ finden, wie du es nennst.«

Jasna zog es vor, nicht zu antworten. Aber immerhin, Sigyns Beinahe-Frage beruhigte ihre letzten Zweifel hinsichtlich der Vermessenheit irgendwelcher Zukunftspläne. Loki brauchte offenbar jemanden, der uneingeschränkt solidarisch war, und wer sonst sollte das leisten, außer ein Mensch?

Im Gegenzug hatte Loki sich ebenfalls solidarisch gezeigt. Es war nicht selbstverständlich, wie Loki die Flirtversuche auf Jasnas Bitte hin sofort eingestellt hatte und wie vorsichtig Loki ihre Grenzen bei Berührungen auslotete. Eine Handvoll Geschichten wie die von den Stöckelschuhen bewies zudem, dass Loki diese Form von Solidarität nicht erst seit Kurzem kannte. Auf eigene Art kümmerte sich Loki um andere Störfaktoren. Wie Jasna.

In ihrer Brust schwoll ein kleines bisschen Stolz, sodass sie aufrechter sitzen konnte. Ein Lächeln wollte sich auf ihr Gesicht stehlen. Um es vor Sigyn zu verbergen, nahm sie einen Schluck von dem abgekühlten Kamillentee.

Egal, was Selma wollte, sie würde sowohl ihre Mission als auch die Beziehungsbaustellen bis zum Ende durchziehen.

»Wenn, dann nutzen wir uns gegenseitig aus«, sagte sie. »Du wärst nicht mit Loki verheiratet, wenn du überhaupt nichts zurückbekommen hättest, oder?« Da Sigyn nicht gleich antwortete, setzte Jasna eins drauf, obwohl Selbstzufriedenheit sich nicht schickte. »Und wieso seid ihr noch verheiratet? Du könntest die Scheidung verlangen.«

Sigyns Nasenflügel bebten, als hätte sie darüber noch nicht nachgedacht. »Er hat sie auch nicht verlangt.«

Woraufhin Jasna sich ein »eben« verkniff. Wenn Sigyn einsah, dass Loki nur eine halb so treulose Tomate war, wie sie glaubte, war schon etwas gewonnen.

Früher:
Frühling nach dem dritten Althing, als Hrafn Hœngsson isländischer Gesetzessprecher war

Ein später Schneefall hatte eine weiße Decke über Islands Süden gebreitet, aber jetzt taute es. Die Leute auf dem Hof feierten ein Abschiedsfest für ihre norwegischen Gäste, die morgen in See stechen wollten. Der Mann, der aus dem Langhaus wankte, mühte sich durch den Matsch bis zum nächsten größeren Schneehaufen, um sich zu erleichtern. Einige gelbe Spuren bewiesen, dass er nicht der erste Betrunkene war, der an diesem Abend kurze Wege bevorzugte.

Loki wartete, bis der Mann seine Hose gerichtet hatte und löste sich aus den Schatten.

»Entschuldigung.«

Der Mond schien hell genug, dass sie sehen konnte, wie er sie von oben bis unten musterte. Hübscher Kerl. Sie lächelte gewinnend.

»Du bist die Wahnsinnige, die sich nach dem Verräter nennt.«

»Genau die.« Das erste Mal, als Loki sich Menschen mit Namen vorgestellt hatte, hatte man sie mit Steinen beworfen. Dieses Mal hatte sie behauptet, in einem Sturm über Bord gegangen zu sein und sich an nichts mehr erinnern zu können. Dass sie sich als Frau zeigte, hatte sich ebenfalls als nützlich erwiesen. Kurzfristig zumindest. Menschen hatten die unerklärliche Angewohnheit, Frauen als harmloser einzustufen.

Mittelfristig würde sie den Witwer vom nächsten Hof heiraten müssen, der ein Auge auf sie geworfen hatte. Sie war schon ein Jahr hier. Noch drei oder vier, und die Menschen würden bemerken, dass sie nicht alterte. Außerdem würden die Menschen erwarten, dass sie dem Witwer ein Kind schenkte.

»Und was willst du von mir, Loki Wolfsmutter?«

»Du hast ein Schiff«, sagte sie. »Nimm mich und den Wolf mit nach Norwegen.«

Er brummte.

»Ich habe kein Geld und keine Schätze, aber die anderen werden dir gesagt haben, dass meine Runen die wirksamsten der ganzen Insel sind.«

Mit einer Geste gab er dieser Behauptung statt.

»Ich kann dafür sorgen, dass dein Schiff niemals wieder vom Kurs abgetrieben wird.«

Jetzt rieb er sich den Bart. »Kannst du auch dafür sorgen, dass meine Frau endlich einen Jungen zur Welt bringt?«

»Natürlich.«

»Hm. Trotzdem, ein Wolf auf dem Schiff …« In seinen Blick schlich sich etwas Lauerndes. Merkte er ihr an, wie dringend sie von dieser Insel herunterwollte, wo jeder jeden kannte? Als erfolgreicher Händler würde er aus einer alleinstehenden Frau ohne familiäre Unterstützung herauszuholen versuchen, was möglich war.

Am besten ging sie in die Offensive, um ihr bisschen Verhandlungsposition zu behalten.

»Wenn dein Schwanz einigermaßen groß ist, mach ich sogar freiwillig die Beine breit«, sagte sie. »Aber nur für dich, und nicht heute.«

Er lachte dreckig. »Wenn ich nicht schon eine Frau hätte«, sagte er. »Du gefällst mir, und eine Runenkundige kann man immer brauchen.«

»Pfft.« Loki wischte die Bemerkung weg. »Ich bleibe ein wenig auf deinem Hof, wenn du mir ein Gehalt bezahlst, aber du hättest an mir als Ehefrau keine Freude.«

»Wahrscheinlich nicht«, sagte er. »So einer Hure wie dir ist mit einem einzigen Mann sicher nicht gedient.«

Irgendwann würde Loki die Norne finden, die bestimmt hatte, dass Männer ihren wilden Weizen säen durften und Frauen nicht, und dem Schicksalsweib den Hals umdrehen. »Wer sagt, dass es nur Männer sein müssten?«

Dem Herrn Kapitän klappte die Kinnlade hinunter.

»Sobald ich Norwegens Küste sehen kann«, erklärte sie. »Ware gegen Bezahlung.«

Noch ein Brummen. »Na dann. Aber ich werde dich zum Jaulen bringen wie eine Hündin. Bist du sicher, dass du willst, dass meine Leute das hören?«

Loki zuckte mit den Schultern angesichts dieser Erwartungen. »Du darfst dich gern dran versuchen.« Sie würde entweder ihren Spaß haben oder es aushalten, wenn sie nur von dieser elend kalten Insel herunterkam. Danach konnte sie dem Kerl immer noch Impotenz anhexen.

5. Akt

13

Der Morgen kam viel zu früh. Am liebsten hätte Loki Jasnas Handy erschlagen, das ihn in der Morgendämmerung weckte. Sechs Uhr dreißig.

Aber sie hatten es so vereinbart, denn sie mussten in unbekanntes Gelände wandern und wollten vor Einbruch der Dunkelheit wieder in der Hütte sein.

Loki grummelte und wickelte sich fester in seine Decke.

In der anderen Betthälfte gab Jasna ein unwirsches Geräusch von sich, trotzdem raschelte Stoff. Offensichtlich stand sie freiwillig auf. Oder sie hatte einfach mehr Pflichtgefühl …

… oder ihr blühten keine neugierigen Blicke nach der letzten Nacht.

Loki stöhnte. Er hätte gestern einfach sitzen bleiben sollen nach seiner Erkenntnis. Schließlich hätte Odin nur fragen müssen, ob Loki ein Kind für ihn austragen würde, dann hätten sie schon eine Möglichkeit gefunden, Angrboda die Sache schmackhaft zu machen. Bei den Plänen für Balder hatte Odin seine Gründe erklärt und um Hilfe gebeten, statt Befehle zu erteilen. Wieso war er dazu an dem Tag im Wald nicht fähig gewesen? Und wieso hatte sich Loki gestern deswegen aus der Bahn werfen lassen? Nach so langer Zeit sollten die Umstände von Vális Zeugung keine Rolle mehr spielen. Loki hatte wesentlich schlechteren Sex in nüchternem Zustand gehabt.

Er schüttelte den Kopf und schälte sich aus der Decke sowie den beiden Handtüchern.

Die Klamotten von gestern hatte er im Bad vergessen. Wenigstens war das nicht Ausdruck seiner allgemeinen Zerstreutheit.

Jasna hatte die Kinder bereits aus dem Zimmer gelotst, sodass sie keinen unfreiwilligen Striptease genossen.

Loki fischte auf dem Boden und in seinem Koffer nach Kleidung.

Sigyn hatte beim Einkaufen gestern auf Kaffee bestanden. Offenbar schlugen ihre letzten Jahre in Amerika durch, denn Jasna war völlig damit zufrieden, erst einmal Tee zu trinken und sich den Kaffee später am Tag zu gönnen.

Wenigstens existierte wohl eine unausgesprochene Vereinbarung, Loki nicht über die Ereignisse der Nacht auszufragen. Nicht, dass selbige keine Spuren hinterlassen hätten. Sigyn beobachtete ihn, wann immer sie zu glauben schien, dass er es nicht bemerkte, wohingegen Jör und der doofe Rabe ihre Neugier nicht verhehlten und offen starrten. Váli lag auf Lokis Füßen, wie selten, und Jasna zeigte ihre Unterstützung in Form eines Lächelns, wie man es Angehörigen einer todkranken Person zukommen ließ: klein und mit einem traurigen, fast zärtlichen Zug um die Augen.

Er hob einen Mundwinkel, um Jasna zu beweisen, dass er verstanden hatte – irgendwann würde er über das reden, was ihm angetan worden war, bestimmt, aber nicht heute, nicht mit Sigyn und den Kindern in unmittelbarer Nähe. Stattdessen widmete er sich dem Frühstück: Eierkuchen mit Pilzfüllung, dunkles Brot, liebevoll geviertelte Äpfel und Kaffee.

Doch Loki verspürte kaum Hunger. Die für ihn vorgesehene zweite Portion teilte er für die Kinder auf.

Dankbar nahm er Jasnas Befehl hin, das Geschirr zu spülen. Währenddessen sprachen die beiden Frauen über das Wetter. Wind und fliegende Wolken, als röche Odin, dass sie heute die Runensteine suchen wollten. Einvernehmlich beschlossen sie, dass sie das Zelt mitnehmen würden, außerdem Vorräte für zwei Tage. Dann packte Jasna zwei Rucksäcke, während Sigyn ein Lunchpaket richtete.

Hinter den Frauen her krauchte Loki den Wanderweg hinauf. An den spärlich wachsenden, niedrigen Birken hing noch gelbes Laub, und das Heidekraut leuchtete rostrot trotz des trüben Wetters. Einige Reste Schnee hielten sich auf den Bergen, und der See im Tal spiegelte die Wolken, die wie graue Pferde vor dem Wind flohen.

Wie sehr war Odin daran gelegen, ihre Mission zu behindern?

Loki konnte sich noch so bemühen, sein Kinn vorzuschieben und Entschlossenheit zu simulieren, sein Magen blieb ein kleiner, krampfender Klumpen in seinem Bauch.

Jör schlängelte sich durch das Bachbett aus hellen Kieseln, während Váli offenbar zwischen seinem üblichen Bewegungsdrang und Sorge um Loki hin- und hergerissen war. Als Resultat tigerte er in etwa zehn Metern Umkreis um die Gruppe herum.

Als der Wanderweg das Bachbett kreuzte, mussten sie abbiegen und einem Seitenarm folgen.

Nach einem steilen Anstieg erreichten sie halbwegs ebenes Gelände. Geradezu idyllisch erstreckte sich die herbstfarbene Heide vor den Schneefeldern am nächsten Hang. Etwas jedoch stellte Loki die Nackenhaare auf.

Die ungefähr mannshohen Hügel, neben denen jeweils ein Tümpel lag – darunter war Permafrost? Obwohl Loki es hätte besser wissen sollen, hatte er einen Eiswall wie aus einer Fernsehserie erwartet. Oder wenigstens etwas, das man von außen als Eis erkennen konnte.

»Irgendwo hier, oder?«, fragte Jasna.

Loki nickte. »Du spürst es auch?«

»Jupp.«

Niemand rührte sich. Der Wind zerzauste ihnen die Haare, und Loki versuchte, etwas von der alten Zärtlichkeit darin zu finden. Ihm war kein Erfolg gegönnt. Manchmal fragte er sich, ob er sich diese heimliche Zuneigung seitens Odins eingebildet hatte.

Tatsächlich schienen sich alle außer dem Raben gegen den Hauch von Schnee und Vergänglichkeit zu ducken.

»Preisfrage: Wie finden wir unter diesem Haufen Torf die Runensteine?«, hakte Jasna ein. »Vorausgesetzt, dass wir nicht in den Berg graben müssen.«

Jör züngelte und schnupperte. Wuchs auf doppelte Krokodillänge. *Hier entlang.*

Beeinflusste die zunehmende Verehrung durch das Video auch Jörs Kräfte? Loki hätte fragen sollen.

Einen der Hügel mit beiliegendem Tümpel umrundete Jör zweimal. Dann stieß er seine Schnauze in den grasbewachsenen Torf. *Hier drunter. Obwohl Menschen schon nach dem Eis gegraben haben. Einmal quer durch, wenn ich mich nicht irre.*

»Vielleicht Geologen? Ich hab mal gelesen, dass hier in der Gegend eine Uni forscht«, sagte Jasna.

Die Runensteine befanden sich offenbar noch darunter. Trotzdem war es kein gutes Versteck. In ihrem Allwissen über das Schicksal der Menschen hätte Frigg doch ahnen müssen, dass da einmal gegraben würde, und Odin darauf hinweisen können. »Wie kommen wir da ran?«

Jasna nahm den Rucksack ab und holte einen Klappspaten heraus. Die Schaufel an einem etwa armlangen Stil wirkte lächerlich klein gegenüber der Masse Erde, die sie bewegen musste.

Ein Blick zu Sigyn zeigte Loki, dass die in einiger Entfernung auf einem zweiten Hügel eine Decke ausgebreitet hatte und mit gespielter Nonchalance darauf herumsaß. Der Rabe stakste durch das trockene Gras.

Das ist jetzt ein Witz, oder?, grummelte Jör. *Damit sind wir ja morgen noch beschäftigt.* Er wuchs weiter, stieß seine Schnauze tiefer in den Riss, den die Geologen hinterlassen hatten, und schob ein Drittel des Hügels beiseite. Einige Prankenhiebe folgten, Torfstückchen prasselten auf Lokis Kopf, bis er sich zurückzog. Schließlich legte Jör ein linsenförmiges, vom Torf schwarz gefärbtes Etwas auf Bodenhöhe frei. Dessen Größe betrug etwa einen Meter im Durchmesser. Mit einer Kralle kratzte Jör daran. *Permafrost hab ich mir beeindruckender vorgestellt*, meinte er. *War das mal größer?*

»Mit ziemlicher Sicherheit«, sagte Jasna, die sich weiter von Jörs Grube entfernt hatte als Loki. »Und wahrscheinlich gab es hier auf dem Moor auch mal mehrere Dutzend von diesen Blistern statt fünf.«

Dann wäre der Runenstein gut getarnt gewesen. Besser, als eine Höhle auszuwählen, die Menschen in ihrer Neugier erkunden könnten.

Es klebt noch ein bisschen von der Macht hier dran, die jemand verwendet haben muss, um es wachsen zu lassen. Jör schob das Eis beiseite. *Knapp tausend Jahre alt, würde ich behaupten.*

Im feuchten Dreck wühlte Jör gute zwei Meter tief, bis er eine Natursteinplatte freilegte und mit einem letzten Prankenhieb aus der Erde hob.

Unter Jahrhunderten von Torfablagerungen war kaum zu erkennen, um welche Sorte Stein es sich handelte, geschweige denn, wie die Inschrift lautete.

Der Stein ist auf beiden Seiten beschriftet. Jör zog eine Furche in den Boden und kippte die Tafel hinein, sodass sie schräg stand.

Die Runen mochten nur ansatzweise erkennbar sein, doch die ihnen innewohnende Macht spürte Loki. Beide Inschriften schraubten sich jeweils in einer Spirale von außen nach innen bis zu einer komplexen Binderune, als hätte jemand einen Deckel auf einer Flasche fest zugedreht. Midgard war anderen Wesen verschlossen.

Die Haare in Lokis Nacken sträubten sich. Váli hatte dank einer Drohgebärde an Umfang zugelegt.

Zu viert standen sie um die Tafel herum. Anscheinend mussten sie alle auf sich wirken lassen, dass sie das Ziel ihrer Reise erreicht hatten.

»Nur der eine?«, fragte Jasna nach einer andächtigen Stille.

Jör brummelte. *Ja. Platzsparend. Hätte ich von Odin nicht gedacht.*

Jasna setzte ihren Rucksack ab und holte ihre Wasserflasche heraus. »Wenn ich das abspüle, hat das nachteilige Auswirkungen? Ich gehe davon aus, dass die Runen gerötet wurden.«

»Das Blut ist sowieso schon weg«, sagte Loki. »Irgendwas wird es gefressen haben. Außerdem ist das den Nornen egal. Es zählt, dass Blut geopfert wurde. Was danach damit passiert …« Er zuckte mit den Schultern.

Jasna trat vor den Stein und begann, eine Seite zu waschen. Die Platte bestand aus einem hellen Granit, ein optisch wenig beeindruckender Deckel für das Reich der Wiedergänger. Die Inschrift bezeugte feinste Handwerkskunst, jede Rune war etwa zwei Fingerbreit hoch, als hätte jemand Lineal und Zirkel benutzt.

Garantiert hatte Odin diese Inschrift in den Stein gewollt und nicht mit einem Meißel geritzt.

Trotzdem begann der Text mit: *Ich, Odin Galgengott, ritzte diese Runen. Mit Hels Billigung verschließe ich die Grenze …*

Der Zauber hielt und würde halten, bis die dieser Welt bemessene Zeit abgelaufen war. Nicht, dass durchschnittliche Menschen die Bedeutung dessen erahnen könnten, was da vor ihnen lag.

»Die Siegel sind mächtig genug«, meinte Loki. »Die müssen wir gar nicht stärken. Die Gefahr ist eher, dass jemand den Stein findet, manipuliert und dadurch schwächt.«

Jasna rüttelte ihre Wasserflasche und hob einen Mundwinkel. In ihren Augen blitzte der Schalk. »So wie ich grade?«

»Beschrei's –«

Das »nicht« blieb Loki im Hals stecken, denn der Schraubdeckel auf der Wirklichkeit, den er keine Minute zuvor als stark genug beurteilt hatte, ruckelte. Ein frostiger Hauch gähnte über die Hochebene, und aus einem Riss in der Welt jenseits des Bachs trat Nebel aus. Die einzelnen Tropfen gleißten unbarmherzig wie kleine Klingen.

»Scheiße«, entfuhr es Loki.

Bedächtig stellte Jasna die Flasche ab und umfasste ihren Anhänger. Ihre Lippen bewegten sich in etwas, das ein stilles Gebet oder eine beeindruckende Litanei Flüche sein mochte.

Derweil wuchs Jör weiter und zischte. Váli knurrte. Sigyn hingegen war aufgestanden und klopfte sich die Röcke ab, als wäre nichts Ungewöhnliches geschehen.

Der Riss weitete sich, und Hel schritt mit raschelndem Umhang heraus. Ihr folgte eine Truppe zerlumpter, erdverkrusteter, halb skelettierter Gestalten, in deren Haaren und offenen Stellen die Maden fraßen. Tote, die die Lebenden beneideten. Aus leeren Augenhöhlen flackerten Missgunst und Rachedurst. Allein die niedrige Lufttemperatur machte den Gestank erträglich.

»Draugar«, stellte Jasna tonlos fest und griff nach Lokis Unterarm.

… mit Hels Billigung …

Wenn Hel eben diese Billigung aufkündigte, verwandelte sich Odins kunstvolles Siegel in wertloses Gekrakel.

»Tochter.« Loki bemühte sich um Coolness. Er musste Hel zum Reden bringen und herausfinden, was dieser Blödsinn hier sollte.

»Vater.« Sie nickte gemessen, wie es einer Königin anstand – die Herrin der Unterwelt brauchte sich um Coolness nicht zu bemühen. »Brüder. Galdrs hapt. Onkel.«

Loki blinzelte, ließ seinen Blick huschen. Onkel? Welcher Onkel?

Der Rabe krächzte. In einem Wirbelsturm von Federn zerfiel er und Odin höchstselbst strich seinen grauen Mantel glatt. Unter dem Schlapphut funkelte sein eines Auge. Das Lächeln auf seinem Gesicht war klein, aber zufrieden.

Oh, fuck. Loki drehte sich fast der Magen um.

Jasnas Fingernägel bohrten sich schmerzhaft in sein Handgelenk, gleichzeitig war der Schmerz das Einzige, das Loki auf den Füßen hielt. Nicht klein beigeben. Bloß nicht nervös erscheinen.

»Odin Graubart«, sagte er und rang sich ein Nicken ab. »Hier, um meine Tochter ein weiteres Mal in die Unterwelt zu verbannen?«

»Beizeiten, Lügenschmied.«

Hel zuckte mit der hübschen Nase, die sie von ihrer Mutter geerbt hatte. Odins Anwesenheit schien sie weniger zu überraschen als dessen Antwort auf Lokis Frage.

»Vater. Es ist Zeit, deine Schulden zu bezahlen«, erklärte Hel. »Bringt mir Loki und seine Buhle«, befahl sie den Draugar.

Den Kehlen der Wiedergänger entrang sich ein Knurren, sie spannten sich an wie kampflustige Hunde.

»Warte!«, rief Loki. Hel würde ihn doch nicht in ihr Reich verschleppen, wenn er nicht redete? Er würde das nicht überleben, nicht mit der Fessel.

Hel hob eine Hand, die Draugar hielten inne.

Loki machte sich von Jasna los und setzte sein gewinnendstes Lächeln auf, zeigte die leeren Hände. »Tochter. Wer wird denn gleich Gewalt anwenden? Wir können das bestimmt vernünftig regeln.«

Genau, sagte Jör. *Wieso arbeitest ausgerechnet du mit dem alten Rabenaas zusammen?*

Loki unterdrückte ein dankbares Grinsen in Richtung seines dritten Kindes. Zu zweit würden sie Hel schon zur Vernunft bringen. »Das frage ich mich auch.«

»Willst du keine Antworten?«, wandte sich Hel an Jör. »Forderst du nicht wie ich eine Erklärung für Lokis Verrat? Ohne Walvaters Eingreifen können wir noch lange warten. Er hat versprochen, ihn zum Reden zu bewegen.«

Jetzt auf einmal sollte Loki reden? Er erhaschte einen Blick in Odins Gesicht, der von Hels Verlautbarung wenig begeistert schien. Jör meldete sich jedoch zu Wort, ehe er Fragen stellen konnte.

Du lässt das Brüderchen und die Sterbliche in Ruhe. Sie steht unter meinem Schutz.

»Moment«, hakte Loki ein.

Hel nickte, den Blick weiterhin auf Jör gerichtet.

Dann tu dir keinen Zwang an.

Die fielen ihm beide eiskalt in den Rücken!

Lokis Blut schien irgendwohin verschwunden zu sein, in seinem Kopf war es jedenfalls nicht mehr. »Kinder …« Er musste auf Zeit spielen. »Können wir uns nicht einfach in Ruhe zusammensetzen, sobald die Sache mit dem Runenstein geregelt ist?«

Doch Hel senkte gebieterisch die Hand. Die Draugar rasten los wie eine Schar tollwütiger Hunde, bellten sogar. Váli warf sich ihnen in den Weg, während Jör, der Verräter, einfach zuguckte.

Für Schutzrunen war es eindeutig zu spät. Dieses eine Mal war Lokis Mundwerk ihm nicht rechtzeitig zu Hilfe gekommen.

Er rief in die Leere zwischen den Welten nach Rüstung und Waffen, nach was auch immer die Nornen und das Vertrauen der Menschen ihm gewähren wollten.

Es war nicht viel: Ein stabiler Stock, der Loki etwa bis zum Kinn reichte. Außerdem umwehte ihn der grüne Umhang, den er bereits auf dem Schiff erhalten hatte. So also verschmolzen der missverstandene Laevateinn und der Comic-Inspirationsgeber. Egal. Loki schob Jasna hinter sich.

Die hob die Fäuste und straffte die Schultern. Nicht, dass es viel half.

Dem vordersten Wiedergänger der Meute schlug Loki den Kopf ein. Die nächsten trampelten über ihren gefallenen Kumpan hinweg. In der Masse ging Váli unter, sodass Loki ihn nicht einmal mehr knurren hörte.

Einer der Draugar griff nach dem Stab. Loki zerrte daran, bis die Hand des Untoten vom Gelenk riss. Das kostete wertvolle Zeit. Die Wiedergänger umringten ihn und Jasna, zu nah, um mit Stockhieben viel auszurichten.

Von ihrem Gestank musste er würgen. Loki gelang es kaum, die Hände zu blocken, die nach ihm griffen. Hatte er einen Wiedergänger abgewehrt, duckte sich der nächste heran. Ihre Knochenfinger zerrten an dem Umhang, an Lokis Ärmeln. Jasna fluchte. Mit einer unbekannten, ungeübten Verbündeten im Rücken kämpfte es sich schlecht. Am Schluss umklammerten zwei Untote Lokis Beine, einer warf sich von hinten gegen seine Schultern und brachte ihn zu Fall. Gerade rechtzeitig ließ Loki seine Waffe los, fing sich trotzdem kaum ab. Der Einschlag raubte ihm den Atem. Quer über seiner Brust würde er gewiss tagelang den Stab spüren, auf dem er gelandet war. Das Wesen auf seinem Rücken heulte triumphierend.

Heidekraut und gelbes Gras stachen Loki ins Gesicht. In seinen Ohren piepte etwas.

Knochige Hände gruben sich in seine Kleidung und schleppten ihn wie einen Mehlsack in Hels Richtung. Grob sorgten sie dafür, dass er vor seiner Tochter zu knien kam. Einen Blick erhaschte er, der ihm verriet, dass Hel Váli am Halsband festhielt und Jör sich um Jasna geringelt hatte, die vergeblich mit den Fäusten auf seine Schuppen einschlug. Über das Piepsen in seinen Ohren hörte Loki nichts von dem, was Jasna sagte.

Dann umschloss ein paar skelettierter Hände Lokis Schläfen. Sie drückten seinen Kopf nach unten, bis er nur noch einen letzten Rest zertrampelte Kräuter und Hels langes, schwarzes Kleid sehen konnte. Und Váli. Das Kind fiepte herzzerreißend und stemmte sich so stark gegen Hels Griff, dass seine Vorderpfoten in der Luft ruderten.

Eine falsche Bewegung, und der Wiedergänger würde Loki den Hals brechen.

Hel konnte das allerdings egal sein, denn die würde ihn so oder so in der Unterwelt begrüßen. Es sei denn, Loki zählte als einer, der in der Schlacht fiel und landete in Folkwang bei Freyja oder in Walhall?

Ah …

Loki hatte schon blödere Ideen gehabt, aber nicht oft. Das störende Piepen in seinem Kopf legte sich, er atmete trotz des Gestanks der Draugar durch.

»Du willst also Antworten, Tochter?«, keuchte er. »Und was will Odin Bölverkr?«

Einen Lügenschmied nannten sie Loki, aber Odin, dem hatten sie Beinamen wie »Schadenswirker« verpasst.

»Glaubst du, dass mich die Wünsche meines Onkels kümmern?«, gab sie zurück.

Odin sagte nichts dazu. Vielleicht gestikulierte er, denn Hel verlagerte ihr Gewicht.

Hatte Loki doch richtig gelegen, dass ihrer beider Allianz auf sandigem Grund gebaut war. Man müsste sie lediglich unterspülen. »Und was machst du, wenn ich nicht antworte? Mir den Nacken brechen lassen und mich mitnehmen in dein Reich?«

Váli jaulte auf. Wenn Loki nur sein Kind beruhigen könnte …

In einer überflüssigen Geste strich Hel ihr Gewand glatt. Sie äugte in Sigyns Richtung, die zwar ebenfalls nichts gesagt hatte, aber Loki gewiss nicht ins Jenseits befördern wollte. Hatte Jör Hel mit seinen Bedingungen das Druckmittel genommen? Váli hätte sie kaum bedroht, aber Jasna durchaus.

»Bring es zu Ende. Nimm mich mit«, sagte Loki tonlos. »Váli und Jör kommen klar, und ich habe Nari zu lange nicht gesehen.«

Hels suchender Blick kribbelte auf Lokis Scheitel.

Im Hintergrund raschelte etwas. Näherte sich Sigyn?

Der graue Mantel, der sich in Lokis Sichtfeld schob, gehörte eindeutig nicht Sigyn. Odins kräftige Finger schlossen sich um Vális Halsband, er zog das Kind weg und Hel ließ los. Einfach so. Sie dachte sich wohl nichts dabei, Odin den angenommenen Sohn zu überantworten.

Loki ruckte zurück, Fingernägel kratzten ihm über die Stirn, doch der Griff an seinem Kopf lockerte sich so weit, dass er Odin ins Gesicht sehen konnte.

Dessen Auge funkelte unter der Hutkrempe mittlerweile weniger selbstzufrieden als drohend. »Ich nehme dich gern in Obhut, Laufeyason, wenn es dir auf dem Boden zu unbequem ist.«

Als ahnte Váli, welch wertvolles Pfand er darstellte, verstummte er und machte sich klein.

Gefangen zwischen der Wahl, den eigenen Sohn zu verlieren oder – mindestens – ein Odin genehmes Geständnis eingesagt zu bekommen, fühlte Loki sich wertloser als der Torf, auf dem er kniete. Er schluckte schwer.

»Ein schönes Patt«, meinte Hel schließlich. »Wartest du darauf, dass ausgerechnet der kluge Langhut offenbart, was er im Schilde führt, und dir hilft? Willst du nicht nur deinen Kindern, sondern auch ihm etwas schulden?«

Gewiss nicht, wenn er das gemeinsame Kind als Geisel nahm.

Was schuldete Loki Odin überhaupt?

Keine Bewohner Asgards befanden sich in Sichtweite. Somit war der Befehl hinfällig, Odins Anteil an Vális Elternschaft zu verschweigen. Wenn Loki nicht nur wörtlich im Staub kroch, sondern sich auch mit Worten erniedrigte, erhielte Jör die Erklärung, die er verlangte, ebenso wie Hel. Die würde außerdem erkennen, dass sie eine falsche Entscheidung getroffen hatte, indem sie Odin ihren Halbbruder überließ. Sigyn konnte Loki ohnehin nicht stärker verachten, als sie es schon tat. Jasna hatte er irgendwann erzählen wollen, dass Odin sich an ihm vergangen hatte, und Odin … Odin würde endlich zugeben müssen, dass er in Lokis Verrat an seinen Kindern mit verstrickt war.

In Lokis Bauch loderte eine kleine Flamme Wut auf.

Immer war es der Allvater gewesen, der Ansprüche stellte, Weisungen erteilte, Schweigen einforderte, und im Gegenzug Loki Krümel seiner Zuneigung anbot. Die Loyalität einer Blutsbrüderschaft hatte Odin längst einseitig aufgekündigt, aber Loki hatte es nicht wahrhaben wollen. Er hatte es Liebe genannt und sich deswegen behandeln lassen wie Dreck.

Die Wut darüber brannte in Lokis Kehle, viel zu spät, um ihn zu beschützen.

Loki betrachtete Odin, den Kampfgefährten, Blutsbruder, Geliebten, Vergewaltiger, Mitverschwörer, Kindsmörder.

Konnte Loki sich von dieser Verbindung lossagen? Was würde er tun, wenn Odin ihm einen weiteren verrückten Plan vortrug? Wenn Odin, um der alten Zeiten willen, schmeichelte, schäkerte, Dinge versprach, deren Preis sich immer als zu hoch erwies?

Auf einmal zitterte Loki. Wenn Odin feixte, weil er es für Angst hielt, hatte er vielleicht nicht völlig unrecht.

Schluss. Es war spät, aber nicht zu spät, um sich zu wehren.

Odin und seine Ränke konnten Loki mal. Der Allvater war ein Ex.

Das Zittern verebbte. Vor Loki erstreckte sich eine völlig ungewohnte Art von Freiheit. Ihm schwindelte fast von dem Gedanken, nicht mehr schweigen zu müssen. Keine Versteckspiele mehr. Keine drohenden Blicke, keine gefährlich zuckenden Brauen mehr, kein halbes Lächeln, das bedeutete, dass Odin Loki in einer Stunde im Stall für ein Schäferstündchen zu sehen wünschte. Keine ominösen Andeutungen darüber, ihn in Obhut zu nehmen.

Seine Entschlossenheit musste sich auf seinem Gesicht gespiegelt haben, denn Odin schob das Kinn vor.

Hels Finger spielten, als wollte sie eine Entscheidung aus Loki herausschütteln. »Du könntest anfangen zu reden.«

Das würde ihr passen, wenn Loki alles beichtete, auf den Knien, gedemütigt von seinen eigenen Kindern, die mit ihrem schlimmsten Feind paktierten. Die rechtschaffene Empörung flammte diesmal schneller auf. Loki war nicht der Einzige hier, der Fehler gemacht hatte. Er würde gewiss nicht auf Hels Bedingungen eingehen.

Mit Schwung warf er sich nach hinten. Der Wiedergänger knurrte erbost, fasste nach, Loki erwischte die freiliegenden Unterarmknochen mit dem Ellenbogen, ein zweiter Untoter stürzte hinzu und brach im Nu eine Rangelei vom Zaun. Loki trat nach Hels Handlangern, setzte seine Knie und Ellenbogen ein und biss einmal herzhaft zu – eklig, aber nicht zu ändern.

Hel hob beschwörend die Hände. Wurzeln aus dem Boden folgten dem Ruf, sprossen fein, dafür umso zahlreicher. Sie wanden sich um Lokis Knöchel. Jeder Schritt gegen diese drahtfeinen Schlingen brannte wie

Feuer. Ihre Draugar pfiff Hel trotzdem nicht zurück. Einer packte Lokis Zopf, riss ein paar Haare aus. Der Untote schlang einen Arm um Lokis Hals und drückte zu.

Keine Luft. Lokis Lungen brannten, der Puls dröhnte in seinen Ohren. Am Rand seines Sichtfelds tanzten die schwarz-weißen Punkte herannahender Bewusstlosigkeit. So durfte es nicht enden. Loki krallte seine Finger zwischen Elle und Speiche des Gegners, aber –

Der Draugr grunzte, lockerte seinen Griff. Hels Zauber löste sich, das Wurzelwerk um Lokis Füße zerfiel zu Staub. Er konnte sich wegrollen. Zum zweiten Mal an diesem Tag rang Loki um Atem.

Die Luft um ihn war dick wie Kleister, klebte an ihm wie eine Art Schutzfilm. Die Draugar scharten sich um Hel. Odin stand mit dem Halsband, aber ohne Váli, abseits. Dafür hatte sich das Kind in Jörs Nähe geflüchtet. Hatten die Nornen und Sigyn doch ein Einsehen gehabt. Die Noch-Ehefrau hielt eine Hand warnend erhoben und flüsterte zaubermächtige Worte. Wie erhofft hatte die *Galdrs hapt* – die Göttin der Zaubersprüche – Hel in die Schranken gewiesen. Dass sie neben Lokis physischen Banden auch Vális gelöst hatte, war hochwillkommen.

Loki rappelte sich auf und richtete den grünen Umhang. Die Risse im Stoff taten der samtigen Eleganz wenig Abbruch. Er nickte der Tochter zu, die ihre Niederlage mit ausdrucksloser Miene hinnahm.

Das Rabenaas beäugte Loki misstrauisch, ließ aber zu, dass er sich an dessen linke Seite gesellte.

Der Rest des Publikums schien den Atem anzuhalten, selbst Hels elende Draugar schwiegen.

Loki räusperte sich. »Was hast du meiner Angetrauten versprochen, Blutsbruder? Mich hätte sie wohl kaum aus freien Stücken gerettet.«

Odin zog seine Brauen zusammen, am Himmel ballten sich die Wolken.

Vorsichtig legte Loki Odin die rechte Hand auf die Schulter.

Auch jetzt beschränkte Odin sich darauf, ihn zu beobachten. Er drehte den Kopf ein winziges bisschen und schaute durch seine dichten, grauen Wimpern. Loki seufzte, Nostalgie zupfte an seinem Herz. Allzu oft war er bei dieser Geste schwachgeworden.

»Erinnerst du dich nicht, Odin?«, schnurrte Loki. »Ich bin dein Blutsbruder.«

Odin warf einen vielsagenden Blick auf Lokis Hand. »Du solltest dich männlicher betragen, wenn ich mich daran erinnern soll.«

Die alte Leier. »Als hättest du jemals hinter verschlossenen Türen darauf Wert gelegt.« Loki drängte sich dichter an ihn, obwohl die lang ersehnte Nähe ihm plötzlich zuwider war. »Weißt du, ich hätte alles für dich getan, wenn du nur gefragt hättest.«

Odin legte den Kopf schräg. »Meinst du.«

»Ja.« Loki konterte mit einem Schlafzimmerblick. »Das ganze Theater hier. Quasi genauso unnütz, wie mir einen Zaubertrank unterzujubeln, damit ich mich nicht wehre, und mir dann ein Kind zu machen, Schatz.«

Dem, den sie Rabenprüfer nannten, weil sie ihn für so clever hielten, verschlug es selten die Sprache. Offenbar hatte es außerhalb seiner Vorstellungskraft gelegen, dass Loki tatsächlich zugeben würde, Opfer sexueller Gewalt geworden zu sein.

»Willst du mir nicht einfach sagen, was du von mir erwartest?«, säuselte Loki.

Viel weiter kam er nicht, weil Jör so laut grummelte, dass sich oben am Berg alter Schnee und Kies löste und eine kleine Lawine zu Tal rumpelte. Auf einmal war er so lang, dass er Loki mit der Schnauze anstupsen konnte. Sein kaum mit zwei Armen zu umfassender Körper ringelte sich mehrfach um Loki und Odin, verhinderte jegliche Flucht zu Fuß. Ungefähr so wie Loki mussten sich Erdnüsse in einer Snackschale fühlen.

Wie bitte.

»Váli ist ein Odinssohn.« Loki machte eine entschuldigende Geste aus dem effeminierten Handgelenk. »Überraschung?«

Odin hatte sich mittlerweile wieder gefangen. Er lehnte sich nach vorn, bis seine Nase Lokis fast berührte. Unheiliger Zorn blitzte in seinem einen Auge. Oben am Himmel wanden die Wolken sich zu einem Mahlstrom, als würde gleich ein Tornado losbrechen.

»Váli muss mit Balder über die nächste Welt herrschen, wenn die Zeit reif ist«, erklärte Odin. »Und seine Treue zu deinen drei Ungeheuern darf ihm dabei nicht im Weg stehen.«

Ungeheuer? Loki hätte ihm dafür am liebsten einen Kinnhaken verpasst, doch er hielt sich, mit Mühe, zurück. »Balders goldenes Zeitalter ist noch ein bisschen hin, falls es überhaupt dazu kommt«, zischte er. Loki entspannte seine Hände, die sich zu Fäusten geballt hatten, und gestikulierte in einem weiten Bogen. »Wo ist denn der lichte Balder? Sitzt er schon als Imperator auf einer Weltkugel? Haben sie ihm schon Kathedralen erbaut?«

Odin erhob eine Hand, zögerte.

»Eine Ohrfeige?«, spottete Loki. »Wie für eine ungehorsame Ehefrau? Sonst bist du doch nicht um Worte verlegen.«

»Genug«, sagte Hel. In dem Befehl schwang ein dunkler Ton mit, mehr Vibration als Geräusch, endgültig wie eine zufallende Tür. »Ich wünsche den Allvater und meine Stiefmutter zu sprechen.«

Jör zog sich ein wenig zurück, und Odin ließ die Hand sinken. Stattdessen nestelte er an seinem Umhang, wollte sich wahrscheinlich in Rabengestalt verdrücken.

»Nein«, befahl Sigyn tonlos. Obwohl sie nach all den Enthüllungen erblasst war, wurde die Luft um Loki noch klebriger. »Du wirst hören, was Lokis Tochter zu sagen hat.«

Wart mal, Schwesterherz. Das ist ein bisschen dünn als Erklärung. Der Drittgeborene wandte sein Drachenhaupt, um Loki anzustarren. *Du konntest die Kaulquappe also ehrlich nicht loswerden? Und was hat das damit zu tun, dass du auf einmal nicht mehr bei der Schafweide gezeltet hast?*

War es nicht genug gewesen, die Vergewaltigung zuzugeben? Loki schluckte. *Rindr gebiert Váli in den Westsälen,* zitierte er. *Er hat mich überredet, unter einer Tarnung in Valaskjalf zu leben. Damit Eir immer in der Nähe ist. Und in den Frauengemächern kriegst du eben kaum was mit. Ich habe erst erfahren, was mit euch passiert war, nachdem sie Fenrir auf den Hof gezerrt haben.*

Jör grollte Odin an. Der reckte das Kinn, äußerte sich aber nicht.

Besser, Loki beendete das Thema, bevor die Midgardschlange entgegen der Prophezeiung Odin statt Thor tötete. *Wenn ich damals versucht hätte, Fenrir zu helfen, wäre die Scharade aufgeflogen und Váli in Gefahr gewesen …*

… und gewiss hat Odin Vater einen Schwur abgenommen, das Kind zu beschützen, schaltete sich Hel in die Diskussion ein.

Obwohl es Loki widerstrebte, ihr dankbar zu sein, hatte sie ihm doch die Worte aus dem Mund genommen. Er nickte ihr zu.

Ich weiß immer noch nicht, warum es erst die Androhung des Todes brauchte, um dich zum Reden zu bringen, sagte Jör. *Du hättest Mutter ja nur sagen müssen, dass Odin dir das Kind aufgezwungen hat.*

Die Schulden waren beglichen, Loki musste sich nicht weiter erklären.

»Ich …« Einmal räuspern. Trotzdem war der Mut dahin und die Stimme dazu. Wer machte sich schon gern verletzlich? »Erstens musste ich ihm schwören, nicht zu erzählen, dass er beteiligt war. Und zweitens …« Loki wandte sich Odin zu. »Ich wusste nicht, dass Mohn in dem Met war. Bis gestern.«

Der Allvater zuckte mit den Achseln. Reue lag einem wie ihm fern.

Jenseits von Jör fluchte Jasna, und das reichte, um das Kind vorerst abzulenken. Mit ein bisschen Glück würde Jasna später Jörs restliche Fragen beantworten.

Aber …

»Jörmungand«, sagte Hel. »Nicht jetzt.« Sie atmete hörbar durch. »Odin Galgengott, Galdrs hapt«, proklamierte Hel mit dem dunklen Ton. »Ich habe getan, worum ihr mich gebeten habt: Lokis Sinn ist geprüft.«

Wo war ein Schreibtisch, wenn man aufstöhnend seinen Kopf darauf fallen lassen wollte? Loki hatte ja geahnt, dass Odin etwas plante und Sigyn dafür eingespannt hatte. Aber ihn von den Siegeln abzuhalten, hatte nur beweisen sollen, wie ernst er die Weltrettung meinte – oder wie wenig er den Weltenbrand herbeisehnte? Nach allem, was Odin unternommen hatte, um Loki an sich binden, hatte er immer noch gezweifelt? Er vertraute wohl sehr auf die Weissagungen der Seherin und die Visionen aus Mimirs Quelle.

Loki schwirrte der Kopf. Er schüttelte sich.

Die Tochter hatte gewiss etwas vor. Sie wäre nicht Lokis Kind, würde sie nicht alle sich bietenden Möglichkeiten ausnutzen.

Hels Mundwinkel zuckten, als hätte sie Lokis Gedanken gehört. »Gabe und Gegengabe, so steht es im Lied des Hohen, Allvater, Galdrs hapt.« Ihr Blick schweifte über die Gruppe. »Nun hat Loki freiwillig über die Ereignisse geredet. Damit habt ihr beide noch Schulden bei mir.«

Ihre kühle Feststellung rang selbst Odin ein Nicken ab. »Was ist dein Begehr?«, fragte er steif.

Es folgte eine geheime Absprache zwischen Geschwistern, in deren Verlauf Jör einige Male die Nüstern blähte und mit seinem Stachelkragen fächelte. Endlich duckte er sich ein wenig.

Hel straffte sich und legte die Hände ineinander. »So sei es denn. Odin Hängegott, Galdrs hapt, ihr werdet meines Vaters Fessel lösen.«

Loki fasste sich ans linke Handgelenk. Verdiente er das?

»Ich …«, begann Sigyn, deren Antwort auf diese Frage offenbar negativ ausfiel.

»Schweig«, sagte Hel. »Auf Allvaters Wunsch hin hütet Loki viele Geheimnisse.«

Sigyns Nasenflügel bebten. Die Gegenwartsform war gewiss ihr genauso wenig entgangen wie Odin, der die Schultern straffte. Meinte er, erfolgreich einschreiten zu können?

»Der zweimalblinde Odin opfert Augenlicht und Kinder dem Fortbestehen der Asen. Dagegen ist selbst der listige Loki machtlos. Dein Wunsch nach einer Wiedergutmachung an Váli und meinen Vater ist hinfällig, Sigyn«, führte Hel aus.

Loki mochte Odin zugesichert haben, niemandem aus Asgard den so absurden wie ausgeklügelten Plan zu verraten, Balder zu Hel zu entsenden. Doch Hel hatte nichts dergleichen geschworen.

Sigyn ließ ihre Hand sinken. »Du wirst mir deine Andeutungen erklären, Stieftochter.«

Hel nickte ihr zu. »Ruf mich zu den Winternächten.«

»Untersteh dich«, raunzte Odin.

Trotz Odins Tonfall wandte Hel sich ihm langsam zu. »Onkel. Du hast mir nichts mehr zu befehlen. Meinem Vater ebenfalls nicht. Die Blutsbrüderschaft mit ihm war dir wohl nicht genug. Du hast ihn in ein Netz aus Lügen, Geheimnissen und Eiden gespannt, um ihn zu bändigen – und ihn dabei verloren.«

Woraufhin Odin sich zu Loki drehte und ihn musterte.

Er wollte anscheinend wissen, ob Hel die Wahrheit sagte.

Loki streckte seine linke Hand aus wie ein Kassierer, der auf das Kleingeld eines Kunden wartete. »Also, was ist nun? Glaubst du, ich widerspreche der Königin der Unterwelt?«

Hel schnaufte, ließ die Behauptung aber stehen. Auch Jör machte ein amüsiertes Geräusch. Da er jedoch das halbe Hochtal mit seinem Drachenkörper ausfüllte, erinnerte es hoffentlich Odin daran, dass er dieses Kind in Riesenheim genug gefürchtet hatte, um es ins Meer zu werfen, wo die Midgardschlange ihre von den Nornen vorherbestimmten Kräfte erst entfesseln konnte. Jör würde Odin wahrscheinlich nicht fressen wollen, aber es stand außer Zweifel, dass er es vermochte. So alterslos die Asen waren – unsterblich waren sie nicht.

Beste Voraussetzungen dafür, dass zur Abwechslung Loki eine Wiedergutmachung fordern konnte.

»Und als Sühne für den schlechten Leumund und für den Tod meines Sohnes und für alles andere, das du mir angetan hast, wirst du geloben, dass du dich nicht mehr in Angelegenheiten einmischst, die mich oder die Meinen betreffen. Auch nicht über eine oder mehrere Ecken.« Damit waren Kinder, Ehefrau und Jasna als Was-auch-immer so sicher, wie Loki sie zu schützen verstand.

Odins grauer Blick schien sich in Lokis Schädel bohren zu wollen. »Du verzichtest auf alle Hilfe von Odin Allvater?«

»Es steht uns beiden unbenommen, höflich zu fragen.« Aber eher würde die Christenhölle zufrieren, als dass Loki Odin um Hilfe bat.

Und so nahm Odin Lokis Hand zwischen seine beiden, hielt sie fast zärtlich.

»Sigyn«, sprach Hel. »Stiefmutter. Fessel der Zaubergesänge. Du wirst deine Macht mit dem Allvater teilen, um den Schaden zu beheben, den die anderen Asen angerichtet haben.«

Aus dem Augenwinkel näherte sich Sigyn. Ihren Gesichtsausdruck konnte selbst Loki kaum deuten. Was dachte sie darüber, dass sie ein Kind des Galgengottes als ihres aufgezogen hatte? Zumal Odin vielleicht auch ihr Vater war. So genau erinnerte sich niemand mehr an die Verwandtschaftsverhältnisse.

Wird's bald, zischte Jör.

Sigyns Blick verdüsterte sich, als sie mit je einer Hand nach Lokis und Odins Unterarm griff.

Davon allerdings ließ Odin sich nicht stören. Er beugte sich über Lokis Hand und sang einen Zauber. Sein Atem kitzelte über die feinen Haare auf Lokis Handrücken, mit einem Daumen schrieb er Runen der Freiheit auf die dünne Haut seines inneren Handgelenks, wo die Fessel am deutlichsten hervortrat. Das Ende des Zaubers besiegelte er mit einem Kuss auf die Knöchel, der Loki immer noch einen wohligen Schauer über den Rücken sandte. Eins musste man Odin lassen: Er besaß Mut.

Sigyn nahm ihre Hände weg und schüttelte sie, als wollte sie Dreck loswerden. Sie trat zwei Schritte zurück und wich Lokis Blick aus.

Odin hatte sich derweil zur vollen Größe gestrafft, posierte beinahe, und neigte den Kopf, als erwartete er, dass Loki sich den zweiten Teil seiner Forderung anders überlegt hätte.

»Dein Schwur«, sagte Loki.

»Ich schwöre«, sagte Odin.

Und was?, stichelte Jör.

»Loki Laufeyason, ich werde mich weder persönlich noch über Dritte künftig in Angelegenheiten einmischen, die dich und die Deinen betreffen. So du deine bestehenden Schwüre einhältst und …«

Hel räusperte sich.

»… und du meinen Angelegenheiten fernbleibst.«

Ob Odin sich und die Seinen hatte erwähnen wollen, was ihm erlaubt hätte, Váli als Hintertür zu benutzen? Egal, er hatte es nicht getan. »Ich nehme deinen Schwur an, Odin Helblindi.«

Ein warmer Luftzug wies darauf hin, dass der Zauber wirkte.

Odins Blick schweifte über die gesammelten Abtrünnigen. »Ihr werdet es bereuen«, weissagte er.

»Was glaubst du, was ich noch alles bereue«, antwortete Loki. »Wenn ich könnte, würde ich mein Blut von dir zurückfordern.«

Odin zuckte mit der Nase, warf sich mit dramatischer Geste seinen Umhang über eine Schulter und verschwand in einem Wirbel aus schwarzen Federn.

Das Krächzen eines Raben hallte von den umliegenden Hängen wider, am Himmel löste sich der drohende Sturm auf. Allerdings hingen die vom Allvater herbeigerufenen Wolken so tief, so still und so dunkel, dass es bald regnen würde.

Loki starrte dorthin, wo Odin gestanden hatte.

Es war vorbei?

Im Augenwinkel sah er Sigyn die Hände ringen und ihr Gewicht verlagern. Jör … Jör war wieder geschrumpft? Und …

Hels Gewand raschelte. »Lasst ihn ein wenig.«

Ihr Tonfall duldete keinen Widerspruch, und so wich Sigyn weiter zurück, bis Loki den Kopf hätte drehen müssen. Er sollte doch nach ihr sehen? Aber es schien ein unüberwindbares Hindernis. Wenn er sich bewegte, würde er umkippen.

Eine Hand berührte seinen Ellenbogen. »Setz dich.«

Er tat wie geheißen. Hel hatte einen festen Griff, sodass er dabei nicht fiel. Die Erde war wohltuend solide, als er sich darauf abstützte.

Hel strich ihm über die Schultern. Etwas berührte seine Haare – hatte sie ihm den Scheitel geküsst?

Aber da drängte Váli an seine Seite und Loki schlang einen Arm um ihn. Váli war warm, und ihm war auf einmal kalt.

Hel hatte noch viel kältere Hände. Sie streiften ihn, als sie etwas – eine Decke – um ihn drapierte. »Wir sprechen uns später«, murmelte sie. »Du wirst keine Drogen mehr dafür brauchen.«

Das stimmte … Aber, bei den Nornen, Loki wollte eigentlich gerade gar nicht nachdenken.

14

Jasnas Beine zitterten so sehr, dass Hel sie trotz ihrer bauschigen Robe und mit gemessenen Schritten überholte.

So hässlich, wie die Mythen behaupteten, war Lokis Tochter nicht. Eine große, androgyne Erscheinung, bis auf einige lange, dunkelblonde Strähnen, die weich unter der Kapuze hervorringelten.

Jasna wurde nicht schlau aus ihr, die erst Loki gedemütigt und dann Odin die Freiheit ihres Vaters abgerungen hatte.

Mit einem einzigen Satz und einer winzigen Geste schickte Hel Sigyn zu ihr und Jör, der eine handlichere Größe angenommen hatte.

Wie auch immer Hel es anstellte, aber sie überzeugte Loki, der mittlerweile kreidebleich war, sich zu setzen. Von Váli nahm sie eine herbeigetragene Fleecedecke in Empfang und breitete sie über beiden aus.

»Schock«, vermutete Jasna, um irgendetwas zu sagen. Am liebsten hätte sie sich eine zweite Decke geschnappt und dazugesellt. Wenn schon sie die Nachwirkungen des Adrenalins spürte, wie musste es dann Loki gehen?

Sigyn schniefte.

Hel richtete sich auf und schritt auf sie drei zu. »Lasst ihn ein wenig«, wiederholte sie. »Und da liegt ein Stein, mit dem ihr etwas anfangen solltet. Ich werde ihn nicht anrühren, aber wenn ihr euch eilt, kann ich ihn vor menschlichen Blicken verbergen.«

Okay. Jasna atmete durch und rief ihre Gedanken zur Ordnung. Später konnte sie Loki und die Kids betüddeln und sich mit dem restlichen Wein betrinken. Wenigstens war sie nicht so emotional überfordert, dass sie anfing zu heulen. Sie fokussierte sich auf die Runen.

»Frau Hel, Sigyn … die Siegel sind einwandfrei, nicht wahr? Wie Loki gesagt hat. Wir müssen bloß dafür sorgen, dass niemand den Stein findet. Wir brauchen eine Art ›Sieh über mich hinweg‹-Zauber …«

Sigyn schüttelte sich, als wäre sie ebenfalls gedanklich woanders gewesen. Letzten Endes hatte sie mehr Tiefschläge aushalten müssen als Jasna.

»Eine verkehrte Kenaz und Isa …?«, schlug Jasna vor. Der umgedrehte Kienspan könnte die Erleuchtung verneinen, und das Eis die Erkenntnis für ewig ausschließen.

Sigyn tippte sich an die Lippen. »Gestürzte Zeichen? Die würde ich den modernen Orakeln überlassen. Ich überlege Eiwaz.«

Ach, sagte Jör. *Auf einmal willst du uns helfen?*

Sigyn hob die Brauen. »Wer sagt, dass ich euch nicht helfen wollte?«

Jör grollte. *Ich habe das Gespräch mitgehört. Am Telefon, als er dich gebeten hat, uns zu unterstützen.*

»Und du glaubst, dass ich die ganze Wahrheit sage, wenn Odin Allvater mir im Nacken sitzt, weil er weiß, dass du auftaust?« Sigyn rieb sich die Stirn. »Er hat damit gerechnet, dass ihr beide die Welt schneller an den Rand des Abgrunds treibt als die Entdeckung dieser Runensteine. Euer Anruf war mir eine willkommene Überraschung.« Ein Seufzen. »Aber Odin spannte Hel ein, weil er dem Frieden nicht traute. Sie sollte euch beide prüfen.«

Jasna schielte zu Lokis Tochter, deren funktionsfähiger Mundwinkel nach oben zuckte.

»Was mir gelungen ist. Mit einigen … Extras. Es ist erstaunlich, was man erreichen kann, wenn man Streithähne nötigt, zusammenzuarbeiten.«

Während Jör ein sarkastisches *Kikeriki, vielen Dank auch,* verlautbarte, unterdrückte Jasna ein anerkennendes Pfeifen. Hel hatte vier ihrer Familienmitglieder zu einem zivilen Umgangston gezwungen, ein Video lanciert, das das Heidentum stärkte, und die offenbar lang ersehnten Erklärungen erhalten – Respekt.

Sigyn bedachte Lokis Tochter mit zusammengekniffenen Augen. »Zähle ich ebenfalls zu deinen Spielfiguren?«

Hel lächelte betont unschuldig. »Du hast eine Chance gewittert, meinen Vater zum Einlenken zu bewegen, nicht wahr?«

Daraufhin schluckte Sigyn vernehmlich. »Man sollte vorsichtig sein mit dem, was man sich wünscht. Ich weiß.«

Wenn Lokis Ehefrau sich nicht bis vorhin so kratzbürstig verhalten hätte, wäre Jasna versucht gewesen, sie in den Arm zu nehmen. Stattdessen rückte sie ihre Brille zurecht und wandte sich der vor ihnen liegenden Aufgabe zu.

»Eiwaz?«, fragte sie Sigyn.

Die straffte sich und nickte.

»Klingt vernünftig.« Die Eibe oder Yggdrasill zum Stabilisieren. »Ich habe Berkana schon als Symbol für Friggs Verschlossenheit benutzt.«

Sigyn wiegte bedächtig den Kopf.

Konnte man mit Jasnas Memo-Funktion auf ihrem Handy nicht zeichnen? Sie wühlte danach in ihrer Jackentasche. Die ultrastarke Schutzhülle, die sie sich für das neue Teil geleistet hatte, weil das alte bei einem Sturz während einer Wanderung hopsgegangen war, hatte gehalten, was der Hersteller versprach. Jasna entsperrte das Display, ignorierte zum ungezählten Mal sämtliche neuen Nachrichten und rief die passende App auf.

»Schau mal.« Sie zeichnete mit den Fingern einen Vorschlag und winkte Sigyn an ihre Seite.

Lass mich mal sehen, meinte Jör.

Der Verräter. Gerade so hielt sie sich davon ab, ihm auszuweichen, als er heranschlängelte.

Dann spürte sie seine Tatzen auf den Schultern und roch seinen Fischatem in der Nase. Wenigstens hatte er sich gemerkt, dass die Stacheln an seinem Kragen ihren Augen gefährlich werden konnten und lugte über ihren Kopf hinweg auf den Bildschirm.

Wenn du das so schreibst, heben sich Bjarkan und Kauna vielleicht gegenseitig auf.

Sigyn machte ein nachdenkliches Geräusch.

Nachdem sie sich auf einen Spruch und einen Zauber geeinigt hatten, musste die Inschrift samt Binderune in den Stein geritzt werden. Sie standen um die Platte herum, aber die Suche nach einer passenden Stelle erübrigte sich zunächst. Jasna hatte aus der Hobbywerkstatt ihres Vaters einen Meißel mit einem dieser Klopfhölzer ausgeliehen, in der Hoffnung, dass Loki das benutzen könnte. Der war aber außer Gefecht, und Sigyn winkte auf die Frage hin ab.

Ein Gutes hatte die Aufregung auf dem Schiff, meinte Jör. *Es verehren mehr Menschen meine Kräfte.*

Er kniff die Augen zusammen und legte eine Kralle an. Langsam lösten sich feine Splitter aus dem Stein. *Ich, Jörmungandr Lokason, ritzte diese Runen, Sigyn galdrs hapt und die Galdrakona Jasna röteten sie …*

Diesmal würden sie Hel aus dem Spiel lassen, damit die ihren Schutz nicht noch einmal widerrufen konnte.

Schließlich blieb, die Runen mit Kraft zu versorgen. Jasna hatte ein eigenes Messer, Sigyn ebenfalls. Trotzdem stach zumindest Jasna sich nicht regelmäßig für Runen in die Finger – meistens eilte es nicht, sodass sie auf ihre Blutung wartete.

Endlose kleine, brennende Wunden später war die Inschrift fertig. Die Binderune strahlte selbst für Jasna spürbare Macht aus.

Jör pustete darüber, um alles zu trocknen. Mit einem Prankenhieb schob er den Stein in sein Loch, häufte den größten Teil des Torfs wieder darauf und stülpte das linsenförmige Stück Eis darüber. Mehr Erde folgte. Trotzdem hatte der Permafrostblister einiges an Volumen eingebüßt.

Wenn ich bitten darf, Schwesterherz?

Hel hob beide Hände, einmal blass-rosig und weich anmutend, wie die einer jungen Frau, die nicht hart arbeiten musste, die andere aus bläulich schimmernden Knochen und Sehnen bestehend, mit Lücken da, wo Knorpel hätte sein sollen.

Wie im Zeitraffer transportierten die umliegenden Krautpflanzen den restlichen losen Torf und überwucherten dann den Hügel, bis er unberührt wirkte.

»Danke«, sagte Jasna. Vor dem geplanten Besäufnis heute Abend musste sie einen Becher Wein für Lokis Tochter opfern.

Hel machte eine Geste, die wohl ihre Großzügigkeit betonen sollte als auch bedeuten konnte, dass dies eine ihrer leichtesten Übungen war. »Wir sprechen uns gewiss später, Galdrakona. Immerhin scheinst du in die Familie aufgenommen.« Etwas in ihrem Blick warnte Jasna, sie unter »die Kids« zu subsumieren, dabei wäre ihr das nicht einmal im Traum eingefallen. »Habt einen guten Tag und schaut zu, dass ihr meinen Vater ins Trockene bringt, bevor es regnet.«

Jasna widerstand der Versuchung, sich zu verneigen, exakt einen Moment lang. »Es war mir eine Ehre, Frau Hel.«

Hel nickte. »Galdrs hapt. Ich hoffe, du weißt diese Gelegenheit zu nutzen.«

Sigyn verzog die Nase. »Eine sichere Fahrt nach Helheim, Lokadottir.«

Jör bekam einen Kuss auf seine Drachennüstern und sagte gar nichts. Oder zumindest nichts, was Jasna hören konnte.

Geh schon zu ihm, meinte Jör schließlich. *Auf uns beide wird er nur mäßig gut zu sprechen sein.*

Also ging Jasna. Hels Zauber hatte auch die Verletzungen in der Heide geheilt, die die Draugar und der Kampf gerissen hatten.

Váli sah ihr aufmerksam entgegen. Loki hatte sich an seinen Sohn gelehnt und die Augen geschlossen.

»Hei«, sagte Jasna und blieb etwas außer Reichweite stehen. Loki blinzelte zu ihr hoch. Es fühlte sich seltsam an, also ging sie in die Hocke. Legte ihre Ellenbogen auf ihre Knie, ließ die Hände herunterhängen.

Harmlos. Keine Waffen.

»Loki?«

»Hm.«

»Wir haben den Stein mit einem Zauber getarnt und vergraben.«

Er seufzte. »Okay.« Pause. »Gut.«

So wenig Enthusiasmus für ein erreichtes Ziel verhieß nichts Gutes. Jasna wollte ihn umarmen, bis er wiederhergestellt war. »Kannst du aufstehen? Wir sollten zurück zur Hütte, bevor es anfängt zu regnen.«

Loki rieb sich die Lider. Dass er sich dazu aus der Decke hatte befreien müssen, schien ihn zu wundern. Jasna streckte ihm eine Hand entgegen, er ließ sich aufhelfen.

»Magst du eine Umarmung?«, fragte sie und versuchte dabei, nicht so zu klingen, als wollte sie dringend selbst umarmt werden.

Er musterte sie. Ob ihn jemand so etwas schon einmal gefragt hatte?

»Okay.«

Trotz der nicht allzu enthusiastisch wirkenden Antwort legte er die Arme um ihre Schultern und drückte sie an sich. Warm, solide, etwas schmaler, als der Augenschein glauben machte. Letzteres glücklicherweise, denn Loki hatte keine Bedenken, sich mit seinem vollen Gewicht gegen Jasna zu lehnen. Oder vielleicht war es keine Absicht und noch der Schock. Sie vergrub ihr Gesicht an seiner Schulter und streichelte ihm über den Rücken, minutenlang, bis er sich schließlich von ihr löste.

Es gab eine Menge Dinge zu sagen. Jasna vertagte das auf später, hinter den schweigsamen Rückweg.

Váli hielt sich dicht bei Loki und schien weder Jör noch Sigyn mit seinem Elter über den Weg zu trauen. Insofern war es praktisch, dass Elter und Sohn beide eine Wäsche brauchten und Jasna und Sigyn währenddessen in der Küche eine Suppe aus Kartoffeln und Bohnen vorbereiten konnten.

Hat es eine von euch gewusst?, fragte Jör.

Nach all seinen klugen Kommentaren über Runenzauber klang er auf einmal jung und unsicher.

Sigyn schüttelte den Kopf, wirkte dabei aber eher müde als verbittert. Ein Fortschritt.

Mit einem tiefen Atemzug entschied Jasna sich, diesem verwirrten Teenager zu vergeben. Wussten die Nornen, was Jör sich als Beweggründe für Lokis Schweigen ausgemalt hatte. An eine Vergewaltigung hatte er gewiss nicht gedacht.

»Nach gestern habe ich was geahnt«, gab Jasna zu. Dabei hätte sie nur rechtzeitig Lokis ausweichende Antworten, die Kinder mit dem gleichen Namen und ihr Wissen um Rinds unfreiwillige Schwangerschaft von Odin verknüpfen müssen. »Aber erstens habe ich nicht das Recht, so etwas auszuplaudern. Und zweitens – es ist schwierig, über sexuelle Gewalt zu sprechen.« Sie selbst hatte Schwierigkeiten, die korrekten Worte in den Mund zu nehmen, obwohl sie zu denen zählte, die keinen Übergriffen ausgesetzt gewesen waren. »Vor allem, wenn du die überlebende Person nicht mit all den Zuschreibungen konfrontieren willst, die sie sonst so häufig treffen.«

Das verstehe ich nicht, sagte Jör, der natürlich die Debatte zum Thema Täter-Opfer-Umkehr nicht verfolgt hatte.

»Die Dinge liegen durchaus etwas anders als damals.« Sigyn unterbrach sich, um die bratenden Zwiebeln durch das Öl zu schieben. »Täter heutzutage reden sich gern damit heraus, dass ihr Opfer aufreizende Kleidung trug oder einen Übergriff anderweitig herausgefordert hätte. Und viele Menschen bei der Polizei oder bei Gericht akzeptieren solche Einwände. Sofern sie überhaupt glauben, dass ein Verbrechen stattgefunden hat.«

Ah. Jör fächelte seine Stacheln. *Aber was hat das jetzt mit meinem Vater zu tun?*

Sigyn klopfte ein paar glasige Zwiebelstücke so kräftig vom Kochlöffel, dass Jasna befürchtete, das Holz würde eine Delle davontragen.

»Man bringt jemanden effektiv zum Schweigen, wenn man ihm einredet, dass er selbst schuld an einer erfahrenen Demütigung ist. Dabei sind die Begründungen vollkommen egal, ob man ein schlechtes Karma aus einem früheren Leben, das Aussehen einer Person oder irgendeine vermeintliche Sünde gegen eine Gottheit bemüht. Oder verschweigt, dass eine Droge im Getränk war.«

Jasna nickte. Besser hätte sie es nicht erklären können.

Das ergibt Sinn. Und natürlich haben sich alle gefragt, was Vater angestellt hat. Weil er ja meistens irgendetwas anstellt. Dabei … Odin ist so etwas jederzeit zuzutrauen. Jör ringelte sich auf einem der Stühle ein und beendete damit die Konversation.

Jasna machte eine zustimmende Geste und lugte in den Topf. Die Zwiebeln waren braun, deshalb kippte sie die Kartoffeln dazu, und Sigyn goss Brühe darüber.

Es zischte, brodelte. Das würzige Aroma füllte den Raum und ließ Jasna das Wasser im Mund zusammenlaufen.

Váli und Loki kamen gewaschen, aber nicht besonders gestriegelt aus dem Badezimmer. Beide wirkten entspannt, jedoch nicht gesprächig, sodass sie gemeinsam in Ruhe ihre Suppe löffelten. Sigyn schien als Einzige die Offenbarungen des Tages noch nicht völlig verwunden zu haben, verzog sich aber trotzdem gleich nach dem Essen in ihr Zimmer.

»Wein?«, fragte Jasna.

»Weiß nicht«, meinte Loki. »Besser nicht, oder?«

Obwohl Jasna zertifizierte Ersthelferin für ihren kleinen Betrieb war, wusste sie nicht, ob Alkohol nach einem Schock konsumiert werden durfte. Daher entschied sie sich für Ingwertee. Auch damit sie sich nicht erkälteten.

Sie stellte die beiden Becher auf den Tisch und setzte sich wieder zu Loki auf die Bank. Rechts das Fenster, vor ihr der dunkle Flachbildfernseher. Váli zu ihren Füßen. Erstaunlich, dass Loki nicht den Platz mit der besten Fluchtmöglichkeit gewählt hatte.

Loki betrachtete den Inhalt seiner Tasse. »Du willst wahrscheinlich über das alles reden, was heute passiert ist.«

Jasna stupste ihn zur Aufmunterung mit dem Ellenbogen an. »Ich bin die Letzte, die eine Aussprache braucht. Aber …« Sollte sie sich in Lokis Erziehungsstil einmischen? Mehr, als sie es schon getan hatte? »Váli braucht eine Umarmung und sollte hören, wie mutig er sich in den Kampf gestürzt hat. Du brauchst ein Kompliment, wie elegant du Odin, Hel und Sigyn gegeneinander ausgespielt hast. Außerdem warst du auch mutig.«

Loki drehte den Kopf und starrte sie an.

Bevor Jasna den Schwung verlor, konzentrierte sie sich lieber auf Jör, der sich auf einem der Stühle zusammengeringelt hatte.

»Jör – du bist ein kleiner Opportunist, weißt du das?«

Ich halte mich lieber für pragmatisch, widersprach die Midgardschlange.

»Jedenfalls hast du, was du wolltest, und du hast dich um einen geringen Kollateralschaden bemüht.« An Jasnas Armen prangte jeweils ein blauer Handabdruck von den wenig rücksichtsvollen Transportmethoden der Draugar, und sie war müde, aber sonst fehlte ihr nichts. Wenn Jör sich nicht bei Hel und Sigyn für ihre Unversehrtheit eingesetzt hätte, wer wusste schon, was geschehen wäre? »Vielleicht kannst du dich für das Vertrauen bedanken, das Loki dir heute entgegengebracht hat.«

Hrrm, machte Jör.

»Ist schon in Ordnung«, sagte Loki. »Die Schulden sind beglichen.«

Allerdings, brummte Jör. *Wir sind quitt. Alle.*

Loki atmete geräuschvoll aus. Vális Rute klopfte auf den Hüttenboden, als wollte er Beifall spenden.

Jasna schaute vom einem zum anderen, aber sie schienen nicht geneigt, die noch bestehenden Gräben zwischen ihnen zu thematisieren. Einen Moment lang überlegte sie, die beiden ein wenig zu anzuschubsen. Doch Jörs erster Instinkt war gewesen, Loki gegen Odin zu verteidigen.

Keine Vorwürfe, keine Hinterfragung von Lokis Geschichte zugunsten des Täters. Das musste vorerst reichen.

»Es war trotzdem mutig«, befand Jasna.

Eine Weile saßen sie schweigend um den Tisch.

»Erzähl mir von den Runen«, sagte Loki irgendwann.

Ich habe mitgeholfen, verlautbarte Jör.

»Das hat er«, bestätigte Jasna.

Jör unterbrach ihre Schilderungen der Geschehnisse immer wieder. Am Ende war Jasnas Tee kalt geworden und Loki lehnte sich gegen sie. Um seine Lippen spielte ein kleines, zufriedenes Lächeln. »Dass ausgerechnet ihr drei euch zusammengerauft habt.«

Jasna zuckte mit ihrer freien Schulter. »Sigyn …« Hatte Sigyn Jasna überrascht? »Sie ist unglaublich strukturiert.« Wie Sigyn mit den Trollen bewiesen hatte, waren spontane Einfälle nicht ihre Stärke. Sobald sie jedoch eine Vorlage hatte, wusste sie diese zu verbessern. »Ihr habt euch sicher gut ergänzt.«

Loki brummte etwas, das nach einer Zustimmung klang.

»Sie wird eine Aussprache brauchen, sobald sie das alles einigermaßen verarbeitet hat.«

»Ehh«, machte Loki. Wenig begeistert, aber er schien die Notwendigkeit einzusehen.

»Du kriegst auch vorher eine motivierende Ansprache von mir.«

»Und hinterher eine Kuscheleinheit als Belohnung?« Loki setzte einen besseren Hundeblick auf, als ihn die meisten Hunde beherrschten. Dabei streiften ein paar ungekämmte Locken Jasnas Wange.

Wenn man sich auf eins verlassen konnte, dann, dass Loki »beides« sagte, sobald man ihm »entweder – oder« anbot. Und falls es kein Angebot gab, holte er sich eins ein.

Andererseits … ach, verflucht. Im Grunde hatte sie sich doch längst entschieden, so gefährlich für Herz und Nerven es auch war. »Kuscheleinheiten sind grundsätzlich gratis, aber von der Zustimmung aller Beteiligten abhängig.«

»Hm.« Jetzt lehnte Lokis Kopf an ihrem, und sie hatte das unbedingte Verlangen, ihn auf den Scheitel zu küssen.

Also tat sie es.

»Los, Zähne putzen und ins Bett, dann kannst du eine haben«, versprach sie.

Während Loki grummelnd gehorchte, klopfte Jasna auf die Bank, bis Váli heraufsprang. Sie knuddelte ihn, vergrub ihre Nase in dem dichten Fell an seinem Hals. Es roch nach dem Shampoo, das sie eingepackt hatte.

Ich will auch, sagte Jör. Seine Schuppen scharrten leise gegeneinander, als er sich entrollte und hinter Jasna auf die Bank glitt, bis er, lang und schmal wie ein Python, einmal über ihre Schultern drapiert war. Dieses Kind hatte noch viel länger auf Umarmungen verzichten müssen. Aber es war wohl müßig zu hoffen, dass er weniger anstrengend sein würde, wenn man ihn mit Liebe überhäufte.

Vermutlich hätte er sich ins Bad tragen lassen und Jasna beim Zähneputzen zugesehen, wenn Loki ihn nicht heruntergeklaubt hätte. Allerdings, nach dem Tag, den sie hinter sich hatte, fühlte sie sich selbst liebesbedürftiger als sonst.

Im Schlafzimmer warteten alle drei auf sie. Das Arrangement brauchte ein bisschen Verhandlungen, zumal Jasna keine zweite Person in ihrem Bett gewöhnt war und sich mit drei weiteren Anwesenden überfordert fühlte. Weil Loki darauf bestand, festgehalten zu werden, schloss sie ihn von hinten in die Arme. Da sie gute zehn Zentimeter kleiner als Lokis gegenwärtige, maskuline Form war, widersprach das den Bildern, die in ihrem Kopf herumspukten. Als dürften Männer nicht offen Trost verlangen. Anscheinend hatte sie mehr Heteronormativität getankt als erhofft. Gleichzeitig beruhigte es sie ungemein, mit ihrer Hand auf seinem Bauch seinen tiefen, gleichmäßigen Atemzügen nachzuspüren. Váli ließ sich wiederum von Loki umarmen, und Jör ringelte sich hinter Jasnas

Rücken ein. Obwohl er hätte kalt sein müssen, so als Echse, taugte er ausgezeichnet zum Nierenwärmer.

Sie holte scharf Luft, denn ein solcher Gedanke über die Midgardschlange schien nicht angemessen. Grinsend beschloss sie, einfach zu genießen, dass Loki ihr mit seinem Rücken vertraute, dass es warm war, dass sie sich aufgehoben fühlte wie seit dem Samstag nicht mehr, als Selma ihr diese elenden Tortenfotos gezeigt hatte.

Wahrscheinlich, wahrscheinlich könnte sie sich sehr gut daran gewöhnen, regelmäßig Teil eines solchen Kuschelhaufens zu sein.

Als sie glaubte, dass alle schon schliefen, räusperte Loki sich. »Jasna?«

»Hm?«

»Dann haben wir jetzt also … ein Dauerkuschelarrangement?«

Der Typ war manchmal einfach zu süß. Sie lächelte und musste den Kopf schütteln. »Queerplatonische Beziehung, heißt das.«

»Ach, das ist das QPP, von dem Elsa vom Kollektiv immer spricht?«

»Davon gehe ich aus. Und das noch als Poly-Lösung, sofern Sigyn einverstanden ist.«

Kurze Pause, aber kein Widerspruch. »Und wir dürfen wirklich bei dir einziehen?«

Das hatten sie, im Konjunktiv, besprochen. »Du hilfst mir beim Renovieren.«

»Okay. – Was renovieren wir?«

»Du kriegst das andere Zimmer unter dem Dach. Du und Váli. Aber dazu müssen wir den Schuppen ausbauen, für die Ochsenhäute und so.«

»Cool«, meinte Loki. »Ich könnte versuchen, die Wiese hinter deinem Haus zu kaufen.«

Darüber hatte Jasna während ihrer Ausbildung auch nachgedacht, bis sie gemerkt hatte, wie viel zusätzliche Arbeit das Grundstück verursachen würde. Sie hätte sich dafür von einem anderen Hobby verabschieden müssen. »Klingt nach einem Plan.« Sie gähnte. »Nacht.«

»Nacht«, murmelte Loki.

15

Die Sonne strahlte hell ins Zimmer und tauchte es in angenehme Wärme, als Loki sich überwand zu blinzeln. Er selbst und Váli hatten nachts irgendwann die Plätze getauscht, und Jör sich ein ruhiges Eckchen am Fußende gesucht. Im Gegensatz dazu hatte Jasna sich überhaupt nicht gerührt, was Loki irgendwie unheimlich fand.

Er tastete nach seinem Handy. Nur zehn Prozent Batterie, aber es reichte, um zu sehen, dass es nach neun Uhr morgens war. Endlich mal eine vernünftige Zeit statt der Beinahe-noch-Nachtstunden, zu denen sie die letzten Tage aufgestanden waren.

Etwas verbot Loki, Jasna zu wecken, obwohl die zum Frühaufstehen tendierte. Stattdessen schälte er sich aus dem Daunenbett, schnappte sich Klamotten und schlich nach draußen. Váli überlegte sich auf halber Strecke, dass er mit raus wollte, und tapste dabei ungewohnt leise über die Dielen.

Jör öffnete ein Auge. *Holt mich, wenn es Frühstück gibt.*

Woraufhin sich Loki ein tadelndes Geräusch verkniff. *Hast du ein Glück, dass du keinen Daumen hast, sonst würde ich dich kochen lassen.*

Jör streckte ihm die gespaltene Zunge heraus und wühlte sich unter das Stück freie Decke.

Obwohl das kein Austausch gewesen war, wie man ihn von einem gut erzogenen Kind erwartete, konnte Loki sich ein Grinsen nicht verkneifen. Angrboda und er hatten nie auf einen vornehmen Umgangston geachtet, liebevolle Sticheleien gehörten zur Tagesordnung.

Loki schloss die Tür und lehnte seine Stirn kurz dagegen, musste sich an der Klinke festhalten, damit er nicht abhob. Was für eine unendliche Erleichterung, ein unbelastetes Verhältnis zu diesem Sohn zu haben.

Hinter ihm seufzte jemand.

Sigyn.

Nach gestern hatte Loki keine Ahnung, womit er zu rechnen hatte, also straffte er sich und drehte sich um.

»Morgen«, sagte er.

»Guten Morgen.«

Er gestikulierte zu den Kleidern, die über seinem linken Arm hingen. Mit Váli im Schlepptau verschwand er im Bad.

Die Noch-Ehefrau saß weiterhin mit einer Tasse Kaffee auf der Bank am Tisch, als er die Nase aus der Nasszelle steckte. Wahrscheinlich deswegen kratzte Váli an der Tür nach draußen. Eine neuerliche Bedenkzeit kam Loki zupass, er ließ das Kind unter ein paar pflichtschuldigen Ermahnungen ins Freie und schlurfte die paar Schritte zurück zur Küchenzeile.

In der Kanne war noch Kaffee, also goss er sich welchen ein und setzte sich zu Sigyn an den Tisch. »Bist du jetzt zufrieden?«, ging er zum Angriff über.

Sigyn presste die Lippen zusammen. »Wieso hast du nichts gesagt?«

»Hättest du zugehört? Mir geglaubt?«

Sie schaute weg. So gut wie ein Nein. Vorgestern Abend hatte Loki sich überlegt, sich mit Sigyn das Stockbett zu teilen. Ihren Blicken nach zu urteilen, hätte sie ihn nicht abgewiesen. Jetzt war er froh, dass er der Versuchung widerstanden hatte. Unvoreingenommen stritt es sich besser.

Zur Ablenkung nippte er an seinem Kaffee. Er hatte seine Tasse fast geleert, als Sigyn sich rührte.

»In den ersten Tagen nach Naris Tod war ich zu wütend. Aber …, wenn ich wenigstens vorher gewusst hätte, dass du Váli geboren hast … vielleicht hätten wir uns nicht trennen müssen.«

Loki hob einen Mundwinkel. »Dein Ernst?«

Sie zuckte mit der Nase. »Ich bin deine Ehefrau. Wieso hast du mir nicht einmal das anvertraut?«

»Gute Frage«, sagte Loki. »Odin hatte mir den Vorschlag gemacht, dich zu heiraten.«

»Du kannst mich nicht verdächtigt haben, dass ich für ihn spioniere.« Für diesen Rückschluss klang Sigyn erstaunlich gefasst.

Durchs Fenster beobachtete Loki die Wolken am Horizont. »Das nicht. Aber ich wusste auch nicht, ob du petzen gehen würdest. Und … du hattest dich des in Ungnade gefallenen Asen und seines mutterlosen Kindes erbarmt. Wenn ich dir gleich nach der Hochzeit alles erzählt hätte – woher sollte ich wissen, dass du mich nicht sofort wieder vor die Tür setzen würdest?«

Sigyn seufzte. »Ich wusste, dass du Sleipnir geboren hattest. Warum hätte mich Váli überraschen sollen? Oder dass du gelegentlich Brüste hast?«

»Es wäre nicht das erste Mal gewesen, dass jemand mich deswegen verstößt oder verleugnet.«

Sigyns Hände wanderten in sein Sichtfeld und legten sich über seine, die wiederum die Tasse umschlossen. Sie waren warm. Trotzdem traute er sich nicht, ihr ins Gesicht zu sehen.

»Du hattest Angst.«

Der silberzüngige Loki, der sich in fast jedes Bett schmeicheln konnte, hatte Angst vor einer Zurückweisung gehabt. Wie das eben so war, wenn man jemanden liebte und dessen Meinung wertschätzte. »Ich hätte es nicht mal erklären können. Du weißt nicht, wie das ist.« Odin und Angrboda, sie hatten gar nicht so unterschiedlich reagiert. Hatten ihn der Lüge bezichtigt, Vorwürfe gemacht, Erklärungen verlangt für etwas, das Loki selbst nicht erklären konnte. Nur dass Odin im Gegensatz zu Angrboda ruhig geblieben war und Loki das Glitzern in seinen Augen bis gestern für echte Neugier gehalten hatte und nicht für Berechnung. »Und später hattest du schon ein so festes Bild davon, wie ich zu sein hatte … es war einfacher, gar nichts zu sagen.«

Sigyns Daumen streichelten seine. »War es das?«

Er sah auf. Sie selbst betrachtete ihrer beider Hände und ließ sich von seinem Blick nicht stören.

»Es ist einige Hundert Jahre her, da habe ich geglaubt, es sei einfacher, den Menschen um mich herum den flüchtigen Mann und die verlorenen Kinder zu verschweigen. Ich dachte, dass ich ohne das Mitleid besser auskäme. Zu lügen fand ich schwieriger als erwartet, obwohl ich gewohnt war, mein Alter und meine Herkunft zu vertuschen. Aber – ach, du wirst wissen, wie es ist, wenn man nicht als Ganzes wahrgenommen wird.«

Was hatten sie sich gegenseitig angetan? »Das tut mir leid.«

»Ich wünschte, ich könnte dir versprechen, dass ich Ruhe bewahrt hätte.« Sigyn hob einen Mundwinkel. »Aber ich bin da ein wenig voreingenommener als deine neue Gespielin.«

Loki verdrehte die Augen und entzog ihr seine Hände. »Queerplatonische Partnerin.«

»Platonisch?« Dazu gehobene Brauen. »Ausgerechnet du?«

Manchmal bereitete es Loki diebische Freude, Sigyn aus dem toten Winkel zu überraschen. »Sie hat mich gebeten, sie zu fragen, bevor ich Sex auf ihrer Couch habe.«

Sigyn lehnte sich zurück. »Das hat sie nicht so offen angesprochen.«

»Hat sie. Sie erwartet nicht, dass ich ihr treu bin.« Auch wenn Loki keinen One-Night-Stand auf der hoffentlich demnächst gemeinsamen Couch plante.

»Seit wann erwartet irgendeine Frau sexuelle Treue von ihrem Ehemann?«, fragte Sigyn.

Loki machte eine Handbewegung, die die modernen Zeiten andeuten sollte. »Seit sie glaubt, aus Liebe geheiratet zu werden?«

»Was hat Liebe mit Treue zu tun?«

»Wieso fragst du ausgerechnet mich?«

Aus dem Blick, den sie tauschten, las Loki das gelegentliche Befremden, das eine jahrhundertealte Wesenheit spürte, wenn sie den neuesten Moralvorstellungen begegnete. Es war fast so etwas wie Kameradschaft.

Eine Erfahrung, die nur sie beide, und vielleicht Váli und Jör, teilten. Etwas mit dem Potential, sie zusammenzuschweißen, besser als das Gewirr aus Pflicht, erotischer Spannung und Enttäuschungen, das sie derzeit aneinanderband.

»Jedenfalls – verstehst du den Unterschied? Dass sie nicht erwartet, dass ich so tue, als sei ich treu?« Keine fadenscheinigen Ausreden mehr. Die Möglichkeit, sich zu beklagen, wenn irgendwer sich als Arschloch entpuppt hatte. Jemanden anrufen zu können, der einen ganz sicher aus einer Ausnüchterungszelle abholen oder in die Notaufnahme begleiten würde.

Sigyn musterte ihn mit unergründlichem Blick. »Eine schöne neue Welt.«

Selbst Loki hörte die Kritik darin. »Und sie ist dir nicht recht.«

»Du hast behauptet, dass du mich gern zurückhaben willst«, sagte Sigyn.

Loki rieb sich den Nacken. »Es war das falsche Wort«, fiel ihm auf. »Wahrscheinlich meinte ich wohl eher, dass ich gerne hätte, dass du mich auf Teilzeitbasis zurücknimmst.«

»Als wärst du ein Scheidungskind, das von einem Elternteil zum anderen pendelt? Wie soll ich mir das vorstellen? Dass du alle zwei Wochen freitags in ein Flugzeug steigst, um mich zu besuchen?«

Es wäre wirklich umständlich – gar nicht. Loki befühlte die Reste der Fessel an seinem Handgelenk, so viel blasser als vor einem Tag. Schloss die Augen und spähte nach Yggdrasils Wurzeln. Roch das Moor und hörte den Bach plätschern, der hier von da trennte. Wenn er jetzt aufstand und einen Schritt beiseitetrat, befände er sich im Reich seiner Tochter oder in Utgard bei den Riesen. Wenn er wollte, könnte er im nächsten Moment ein Pferd sein, oder ein Lachs.

»Sigyn. Ich brauche kein beschissenes Flugzeug.« Mit einer Hand griff er nach drüben und winkte den Duft des Heidekrauts in die Küche. Seine Wangen schmerzten, so sehr grinste er.

Die Noch-Ehefrau lächelte nicht, aber sie musterte die Luft um Loki, als ahnte sie die neuen, ungenutzten Möglichkeiten. »Du brauchst kein Flugzeug«, bestätigte sie. Seufzte. »Trotzdem. Es klingt viel einfacher, als es wäre.«

Loki nickte. »Mir ist schon klar, dass wir nicht dort weitermachen können, wo wir aufgehört haben. Aber … ich würde schon gern rausfinden, ob unsere Liebe noch zu retten ist.«

Ein zweiter Seufzer, den Sigyn aus den Tiefen der See zu hieven schien. »Du bittest mich, meinen eigenen Ehemann wie einen Gast zu behandeln, mit vorher abgesprochenen Terminen, in die uns außerdem eine dritte Person hineinreden kann, und zu akzeptieren, dass du die Hälfte der Zeit gar kein Mann sein wirst.« Sie schüttelte den Kopf. »Ich weiß nicht, ob ich das will. Ob ich das kann.«

Loki zeigte ihr seine Handflächen. Das waren die Bedingungen, und er wusste auch, dass er es von allen Beteiligten am einfachsten haben würde – so lange, bis Sigyn oder Jasna sich eine zweite Person anlachten, jedenfalls. »Du könntest dir wen suchen, der mir hineinredet?«, schlug er vor.

Den so entrüsteten wie ungläubigen Blick hatte er sich redlich verdient.

»Tschuldigung. So einfach ist das nicht.«

»Für mich nicht, nein.« Sigyn klang fast erstickt vor Neid. »Dir bereitet es selbstverständlich keinerlei Probleme.« Damit drückte sie sich von der Bank hoch. »Ich gehe jetzt.«

Er griff nach ihrem Handgelenk. »Bleib wenigstens zum Frühstück.«

Überraschenderweise schüttelte sie ihn nicht gleich ab, sondern schien darüber nachzudenken. »Weck deine … queerplatonische Partnerin. So sehr sie die Ruhe verdient haben mag, ich gedenke nicht, länger zu warten.«

Loki lächelte sie an und tat wie geheißen.

Jasna stellte unmissverständlich klar, dass es ihr als Chauffeuse nach frischem Kaffee und Essbarem verlangte, daher überließ Loki sie der Suche nach etwas zum Anziehen, setzte Wasser auf und machte sich mit dem Inhalt des Kühlschranks vertraut. Von dem dunklen Brot war ausreichend da, sie hatten Eier, Speck, Karotten und Äpfel. Frischkäse und eine dunkle Marmelade, das wäre das Tüpfelchen auf dem I.

Loki nahm seinen Parka vom Haken an der Tür, schlüpfte in seine Schuhe und sagte: »Bin gleich zurück.«

Draußen vergewisserte er sich, dass Váli umherstromerte und setzte dann zwei Schritte seitwärts bis auf den Parkplatz vor dem Supermarkt in Kiruna. Er kaufte Frischkäse, Blaubeer- und Moltebeermarmelade, außerdem Zimtschnecken.

Wenn seine beiden Frauen nach so einem Festmahl nicht halbwegs süß gestimmt waren, wusste er auch nicht weiter.

Sigyn brütete über einer leeren Tasse, als Jasna und Jör aus dem Schlafzimmer traten. Wenigstens roch es nach frischem Kaffee, obwohl das versprochene Frühstück als auch Loki fehlten. Da Loki nicht das Bad blockierte, war seine Abwesenheit rätselhaft.

Váli will wieder rein, meinte Jör und ringelte sich auf seinen üblichen Stuhl zusammen.

Also ließ Jasna Váli herein, schenkte sich Kaffee ein und setzte sich Sigyn gegenüber. »Wo ist Loki?«

»Ich nehme an, dass er einkaufen gegangen ist.«

Jasna musterte Sigyn. Wollte sie Loki sabotieren oder wusste sie es tatsächlich nicht? Oder beides? Das Auto hatte in Sichtweite gestanden, also war Loki zu Fuß unterwegs. Bei dem, was Váli und Jör über Lokis Fahrkünste angedeutet hatten, sicher ein Trost. Sie fischte ihr Handy aus der Känguruhtasche ihres Kapuzenpullis, hatte aber keine neuen Nachrichten von Loki. Nur von zu vielen anderen Leuten.

Als sie aufsah, hatte Sigyn einen schadenfrohen Zug um den Mund. Zugegebenermaßen diente der Blick aufs Smartphone Jasna zu ähnlichen Zwecken, wie wenn Katzen sich putzten: eine Verlegenheitsgeste.

Sie steckte das Handy weg und zwang sich zur Ruhe.

»Hat er gesagt, wann er wiederkommt?«

»Gleich, meinte er.«

Na dann. Jör und Váli beobachteten den Ballwechsel wie Tennisfans das Wimbledon-Finale. Da Jasna aber keine Lust hatte, sich mit Sigyn zu streiten, stand sie auf und überblickte die Vorräte, die wahrscheinlich Loki aus dem Kühlschrank geholt hatte. Warmgehaltenes Rührei schmeckte so mittelgut, aber Speck und Zwiebeln konnten sie vorbereiten. Sie fischte die entsprechenden Utensilien aus den Schubladen und schob Sigyn ein Brettchen mit Messer und Speck zu. Auch für einen Streit, wer sich um die Zwiebel kümmern musste, war sie nicht wach genug.

»Würfel bitte«, sagte sie.

Erstaunlicherweise widersprach Sigyn nicht, schob das abgegriffene Messer beiseite und holte ihr eigenes hervor.

Kaum hatte Jasna die Zwiebel geschält, ging die Tür auf und Loki betrat mitsamt einem Schwall zu kühler Luft die Hütte. Er kickte seine Stiefel weg, platzierte eine Tüte auf dem Tisch – eine Jutetasche mit Souveniraufdruck aus Kiruna – und grinste wie das sprichwörtliche Honigkuchenpferd.

»Frühstück!«, verkündete er mit einem Blick auf die Schneidbretter. »Ich hab doch gesagt, dass ich mich drum kümmere?«

Das Stirnrunzeln dazu war sehr niedlich. Verstand er nicht, was er falsch gemacht hatte?

»Du bist nach einem Viertel der Vorbereitungen wortlos verschwunden«, versuchte Jasna sich an einer Erklärung.

Er blinzelte. »Ich hab Sigyn gesagt, dass ich gleich wieder da bin.«

Jasna bemühte einen Blick über ihren Brillenrand. »Aber du hast ihr nicht gesagt, wohin du gehst.«

Ein Achselzucken. »Stimmt.«

»So etwas darfst du von Loki nicht erwarten«, schaltete Sigyn sich ein.

Jasna beschloss, sie zu ignorieren. »Du hast ein Handy«, sagte sie.

»Du auch«, schoss Loki zurück und wandte sich der Tasche zu. »Mag wer eine Zimtschnecke?«

Also hatte sie die Erlaubnis, ihm Kontroll-Nachrichten hinterherzuschicken. Nicht der beste Weg, den Konflikt zu lösen, aber besser als nichts. Und apropos … »Kann ich deine Nummer haben, Sigyn?«

Die hob die Brauen.

»Eine Wo-steckt-Loki-gerade-Gruppe erscheint mir sinnvoll«, meinte Jasna.

Es hatte gar nicht lustig sein sollen, doch Jör, der sich bis jetzt bewundernswert zurückgehalten hatte, kicherte. Sigyn kniff die Lippen zusammen, da sie wohl lieber in eine Zitrone biss, statt zuzugeben, dass sie Jasnas Vorschlag komisch fand.

Loki grummelte etwas davon, dass er eindeutig kein Hund war, packte aber fertig aus und nahm Jasna das Brett mit der Zwiebel ab.

Damit hatte sie die Hände frei, um ihr Telefon hervorzuholen und Sigyn anzusehen. Die rückte ohne weiteren Protest ihre Nummer heraus. Jasna setzte ihre Drohung mit der Gruppe in die Tat um. Nach einem stärkenden Schluck Kaffee stützte sie sich auf ihre Ellenbogen und lehnte sich näher zu Sigyn. »Sag mal, du weißt ja ungefähr, wie sich das Video verbreitet hat.«

Sigyn nickte.

»Irgendwelche Ideen, wie ich reagieren soll, falls mich die Medien aufspüren? Wir brauchen eine Message wie: Kümmert euch um die Umwelt, und wenn ihr den Asen den gebührenden Respekt zollt, dann nicht aus nationalistischen Gründen.«

Das Video war über Diskussionen um Flüchtlinge und Wahlkampf aus den paar seriösen deutschen Medien verschwunden, die sich überhaupt dafür interessiert hatten.

»Du könntest ein Buch schreiben«, sagte Loki zu Jasna.

Die verdrehte nur die Augen. »Immer noch keinen Bock auf Talkshowzirkus. Außerdem: Was, wenn jemand schnüffelt und dich findet?« Damit wandte sie sich dem Omelette zu, das Loki serviert hatte.

»Den Behörden gegenüber solltest du dich bedeckt halten«, meinte Sigyn. »Trotz deiner zurückgewonnenen Freiheit.«

Loki schaute sie an. »Aber was machen wir dann?«

Einer von Sigyns Mundwinkeln zuckte. »Wir, hm?« Ihre Stimme klang wärmer als den ganzen Morgen.

Wir … »Wir«, bekräftigte Loki.

»Du wirst Runenkurse bei mir anbieten«, sagte Sigyn. »Und nebenher wirst du das tun, was du am besten kannst.«

Loki hob fragend die Brauen.

»Nicht hier und nicht dort sein. Überall auftauchen und die Menschen aus ihrem Trott holen. Wenn du dich um deine Aufgaben als Gottheit tatsächlich kümmerst, statt von vergangenem Ruhm zu zehren, sollte Asgard wieder zu alter Macht finden.«

Die postmoderne Menschheit von der Existenz von Göttern zu überzeugen, würde ewig dauern. Loki ließ sich in seinem Stuhl nach hinten sinken, um an die Decke zu starren. Ausgerechnet an ihm, den die Menschen zum Gott des Schabernacks degradiert hatten, sollte so eine Aufgabe hängenbleiben.

Vor allzu vielen Jahren hatte man Loki Dinge anvertraut, die rasch und sicher über eine Grenze gelangen mussten, meinte er sich zu entsinnen. Und hatte er Odins Machtkonsolidierung und die dadurch schwindende Flexibilität der Asen nicht gerade durch seine Grenzenlosigkeit begrenzt?

Loki hatte die tödliche Waffe gefunden, um Balder zu Hel zu entsenden, nicht Odin. Und es brauchte das Ende der mythischen Fesseln Lokis, um die Herrschaft der alten Asen zu beenden und Platz für eine neue, junge Generation zu schaffen.

Wenn Loki es also richtig anstellte, würden ihn irgendwann diejenigen anrufen, die nirgends willkommen waren, die soziale Grenzen überschritten und den Wahrscheinlichkeiten trotzten. Menschen wie Jasna und die junge Heidin, die sie auf dem Schiff getroffen hatte.

Er richtete sich auf. Außerdem könnte er hinterher den Asen unter die Nase reiben, dass er ihnen den Arsch gerettet hatte, mal wieder.

»Du könntest deine ominösen Onlinegeschäfte nutzen, um die richtigen Leute zu unterstützen«, meinte Jasna.

Viel weiter planten sie nicht, denn Sigyn wollte nach Hause.

Sie verabschiedete sich mit knappen Worten von den Kindern, Jasna bekam die Hand geschüttelt – eine echte Ehre – und Loki eine Schulter gedrückt.

Wussten die Nornen, wie er diese Abschiedsgeste interpretieren sollte.

Während er herumsaß und schlau aus der Noch-Ehefrau zu werden versuchte, räumte Jasna den Tisch ab und ließ Wasser zum Geschirrspülen ein.

»Los, abtrocknen«, sagte sie. »Und danach«, sie blickte aus dem Fenster, »will ich mich dekadent in die Sonne setzen und sinnlose Handyspiele spielen. Und morgen nochmal ausschlafen, bevor wir heimfahren.«

Hm. Heimfahren.

»Weißt du was«, sagte Loki, »ich wette, ich kriege euch alle und das Auto nach Hause, ohne einen weiteren Liter Benzin zu verbrauchen.«

Jasna warf ihm ein Geschirrtuch an den Kopf. »Angeber.«

16

Loki machte sich neben Jasna in der Sonne an der Hüttenwand breit, schlang die Arme um Váli und fragte: »Was schätzt du? Ist da noch was zu retten mit Sigyn?«

Offensichtlich ging Sigyns Abschiedsgeste ihm so sehr nach, dass er sie laut analysieren musste.

»Du sprichst mit einem Aroace.« Jasna pausierte ihre Runde *Candy Crush.* »Wieso glaubst du, dass ich euer Gespräch besser interpretieren kann als du?«

Loki zuckte mit den Achseln. »Aro ist kein Argument. Ich hab nachgelesen. Diese ganze institutionalisierte Schwärmerei ist nach der Reformation entstanden. Sigyn und ich sind so alt, wir verspüren romantische Anziehung quasi zwangsweise genauso wenig wie du.«

»Euren erotischen Subtext verstehe ich trotzdem nicht – falls überhaupt welcher vorhanden ist.«

Da Loki sehr schief grinste, hatte Jasna wohl einiges nicht mitbekommen.

»Sieh's mal so: Sie will mit dir heidnisch missionieren gehen. Außerdem braucht es Zeit und Ehrlichkeit.«

Du bist vielleicht optimistisch, lästerte Jör, der seine Schuppen nach einem Bad im See auf dem Hüttendach trocknete.

Loki seufzte und stützte sein Kinn auf Vális Rücken. Der wiederum wandte sich Jasna zu und verdrehte die Augen.

Zur Vermittlerin berufen fühlte sich Jasna nicht, also sendete sie allen wichtigen Menschen in ihrem Leben Updates und ein Bild des Sees Torneträsk, auf dessen Oberfläche sich ein paar träge heraufziehende

Regenwolken perfekt spiegelten. Kaum zu glauben, dass es gestern nach einem Herbststurm ausgesehen hatte.

Loki hatte derweil begriffen, dass sie ihm mit Sigyn nicht weiterhelfen konnte, und stand auf. »Ich würde Hel besuchen gehen.«

Jasna lächelte ihn an. »Und, wann meinst du, bist du zurück?«

Kurz betrachtete er den Sonnenstand. »Spätestens zum Abendessen. Soll ich was mitbringen?«

Die Wahrscheinlichkeit, dass er eine Einkaufsliste bis dahin vergessen hatte, war höher als Null. »Schreib mir, wenn du wieder hier – in Midgard bist. Ich schau später und schick dir ne Liste.«

Können wir Pizza haben?, fragte Jör.

Jasna schüttelte den Kopf und wackelte mit dem Brauen. Es gab ungesündere Lebensmittel als Pizza, aber nach dem ganzen Fastfood der letzten Tage war ihr Bedarf an Gemüse noch nicht gedeckt. Da würde sie sich nicht nach Jör richten, der ihres Wissens nichts zu essen brauchte und dem Geschmack vor Vitaminen ging.

»Keine Pizza«, sagte Loki. »Wie sieht's aus, Váli. Jör? Kommt ihr mit?«

Beide nahmen die Einladung an und Jasna blieb allein in Nordschweden. Wie um der Ruhe zu spotten, klingelte ihr Telefon. Es war ihre Mutter.

»Hei, Mama.«

»Hast du endlich Zeit für ein Telefonat.«

Als hätte ihre Mutter nicht geahnt, dass Jasna sich ihrer ersten Loki- und dramafreien Minute seit Tagen erfreute. »Heute ruhen wir aus. Morgen fahren wir zurück.«

»Also hast du die Welt gerettet.« So einen trockenen Tonfall benutzte ihre Mutter selten. Nicht, dass sie nicht glaubte, dass etwas passiert war, aber ihrer Überzeugung nach hatte Jesus, wenn nicht die Welt, dann wenigstens die Menschheit errettet.

Jasna umriss die Ereignisse der letzten Tage. »Wenn ich dir sage, dass ich kurz Besuch von Selma hatte …«, tastete sie sich vor.

»In der Nacht auf gestern? Ich bin aufgewacht und habe mich gefühlt, als sei jemand über mein Grab gegangen.«

»Ob du es glaubst oder nicht, sie sollte mich zur Vernunft bringen.«

Ihre Mutter schniefte. »Na, da hat sie sich aber das falsche Ziel ausgesucht.«

Wider Willen musste Jasna grinsen. Hinter ihren Lidern prickelten die ersten Tränen. »Ich weiß, Mama.«

Kurz herrschte Stille in der Leitung. »Wie geht es ihr?«

Jasna schluckte. »Sie weiß natürlich, dass sie tot ist.« Ein tiefer Atemzug. Die Luft zitterte in ihrer Lunge. »Aber sie hat es wohl gut getroffen. Es tut ihr leid, dass sie so früh gegangen ist. Sie wollte uns nicht allein lassen.«

Auf der anderen Seite der Leitung raschelte ein Papiertaschentuch. Ihre Mutter räusperte sich. »Ich hätte nicht erwartet, dass du mir davon erzählst.«

Obwohl der Vorwurf Jasna einen Stich versetzte, wusste sie um seine Berechtigung. Sie wischte ein paar Tränen von ihren Wangen. »Es tut mir leid.«

Sie schwiegen sich eine Weile an. »Mir tut es auch leid«, sagte ihre Mutter schließlich. »Du bist das einzige Kind unter euch Cousins, das das zweite Gesicht geerbt hat, und ausgerechnet mit dir machen wir nur Fehler.«

»Ich sehe die Dinge eben anders als du«, versuchte Jasna sich zu verteidigen. »Und wenn ich mit Vorwürfen oder aufdringlichen Fragen überhäuft werde, mache ich dicht. Ist vielleicht nicht die klügste Reaktion, aber ich kann's nicht ändern.«

Wieder Stille. »Weißt du, dein Vater hat mir das einmal zu vermitteln versucht, er ist da ja ähnlich gestrickt, aber … mein Temperament kann ich ebenso wenig ändern.«

Jasna nickte. »Ich weiß, Mama.«

»Aber immerhin erklärst du dich jetzt. Das ist mehr, als du die letzten zwanzig Jahre getan hast.« Sie schnaufte. »Die Reise scheint dir gutgetan zu haben.«

»Ja …«, meinte Jasna gedehnt und erzählte weiter.

Ihre Mutter schien zufrieden, dass Jör, »der Dämon«, sein Versprechen gehalten hatte.

»Und wer ist ›wir‹?«, fragte sie.

»Loki und Váli und Jör und ich. Und …« Sie sollte die Eltern vorwarnen. »Die ziehen bei mir ein.«

»Und dieser Loki …«

»Ist ein Ase, ja. Und er weiß, ›was mit mir los ist‹«, nahm sie die nächste Frage samt der üblichen Formulierung vorweg. »Dafür ist er nicht immer ein Er, Váli ist ein Wolf, und Jör hast du ja kennengelernt. Es sind die drei, die mir gutgetan haben, nicht die Reise an sich.«

Erneute Stille. »Da mutest du uns einiges zu, Kind.«

Oh, als ob Jasna das nicht wüsste. Zwar war ihr klar, dass sie nicht träumte, aber so richtig eingesickert war das alles noch nicht. Menschenhirne brauchten wahrscheinlich einige Zeit, bis sie sich um derlei Fakten gewickelt hatten. Loki, der so lange leben würde, bis die Menschheit vergessen hatte, dass die nordischen Gottheiten existierten, und dessen ewig jugendlicher Sohn in Wolfsgestalt gefangen war. Die verfluchte Midgardschlange hatte ihren Teich mit einem Schutzzauber versehen. Jasna unterdrückte ein fassungsloses Kichern. Wenn sie zu lachen anfing, würde sie nicht wieder aufhören können.

»Kind?«

»Ich weiß. Ich weiß, dass es schwierig ist. Ich trau den Neuigkeiten selbst noch nicht richtig.«

»Nun. Wenn ich dir jetzt Vorhaltungen mache, redest du wieder ein Jahr lang nicht mit mir, selbst wenn dieser … Loki dir das Herz bricht. Ich hoffe, du weißt, was du tust.«

Jasna seufzte. Als wüsste irgendwer in letzter Konsequenz, was sie taten. »Das hoffe ich auch.«

Nach ein paar letzten Ermahnungen ihrer Mutter, vorsichtig zu fahren, verabschiedeten sie sich voneinander.

Eine Weile lang beobachtete Jasna die Wolken über dem See und wusste selbst nicht so genau, warum sie weinte. Schon vor diesem Gespräch war es ihr mit ihren Eltern besser ergangen als der Hälfte aller queeren Menschen über dreißig, die sie kannte.

Sie steckte das Telefon weg, schloss die Augen und lehnte ihren Kopf nach hinten an das nach Harz duftende Holz der Hüttenwand.

Kaum hatte Loki den Schritt zur Seite gemacht, suchte er nach dem passenden Durchlass, um –

Ich dachte, wir wollen zu meiner Schwester, meckerte Jör von seinem Platz auf Lokis Schulter.

»Ich wollte zuerst bei Jasna nach dem Rechten sehen. Das mit dem Auto war kein Witz. Wenn ich das hinkriege, können wir morgen schon wieder in Süddeutschland sein.«

Loki tat den entsprechenden Schritt und atmete die Luft des Schwarzwalds im Spätsommer. Es nieselte und hatte trotzdem mindestens zehn Grad mehr als in der Finnmark. Das Haus stand noch, und nach den paar Tagen der Abwesenheit wirkte der Garten auch nicht verwahrlost. Váli löste sich von Lokis Seite und drehte eine Runde, um nach Eindringlingen zu schnüffeln.

Die Äpfel auf der Streuobstwiese würden bald reif sein, und der Garten konnte einen Trockenofen vertragen. Überhaupt, wenn Loki das Wiesenstück erst gehörte, würde er einiges zu tun haben.

Und, kannst du das Auto hier herbringen?, fragte Jör.

Loki wackelte mit den Fingern. Das Auto und Jasna.

Er schlenderte zur Haustür, öffnete diese mit ein bisschen Zauberei, ohne Blut – wie er das vermisst hatte –, stellte seinen Rucksack in Jasnas Diele und verschloss die Tür wieder.

Wenn er den Rucksack und die Einkäufe und seine Kinder mitnehmen konnte, würde das mit dem Auto schon klappen. »Ja. – Váli? Wir gehen nach Helheim.«

Hel erwartete sie einen Steinwurf hinter dem Bach. Kahle Bäume streckten ihre Äste in den Nebel.

»Vater. Brüder.«

»Tochter.«

Schwesterherz.

Váli trottete die letzten Schritte auf sie zu und schnüffelte an ihrem Gewand. Sie strich ihm über den Kopf.

»Du erinnerst mich an Fenrir.«

Irgendwann – bald – würden sie den auf der einsamen Insel in Utgard finden. Aber die Nornen wussten, ob er noch bei Verstand war nach all den Jahrhunderten Einzelhaft. Loki verschränkte die Arme, was seinen aufgewühlten Bauch allerdings nicht beruhigte.

Hel tippte sich an den Mund und schrieb Váli eine Binderune auf die Stirn. »Wandle sicher auf dem Helweg«, sagte sie. »Folge dem Pfad, dann findest du, wen du suchst.«

Er stupste sie mit der Nase an und trottete davon.

»Nari?«, fragte Loki und reckte den Hals, um über ihre Schulter zu sehen, wo Váli im Nebel verschwand.

»Später. Wenn er Lust hat.« Sie lächelte, ein Trostlächeln, wie er es in den letzten Tagen öfter von Jasna gesehen hatte. »Ich – es tut mir leid«, sagte sie. »Wir waren so wütend.«

Bat sie um Verzeihung, weil sie Nari gegen Loki aufgebracht hatte oder weil sie Odins Plan mitgetragen hatte? Oder beides?

Sie hatte Odin abgerungen, die Fessel zu lösen, damit waren für Loki alle Schulden beglichen. Vielleicht ließ sie sich trotzdem zu dem einen oder anderen kleinen Gefallen überreden.

»Ich kann es verstehen«, sagte er deshalb. »Ich weiß nicht, was ich an eurer Stelle getan hätte.«

Tssk, machte Jör, der Lokis Trick wahrscheinlich ebenso durchschaut hatte wie Hel.

»Und mir tut es auch leid.«

Sie hob die Brauen.

»Ich war elfhundert Jahre unter Menschen«, versuchte Loki zu erklären. Seit der Landnahme auf Island. Loki hatte nicht gezählt, wie lange davor er mit Váli allein auf der Insel festgesessen hatte. Irgendwann hatte er gelernt, Fehler zuzugeben und um Verzeihung zu bitten.

Es hat ihm gutgetan, urteilte Jör. *Dieses ganze … Genderzeug und so ist zwar völlig verrückt, aber er geht nicht mehr so schnell in die Luft.*

Eine unsichtbare Last fiel Loki von den Schultern. Oder hatte Jör sich leichter gemacht, bevor er auf den Boden sprang und an Masse zunahm?

Hel musterte erst Jör und dann Loki. »Warum erzählt ihr mir von diesem ›Genderzeug‹ nicht in Eljudnir bei einem Becher Met?« Sie winkte und legte Jör eine Hand an den Hals. Sogleich tat sich ein Pfad durch den Nebel auf, und sie wanderten entlang eines Dickichts aus schwarzen Brombeerranken, kahlen Birken und Kiefern, bis sie die Umzäunung von Hels Hof erreichten. Drinnen schien beinahe so etwas wie Sonne auf die stattliche, schiefergedeckte Halle und die Scheunen. Vor einer schlief Garm, der schwarze Hund. Unter einer blühenden Hasel am Zaun spitzte erstes Grün hervor. Zwei dünne Gestalten nahmen Hels Befehl nach Met und einem Imbiss entgegen. Loki runzelte die Stirn, denn es waren nicht die, die er bereits kennengelernt hatte, und eine kam ihm vage bekannt vor.

»Meine zwei Mägde«, sagte Hel. »Ich nehme gelegentlich Dienste für einen Wunsch an. Und manchmal bestrafe ich die, die im Leben ein wenig zu vermessen waren.«

Vernünftig, meinte Jör. *Außerdem ist das ein schöner Hof, den du hier hast.*

»Danke.«

Er verrenkte den Hals. *Wohnst du allein hier?*

Um ihren sichtbaren Mundwinkel zuckte ein Lächeln. »Nari wohnt hier.« Aber gewiss nicht nur er. Loki würde beizeiten davon erfahren. »Und jetzt kommt in die Halle ans Feuer und erzählt mir, wie es euch ergangen ist.«

Was gibt es da schon zu erzählen?, grummelte Jör und schrumpfte, damit er durch die Tür des Langhauses passte. *Thor hat mich mit seinem verfluchten Hammer erwischt, und ich muss nach Süden getrieben sein.*

Drinnen beleuchtete ein offenes Feuer den Raum, das die Deckenbalken über die Zeit dunkel gefärbt hatte. Wandteppiche und Stoffbilder verbargen die Wände, ein buntes Sammelsurium von Handarbeiten aus allen Zeiten und Weltgegenden. Die langen Tafeln waren verwaist, Hels erhöhter Tisch allerdings mit einem Strauß Schneeglöckchen dekoriert und die Bänke mit Fellen gepolstert. Doch nicht einmal ein Kompliment für die gemütliche Einrichtung brachte Loki heraus.

Wenn Jör ihn nicht begleitet hätte, wie lange hätte Loki dagesessen und wortlos den Anblick seiner Tochter genossen? Aber so kamen sie ins Reden. Keine verlegenen Pausen, die mit irgendwelchen Nichtigkeiten oder einem Streit gefüllt werden mussten.

Irgendwann fragte Hel nach Wünschen für das Abendessen, aber es klang kaum nach einer Einladung. Der oder die ominösen Dritten – Loki wollte seinen Hintern verwetten, dass mindestens einer von ihnen Balder war – würden, genau wie Nari, vermutlich wenig Wert auf Lokis Gesellschaft legen.

»Jasna wartet auf uns«, sagte Loki.

Hel hob die Brauen. »Deiner Pünktlichkeit haben die Menschen nicht geschadet. Du musst sie einmal mitbringen, deine Nebenfrau.«

»Queerplatonische Partnerin«, warf Loki ein.

Es ist wirklich verrückt heutzutage, wiederholte Jör seine Einschätzung vom Mittag. *Die pimpern nicht, aber er liegt ihr trotzdem zu Füßen.*

Hel lächelte. »Oder vielleicht gerade deswegen. – Sie hat sich gut geschlagen. Ich sichere ihr freies Geleit zu, bis das Alter sie holt.«

Stand der Menschheit in den nächsten Jahren eine Pest ins Haus? Aber Hel würde nicht antworten, wenn Loki fragte, so, wie sie auf seinen Blick hin lächelte.

Sie stand auf und geleitete sie beide bis zum Tor, vor dem der Bach dahinfloss. Váli saß mit hängender Zunge am Ufer.

»Nari lässt Grüße ausrichten«, sagte Hel. »Es wird wohl noch ein wenig dauern, bis er mit dir reden will.«

Nari ließ Grüße ausrichten. Das war mehr Kontakt als in all den Jahrhunderten zuvor. Loki blinzelte und wischte sich ein paar Tränen von den Wimpern, während Hel Jör auf die Drachennase küsste und Váli knuddelte. Dann stand sie auf und hielt ihm die offenen Arme entgegen.

Loki drückte sie an sich, bevor sie es sich anders überlegen konnte. Schmal, kantig, aber mit verborgener Stärke, die Loki an Angrboda erinnerte. Sie war kühl und ein wenig größer als er und schien die Umarmung genauso zu brauchen wie Loki.

Er hatte sein Bestes getan, damals, hatte sie oft besucht. Als einziges von drei Kindern hatte sie sich in seiner Reichweite befunden. Aber in ihrer Wut hatte sie das bisschen Trost, das er zu spenden in der Lage gewesen war, nicht annehmen können.

Wie sie sich zu einer halbwegs ausgeglichenen Persönlichkeit entwickelt hatte, wussten nur die Nornen.

Nach einer Weile löste sie sich von ihm und drückte seine Oberarme. »Die Nornen mögen über eure Fahrt wachen. Bis bald.«

Nach einigem Geholper über einen Kiesstrand, der Jasna unangenehm an ihre erste Begegnung mit Odin erinnerte, parkte sie das Auto an der Straße vor ihrem Haus.

Eine Weile blieben sie sitzen. Jasna legte die Hände aufs Steuer. Hier unten hatten alle Bäume grüne Blätter, die reifenden Äpfel luden zum Mundraub ein. Für die gut dreitausend Kilometer Rückreise hatte sie vor einer Woche vier Tage veranschlagt, und hier waren sie nun nach dreißig Sekunden und einem Kampf um Lokis Autonomie.

Sie ließ sich nach vorn sinken, bis ihre Stirn zwischen ihren Händen auf dem Lenkrad landete. »Dir ist klar, dass du die Zeit zwischen der Abreise aus Lappland und dem Antrittsbesuch bei meinen Eltern empfindlich verkürzt hast«, murmelte sie.

Loki rutschte im Sitz hin und her. »Deine Eltern«, echote sie tonlos. »Die wissen von mir?«

»Jupp. Und wollen dich kennenlernen.«

Zwei tiefe Atemzüge. »Wenigstens klingst du genauso wenig begeistert wie ich.«

Jasna streckte ihr eine Hand entgegen und Loki hielt sie fest, bis Jör von der Rückbank grummelte. *Könnt ihr nicht draußen sentimental werden? Hier fühlt man sich ja eingesperrt wie in einem Eisberg.*

THOR

… Du bist auch schwul? Mensch, entschuldige! Wenn ich das gewusst hätte … sorry, ey!

LOKI

Ich bin nicht schwul. Ich bin Loki.

aus: *Aussen – Asgard – Tag* von Axel Hildebrand

Oder: Einige Anmerkungen

Bei *Lokis Fesseln* handelt es sich um spekulative Fiktion anhand mittelalterlicher literarischer Quellen.

Ich habe mich in den meisten Fällen für eine vereinfachte altnordische Grammatik entschieden oder mich an den eingedeutschten Schreibweisen orientiert, wie sie auch in den meisten Übersetzungen erscheinen. So erhalten beispielsweise Thor und Jörmungand im Nominativ kein zusätzliches R etc. Den korrekten Genitiv von Loki – nämlich Loka – konnte ich mir nicht verkneifen.

Zum Arbeiten habe ich die Übertragungen der *Snorra-Edda* und der Älteren Edda von Arnulf Krause benutzt. Simrock ist leider so sprachgewaltig wie ungenau.

Aus Plotgründen habe ich das Nornirs Æett unterschlagen. Der zugehörige Blog ist äußerst spannend zu lesen, vielen Dank! Außerdem habe ich im deutschsprachigen Internet vor allem bei Stilkams Seiten (mit der gebotenen Vorsicht), dem Riesenheim-Blog und dem Eldaring gestöbert. Auf Englisch waren norsemyth.org, *The Wild Hunt* und *Huginn's Heathen Hof* die ersten Anlaufstellen. Die gedruckten Quellen sind zu zahlreich, um sie hier aufzulisten. Neben Arnulf Krauses Sachbüchern kann ich vor allem Rudolf Simek empfehlen. Runologisch stützt sich Jasna vor allem auf Freya Aswynn.

Über das Für und Wider von Sternchen ist viel gestritten worden, ob sie nun in einem Wort stehen oder hinter »trans«. Die Diskussion um letzteres Sternchen ist für Außenstehende kaum zu durchblicken, was sie zu einem gefundenen Fressen für Loki machen würde. Ich halte mich bevorzugt an die vor allem im Englischen übliche Schreibweise ohne Stern.

Für nähere Informationen über Asexualität konsultieren Sie bitte aktivista.net oder das Buch, das ich darüber geschrieben habe. (*Das asexuelle Spektrum. Eine Erkundungstour.* Marta Press, 2021.) Etwas ausführlicher zum Thema Aromantik ist *(un)sichtbar gemacht* von Kroschel und Baumgart, edition assemblage, 2022. Unter aromantik.de finden Sie das AktivAro-Kollektiv.

Jasna ist ein einzelnes Ace und das erste von mir erfundene, das in etwa meine Konformation von sexueller und romantischer Orientierung widerspiegelt und gleichzeitig Brille trägt. (Die ohne Brille finden Sie in *Albenzauber* und *Jinntöchter.*) Verwechseln Sie uns aber bitte nicht. Ich würde höchstens aus Geldnot in einem Reisebüro arbeiten, dafür besitze ich eindeutig mehr Bücher als meine Figur und schaue weniger Serien.

Die Wahrscheinlichkeit, dass es andere allein praktizierende, queere Heidinnen außer Jasna gibt, ist sehr hoch. Das germanische Heidentum (oder Ásatrú oder wie auch immer die Betreffenden es nennen) ist in Deutschland zum einen nicht gut zahlenmäßig erfasst, da es sich eben nicht um eine Kirche handelt. Zum anderen gibt es einige politische Streitpunkte, die ich teilweise angerissen habe, und die auch die Frage beinhalten, ob eine Religion politisch ist oder sein muss. Für Hintergründe habe ich mich beim *Ariosophie-Projekt* des Rabenclans, Andreas Mangs *Aufgeklärtes Heidentum* und bei Stefanie von Schnurbeins *Norse Revival* bedient.

Bei der Interpretation des Balder-Mythos und der intra-mythologischen Reihenfolge stütze ich mich vor allem auf Yvonne S. Bonnetains Buch *Loki – Beweger der Geschichten.* Loki erscheint hier als eine Gottheit, die gelegentlich mit Feuer assoziiert wird. Mit ihrer Impulsivität bewahrt sie die Asen vor Stagnation.

Dagulf Loptsons Deutung folgend, ist Loki ein Gott des Feuers (und damit vor allem die Gottheit des Opferfeuers und der Feuerbestattung) und Sigyn die Göttin des Trankopfers sowie der zugehörigen Sprüche.

Lokis nachgewiesene Reiselust, Neugier, die Blutsbrüderschaft mit Odin und sein Hang dazu, jene Grenzen zu überschreiten, die sich die Asen gegeben haben, tun ihr Übriges zu meiner freien Interpretation der Quellen.

Zum Anfang meiner Planungen für diesen Roman hatte ich vage Ideen über »Genderzeug« und Loki. Die Namensgleichheit mancher Göttersprösslinge war aber einfach zu schön, um mein fanfiction-geschädigtes Hirn nicht zu reizen. Heißen Sigyns und Lokis Söhne nun Nari und Narfi, oder Nari und Ali/Váli?

Denn Odins Sohn mit der Riesin Rindr heißt ebenfalls Váli, sagt die *Snorra-Edda,* zudem weist Snorris *Gylfaginning* Loki und Sigyn nur ein gemeinsames Kind zu. Somit musste ich einiges zwingend zu Ende denken, mit dem ich so nicht gerechnet hatte. Bei Saxo Grammticus nämlich schwängert Othin die fiebernde Königstochter Rinda, indem er sich als Kräuterkundige ausgibt – nachdem sie ihn in anderer Verkleidung vorher mehrmals abgewiesen hatte. Jener Sohn heißt laut Saxo Bous, aber auch ihm obliegt die Rache am Tod eines Halbbruders namens Balder. Ich habe mir also weder Odins zweifelhaftes Verhältnis zum Thema Consent noch die Sache mit dem Pferd ausgedacht.

Logischerweise müssen einer halbwegs sinnvollen Romanhandlung allerlei Gleichzeitigkeiten und Vorausdeutungen, die im Mythos ihren berechtigten Platz haben, zum Opfer fallen, weshalb keine Geschichte mit den Asen/Æsir als handelnden Figuren jemals den echten nordischen Gottheiten gerecht werden kann.

Glücklicherweise halten die das aus. Stan Lee, der die Thor-Comics mit zu verantworten hatte, ist in einem gesegneten Alter gestorben, und

Richard Wagner wurde nicht umgehend für seine Walkürendarstellung bestraft.

Andere fiktionale Publikationen der *Edition Roter Drache* zum diesem Thema sind demnach vorbehaltlos zu empfehlen. (Manche sind sehr lustig.)

Insofern, heben wir einen auf die Æsir, die Jöten und ihre mannigfaltigen Abkömmlinge?

Dankeschön

Die Rohfassung haben diesmal Iris, Anette und Michaela zerrupft. Danach hat Carmen die Betaversion gelesen, kluge Kommentare hinterlassen und beim Brainstormen geholfen. Trotzdem scheinen sich die Genannten so an meine reichlich verwinkelten Hirnwindungen gewöhnt zu haben, dass an meiner Lektorin Alina mehr Arbeit hängen blieb als erwartet. Vielen Dank für deine Geduld!

Die allerbeste Dr. med. Tine K. durfte ich zum Thema Intensivstationen ausquetschen.

Dass Holger diesem aberwitzigen Roadmovie schon vertraut hat, als es noch nicht ganz fertig war, freut mich ungemein. Zuletzt hat Anke Koopmann zu meinen vagen Ideen ein geniales Cover gezaubert.

Inhaltshinweise

Wer sich ein wenig mit der nordischen Mythologie auskennt, findet sich wahrscheinlich schneller in einen Text, auf dem »Loki« und »Familiendrama« steht.

Für diejenigen, die mit den Überlieferungen nicht vertraut sind, habe ich versucht, die von mir erwähnten Mythen so darzustellen, dass auch Neulinge und Marvel-Fans folgen können. Wer mag, beginnt zum einfacheren Verständnis mit »Früher/Balder auf einem Ehrenplatz in Hels Halle«. Der Stammbaum spoilert ein Verwandtschaftsverhältnis bis Kapitel 5.

Und damit zu den Punkten, wo es wehtut und die vielleicht erfordern, sich Zeit zu lassen.

- Ein totes Kind, graphisch.
- Homo-, Asexuellen- und Transfeindlichkeit, in Sprache und verinnerlicht. Gelegentliche Genderdysphorie.
- Sexualisierte Gewalt, eingeschlossen Vergewaltigung, PTSD, Flashbacks.
- Missbräuchliche Liebesbeziehung.
- Trauer mit kurzzeitigen passiven suizidalen Gedanken.
- Konsum von Drogen und Alkohol zu Betäubungs- und Rauschzwecken.

Dramatis Personae

Nota: Göttliche Zuständigkeiten sind hier teils sehr verkürzt wiedergegeben

Die grauen Eminenzen

Die Nornen Urd, Verdandi und Skuld, Hüterinnen des Weltenbaums und des Schicksals, halten sich hier vornehm im Hintergrund

Asen und Wanen

Odin Allvater, genannt »Raben-Ase« und anderes mehr, Vorsitzender der göttlichen Ratsversammlung, u. a. zuständig für Kampf-, Dicht-, Wissenssammel- und andere Wut

Frigg, seine allwissende Frau

Der lichte Balder, Friggs und Odins Sohn, verstorben, wofür Loki eine gewisse Verantwortung trägt

Der blinde Hödur, Balders Bruder, der dessen Tod ebenfalls mitzuverantworten hat

Nanna, Balders Frau

Der einhändige Tyr, Himmels- und Kriegsgott

Sigyn, genannt »Galdrs Hapt« bzw. »Fessel der Zaubersprüche«, Lokis Ehefrau

Es werden des Weiteren erwähnt:

Thor, Odins Sohn, zuständig u. a. für Gewitter und Sommerregen

Njörd, Meeres- und Windgott, mit Skadi verheiratet

Freyr, sein Sohn, zuständig u. a. für Wachstum und Frieden

Freyja, Freys Schwester, zuständig u. a. für Fruchtbarkeit von Mensch und Tier

Volla, Friggs Schwester

Idunn, Hüterin der goldenen Äpfel der ewigen Jugend Asgards

Heimdall, bewacht die Regenbogenbrücke nach Asgard

Der schweigsame Hönir wartet auf die Zeit nach Ragnarök

Riesen und riesische Abkömmlinge

Loki Laufeyason, Odins Blutsbruder (und manchmal auch Blutsschwester,) kann sich in allerlei Gestalten verwandeln, sogar Pferde

Angrboda, Lokis Exfrau und Mutter dreier gemeinsamer Kinder, nämlich Fenrir, Jörmungand und Hel

Fenrir, Lokis zweites Kind, derzeit ein Wolf in Einzelhaft

Jörmungand, Lokis drittes Kind, auch bekannt als Weltenschlange
Hel, Lokis viertes Kind, Herrin des Totenreichs
Váli, Lokis fünftes Kind, derzeit ein Wolf
Nari, Lokis und Sigyns Sohn, verstorben

Es werden des Weiteren erwähnt:
Skadi, Njörds Ehefrau, Ski- und Wintergöttin
Sleipnir, Lokis erstes Kind, ein Pferd mit acht Beinen, dient Odin als Ross
Aegir, der Meeresriese
Rán, seine Frau, wacht über die Seelen der Ertrunkenen
Thjasi, Skadis Vater, entführte Idunn und wurde dafür erschlagen
Geirröd, starb nach einer Konfrontation mit Thor, die Loki eingefädelt hatte
Mimir, Hüter eines Brunnens, dessen Wasser seherische Eigenschaften verleiht, weshalb Odin für einen Trunk und Blick in die Zukunft ein Auge opferte

menschen

Jasna Marquardt, eine postmoderne Heidin
Selma Marquardt, ihre Schwester
Jelisava Marquardt, die Mutter der beiden
Herr Marquardt, ihr Ehemann und Vater der beiden Schwestern
Micha, Selmas Verlobter
Aretha alias @jazz-treehugger, eine Babyheidin
Einige Verwandte der Marquardts und andere Personen

andere übernatürliche wesenheiten

Randgrid und einige andere Walküren
Einige Trolle und Alben
Nuray, eine Dschinn

Stammtafel der Dramatis personae

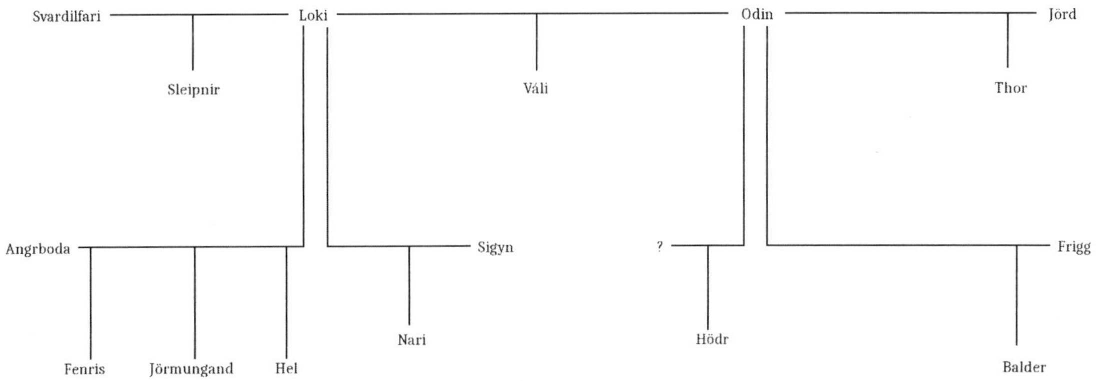

Die Autorin

Carmilla DeWinter

Baujahr 81, im bürgerlichen Leben Apothekerin und Lektorin. Veröffentlicht seit 2014 Kurzgeschichten und Romane, u. a. *Jinntöchter* in der Edition Roter Drache. Sie hat einen Hang zur Phantastik sowie zu Figuren aus der queeren Buchstabensuppe. Diverse Blogposts über Asexualität, Fantasy und Feminismus führten dazu, dass sie mit *Das asexuelle Spektrum.* Eine Erkundungstour das erste deutschsprachige Sachbuch zum Thema publiziert hat.

Mehr Informationen unter **carmilladewinter.com**

Falls euch das Buch gefallen hat, besucht unsere Präsenzen im Netz und folgt uns auf den sozialen Medien:

roterdrache.org

www.roterdrache.org/catalog

editionroterdrache

Verlag.EditionRoterDrache

Edition Roter Drache

@EditRoterDrache

RoterDrache2006

Die Edition Roter Drache ist Fördermitglied im

Phantastik-Autoren-Netzwerk e.V.

www.phantastik-autoren.net